삼
연
집

이 책은 2020~2021년도 정부(교육부)의 재원으로 한국고전번역원의 지원을 받아
수행된 '권역별거점연구소협동번역사업'의 결과물임.

This work was supported by Institute for the Translation of Korean Classics - Grant funded by
the Korean Government.

한국고전번역원 한국문집번역총서 / 성균관대학교 대동문화연구원

삼연집 1
三淵集

김창흡 지음 이승현 옮김
金昌翕 서한석

일러두기

1. 이 책의 번역 대본은 한국고전번역원에서 간행한 한국문집총간 165집 소재 《삼연집 (三淵集)》으로 하였다. 번역 대본의 원문 텍스트와 원문 이미지는 한국고전종합 DB(http://db.itkc.or.kr)에서 확인할 수 있다.
2. 내용이 간단한 역주는 간주(間註)로, 긴 역주는 각주(脚註)로 처리하였다.
3. 한자는 필요한 경우 이해를 돕기 위하여 넣었으며, 운문(韻文)은 원문을 병기하였다.
4. 맞춤법과 띄어쓰기는 한글 맞춤법과 표준어 규정을 따랐다.
5. 이 책에서 사용한 부호는 다음과 같다.
    ( ) : 번역문과 음이 같은 한자를 묶는다.
    〔 〕: 번역문과 뜻은 같으나 음이 다른 한자를 묶는다.
    " " : 대화 등의 인용문을 묶는다.
    ' ' : " " 안의 재인용 또는 강조 문구를 묶는다.
    「 」: ' ' 안의 재인용을 묶는다.
    《 》: 책명 및 각주의 전거(典據)를 묶는다.
    〈 〉: 책의 편명 및 운문·산문의 제목을 묶는다.

삼연집 제1권

시 詩

삼연집 제2권

삼연 김창흡의 《삼연집》 해제

안대회 | 성균관대학교 한문학과 교수

1. 머리말

삼연(三淵) 김창흡(金昌翕, 1653~1722)은 조선 후기의 시인이자 문인, 성리학자이다. 생존 시기부터 지식인 사회에 막대한 영향을 미쳤고, 이후에도 문학과 학술, 정치 등 다양한 부문에서 큰 영향을 끼친 인물이다. 조선 후기에 독점적 정치 권력을 장악한 서인 노론계의 핵심 문벌인 장동(壯洞) 김씨(金氏)는 정계는 물론 학계와 문단에서 막중한 위상을 차지하였다. 삼연은 이 문벌 출신으로서 이 가문에서도 지도적인 위치를 차지하였다.

　다양한 부문에서 큰 명망을 지닌 삼연의 저술은 거의 모두 《삼연집(三淵集)》에 거두어져 있다. 삼연의 명망과 함께 그의 문집은 조선 후기 사대부들 사이에서 널리 읽혔고, 그만큼 큰 영향력을 지녔다. 이 문집은 간본 《삼연집》과 이 간본에 누락된 초고 수록 시문을 모은 필사본 《삼연집습유(三淵集拾遺)》의 2종으로 구성되어 있다. 모두 34책 68권의 수량으로서 양적으로 방대하고, 시가 큰 비중을 차지하며, 난해한 내용이 많다. 그 때문에 번역하기가 매우 까다로워 현재까지 극히 일부만 번역되었을 뿐 전체 내용은 번역된 적이 없다. 중요한 문헌임에도 아직 번역되지 않았으나 상대적으로 연구논문은 다수 출현하였다.

이번에 전체 내용이 번역되어 학계에 제공된 것은 다행이 아닐 수 없다. 이 해제는 삼연의 생애 및 문집의 구성과 편찬 과정, 주요 내용을 중심으로 간략하게 서술한다.

2. 삼연 김창흡의 삶과 교유

삼연은 영의정을 지낸 문곡(文谷) 김수항(金壽恒, 1629~1689)의 셋째 아들로 한양 명례방(明禮坊)에서 태어났다. 청음(淸陰) 김상헌(金尙憲, 1570~1652)이 증조부이고, 김광찬(金光燦)이 조부이다. 백부 김수증(金壽增)과 중부 김수흥(金壽興) 및 부친 김수항 대에는 노론 당파를 이끄는 핵심 명문가로 확고한 지위를 차지하였다. 그의 형인 김창집(金昌集)과 김창협(金昌協) 및 아우인 김창업(金昌業), 김창즙(金昌緝), 김창립(金昌立) 등 6명의 형제는 이른바 '6창(六昌)'으로 불리며 학문적, 문학적으로 큰 명성을 떨쳤다. 형제 가운데 특히 농암(農巖) 김창협과 삼연이 학문과 문예에서 발군의 역량을 발휘하여 이른바 '농연(農淵)'이라 칭해지기도 하였다. 벌열(閥閱) 가문이 정치와 문화를 주도한 조선 후기 사회에서 장동 김씨 가문은 가장 위세가 큰 벌열 가문의 하나였다. 그와 같은 가문의 위세는 김수항이 영의정으로 있던 시기에 이미 형성되었고, 삼연과 형제들은 그 위세를 등에 업고 활동하였다.

집안의 위세와 개인의 역량을 디딤돌로 삼아 삼연은 관계에 진출하여 고관이 되는 길을 순탄하게 갈 수 있었다. 비록 부친이 정치적 부침을 겪기는 했으나 관직 진출에는 걸림돌이 없었다. 뜻밖에도 삼연은 예상과는 정반대의 길을 걸었다. 21세가 되는 1673년 진사시에 급제한 뒤로는 과거시험도 포기하고 벼슬길로 들어서지 않은 채 은사(隱士)로서 생애를 마쳤다. 그가 누린 당대의 명망과 가문의 혁혁한 위상을 고려하면 대단히 특이한 행적이다. 김양행(金亮行)이 지은 〈행장(行狀)〉과 삼연의 현손인 대산(臺山) 김매순(金邁淳, 1776~1840)이 엮은 《삼연선생연보(三淵先生年譜)》를 토대로 삼연의 일생을 간략하게 정리하여 제시하면 다음과 같다.

삼연은 소년 시절 조봉원(趙逢源, 1608~1691)과 김익량(金翼亮, 1622~1674) 등에게 배웠고, 15세 이후에는 정관재(靜觀齋) 이단상(李端相, 1628~1669)에게 배웠다. 청소년기 이후 삼연의 인생에서 전환기로 잡을 수 있는 시기는 21세이다. 진사시에 급제하고서 삼연은 더 이상 과거 보기를 그만두고 본격적으로 문학의 창작에 큰 뜻을 두었으며, 산수를 유람하는 일에 마음을 쏟기 시작하였다. 23세 때인 1675년에는 전라도 영암으로 유배를 간 부친을 뵈러 여러 차례 전라도 일대를 여행하였다. 26세까지 개성과 금강산, 충청도, 설악산, 영평, 철원, 춘천 등 여러 지역을 두루 여행하였는데 이 무렵 설악산에 은거할 뜻을 굳혔다.

27세 때인 1679년 은거하려는 뜻을 실천에 옮겨 철원 삼부연(三釜淵)에 거처를 정하고 삼연(三淵)이란 자호를 사용하기 시작하였다. 그러나 29세 때인 1681년 영의정이 된 부친의 분부를 따라 서울로 거처를 옮겼다. 이 기간에 묘헌(妙軒) 이규명(李圭明, 1653~1686), 족질 김시보(金時保, 1658~1734), 유하(柳下) 홍세태(洪世泰, 1653~1725) 등 노론 경화세족(京華世族) 문인들과 함께 백악(白岳) 아래에 있는 낙송루(洛誦樓)를 거점으로 삼아 이른바 낙송루시사(洛誦樓詩社)를 결성하였는데, 이 시사는 삼연이 주도하였다.

삼연은 가까운 이들과 시사를 중심으로 활발하게 창작하며 새로운 시의 창작을 표방하였다. 1684년과 1685년 사이에는 선배인 조성기(趙聖期, 1638~1689)와 어떤 시를 지어야 좋은지를 두고 창작 논쟁을 벌였다. 이 무렵에 조성기와 태극(太極)을 두고 논변을 벌여 현실 세계에 대한 태극의 초월적 독자성을 부정하는 주장을 표명하였다. 이는 훗날 펼쳐지는 낙론(洛論)과 밀접한 연계를 맺고 있다. 낙송루시사는 핵심 동인이던 이규명과 김창립이 요절하여 활기를 잃게 되었다. 게다가 1687년 부친이 영의정에서 물러나 서울을 떠나면서 삼연도 서울을 벗어나 교외인 저자도(楮子島)의 현성(玄城)에 거주하였다.

곧바로 그런대로 평온을 유지하던 삼연에게 충격적인 사건이 발생하였다. 1689년 기사환국(己巳換局)으로 아버지 김수항이 진도에 유배되었다가 사사된 것이다. 권17의 〈답경명(答敬明)〉 제3서에서 부친의 사사 이후 원통하고 답답한 심경이 가득하여 불교와 노장에 빠지는 자신을 해명하였다. 스스로도 이후에 사서(四書)를 깊이 연구하였다고도 하였다. 삼연은 서울을 벗어나 은둔할 생각을 완전히 굳혔고, 영평에 칩거하다가 1693년 그의 나이 41세 때에 양근의 벽계(蘗溪)에 정착하였다. 몇 차례 관직에 부름을 받았으나 부임하지 않았고, 칩거하는 기간에 성리학의 탐구는 더욱 깊이를 더하였다.

53세인 1705년 이후 62세 되는 1714년까지 10년 동안에는 설악산에 거처를 정하고 살았다. 처음에는 벽운정사(碧雲精舍)에 거처하다가 후에 김시습(金時習)이 거처하던 오세암 부근에 영시암(永矢庵)을 짓고 살았다. 설악산에 머문 10년 동안 삼연은 사상이나 문학에서 원숙한 경지에 이르렀다. 각지에서 문하생이 찾아왔고, 편지로 의견을 교환하였다. 62세 겨울에 호환(虎患)으로 인해 설악산에서 내려와 백부 김수증이 머물던 곡운(谷雲)으로 옮겨 살다가 1722년 생애를 마쳤다.

삼연은 서울의 백악(白岳) 아래 조상 대대로 세거한 집에서 청년기까지 살았다. 30대 이후로는 저자도의 현성, 양근의 석실(石室)과 벽계, 철원의 삼부연, 설악산 영시암, 춘천의 곡운 등 경기도 외곽과 강원도의 궁벽한 산골을 택해 거주하였다. 30대 이후에는 서울에서 거주하기를 싫어하고 산수가 좋은 곳을 찾아서 오래도록 머물렀다. 1694년에 지은 〈벽계잡영(蘗溪雜詠)〉 제1수에서 "인간 세상 얼굴 들고 살 수 없어서, 숲속에 이내 몸을 의탁했노라〔人間無面立, 林下以身投〕"라고 읊은 것처럼 사람 살 곳이 못 되는 도회지를 버리고 자연 속에 은거하고자 하였다. 이들 여러 산골이 작품을 창작하고 문생을 가르친 주요한 거점이었다. 또 이런 거주지에 머물기만 한 것은 아니었다. 때때로 기회를 만들어 전국 각지를 여행하였다. 삼연은 조선 팔도를 두루 답사하면서 이름난 명승지를 가보지 않은 곳이 없었다. 1702년에 지은 권33의 〈잡록(雜錄)〉에서 "나는 우리나라 안의 이름난 산에는 족적이 두루 미쳤다"라고 하였고, "내가 금강산에 일곱 번 갔고 설악산에서 10년을 거처했다"라고 스스로 밝혔을 만큼 발자취가 전국 곳곳에 미쳤다. 유례를 찾아보기 드물 정도로 국토의 곳곳을 여행한 인물이었다.

3. 문집의 편찬과 구성

삼연은 벼슬하지 않은 채 평생을 저술과 강학에 몰두하고, 곳곳을 여행하면서 많은 저술을 남겼다. 그렇게 지은 저술을 스스로 모아서 편집하였는데, 저자가 편집해둔 이 문집을《삼연집》초고로 부를 수 있다. 이 초고는 삼연의 모든 저술을 모은 전집(全集)이다. 삼연이 사망한 뒤에 자제와 문인들이 이 초고를 저본(底本)으로 삼아 선본 작업을 진행하여《삼연집》이 간행되었다. 이 간본《삼연집》은 전집이 아니라 선집이다. 그 이후《삼연집》간본에 수록되지 않고 빠진 저술만을 초고본 전집에서 다시 정리하여《삼연집습유(三淵集拾遺)》가 편찬되었다. 이를 정리해 말하면, 삼연이 직접 엮은 초고본이자 전집인《삼연집》초고, 초고에서 작품을 뽑아 간행한 원집(原集)과 원집에서 누락된 작품을 초고본에서 간추려 정리한 필사본《삼연집습유》가 있다. 여기에서 초고본이자 전집인《삼연집》은 사라져 현재 전하지 않는다. 한국문집총간 제165집~167집에는 원집과 습유를 함께 영인하여 전집으로서《삼연집》을 구성하였다. 원집은 18책 36권, 습유는 16책 32권으로, 합하여 34책 68권의 방대한 분량이다. 다만 한국문집총간본은《삼연집》초고와는 구성이나 작품 배열에서 똑같지는 않으나 작품의 수량에서는 큰 차이가 없다고 할 수 있다.

삼연은 사망하기 이전에 조카 김신겸(金信謙)과 아들 김치겸(金致謙)에게 사후에 문집을 산정(刪定)하는 방향을 유언으로 남겼다. 습유 권31의 〈어록(語錄)〉에 유언을 남기는 장면이 기록되어 있다. 그 유언에 따르면, 시고는 이병연(李秉淵)과 홍세태(洪世泰)에게 산정을 맡기고, 문고는 어유봉(魚有鳳)에게 맡겨 산정하게 하며, 간찰(簡札)은 유숙기(兪肅基) 등과 의논하여 취사(取捨)를 정하라고 하였다. 내용이 긴 간찰 가운데 조성기와 왕복한 간찰은 번잡한 것은 빼고, 의리를 밝힌 것은 넣으라고 당부하였다. 또 유숙기에게 보낸 간찰은 어유봉과 상의하여 취사를 결정하라고 하여 편집의 방향을 제시하였다. 또 자신의 묘도문자(墓道文字)는 따로 짓지 말고 행장은 김신겸더러 지으라고 당부하였다. 편집 방향을 제시한 유언은 실제로 거의 정확하게 지켜졌다.

그중에서 조성기의 간찰을 보면, 원집 권18에 3편의 서찰을, 습유 권15에 6편을 수록하였다. 원집에 수록한 3편의 간찰은 태극을 논한 내용으로 이른바 의리를 밝힌 글이고, 습유에 수록한 간찰은 시문 창작을 논한 장편 2편으로 이른바 번잡한 것이다. 나머지는 짤막한 척독(尺牘) 4편이다. 조성기의 간찰이 수록된 양상을 보면, 원집과 습유의 실제 편집은 삼연의 유언을 정확하게 반영하고 있다. 원집, 다시 말해 간본《삼연집》은 삼연의 유언을 충실하게 따라서 자질(子姪)과 문인(門人)의 산정을 거쳐 간행되었다.

원집은 1732년(영조8)에 운각(芸閣) 활자로 간행되었다. 김매순의《연보》에 따르면, 이해에 18책 36권으로 편집이 끝나 경상도 관찰사로 재직한 문인 유척기가 금전을 내어 활자로 간행하였다고 밝혔다. 실제로는 김신겸과 유숙기, 김치겸 등 문인과 자질이 사후에 노량진 사충서원(四忠書院)과 압구정이 있는 마을의 능허정(凌虛亭)에서 편차를 완성하고 간행하였다. 이 초간본《삼연집》은 처음 간행된 뒤 더는 간행되지 않았다.

이 원집은 원래《삼연집》초고에서 거의 절반 정도로 간추려 편집한 것이다. 그러나 원집에 포함되지 않은 비슷한 분량의 원고도 중요한 가치가 있다. 또한 삼연을 전면적으로 이해하는 데 필수적인 중요한 내용이 많다. 그 후손가에서는 원집에 포함하지 않은《삼연집》초고를 보관하고 있었다. 후손가에서는 일정한 시기에 원집에 수록되지 않은 내용을 초고에서 따로 정리하여《삼연집습유》라는 이름으로 정사(精

寫)하고 간행을 꾀하였다. 이때 원집의 편집 체재를 충실하게 따라서 편집을 진행하였다. 습유에서는 여러 곳에서 간본을 '원집(原集)'으로 인용하면서 그 체재를 따랐고, 그 차이를 부각하여 설명하였다. 다만 습유는 간행이 성사되지 않아 몇 종의 사본으로만 남았다.

원집과 습유의 편차를 세밀하게 살펴보면, 《삼연집》 초고에서 원집과 습유로 나누어졌기 때문에 이 둘을 합하면 자연스럽게 《삼연집》 초고가 되는 것을 확인할 수 있다. 예를 들면 원집 권5에 7언 율시 〈반계영설(磻溪詠雪)〉 2수가 실려 있는데, 습유 권5에도 같은 제목으로 4수가 실려 있다. 그런데 습유에는 4수의 작품번호가 1, 3, 5, 6으로 붙어 있다. 1, 2, 3, 4로 붙이지 않은 이유는 원집에 실린 2수의 본래 작품번호가 2, 4였기 때문이다. 이것을 통해 알 수 있는 것은 〈반계영설〉이 초고에는 모두 6수가 실려 있었고, 원집에서 그중 2, 4를 뽑아서 수록했다는 점이다. 다른 작품도 모두 비슷한 방식으로 나누어졌다. 여기에서 알 수 있듯이, 《삼연집》은 원집과 습유를 합하여 복원해야 삼연이 정리한 초고이자 전집의 모습으로 복원하여 볼 수 있다.

습유는 후손인 김귀년(金貴年) 소장본, 연세대학교 국학자료실, 한국학중앙연구원 장서각, 국립중앙도서관 등에 소장되어 있다. 사본마다 책 수량이 조금씩 다르나 가장 충실한 김귀년 본과 연세대 본은 16책 32권이다. 김매순의 《연보》에는 유집(遺集) 15책 30권이 가장(家藏)되어 있다고 기록했는데, 여기서 말한 유집이 한국문집총간에 영인된 《삼연집습유》이다. 《연보》의 기록보다 《삼연집습유》가 1책 2권이 더 많은 것은 권31의 〈어록〉과 권32의 〈부록〉이 나중에 추가되었기 때문이다.

김귀년 본에는 김달순(金達淳, 1760~1806)의 장서인(藏書印)이 찍혀 있다. 김달순은 삼연의 현손으로 직계 후손이다. 그는 벽파(僻派)로 활동하다 1806년 시파와 벽파의 갈등 국면에서 벽파의 몰락을 가져온 상소를 올렸다가 사약을 받아 사망하였다. 1732년에 원집이 출간된 뒤에 습유가 편집된 것은 분명하다. 이 습유를 김달순이 편찬하였는지, 아니면 다른 관계자가 편찬하였는지는 분명하지 않으나 김달순이 편찬 했을 가능성이 가장 높다고 본다. 어떤 경우이든 직계 후손가에서 보관 하던 가장본(家藏本)으로서 다른 사본의 원본으로 보이고, 가장 선본 (善本)에 속한다.

《삼연집》은 초간된 이후 재간되지 않았고, 사본도 습유 외에는 남은 것이 많지 않다. 시를 중심으로 일부 내용을 뽑아 만들었거나 농암 또는 홍세태의 시와 함께 뽑아 만든 선집 등 몇 종이 전해온다.

《삼연집》은 일반적인 문집의 체재를 따라서 문체별로 구성하였는 데, 특이하게도 서문과 발문이 실리지 않았다. 이 역시 삼연의 의사를 따른 것이다. 목록은 권마다 따로 제시하였다. 앞에는 시를 수록하여 원집 권1~권16, 습유 권1~권12에 모두 28권을 차지하여 문집 전체의 절반에 육박한다. 작품의 배열은 시기순이다. 다음은 간찰을 수록하여 원집은 권17~22, 습유는 권13~22에 모두 16권의 분량이다. 다음은 원집 권23~권26, 습유 권23~권24에 모두 6권으로 서기(序記) 등의 문체를 수록하였다. 그 밖에 제발과 설, 찬, 잡저, 상량문 등을 수록하 였다. 원집 권27~권32, 습유 권25~권26에는 모두 8권으로 묘도문자 를 수록하였다. 습유에는 묘도문자 이후에 잡록과 일록, 만록(漫錄)이 수록되었다. 마지막으로 원집 권33~권36, 습유 권27~권29의 총 7권 에는 일기와 잡록, 만록이 수록되었다. 특히 습유에는 8종의 여행일기 와 만록이 수록되었고, 이후 권30~권31에 잡저와 부록이 수록되었다.

권30에는 〈태극문답(太極問答)〉, 권31에는 문인이 정리한 삼연의 어록, 권32에는 유사와 행장 등 부록이 실려 있다.

4. 창작론(創作論)과 시문의 혁신

삼연은 17세기 후반과 18세기 초반의 숙종조 시기에 조선 한시의 새로운 창작 방향을 제시한 혁신적 시인이자 비평가이다. 앞에서 살펴본 것처럼 《삼연집》에는 모두 14책 28권의 많은 책에 5000수를 뛰어넘는 많은 양의 시가 수록되어 있다. 이 책 수는 문집 전체의 절반에 육박하는 만큼 저술 전체에서 시가 절대적 비중을 차지한다.

《삼연집》에는 시가 시기순에 따라 체계적으로 수록되어 있다. 다만 앞에서 말한 대로 초고가 원집과 습유로 나누어져 간행되고 편찬된 관계로 이 둘을 합해서 초고의 전집 형태로 복원해야 본래의 모습을 볼 수 있다. 감상과 연구에 적지 않은 불편을 초래하는 점이다.

5000수가 넘는 시는 형식과 제재, 주제 면에서 매우 다양하다. 감회를 읊고, 자연을 묘사하며, 친구와 교유하고 사람과 헤어지는 정서를 표현하고, 전국 각지를 여행한 견문을 기록하였다. 또 사물과 사회, 철학적 사유를 형상화하고, 사회와 정치를 비판하고 정책을 제안하는 등 시가 다룰 수 있는 다양한 제재를 두루 포함하고 있다. 그는 제재의 폭을 큰 폭으로 넓힌 점에서 주목할 만한 시인이다.

정서상 그의 시에서 주목할 점은 불평기가 가득하다는 점으로, 사대부의 허위의식을 꼬집는 기사가 많다. 권5의 〈산중의 감회[山居感懷]〉 제30수에서 청평사에 은거한 고려의 은사 이자현(李資玄)을 찬미하면서도 "뉘 알랴 식암에서 즐거운 가운데, 불평한 마음 지니고 있을 줄을 〔誰知息菴樂, 中自帶不平〕"이라고 하였다. 기러기 울음을 듣고도 불평의 소리로 이해하고, 〈다시 읊다〔又賦〕〉 제1수에서는 "뜻대로 되는 일 이미 없으니, 그저 불평한 소리만 내고 있어라〔已無如意事, 惟有不平鳴〕"라고 읊었다. 서울에 머물지 못하는 것도 불평한 심경 때문이라고 하였다. 이 때문에 그의 시에는 밝고 쾌활한 정서보다는 침울한 정서가 짙게 드리운다.

그의 불평한 심사를 증폭시키는 것은 사회의 지배층인 사대부의 허위와 가식이었다. 그의 시문 전체에서 가장 중요한 제재의 하나가 이것이고, 그의 임종 시기에도 허위를 가장 미워한다고 밝히고 있다. 이런 불만 끝에 나온 글이 습유 권29 끝부분에 실린 〈악태(惡態)〉와 〈속태(俗態)〉 70칙(則)으로, 사람들이 흔히 저지르는 꼴불견의 행태를 모아 놓았다. 사람들이 무의식중에 또는 습관에 따라서 좋지 못한 많은 행동을 하여 남의 감정을 상하게 하고, 기분을 나쁘게 만들며, 살풍경의 볼썽사나운 장면을 연출한다는 것이다. 먼저 〈악태〉 4칙과 〈속태〉 2칙을 차례로 든다.

○ 남이 숨기고 싶어 하는 일을 억지로 캐묻는다.〔强問人欲諱事.〕
○ 남의 물건을 빌리고는 반드시 "물건이 있을 줄 분명히 알았어!"라고 말한다.〔借人物件, 必曰的知其有.〕
○ 남의 부인이 아픈 것을 묻고는 그 증상을 캐묻는다.〔問人內患, 究其症情.〕
○ 남이 주는 물건을 받고는 도리어 "좋은 물건이 아니군요!"라고 말한다.〔受人餽遺, 反詈不腆.〕

○ 사람을 만나자마자 바로 이름과 자(字)를 묻는다.〔逢人急問諱字.〕

○ 빈궁한 처지를 돌보아주지도 않는 사람이 "어떻게 살림을 꾸려
   가시는지요?"라고 묻는다.〔不恤貧窮, 而問何以生活.〕

대단히 핍진하게 당시 사람들의 못된 행태를 묘사하고 있는데, 이는
실상 사대부의 행태를 비판한 것이다. 이렇게 실상을 정확하게 포착
해내는 것이 삼연의 문학이다. 제자인 권섭(權燮, 1671~1759)은
〈첨산삼연삼계(添刪三淵三戒)〉에서 〈추태(醜態)〉라는 항목을 설정
하여 9칙(則)을 첨가하였다. 전체적으로 삼연의 글에 비추어 22칙이
불어났는데 그의 영향 정도를 보여준다.

삼연은 다작의 시인으로 이렇게 많은 양의 시를 쓴 시인은 한국 한시
사에서 드물다. 흔히 문학에서 농암의 문장이요 삼연의 시라고 함께
말하는데, 당대와 후대의 문인에게 삼연의 시는 매우 큰 영향을 끼쳤다.

삼연은 적극적으로 시의 혁신을 꾀하였고, 더욱이 동인을 규합하여
하나의 운동 차원으로 변화를 모색하였다. 당대 시단에서는 선조대
이래 지속된 복고적 시풍이 주류를 이루었고, 그런 창작 경향은 권필
(權韠)이나 정두경(鄭斗卿) 등에서 최고조에 이르렀다. 청장년 시기의
삼연은 그와 같은 시풍을 비판하면서 진실한 시〔眞詩〕를 창작하여 시
본연의 세계로 복귀해야 한다고 주장하면서 그 주장에 뿌리를 둔 창작
활동을 전개하였다. 삼연의 시론과 창작은 시단에 큰 영향을 끼쳐 18세
기 이후 서울 시단에서 주도적 경향으로 자리를 잡아갔고, 시론과 실천
양방향에서 큰 영향을 끼쳤다.

더 구체적으로 살펴보면, 삼연은 29세 때인 1681년 낙송루시사를
이규명과 김시보, 홍세태 등과 함께 결성하였다. 이 시사는 이규명과

김창립이 일찍 사망하고 기사환국으로 삼연이 서울을 떠나면서 끝이 날 때까지 활발한 동인 활동을 전개하였다. 삼연의 주도로 노론계 문인의 백악시단(白岳詩壇)이 이렇게 만들어졌다. 이에 대해 이병성(李秉成, 1675~1735)은 《순암집(順菴集)》 권5 〈제오재조상서추도삼연제공시후(題寤齋趙尚書追悼三淵諸公詩後)〉에서 "북리(北里) 문회(文會)의 성대함은 삼연 선생이 실로 창도하였는데, 북리의 명사들이 서로 경쟁하고 어울려서 그 풍치(風致)가 남들보다 빼어났다"라고 이 시사의 성대한 활동상을 표현하였다. 삼연이 백악시단을 주도한 사실은 이렇게 여러 기록을 통해 분명하게 알 수 있다.

낙송루시사는 기성 시단의 병폐를 혁신하고 새로운 시를 창작하자는 기치로 한양 시단에서 큰 반향을 일으켰다. 구성원 대부분이 노론이었고, 홍세태 같은 여항인(閭巷人) 일부가 가담하였다. 절친한 친분을 바탕으로 형성된 다수의 동인은 창작의 이념을 공유하였다.

삼연은 조선 한시에는 고질적 병폐가 있다고 진단하며 그에 큰 불만을 가지고 혁신하고자 하였다. 조선 한시의 독특한 버릇을 꼬집어 '동국의 버릇〔東態〕'이니 '동국의 격조〔東調〕'라 하면서 '동방의 시는 전체가 거칠다'라고 비판하였다. 문장에서 농암이 조선의 고질적 병폐를 비판하였듯이 기성세대의 창작상 특징을 비판함으로써 변화를 꾀하였다.

1684년에서 1685년 사이에 선배 학자인 조성기와 논쟁을 벌인 것도 낙송루시사의 전개와 밀접한 관련을 맺는다. 위에서 언급한 습유 권15에 실린 〈여졸수재조공(與拙修齋趙公)〉 2편이 바로 논쟁을 벌인 편지이다. 이 편지에서는 17세기의 복고주의 시 경향을 대변한 조성기와 시의 혁신을 주도한 삼연이 첨예하게 대립하는 양상을 확인할 수 있다. 〈답사경(答士敬)〉과 같은 다수의 편지와 만년에 쓰인 〈관복고서(觀復

稿序)〉,〈하산집서(何山集序)〉같은 서문, 그리고 〈잡록〉과 같은 차기(箚記)에서 삼연은 일관된 창작 방향을 제시하였다. 그 시론에서 정두경의 무리가 단지 옛사람의 겉모습만 베끼는 의고주의(擬古主義)임을 비판하고 시인의 천진함을 드러내는 진실한 시를 지어야 한다고 주장하였다. 이 시론은 자신과 시사 동인, 나아가 18세기 시단에서 창작론의 주류가 되었다.

삼연은 시에서도 창작론을 표출하였다. 간명한 사례로 1694년 어름에 지은 〈벽계에서 눈을 읊으며 반계에서 지었던 시의 운을 쓰다[檗溪賦雪, 用盤溪韻]〉제5수(권5)를 꼽을 수 있다.

시 지을 때 어찌 굳이 한당의 시와 같이 하랴　作詩奚必漢唐如
천진을 쏟아내면 그게 곧 태초를 회복하는 것이로다

　　　　　　　　　　　　　　　　　　　陶寫天眞是返初
견본대로 그린 조롱박은 살아 있는 그림 아니요　依樣葫蘆非活畵
문 닫고서 수레바퀴 만듦에 같은 수레 되는도다　閉門輪輻會同車
온 천지가 눈 세상이니 세상을 깨울 만하고　乾坤一雪堪醒世
애환을 시로 짓자면 진솔한 내면에서 나옴이 중요하네

　　　　　　　　　　　　　　　　　　　哀樂惟詩貴出虛
이런 뜻은 소식과 황정견도 다 깨치지 못했으니　此意蘇黃猶未透
한산 스님이 나를 오활하다 하지 않으리라　寒山禪子不吾疎

이 논시시(論詩詩)는 간명하게 창작의 방향을 제시하였다. 종합해볼 때, 삼연은 눈앞에 펼쳐진 무한한 소재-자연이라 진실한 대상을 묘사하고, 기존의 규범에 얽매이지 않으며, 정교한 언어와 오묘한 시상을

발휘하고, 시인의 성정을 꾸밈없이 표현할 것을 주장하였다. 이 시론
은 17세기의 시풍에서 18세기 시단의 전체적인 변화를 암시하는 중
대한 변화를 표현했다는 점에서 한시사에서 역사적 의의가 있다.

이 시론을 바탕으로 삼연은 생활 주변에서 찾아진 일상적 사물과
진실한 자연을 일상의 언어로 묘사하고자 하였다. 이전의 격정적이고
낭만적인 시풍에서 변화하여 일상생활에서 체험하고 견문하고 느낀
것을 꾸밈없이 사실적으로 표현한 작품을 창작하였다. 만년인 1714년
에 일련의 연작시로 지은 〈벽계잡영(檗溪雜詠)〉 제17수를 하나의 사례
로 보이면 다음과 같다.

열흘 내내 이어진 안개비에	浹旬連霧雨
별 보일 때 드물었어라	稀少見星時
마당은 젖어 푸른 이끼 생겨나고	院潦蒼苔産
울타리는 기울어 잡초가 지탱하네	籬欹雜卉支
뱀은 교만하게 참새 새끼를 노리고	蛇驕探雀鷇
제비는 연약하여 거미줄에 걸렸네	燕弱挂蛛絲
물태가 나 홀로 웃을 거리를 주니	物態供孤笑
시가 이루어짐에 절반은 속된 말이로다	詩成半俚辭

새로운 시의 길을 삼연이 어떻게 창작에서 구현하였는지를 엿볼 수
있는 작품이다. 일상생활의 현장에서 평범한 소재를 찾아 쓰되 마지
막 연에서 개념어를 써서 생각을 표현하였다. 특별하지 않은 소재와
현상을 차분하게 전개하는 전형적인 삼연 작풍의 시이다. 이 연작시
의 제29수에서 "생각이 게으르고 몸까지 노쇠하여, 시 지을 거리를

눈앞에서 찾는구나[懶意兼衰態, 詩從目下求]"라고 하였는데, 평범한 일상생활에서 소재를 찾아 시를 지어야 한다는 지론을 다시 확인할 수 있다.

일생생활의 평범한 소재를 진실한 감정으로 표현하고 묘사하려 한 삼연은 형식적으로는 잡영(雜詠)을 선호하는 단계로 발전하였다. 권4의 오언율시 연작시〈현성잡영(玄城雜詠)〉은 1687년에 지은 것으로, 이 시 앞뒤로 하여 잡영의 형식을 즐겨 채택하였다. 잡영은 잡스럽다는 '잡(雜)'이 들어간 말에서 느낄 수 있듯이 특정한 제재나 소재를 제시하지 않고 지은 연작시를 가리킨다. 단일하거나 일관되게 주제를 제시하지 않고, 비교적 자유롭게 감흥과 생각을 표현하는 경향이 있다. 송대 이후 즐겨 채택되어 소옹(邵邕)과 주희(朱熹) 같은 성리학자들이 널리 활용하였다. 특히 소옹의〈수미음(首尾吟)〉135수가 대표적인 작품이다. 삼연은 소옹의 시풍과 내용을 선호하였는데, 잡영의 형식을 즐긴 것에도 연관이 있다.

〈현성잡영〉외에도〈적성잡영(赤城雜詠)〉32수,〈춘흥잡영(春興雜詠)〉52수,〈만영(漫詠)〉31수,〈백연잡영, 화동교제절(百淵雜詠和東郊諸絶)〉52수,〈벽계잡영(檗溪雜詠)〉49수,〈새상잡영(塞上雜詠)〉19수,〈갈역잡영(葛驛雜詠)〉392수가 대표적이다. 잡영은 일부 예외가 있기는 하지만 대체로 현성, 적성, 백연, 벽계, 새상, 갈역처럼 지명을 써서 제목으로 삼았다. 시를 지은 장소임을 밝혔을 뿐 주제나 제재에는 제한이 없다.

그 가운데 수가 가장 많고 작품성이 높으며 후대에 큰 영향을 끼친 작품이〈갈역잡영〉이다. 함경도 여행에서 돌아와 강원도 인제에 머물던 66세(1718)에 이 작품을 지었다. 갈역은 현재의 강원도 인제군 북면

용대리 부근에 있던 마을로, 《대동여지도》에서 가력리(加曆里)로 쓴 곳이다. 부근에 남교역(嵐校驛)이 있어 갈역(葛驛)으로 표기한 듯하다. 삼연은 이 마을에 갈역정사(葛驛精舍)를 완성하고 머물렀다. 59세 되던 1711년에 갈역정사가 완성되고 62세 되던 1714년 11월에 갈역을 떠났으나 1718년 5월에 다시 갈역에 머물렀는데, 이때 이 작품을 지었다. 작품 세 수를 다음에 인용한다.

제1수(권14)

평소같이 밥 먹고 사립문 나서니	尋常飯後出荊扉
어디선가 호랑나비 훨훨 날아 따라오네	輒有相隨粉蝶飛
삼밭을 헤치고 지나니 비스듬한 보리 이랑	穿過麻田迤麥壟
풀꽃의 까끄라기가 옷에 잘도 들러붙네	草花芒刺易罥衣

제17수(권15)

무수히 떠오르는 물거품이	浮漚萬萬箇
찰나의 순간에 합하고 흩어지네	合散在須臾
명예를 구하고 이익 구하는 것을	求名與求利
부질없이 평생토록 꾀하누나	浪作百年圖

제91수(권14)

청구에는 큰마음 지닌 이 다시 없으니	靑丘無復大心人
단령 입고 둥근 갓 써서 의관만 멋지구나	圍領圓冠楚楚身
그대를 등용하면 장차 어떻게 할 텐가	如將用爾將何以
성의 정심으로 대답하니 진부하기만 하네	誠正爲言也腐陳

세 작품에서는 일상을 꾸밈없이 토로하고, 삶을 성찰하거나 관조하며, 사회 현실을 비판한다. 시를 멋지게 쓰려는 의도가 강하지 않게 가슴에서 나오는 대로 자연스럽게 쓴 시이다. 첫 번째 시는 눈에 보이는 일상을 다룬 즉경(即景)이고, 두 번째 시는 즉경에 사유가 덧붙여져 있으며, 세 번째 시는 사회의 풍자이다. 감회와 경험, 주변의 일상과 풍경에서 시작하여 역사와 철학, 국제 정세, 경제, 풍속, 국방 등 시가 다룰 수 있는 온갖 내용을 다루고 있다. 제자인 김시민(金時敏)은 《동포집(東圃集)》 권5의 〈〈갈역잡영〉을 보고서 다시 같은 운으로 짓다[再疊, 閱葛驛雜詠]〉에서 "종횡으로 뿜어져 나와 붓이 지체하지 않으니, 고금 천하의 모든 일이 시가 되었다[噴薄縱橫筆不遲, 古今天下事皆詩]"라고 평하였다.

잡영 외에도 삼연은 폭넓은 제재와 형식으로 다채롭게 창작하였다. 수많은 친지와 주고받은 증별시와 친지와 가족의 죽음을 애도한 만시는 주로 연작시로 지었는데, 각 인물에 대한 엄정한 평가와 흥미로운 사연, 풍부한 감정으로 높은 평가를 받았다. 그의 교유 범위에는 역사적으로 중요한 인물이 많아 정보와 인물평으로서도 참고할 만한 가치가 있다. 예컨대, 조성기의 죽음을 애도한 만시 〈뒤늦게 지은 졸수재 조공에 대한 만사[追挽拙修齋趙公]〉 12수를 꼽을 수 있다. 조성기는 역사적으로 중요한 인물이기도 하고, 삼연이 존경한 선배 학자로서 관계가 깊다. 《삼연집》에는 그에 관한 여러 시문이 있거니와, 앞에서 살펴본 간찰과 만시 그리고 〈졸수재 조공에 대한 묘지명 병서[拙修齋趙公墓誌銘 幷序]〉가 중요하다. 《숙종실록》의 졸기(卒記)에서도 이상의 글에서 채택하여 조성기를 평가한 것을 보면, 그의 글이 지닌 위상을 가늠할 수 있다.

삼연의 이 만시는 《졸수재집(拙修齋集)》 권13 〈부록〉에도 거의 똑같이 실려 있는데, 여기에는 만시의 초고가 실려 있기 때문에 글자에 차이가 있다. 내가 소장한 초간본 《삼연집》은 영조대에 영의정을 지낸 소론 명사 이광좌(李光佐) 수택본이다. 이 책에는 곳곳에 붉은 먹으로 평점을 달고 난외 상단에 비평을 가하고 있다. 특히 조성기의 만시에는 상당히 많은 평점과 비평을 달고 있으며, 그중 한 장은 크게 붉은색으로 비평을 가했다가 찢어버리고 새로 필사하여 넣었다. 그만큼 이 만시에 크게 반응한 것은 조성기에 대한 삼연의 평가에 이광자의 불만이 컸던 듯하다. 제1수 제1연이 《삼연집》에는 "세상에 드문 원용한 기틀 지닌 선비이시고, 평소 독보적인 견해 가지신 분이라(間世圓機士, 平生獨見人)"로 되어 있는데, 《졸수재집》 권13에는 첫 구절이 "세상에 드문 영명한 자질이시고(間世靈明質)"로 바뀌어 있다. 그런데 이광좌는 이 구절의 "영명질(靈明質)"에 비점을 치고 상단 난외에 "초본에는 '영명질'인데 뒤에 고쳤으니 너무 지나친 평이라고 생각해서가 아니겠는가?(初本'靈明質'也, 後改之, 得無以爲過乎)"로 비평을 써놓았다. "영명질(靈明質)"이 양명학에서 말하는 마음의 신명한 작용을 뜻하는 것이라면 "원기사(圓機士)"는 자유로운 처신을 뜻하는 말이다. 조성기를 평가하는 말로서 "영명질"은 과도한 평가로 본 것이다. 이렇게 수정한 이가 삼연인지 편집자인지는 분명하지 않다.

　　삼연의 작품 가운데 주목할 제재에는 전국 각지를 여행한 시와 산문이다. 여기에 설악산과 가평, 벽계 등 그가 머물렀던 특정한 지역의 산수와 풍토를 묘사한 시문도 포함된다. 삼연의 생애에서 한양 도회지에 머문 시기는 짧고, 전국을 여행하거나 명산에 머문 시기는 길다. 스스로 10년을 거주했다고 밝힐 만큼 설악산에는 오래 거주하였다.

제주도를 제외하고 팔도를 빠짐없이 유람하기란 여행을 즐긴 사람이라 해도 당시로는 드문 일이다. 각지에 포진한 친근한 지방관들의 조력을 받아 수월하게 여행하며 곳곳의 명산과 명승을 탐방하고 시문을 남겼다. 고려 무신란 시기의 문인 김극기(金克己)가 팔도를 두루 탐방하고 거의 100곳에 제영시(題詠詩)를 남긴 것보다도 더 다양한 곳을 탐방하였다. 삼연은 직접 가보지 않은 곳은 글을 쓰길 꺼려서 눈으로 확인한 경물, 곧 목경(目境)을 시문으로 쓰려고 노력하였다.

그 결과 원집 권24의 〈동유소기(東遊小記)〉, 〈평강산수기(平康山水記)〉, 〈오대산기(五臺山記)〉, 〈관음암기(觀音菴記)〉와 같은 짧은 기문을 남겼고, 습유 권23의 〈유봉정기(遊鳳頂記)〉, 〈울진산수기(蔚珍山水記)〉의 기문을 남겼다. 특히 습유 권27과 권28에는 '일기(日記)'의 문체로 〈단구일기(丹丘日記)〉, 〈호행일기(湖行日記)〉, 〈설악일기(雪岳日記)〉, 〈영남일기(嶺南日記)〉, 〈관서일기(關西日記)〉, 〈북관일기(北關日記)〉, 〈남유일기(南遊日記)〉, 〈남정일기(南征日記)〉 등 8종의 여행일기가 실려 있다. 이 일기에서 넓은 지역을 장기간 여행하면서 국토 자연을 탐방한 과정과 경물, 역사, 풍토, 교유한 인물을 간명하고 사실적으로 묘사하였다. 일기와는 별도로 많은 시를 지었는데, 운문과 산문 두 방면의 작품을 함께 읽으면 삼연이 바라보고 느낀 우리 국토의 진실한 풍경을 엿볼 수 있다. 삼연의 작품 가운데 적지 않은 비중을 차지한 여행지와 거주지의 기록은 견문한 풍경을 사실대로 묘사해야 한다는 '진실한 시〔眞詩〕'의 구체적 결과이다. 뿐만 아니라 당시 우리 국토의 실제 모습을 확인할 수 있는 중요한 사료이기도 하다.

5. 성리학 논변과 《경사주해(經史註解)》

삼연은 저명한 문인에 그치지 않는다. 뛰어난 성리학자로서 유학사에 큰 발자취를 남긴 인물이기도 하고, 조선의 당대 정치에 깊숙이 간여한 인물이기도 하다. 또 중국 역사에 조예가 깊은 사학자로 볼 수도 있다. 당론에 뿌리를 깊이 내린 정치적 행보 및 당대와 후대 유학의 전개에 큰 영향을 끼친 성리학자로서 벌인 논쟁은 《삼연집》의 위상에서 중요한 의미를 지닌다.

삼연은 김창협과 함께 낙론(洛論)의 형성에 깊은 영향을 끼친 학자로서 주목할 만하다. 18세기에 노론 당파 내부에서 사람의 본성과 사람 이외에 사물의 본성이 같은지, 다른지를 논한 호락논쟁(湖洛論爭)이 벌어졌다. 이는 조선 성리학에서 가장 핵심적인 주제의 하나이다. 인물성동론(人物性同論)과 인물성이론(人物性異論)으로 나뉘어 전자는 노론 경화세족 중심의 낙론으로 전개되었고, 후자는 호서 지역 노론 중심의 호론(湖論)으로 전개되었다. 논쟁 초기에 낙론을 주장한 대표적 인물이 바로 김창협과 김창흡 형제이고, 그 문하생들이 이를 이어받아 적극적으로 논의를 펼쳤다. 권19의 〈답이참봉재형(答李參奉載亨)〉과 권21의 〈답이현익(答李顯益)〉 등의 여러 간찰에서 성리설과 함께 낙론을 적극적으로 펼쳤다. 이보다 앞서 조성기에게 준 권18의 〈답졸수재조공(答拙修齋趙公)〉 3편과 권30의 〈태극문답(太極問答)〉 등 태극(太極)을 논한 간찰과 문답에서도 낙론의 주장이 펼쳐진다.

삼연은 관직에 실제로 나가 근무한 적은 없으나 조선 정치의 실제에 깊이 간여한, 정치적 성향이 강한 인물이기도 하다. 1689년 기사환국으로 부친 김수항이 사약을 받고 사망한 것은 그를 정치적으로 한층 강성으로 만든 듯하다. 그의 태도는 〈최 정승에게 보낸 편지〔與崔相錫鼎〕〉에서 잘 드러난다. 이 간찰은 우의정 최석정(崔錫鼎)에게 절교를 통보한 편지로, 1698년(숙종24)에 부친을 사사하는 데 앞장선 이서우(李瑞雨) 등을 기용하도록 요청한 최석정에게 항의하고 절교를 선언한 내용이다.

간찰과 시문, 묘도문자 등에는 그런 정치적 행보와 견해가 풍성하게 드러나 있다. 조선 후기의 저명한 당론서 가운데 하나인 홍중인(洪重寅, 1677~1752)의 《아주잡록(鵝洲雜錄)》 제28책에는 삼연의 글 5편이 수록되었는데 〈졸수재조공묘명(拙修齋趙公墓銘)〉, 〈답이참봉재형(答李參奉載亨)〉, 〈첨론이현익금수오상설(籤論李顯益禽獸五常說)〉, 〈여이덕수서(與李德壽書)〉, 〈의상중구(擬上仲舅)〉이다. 이 글들은 낙론을 주장하거나 노론의 정치적 색채를 강하게 밝히고 있다. 홍중인이 이 글들을 뽑아서 수록한 것은 삼연의 정치적 주장이 당시 당론의 이해에 중요한 기능을 하기 때문이었다.

삼연의 정치적 태도를 간명하게 살펴보면, 먼저 우암(尤庵) 송시열(宋時烈)을 적극적으로 옹호하고 예송논쟁 등으로 송시열과 극렬하게 갈등한 남인 윤휴(尹鑴)와 소론 박세당(朴世堂)을 악인으로 몰아세웠다. 〈파경(破獍)을 죽인 일에 대한 설〔殪獍說〕〉은 효경(梟獍)을 죽인 종을 칭찬한 글로, 윤휴와 같은 정적을 효경으로 비유하였다. 문집 곳곳에는 반대파를 향한 증오와 분노의 언어가 서슬 퍼렇게 직설적으로 드러나 있다. 이는 많은 시에서도 마찬가지이다.

당론에 엄격한 태도는 학문을 다루는 시각에도 연결되고 있다. 소론과 남인 학자를 향한 비판은 다양하면서도 일관되게 제기하였다. 위에서 언급한 윤휴와 박세당, 최석정에 대해 행적은 물론 학문과 저술에도

날 선 비판을 가하였다. 나아가 그들의 당파 선배인 장유(張維)와 신흠(申欽) 등에 대해서도 여러 곳에서 비판하고 있다. 권26의 《《계곡만필》에 대한 변[谿谷漫筆辨]》에서 10개 조목으로 낱낱이 장유의 견해가 잘못되었거나 모자란 점을 분석하였다. 그 밖에 잡록과 일록, 만록에서 학문을 논하면서 이들의 견해를 조목조목 비판하였다. 이렇게 볼 때, 삼연의 학술을 논할 때는 당파적 시각의 편협성을 고려해야 한다.

삼연의 학술적 산문에서 문집의 후반부에 수록된 잡록과 일록, 만록은 특별히 중요한 의미가 있다. 경서와 성리서(性理書)를 읽으면서 떠오른 단상(斷想)을 기록한 독서일기의 성격을 띤 차기(箚記)이지만 전문적 학술 탐구의 역량을 확인할 수 있다. 《시경》과 《서경》, 《춘추》를 해석한 조목에는 참신한 견해가 곳곳에 번득인다. 《시경》의 해석에서는 국풍(國風)을 여항(閭巷)의 민중이 노래한 민요로 보고 음란한 사설의 존재를 인정하는 등 천기(天機)의 발현을 중시한 그의 시론을 뒷받침하는 경학적 해석이 돋보인다.

특별히 주목되는 점은 춘추학(春秋學) 또는 역사학에 대한 강조이다. 학문의 중심이 경학(經學)에 있다는 점을 전제로 하면서 역사학을 겸비해야 한다고 주장하였다. 권33 〈일록〉에서 "춘추학을 정자(程子)는 중요한 일로 보았고, 주자(朱子)는 매우 소홀히 여겼는데 (중략) 끝내 소홀히 할 수 없는 점이 있다"라고 말하였고, 권36의 〈만록〉에서는 "경서를 해석하는 자는 또한 모름지기 사학(史學)을 겸하여 공부해야 한다"라고 말하였다. 역사학을 중시하는 태도는 습유 권29에 실린 〈간사범례(看史凡例)〉 5칙에서도 확인할 수 있다.

역사학 중시의 태도는 《춘추》를 비롯해 사마천(司馬遷)의 《사기(史記)》, 반고(班固)의 《한서(漢書)》 등 역사서를 두루 평가하고 해석한 실제 작업으로 이어졌다. 《한서》보다 《사기》의 문장을 높이 평가한 삼연은 《사기》의 여러 문장을 뽑아 집중적으로 분석하였다. 권36의 〈만록〉에는 주로 중국의 역사를 읽고 분석과 해석을 한 사론적(史論的) 성격의 차기(箚記)를 집중적으로 수록하고 있다. 그 후반부에는 《사기》 가운데 7개 전을 분석한 글이 실려 있는데, 차례로 〈백이전(伯夷傳)〉(제38~39칙), 〈화식전(貨殖傳)〉(제40~53칙), 〈유협전(遊俠傳)〉(제54칙), 〈신릉군전(信陵君傳)〉(제55칙), 〈형가전(荊軻傳)〉(제56~58칙), 〈항우본기(項羽本紀)〉(제59~65칙), 〈범저전(范雎傳)〉(제66~70칙) 등으로 7개 전에 33칙의 분량이다. 이는 권36 〈만록〉의 70칙에서 거의 절반에 해당하며 《사기》 비평으로서 적지 않은 수량이다. 중요한 것은 수량보다 그 내용이다.

삼연은 각 전기의 본의(本意)를 파악한다는 목적을 세우고 수사학(修辭學)의 방법을 동원하여 전기의 문장을 새롭게 분석하였다. 주석서를 편찬한 것은 아니나 《사기》의 문장을 세밀하게 분석한 13칙의 차기를 통해 〈화식열전(貨殖列傳)〉의 분석 방향을 제시하였다. 그중 뛰어난 수사학적 분석의 방법을 보인 전기는 〈백이전〉과 〈화식전〉이다. 문장을 분절(分節)하고 세심한 분석을 거쳐 문장의 오묘함을 파악하고자 하였으며, 서사법(敍事法)과 구법(句法), 전체 주제 등에 주목하여 분석하였다. 특히 〈화식전〉은 독창적인 수사학적 분석을 전개하고 있다. 〈화식전〉 전체를 상고에서 진대(秦代)까지의 고전(古傳)으로, 그 이후를 한전(漢傳) 또는 금전(今傳)의 한대(漢代) 경제사로 보는 관점을 제시하였다. 고전의 "서로 왕래하지 않았다[不相往來]"와 한전의 "천하를 두루 다녔다[周流天下]"는 두 가지 상반된 경제 행위를 내세워 한나라 건국 이전에는 물자의 교류가 제대로 이루어지지 않았고, 건국 이후에는 활발하게 이루어졌다는 큰 구도를 설정하였다. 이 구도는 이후 조선 학인(學人)의 시각에 큰 영향을 끼쳐 다수가 이 구도를 받아들였는데 〈화식전〉의 이해에 꽤 효과적이다.

삼연의 《사기》 주해는 조선 후기의 본격적인 《사기》 주석의 단초를 열었다. 실례로 〈백이전〉과 〈화식전〉의 주해는 그 이후에 등장한 편주자(編註者) 미상의 《경사주해(經史註解)》의 일부인 〈백이전〉과 〈화식전〉의 주석에 그대로 전체가 인용되어 있다. 《경사주해》를 이끌어 냈다고도 평가할 수 있는데, 주석서는 여기에 그치지 않는다. 삼연의 〈화식전〉 주해는 1780년 이후 정양흠(鄭亮欽)의 《고금집주신교화식전(古今集註新校貨殖傳)》과 편저자 미상의 《화식전신주(貨殖傳新註)》 등 〈화식전〉 단행본 주석서의 출현에도 큰 영향을 미쳤다.

6. 역사적 위상과 후대의 영향

숙종 시대의 문인이자 학자 삼연은 문학과 정치, 사상 여러 부분에서 큰 발자취를 남겼다. 당쟁이 치열한 세상에서 노론의 당파적 이익에 충실한 경화세족 인물이면서, 다른 한편으로는 그런 당파적 살육이 전개되는 사회 자체를 미워하여 산수 자연으로 도피하였다. 임종을 앞둔 삼연은 자기 인생의 대강을 표현할 큰 제목으로 '고관대작을 뜬구름처럼 보았다〔視軒冕如浮雲〕'라고 할 수 있겠다고 말했다. 스스로 표현한 삶의 제목은 당대 이후에도 공감을 자아냈다. 그의 삶을 예찬한 많은 후배의 찬사에서 확인할 수 있는데, 다산(茶山) 정약용(丁若鏞)이 〈고시 24수(古詩二十四首)〉 제11수에서 다음과 같이 표현한 것이 대표적이다.

위대하여라, 삼연 선생이여!	偉哉金三淵
《청사열전(淸士列傳)》에 들기에 부끄럽지 않구나	不愧淸士傳
생각하지도 못했지, 정승 집안에	豈意卿相門
홀연히 이런 선인(仙人)이 나타날 줄은	忽此仙骨現
휘파람 길게 불며 고관대작도 버리고	長嘯麗軒冕
명산을 두루두루 유람하다가	游歷名山遍
마음에 들면 그곳에 머물러 살았으니	適意便止居
매인 곳 없이 시원스러운 삶이었네	翩翩無係戀
지난해는 곡운에 머물다가	去年谷雲棲
올해는 벽계에서 살았지	今年檗溪奠
붓을 휘둘러 천만 자 글을 지으니	縱筆千萬言
산수 기운이 지면에 감돌았네	烟霞落紙面
영광에도 모욕에도 놀라지 않고	寵辱兩不驚
평탄하거나 기구하거나 결코 변하지 않았네	夷險遂無變
세상은 이와 같이 살아야 하리	度世會若此
인생은 번개처럼 순식간이니	人生如飛電

당파로는 대척점에 있었던 정약용은 삼연의 생애를 정말 핍진(逼眞)
하게 개괄하였다. 경화세족 출신으로서 고관대작을 헌신짝처럼 버리
고 산수를 유람하거나 깊은 산중에 칩거한 행적은 다산만이 아니라
많은 지식인에게 깊은 인상을 남겼다. 이인상(李麟祥)은 김시습(金
時習)과 함께 산수 취미를 안 사람이라 하였고, 이옥(李鈺)은 〈부목

한전(浮穆漢傳)〉에서 그를 남궁두(南宮斗)와 함께 세속을 벗어난 방외인(方外人)으로 보았다. 인물 자체에 존경과 동경하기를 주저하지 않았다.

후대 지식인에 대한 영향은 무엇보다 시작(詩作)의 측면에서 컸다. 삼연은 새로운 창작의 길을 모색하여 18세기 시단에 새로운 활력과 변화를 일으켰다. 재야의 지식인이면서 실질적으로 문단 권력을 지닌 삼연의 위세로 그의 창작 노선은 후배 시인들에게 큰 영향을 끼쳤다. 홍신유(洪愼猷)는 《백화자집(白華子集)》〈애박구헌(哀朴矩軒)〉에서 "삼연이 문호(門戶)를 따로 열어, 조선에 새로운 분위기가 일어났다〔三淵別門戶, 左海新鼓吹〕"라고 하였고, 신정하(申靖夏)는 《서암집(恕菴集)》 권10 〈백연자시고서(白淵子詩稿序)〉에서 삼연이 300년 조선 시단의 흐름을 바꾸어놓았다고 표현하기까지 하였다. 삼연의 제자인 이천보(李天輔)는 《진암집(晉庵集)》 권7 〈정원백화첩발(鄭元伯畫帖跋)〉에서 다음과 같은 의미 있는 증언을 전해주고 있다.

오늘날 시를 짓는 사람들이 삼연을 본받지 않으면 남들이 그를 이상한 눈으로 바라본다. 그런데 삼연의 학식은 가지고 있지 않으면서 삼연의 기이한 점만 배우려고 하기 때문에 삼연의 나쁜 병통을 얻고 만다. 오늘날 시가 쇠퇴하게 된 데에는 삼연도 책임을 회피할 수 없을 것이다.

18세기 시단에서 삼연의 위치와 역할 및 영향력이 얼마나 컸는지를 가늠하게 한다. 삼연의 혁신이 후대에는 일반화되었고, 나중에는 폐단까지 낳게 되었다. 모두 삼연의 시단 혁신이 지대한 후과(後果)를

낳았음을 설명한다. 18세기의 문학과 학문에 끼친 영향 면에서 삼연
은 무시 못할 거장이었고, 그의 모든 저술이 집적된 전집이 바로 《삼
연집》이다. 그동안 《삼연집》이 번역되지 못해 삼연을 이해하는 데
한계가 있었다. 충실하게 완역된 《삼연집》이 삼연과 그 시대를 더 깊
이 이해하는 데 큰 도움이 될 것으로 기대한다.

【참고문헌】

김광태, 〈三淵漫錄 역주〉, 2009, 고려대학교 석사학위 논문.

김남기, 〈三淵 金昌翕의 시문학 연구〉, 서울대학교 박사학위 논문, 2001.

김형술, 《白岳詩壇의 眞詩 硏究》, 서울대학교 박사학위 논문, 2014.

문석윤, 《湖洛論爭 형성과 전개》, 동과서, 2006.

신경훈, 〈金昌翕 시의 사상적 특성과 시적 형상화 연구〉, 창원대학교 박사학위 논문, 2019.

안대회, 《18세기 한국한시사 연구》, 소명출판, 1999.

안대회, 〈조선 후기 《史記》〈貨殖列傳〉 주석서의 문헌적 연구〉, 《대동문화연구》 110집, 2020, 201~230면.

안대회, 〈《史記》〈貨殖列傳〉 주석서와 그 修辭學的 주석: 18세기 조선의 주석서를 중심으로〉, 《대동문화연구》 113집, 2021, 81~106면.

오찬미, 〈三淵 金昌翕의 《史記》 비평 양상 연구: 〈漫錄〉을 중심으로〉, 《규장각》 64호, 2024, 97~139면.

이경구, 《조선 후기 安東 金門 연구》, 일지사, 2007.

이승수, 《三淵 金昌翕 硏究》, 이화문화출판사, 1998.

이종호, 〈三淵 金昌翕의 詩論에 관한 연구〉, 성균관대학교 박사학위 논문, 1992.

장종미, 〈정치사적 맥락에서 본 金昌翕 散文〉, 서울대학교 박사학위 논문, 2023.

최유진, 〈三淵 金昌翕의 哲學的 詩世界 硏究〉, 고려대학교 박사학위 논문, 2015.

한영, 〈三淵 金昌翕의 日記體 遊記 硏究〉, 한남대학교 박사학위 논
문, 2019.

삼연집

제 1 권

詩시

시詩

저녁에 속리산에 들어갔다가 길에서 종소리를 듣고[1]
계축년(1673, 현종14)
暮入俗離山 路中聞鐘 癸丑

신령한 선경(仙境) 멀다 말하지 마소	不言靈境遠
말 타고서 나 홀로 찾아왔거니	騎馬獨來尋
텅 빈 들판에는 새가 막 돌아오고	野曠初歸鳥
텅 빈 산에는 땅거미가 반쯤 졌어라	山空半夕陰
옛 절을 찾아오는 사람은 없고	無人問古寺
찬 숲으로 난 길이 있구나	有路入寒林
강 건너 종소리 울리는 곳에	隔水鐘鳴處
아득히 골짜기 더욱 깊구나	蒼茫洞益深

1 저녁에……듣고 : 이 시는 이해 가을에 삼연이 송규렴(宋奎濂)의 부인인 고모를 뵈러 가는 길에 속리산을 유람하며 지은 것이다. 《三淵先生年譜》

백마강 회고[2]

白馬江懷古

부소산[3] 왕기가 가을 하늘에 아득한데   扶蘇王氣杳秋天

백마강은 옛 절 앞으로 흘러가누나   白馬江流古寺前

국립중앙박물관 소장. 조선총독부 유리건판 중 백마강과 부소산

2 백마강 회고 : 이 시 역시 앞 시와 마찬가지로 삼연이 고모를 뵈러 가는 길에 백마강
을 유람하며 지은 것이다.

3 부소산 : 백제시대 도읍지인 사비성(泗泌城)이 있던 곳이다.

천 년 전 떨어진 꽃⁴ 어느 때나 피려뇨　　　　　　　花落千年何日發
고란사⁵ 노랫소리 산천을 휘감는다　　　　　　　　　皐蘭歌曲繞山川

---

4 천……꽃 : 백제가 망할 때 삼천 궁녀들이 투신하여 죽었다는 낙화암(落花巖)의
전설을 가리킨다.

5 고란사 : 정확한 창건 연대는 알 수 없고 백제 때 왕들이 놀던 정자라는 설과 궁궐
안의 사찰이었다는 설이 있다. 백제 멸망과 함께 소실되었다가 고려 때 백제의 후예들이
삼천 궁녀를 위로하기 위해 중창하였다.

무산[6] 갑인년(1674, 현종15)

巫山 甲寅

무산 동쪽으로 떠나자니 마음이 하염없는데	巫山東去意悠悠
기성[7]을 바라봄에 이별의 슬픔이라	却望箕城是別愁
맑은 강 한 줄기 이어져 흐르니	惟有澄江通一道
봄빛이 강선루[8]로 흘러드누나	春光流入降僊樓

국립중앙박물관 소장 조선총독부박물관 유리건판 중 성천 강선루

6 무산 : 무산은 평안도 성천(成川)에 있는 산 이름이다. 1674년에 삼연은 연경에 사신으로 갔다가 돌아오는 부친 김수항(金壽恒)을 맞이하기 위해 형 김창협(金昌協)과 함께 평양에 갔고 그 길에 성천 부사(成川府使)로 있는 백부 김수증(金壽增)을 찾아갔다. 《三淵先生年譜》

7 기성(箕城) : 평양의 이칭이다.

8 강선루(降僊樓) : 성천에 있는 정자로 관서팔경(關西八景)의 하나이다.

새로 물줄기를 틔워 연못으로 흘러들이니 외로운 기러기가 그 속에 있기에

新決泉入池 爰有孤鴈在中

끼룩끼룩 외로운 기러기 내려앉았건만	嗸嗸孤棲鴈
못 안에서 날개를 적시지 못하네	在池不濡羽
못이 말라버렸으니 어디에서 놀거나	池枯安所游
슬피 울며 이리저리 발자국 딛네	哀鳴散其步
골짝 어귀에 머무는 객이 있어	有客集谷口
삽을 듦에 물방울이 비처럼 떨어진다	擧鍤水若雨
탁한 진흙탕 몇 자루 파내어 보니	泥濁掘數斗
물길이 비로소 못으로 쏟아져 들어오네	水始入池注
못 가운데 여린 마름풀 생겨나고	池中生弱藻
못가엔 좋은 나무 드리우네	池上覆嘉樹
아침해 돋아 올라 광채 번지니	朝日旭其輝
기러기는 못 안에서 왔다갔다 노누나	鴈戲自沿洿
새로 튼 물길과 외로운 학이	新水與孤鴈
즐거울사 서로가 잘 만난지고	樂哉兩相遇

좋은 나무 을묘년(1675, 숙종1)

嘉木 乙卯

집 가까이 모두 다 좋은 나무이니　　　　　近屋皆嘉木

문을 엶에 꽃잎이 어지러이 날리네　　　　開門花亂飛

꽃구경 하느라 꽃들과 나란히 앉노라니　　看花成並坐

나비가 봄옷 위에 올라앉누나　　　　　　蝴蝶上春衣

한계 폭포[9]

寒溪瀑

산을 볼 적에는 반드시 높은 곳 찾고	見山必其峻
물을 볼 적에는 반드시 폭포를 찾네	見水必其瀑
아슬할사 한계 폭포여	危哉寒溪瀑
만 길 높이 절벽에서 시작되누나	起自萬丈壁

9 한계 폭포 : 한계 폭포는 강원도 인제의 한계산(寒溪山)에 있는 폭포이다. 지금은 대승 폭포로 불리며 금강산의 구룡 폭포, 개성의 박연 폭포와 함께 우리나라 3대 폭포이다. 한계산은 설악산의 남쪽 줄기로, 1675년(숙종1) 가을에 삼연이 이곳을 유람하고 복거(卜居)하려는 뜻을 가지기도 했다.《三淵先生年譜》

강원도 인제의 대승 폭포

절벽 높아 물줄기 붙어 있지 못하니	壁高不著水
온통 하나의 푸른 바위로 되었어라	蒼蒼竟一石
건듯 부는 바람이 폭포 중간에 불면	輕風拂中流
물안개 흩어져 남북으로 나부끼네	霧散飄南北
남은 물방울 오래도록 공중을 떠다니다	餘沫久徘徊
세찬 바람이 단풍 잣나무 숲으로 불어보내누나	颯颯吹楓栢
단풍 잣나무 그늘이 깊게 드리워	楓栢結陰深
골짜기 얼마나 깊은지 헤아릴 수 없어라	不可窺中谷
서쪽 봉우리 해 이미 기울어 숨었으니	西峰日旣隱
동쪽 대에서 앉아 있을 수가 없구나	東臺坐不得
장차 상류가 어딘지 물으려	將以問上源
밤에 절에서 유숙하노라	夜爲招提宿

이상경을 이별하고[10] 이상경은 이성좌(李聖佐)이다

別李尙卿 聖佐

오이가 자라나 칡 위로 덮이더니[11]	瓜生蒙葛上
바람 불자 넝쿨과 잎이 기우네	風至蔓葉傾
너와는 혼인으로 맺어진 까닭에	與爾昏姻故
여덟 살에 한 집에서 함께하였지[12]	八歲與同堂
생각건대 내가 처음 장가갔을 때	憶我初娶時
너를 보니 막 상을 붙들고 있더니만[13]	見爾始扶床
오늘 너는 능히 말을 탈 줄 알아서	今日爾能騎
말을 끌며 내 가는 길 전송하는구나	揮馬送我行
나를 전송하는 길이 또한 가깝지 않아	送我亦不邇

10 이상경을 이별하고 : 이성좌는 삼연의 처남으로 이조 좌랑을 지낸 이세장(李世長)의 아들이다.

11 오이가……덮이더니 : 오이와 칡은 모두 덩굴이 뻗어서 얽히는 식물로 혼인으로 맺어진 관계를 비유할 때 쓰는 말이다.

12 너와는……함께하였지 : 삼연은 이세장의 장녀 경주 김씨와 삼연의 나이 16세이던 1668년(현종9) 정월에 혼인하였는데 그해 5월에 장인 이세장이 세상을 떠났다. 이세장은 죽으면서 삼연에게 처자를 부탁하여 삼연은 이세장의 아들 이성좌를 보살피며 공부를 시켰다.《三淵先生年譜》《경주이씨대종보(慶州李氏大宗譜)》에 따르면 이성좌는 차후에 이훈좌(李勛佐)로 개명하였고 1662년(현종3)에 태어났다. 이세장이 사망했을 당시 이성좌의 나이가 7세였으므로 본문에서 8세라고 한 것은 이성좌의 나이를 가리킨 것이다.

13 상을 붙들고 있더니만 : 걸음마를 배우느라 상을 붙잡고 일어서는 모양을 표현한 것으로 어린 아이를 가리킨다.

한양까지 와서 옷깃 잡고 이별하누나	摻裾及漢陽
넘실대는 저 한강물은	滔滔彼漢水
아침에 탁했다가 저녁에 맑아지기도 하네	朝濁暮或淸
인생살이 만남도 쉬운 법이니	人生易會合
먼 길을 누가 두려워하랴	長路孰屛營
오직 바라건대 느긋이 노는 것을 삼가서[14]	惟願愼優游
노력하여 멀리 있는 이 마음을 위로해다오	努力慰遠情

---

14 느긋이……삼가서 : 열심히 노력하고 공부하여 훌륭한 인재가 되라는 말이다. 《시경》〈소아(小雅) 백구(白駒)〉는 인재에게 은둔하지 말고 국정에 나오기를 권하는 시인데 그 시에 "그대 느긋이 노는 것을 삼갈 것이요, 그대 은둔하려는 생각을 재고할지어다.〔愼爾優游, 勉爾遁思.〕"라고 하였다.

황곡가[15]

黃鵠歌

우뚝우뚝한 푸른 오동나무에	亭亭青梧樹
봉황 새끼가 단정히 앉았어라	端坐鳳凰雛
아래로 까막까치 떼 내려다보며	俯視烏鵲群
높은 소리로 울며 자기 짝을 찾아가네	高鳴跂我儔
가련타 강도왕이여	可憐江都王
어린 딸을 멀리 오랑캐에게 시집보내는구나	少女遠嫁胡
오손에는 일천 마리 말이 있고	烏孫馬千群
한나라에는 이름난 미녀 많다네	漢家多名姝
이름난 미녀 후궁에 있더니	名姝在後宮
세군이 강도를 출발하누나	細君發江都
평소에 금빛 병풍 안에 있더니	平生金屛內
오늘은 궁문을 넘어가누나	今日踰門樞
아비 어미는 문 닫고서 흐느껴 울고	爺孃閉戶泣

---

15 황곡가 : 이 작품은 한(漢)나라 때 이민족의 나라인 오손국(烏孫國)으로 시집 간 유세군(劉細君)을 모티브로 하여 지은 것이다. 세군은 제후의 부인을 지칭하는 말이다. 유세군은 한나라 강도왕(江都王) 유건(劉建)의 딸로 무제(武帝)가 한나라 공주라고 이름을 붙여 오손국왕 곤막(昆莫)에게 시집보내 우부인(右夫人)이 되었다. 곤막이 죽자 오손국의 풍속에 따라 곤막의 자손 잠추(岑陬)의 아내가 되었고 오손국에서 죽었다. 유세군은 고국을 그리워하며 "바라건대 황곡이 되어 고향으로 돌아갔으면.〔願爲黃鵠兮 歸故鄉〕"이라고 노래하였고, 이 노래를 〈비수가(悲愁歌)〉 또는 〈황곡가〉라고 불렀다. 《漢書 卷96下 西域傳下 烏孫國》

형제들은 수레 오르는 세군을 전송하네	兄弟送上車
앞 수레에 뒤 수레 연이어지며	前車連後車
일제히 붉은 융단 떨치고	齊拂紅氍毹
푸른 말이 흰 말을 뒤돌아보며	靑駹顧白馬
일제히 황하수를 마시는구나	齊飮黃河流
수레에서 내려 궁실을 물으니	下車問室宮
나를 궁려¹⁶로 인도해 들어가네	導我入穹廬
문에 들어가 마실 것을 찾으니	入門求水漿
나에게 들양의 젖술 권하네	勸我野羊酥
오손에서 태어난 들판의 아이는	烏生野中兒
안색이 사람 모습이 아니구나	顔色與人殊
대왕은 너무 늙어서	大王年太老
백발 머리를 앉아서 떨구고 있고	髮白坐垂頭
도기¹⁷의 얼굴은 너무 추하여	屠耆面太麤
움푹한 눈에 누른 수염 많구나	深目多黃鬚
두 천막 사이를 배회하노니	徘徊兩廬間
오직 따로 거처하는 것이 소원이라네	惟願別處居

---

16 궁려(穹廬) : 북방의 유목민이 거주하던 집으로 천막을 둥글게 둘러쳐서 만든 것이다.

17 도기(屠耆) : 흉노의 관직명으로 보통 한어(漢語)로는 현왕(賢王)으로 번역한다. 흉노왕인 선우(單于)의 바로 다음가는 시위로 보통 선우의 자제들이 맡았다. 여기서는 오손국왕 곤막이 죽고 유세군의 남편이 되는 잠추를 가리킨 것으로 보인다.

군마황[18]
君馬黃

그대의 말 누르고	君馬黃
걸음걸이 훌륭하니	行步良
푸른 실로 굴레 매고 사방을 내달리네	勒以靑絲奮四方
사방을 내달림이여	奮四方
내 말로 쫓아가려 해도 절룩이며 넘어지네	我馬欲追跛哉僵
남쪽으로 가지 않고 북쪽으로 가지 않고	不之南不之北
동쪽으로 가지 않고 서쪽으로 가지 않고	不之東不之西
다만 우리 고을 안에 있으면서	但當在吾郡府中
느긋하게 옷자락 끌며	冉冉曳衣裳
담장 아래 뽕나무[19]에 말 세우고 소 불러야 하건만	歇馬呼牛墻下桑

---

18 군마황 : 〈군마황〉은 본래 한(漢)나라 때 고취곡(鼓吹曲)의 하나로 준마의 기상과 협객 사이의 의리 등을 노래한 것이다. 삼연은 〈군마황〉의 형식을 차용하여 뛰어난 상대방을 비유하였다. 그런데 삼연이 이 시를 지은 해에 삼연의 부친 김수항(金壽恒)은 전라도 영암(靈巖)으로 유배 갔고 삼연이 모친을 모시고 영암에 다녀오기도 했다. 《三淵先生年譜》 그리고 시에서 무계 남쪽으로 돌아오지 못한다는 말이 있는데, 무계는 현재 서울 종로구 부암동에 해당하는 무계동(武溪洞)으로 창의문(彰義門) 바로 바깥쪽 이었다. 그리고 무계동의 남쪽 즉 지금의 청와대 옆 무궁화동산에 김수항의 집이 있었 다. 이러한 배경을 염두에 두면 이 시는 김수항의 유배를 슬퍼하는 심정을 노래한 것이 아닌가 한다.

19 담장 아래 뽕나무 : 자신의 본가, 고향을 비유한다. 옛날에는 5무(畝)의 집 담장 아래에 뽕나무를 심었다. 《孟子 盡心上》

그대의 말 누르고   君馬黃
걸음걸이 훌륭한데   行步良
가고 가서 무계 남쪽으로 돌아오지 못하니   行行不歸武溪南
우리 노둔한 말 생각함에 몇 줄기 눈물 흐르리   思我駑馬泣數行

천마행[20]

天馬行

대완[21]에서 좋은 말 나니	大宛出善馬
훌륭하고 비범한 말 중국에는 없어라	權奇中國無
용과 같은 몸 드높이 말갈기 얽혀 있고	龍身高纏鬃
머리 곧추 세우고서 긴 숨을 내쉬네	驤首吐長呼
좋은 말은 수초를 좋아하고	善馬喜水草
오랑캐는 말 달리기를 좋아하네	胡人喜馳游
붉은 재갈 사이에 푸른 실 달려 있고	紅鞚間青絲
황금 굴레에 영롱한 구슬 박혀 있네	金羈錯明珠
한나라 사신이 이 말 사기 원하여	漢使願買此
일만 금도 넘는 재물 가지고 왔네	萬金頗有餘
금이 많아도 말을 얻지 못하니	金多馬不得
이사장군이 다시 서쪽으로 내달렸네	貳師更西驅

---

20 천마행 : 천마행은 서극천마가(西極天馬歌)이다. 서극천마가는 악부(樂府) 교묘 가사(郊廟歌辭) 가운데 하나로 한(漢)나라 무제(武帝)가 대완(大宛)을 정벌하고 천리 마를 얻고서 지은 노래이다. 《史記 卷24 樂志》삼연은 이 악부 가사를 모티브로 무제가 천리마를 얻은 일을 노래하였다.

21 대완(大宛) : 한나라 때 중앙아시아의 페르가나에 있던 고대 왕국이다. 이곳은 포 도주와 준마(駿馬)로 유명했다. 한나라 무제가 이곳의 명마를 얻으려고 사신을 보내 사오게 했는데 대완국이 사신을 죽이고 거부하자 격분한 무제가 이광리(李廣利)를 이 사장군(貳師將軍)으로 임명하여 대완국을 정벌하게 하고 그곳의 한혈마(汗血馬)라는 준마를 잡아 왔다. 《漢書 卷96 西域傳》

한 번 싸움에 옥관[22] 지나고 一戰度玉關

두 번 싸움에 영거[23]를 넘었지 再戰越令居

말 거두어 황하 건너니 收馬涉黃河

한혈마 붉은 땀 종횡으로 흐른다 頳汗縱橫流

공죽[24]을 꺾어서 말채찍을 만들고 邛竹折作鞭

포도를 일천 개 단지에 실어 나르네 蒲萄馱千壺

동쪽으로 창합문[25] 들어와 東入閶闔門

따각따각 걸어 어구[26]의 물 마시네 躞蹀飮御溝

한나라 궁전 서른여섯이[27] 漢宮三十六

빼곡하게 하늘에 닿누나 鬱鬱到雲衢

동서로 목숙[28]이 심어져 있으니 東西種苜蓿

---

22 옥관(玉關) : 옥문관(玉門關)으로서 감숙성(甘肅省) 돈황(燉煌) 부근에 있던 서역(西域)으로 통하는 관문이다.

23 영거(令居) : 감숙성 영등(永登) 일대로 흉노와 월지(月氏) 등의 이민족이 있던 곳이다.

24 공죽(邛竹) : 서역의 공(邛)이라는 지역에서 나는 대나무이다. 장건(張騫)이 대하국(大夏國)에서 공죽으로 만든 지팡이를 보았다고 하며, 공죽을 좋게 여기던 무제가 사마상여(司馬相如)의 건의를 받아들여 공·작(筰)·염(冉)·방(駹)과 교통하여 군현을 설치했다고 한다. 《史記 卷123 大宛列傳》《史記 卷117 司馬相如列傳》

25 창합문(閶闔門) : 창합은 전설 속의 천문(天門)으로 대궐문을 뜻한다.

26 어구(御溝) : 대궐 안을 거쳐 흐르는 도랑이다.

27 한나라 궁전 서른여섯이 : 서른여섯은 지극히 많은 숫자를 나타낸다. 반고(班固)의 〈서도부(西都賦)〉에 "이궁 별관이 서른여섯 곳이다.[離宮別館, 三十六所.]"라고 하였다.

28 목숙(苜蓿) : 대완국 언어인 buksuk을 음역한 것이다. 콩과에 속하는 일년초로 우마(牛馬)의 사료이다. 한나라 때 처음으로 대완국에서 목숙의 종자를 들여왔고 이궁 별관의 곁에 모두 포도와 함께 심었다고 한다. 《史記 卷123 大宛列傳》

꽃과 잎이 말 머리보다 높이 자랐네	花葉過馬頭
좌우에 옥대가 솟아 있는데	左右起玉臺
풍악을 울려 새 노래를 연주하네	絃吹奏新謳
천자는 이 말 보고서	天子見此馬
곤륜산에 가 잔치하려 하고[29]	逝將宴崑丘
맹장은 이 말 보고서	猛將見此馬
올라타 흉노를 치기 원하네	願騎擊匈奴
태복이 옥 굴레 끌고	太僕牽玉勒
덩치 큰 노복이 안장 끼고 뒤따르네	大奴夾鞍趨
구경하는 이들 일제히 소리치면서	觀者齊揚聲
이 말이 뛰어나다고만 말하네	但道此馬殊
훌륭하여라 저 대완의 말이	美彼大宛種
지금은 천자의 말이 되었구나	今爲天子駒

29 곤륜산에……하고 : 옛날 주(周)나라 목왕(穆王)이 팔준마(八駿馬)가 모는 수레를 타고 천하를 두루 유람하다가 곤륜산 꼭대기에 가서 서왕모(西王母)를 만나 연회를 가졌다는 전설을 차용한 것이다. 《列子 周穆王》

두광국[30]

竇廣國

광국이 태어난 지 다섯 해에	廣國生五歲
팔려가 의양의 아이 되었네	賣爲宜陽兒
집이 청하에 있으니	有室在淸河
동쪽으로 바라봄에 어찌나 가슴 아픈지	東望何纍纍
누이 있어 서쪽으로 궁에 들어가니	有姊西入宮

---

30 두광국 : 두광국은 한(漢)나라 문제(文帝)의 황후인 두황후(竇皇后)의 동생이다.
두씨는 본래 조(趙) 땅 청하(淸河) 사람이었는데 고조(高祖)의 황후인 여후(呂后)가
여러 왕들에게 궁인(宮人)을 하사할 때 두황후는 대왕(代王)의 궁인이 되었다. 대왕이
두씨를 총애하였고 후에 대왕이 문제(文帝)로 즉위하자 황후가 되었다. 두광국은 네다
섯 살 때 집이 가난하여 누군가에게 붙잡혀 팔려가 여기저기를 전전하다가 의양(宜陽)
에서 주인을 위해 산에서 숯을 굽게 되었다. 그런데 밤에 절벽이 무너져 함께 잠자던
100여 명이 모두 죽고 두광국만 살아남았다. 두광국이 스스로 점을 쳐보니 며칠 안에
후(侯)에 봉해진다는 점괘가 나와 주인을 따라 장안(長安)으로 가게 되었고 그곳에서
황후의 성도 두씨이고 집도 청하라는 사실을 알게 되어 자신이 누이와 어릴 때 뽕잎을
따다 떨어진 일을 증거로 삼아 글을 올려 자신이 동생임을 알렸다. 두황후가 여러 가지
를 묻자 두광국이 소상하게 대답하였고 마지막으로 누이와 자신이 헤어질 때 누이가
쌀뜨물을 구해 머리를 감겨 주고 밥을 해 먹이고서 떠난 사실을 고하자 동생인 것이
확실해졌다. 두광국은 집과 전답과 돈을 하사받아 장안에서 살게 되었는데, 강후(絳侯)
와 관영(灌嬰)이 미천한 출신의 외척들이 또다시 난리를 일으킬 것을 두려워하여 두씨
형제에게 절조 있고 반듯한 장자(長者)를 붙여주어 마침내 두씨 형제가 겸양하는 군자
가 되어 교만하게 굴지 않았다. 경제(景帝) 때에 두광국은 장무후(章武侯)에 봉해졌다.
《史記 卷49 外戚世家》이 작품은 이러한 역사적 사실에 기반하여 문학적인 상상을
더해 창작한 것이다.

누가 나의 옷을 기워주리오	當誰補我衣
봄가을로 장사하는 수레 끌고서	春秋牽賈車
남북으로 먼 길 왕래했어라	南北遠往來
돌아와서도 쉬지 못하고	來歸未休息
섣달에 높은 산을 올랐지	臘月上高山
높고 높은 산에 올라 나무를 베고	高高伐山木
암석 사이에서 숯을 만드네	作炭巖石間
바람 불어 언덕이 무너져 내려	風來岸崩墮
언덕에 누웠던 백 사람이 죽어버렸네	臥岸死百人
백 사람 가운데 한 사람 살았으니	百人一人生
광국만이 목숨을 보전하였네	廣國能復存
놀란 마음으로 앉아서 생각해보고	心驚坐念之
이내 스스로 자기 동전을 던져보았네	便自擲我錢
점괘를 펼쳐 길흉을 살펴보니	開繇視吉凶
며칠 사이에 길한 일을 만날 징조라	逢吉數日間
길한 일이란 무엇인가	其吉復何如
고기 먹는 식읍 일천 호 제후 됨이라	肉食千戶君
도끼 던지고 높은 산 내려와	投斧下高山
서쪽으로 장안의 저자로 갔네	西步長安市
사람들 말하길 한나라 황후는	人言漢皇后
집이 조 땅이고 성이 두씨라 하네	家趙姓竇氏
다박머리 아이는 집을 떠난 뒤	髫童別家去
장성해서도 고향 마을 기억하였네	長大識州里
일천 문의 미앙궁에	千門未央宮

높고 높은 쌍궐 서 있네[31]	峩峩雙闕起
글 올리고 궐 아래 이르러	上書到闕下
곧장 우리 누이 만나게 해 달라 하니	直說見我姊
문지기가 돌아보고 꾸짖으며	閽吏相顧呵
뉘 집 자식이냐 묻네	問是誰氏子
청하의 강물 북쪽으로 흐르는데	淸河水北流
두가네 집 문은 강을 향해 있다오	竇家門向水
청하 가 대나무 한들한들	嫋嫋河上竿
쌍으로 노니는 잉어는 팔딱팔딱	躍躍雙游鯉
두 마리 잉어가 깊은 못으로 들어가면	雙鯉入深淵
대 낚싯대가 물고기 꼬리를 따르지요[32]	釣竿隨魚尾
태어나 어려서 부모 돌아가시고	生小父母沒
가난한 중에 누이 하나 있었다오	貧賤有一姊
한나라 궁에도 두씨 황후 계시고	漢宮亦有后
광국에게도 누이가 있소	廣國亦有姊
우선 서둘러 말을 전해주어	且速通語言

---

31 일천……있네 : 미앙궁은 한(漢)나라 궁궐의 정전(正殿)이고 쌍궐은 궁전 앞 양쪽에 세운 누관(樓觀)이다.

32 대……따르지요 : 낚시질을 하면서 미끼를 향하지 않는 물고기를 향해 유인한다는 말이다. 이는 한(漢)나라 때 탁문군(卓文君)의 〈백두음(白頭吟)〉에 "대나무 장대는 어쩌면 저리 하늘거리며 물고기 꼬리는 어쩌면 저리 체질 하듯 팔딱거리나.〔竹竿何嫋嫋, 魚尾何簁簁.〕"라고 한 것을 단장취의한 것이다. 〈백두음〉의 이 구절의 본의에 대해서는 해설하는 사람에 따라 다양하나, 명(明)나라 때 육시옹(陸時雍)의 《고시경(古詩鏡)》에 "물고기가 미끼를 물지 않은 데 낚싯대가 길어본들 무엇 하겠는가.〔魚不受餌, 竿長何爲.〕"라고 한 풀이가 이 경우에 참고할 만하다.

더 지체시키지 마오	勿復使留連
황후가 이 말 들음에	皇后得聞之
천자도 함께 놀라 탄식하네	天子同驚歎
황후 말하길 친동생이 하나 있었는데	說有親父子
생이별하여 고향에서 멀리 떨어졌지	生離遠隔鄕
내가 입궁한 후로는	自我入宮後
더이상 생사를 듣지 못하였네	不復聞存亡
우선 한 번 얼굴을 봐야겠으니	且試見顔色
동기간이 아닐지 누가 알랴 했네	孰知非同形
전교하여 보련[33]을 채비하게 하고	傳敎整步輦
치렁치렁 장신구를 펼치며	絡繹嚴具張
성대하게 구슬 달린 저고리에다	葳蕤被珠襦
구화 치마를 입고	蒙以九華裳
용 쟁반과 칠보상을	龍盤七寶床
전각 동쪽 행랑에 옮겨 내왔네	移出殿東廂
동쪽 행랑은 임원을 마주하여	東廂對林苑
진귀한 나무가 절로 줄을 이루었네	珍木自成行
계수나무 가지가 서로 구불구불 휘어져	桂樹枝相樛
빽빽하게 전각 모퉁이에 나 있네	鬱鬱周阿生
흰 사슴은 내려와 떼 지어 놀고	白鹿下群游
공작새 비취새는 날아올라 빙빙 도네	孔翠上徊翔
빙빙 돌다 왼쪽 날개 움츠리니	徊翔脅左翼

33 보련(步輦) : 사람이 메고 끄는 가마이다.

아홉 마리 새끼가 머리를 나란히 하고 우네	九雛齊首鳴
못 가운데 연꽃이 피어 있으니	中池芙蓉華
한 뿌리에 일천 잎이 향기를 뿜네	一根千葉香
말을 전하여 광국을 부르니	交語召廣國
광국이 황공하게 걸어 들어오는데	廣國入蹌蹌
자신의 해진 솜옷을 입고	著我弊縕袍
황금당으로 걸어 올라오누나	步上黃金堂
인도하는 알자가 앞에 자리 펼치고	謁者前鋪席
빗자루 들고서 종종걸음으로 중당[34]을 들어오네	奉箒趨中唐
첩여[35]들은 경갑(鏡匣)을 늘어놓고서	婕妤排箱簾
명월주 귀고리를 하고 나열해 섰네	羅立明月璫
황후는 흰 손을 드리우고	皇后垂素手
아름다운 눈에 맑은 광채 빛나네	美目騰淸光
큰 소리로 광국에게 이르기를	擧聲謂廣國
조금 앞으로 내 상 가까이 오라	少前近我床
외모가 서로 퍽 비슷하니	頭目頗相類
너의 음성을 들어보고 싶구나 하네	且欲聞音聲
광국이 재배하고 말하기를	廣國再拜言
황후께서 어찌 저를 잊지 않았으리오	皇后寧不忘
일 년 내내 산의 나무를 베고	終年伐山木

---

34 중당(中唐) : 대문에서 당(堂) 사이의 길이다.

35 첩여(婕妤) : 후궁(後宮)이 긴명(眥名)으로 상경(上卿)과 열후(列侯)의 지위에
해당하였다.

숯 만드느라 얼굴이 검어졌습니다	作炭面黎黑
얼굴 검은 것이야 그래도 괜찮다지만	面黑尚自可
몸이 컸으니 참으로 알기 어려울 것입니다	身高誠難識
집이 가난하여 춘삼월에	貧家春三月
꾀꼬리 울면 누에를 쳤는데	養蠶倉庚鳴
삼태기 들고서 누이를 쫓아가	提籠逐姊去
나무에 올라 멀리 뻗은 가지를 베었습니다[36]	上樹伐遠揚
가지가 -원문 1자 결락- 제 몸이 다치니	枝□傷我體
허겁지겁 광주리를 던지고 달려오셨습니다 라고 하였네	顚倒棄筥筐
황후가 듣기를 마치기도 전에	皇后聽未卒
슬픈 눈물 흘러내려 눈자위에 맺혔네	悲淚下承睚
광국이 무릎 꿇고 앉아 몸을 세우고 고하니	廣國長跪告
말이 오히려 다시 길어지네	言談尙復長
생각건대 옛날 누이와 이별하여	念昔與姊別
누이는 서쪽으로 왕궁에 들어가게 되었습니다	西上入紫宮
저는 뒤쫓아가 비단 겹치마를 잡았고	追持繡袂裙
빈 방에서 어쩔 줄을 몰랐습니다	屛營空舍中
누이는 슬피 외치며 잠깐만 시간을 달라 하고	悲號願須臾
나를 어루만지며 차마 떠나지 못했습니다	撫摩不自發

---

36 멀리……베었습니다 : 누에를 치는 데 필요한 뽕잎을 채취한다는 말이다. 《시경》
〈빈풍(豳風) 칠월(七月)〉에 "누에치는 달에 뽕나무 가지를 치는지라 저 도끼를 가져다
가 멀리 뻗어난 가지는 베고 저 여린 뽕은 잎만 따느니라.〔蠶月條桑, 取彼斧斨, 以伐遠
揚, 猗彼女桑.〕"라고 하였다.

서쪽 이웃에게 한 말 쌀을 빌려와　　　　　　西隣乞斗米

밥을 지어다가 우는 저를 달랬고　　　　　　持飯塞我泣

동쪽 집에서 쭉정이와 겨를 쓸어와　　　　　東家掃秕糠

두 손으로 제 머리를 씻겨주었습니다　　　　雙手沐我髮

늘어진 이마 위 머리털[37]을　　　　　　　髼然額上毛

갈라서 양쪽 귀 옆으로 올려주었지요　　　　披拂兩耳傍

지금 이미 머리는 구름처럼 길었고　　　　　今已如雲長

수염도 모두 덥수룩해졌습니다　　　　　　髭鬚俱蒼蒼

지난날 산의 나무를 베고　　　　　　　　昨日伐山木

바람과 눈 속에서 숯 만들 때　　　　　　作炭風雪時

북쪽 가지가 바람과 추위에 시달리는 것을　　北枝苦風寒

남쪽 가지는 혹 알지 못했습니다[38]　　　　南枝或不知

백 년 세월을 서로 잊고 살 것 같았고　　　相忘以百年

천 리 거리를 서로 떨어져 있었습니다　　　相離以千里

대왕의 후궁이 된 것도 듣지 못했는데　　　不聞代王姬

한나라 황후가 된 것을 어찌 알았겠습니까　寧識漢皇后

황후께서 날마다 깊은 구중궁궐에 계시는데　皇后日深居

누가 아우의 생사를 알려주겠습니까　　　誰告弟生死

---

37 이마 위 머리털 : 옛날에 머리털을 두 쪽으로 나누어 아래로 드리워서 눈썹까지 이르게 했던 아동의 머리 모양을 말한 것이다.

38 북쪽……못했습니다 : 《백공육첩(白孔六帖)》〈매부(梅部)〉에 "대유령의 매화는 남쪽 가지의 꽃이 떨어질 때쯤에야 북쪽 가지의 꽃이 피니, 이는 춥고 더운 날씨의 차이 때문이다.〔大庚嶺上梅, 南枝落北枝開, 寒暖之候異.〕"라고 하였는데, 이처럼 서로 간의 처지의 차이 때문에 두광국의 고생을 두황후는 알지 못했을 것이라는 말이다.

그러나 천륜은 쉬이 만나지는 것이니	天屬易合幷
오랜 세월이 지나면 인연이 닿는 법이지요	久久會有緣
황후는 너무나도 슬픈 가슴 미어져	皇后大摧傷
흐르는 눈물을 비단 수건으로 닦았네	流淚承羅巾
비단 수건을 좌우로 떨치는데	羅巾左右揮
눈물은 어찌나 줄줄 흐르는지	淚下何連連
후궁들은 타마³⁹를 빗질하고서	嬪嬙梳墮馬
구름 같은 머리를 숙이고 일제히 엎드리네	齊伏垂雲鬢
구름 같은 머리 바닥에 떨구니	雲鬢顚倒落
목 멘 울음소리 슬프고 쓰라려라	哽咽聲悲酸
황후가 눈물 닦고서	皇后拭涕淚
다시 광국을 불러 말하기를	重呼廣國言
사연 많은 너의 말을 듣고 보니	纍纍聞汝談
다시 네 얼굴을 볼 수가 없구나	不復視汝顔
돌이켜보면 네가 태어난 후로	尋念爾生後
불쌍하게도 항상 주리고 추웠구나	惻惻常饑寒
첫 해에 부모를 장사지내면서	初年父母葬
기와와 섶으로 양친의 무덤 덮었고	瓦柴覆兩墳
이듬해에 다섯 살 아이를	明年五歲兒
내다팔아 다른 사람에게 버렸지	出賣棄他人

---

39 타마(墮馬) : 고대 부녀자의 머리 장식의 하나인 타마계(墮馬髻)를 가리킨다. 머리카락을 한쪽으로 약간 기울게 빗어 늘어뜨려 마치 말에서 떨어진 뒤의 머리모양처럼 한 것이다.

깊은 궁궐에 홀로 와서 살면서	深宮獨來處
몸에는 비단옷을 둘렀지만	繞身綺與紈
따뜻하고 배불러도 얼굴을 펼 수 없었고	溫飽莫揚眉
가슴 깊숙이 온통 슬픈 마음이었지	悲思腸肉間
산 사람은 이렇게 만났다지만	生人則有逢
돌아가신 부모님께는 은혜 갚을 길 없구나	亡者莫報恩
이전에는 가난했다 마침 뒤에 귀해졌으니	先貧適後貴
영화를 함께 누릴 수가 있겠구나	便可同榮身
슬픔이 다하고 즐거움을 같이 즐기리니	哀極樂相樂
서로 만남이 참으로 기쁘구나 라고 했네	相見誠爲懽
내관이 황실의 창고를 열어	中官發內府
문양 새긴 쟁반에 금전을 받들어 올리네	雕盤捧金錢
천자는 황금 인장 만지작거리다[40]	天子弄黃印
녹벽[41]에 푸른 인끈을 꿰네	綠碧靑緺穿
의기양양 기린 띠를 차고서	揄揚曳麟帶
광국이 천천히 궁문을 나오네	冉冉出宮門
장안에 귀족의 저택 생기고	長安列東第
호치[42]에 전원 생겼네	好畤起田園

---

40 황금 인장 만지작거리다 : 인장을 만지작거리며 희롱하다가 관작을 수여한다는 의미이다. 한나라 고조가 어사대부의 인장을 만지작거리며 희롱하다가, 조요(趙堯)보다 나은 사람이 없다고 하면서 그를 어사대부로 임명한 고사에서 유래한 표현이다. 《史記卷96 張丞相列傳》

41 녹벽(綠碧) : 청록색을 띠는 보옥(寶玉)의 일종이다.

42 호치(好畤) : 한나라 고조의 신하로 공훈을 세운 육가(陸賈)가 여태후(呂太后)를

전원은 극히 기름지고   田園極膏腴

높은 일산에 붉은 수레를 탔어라   高蓋夾朱軒

먼저 귀한 이는 고량진미를 누리다 죽었거니와   先貴死粱肉

나중에 귀한 이는 존귀해도 거만하지 않았도다[43]   晚貴不居尊

우뚝하고 우뚝한 장무후여   巍巍章武侯

성실하고 공경하여 덕이 드높이 진보하였도다   悚悚德高遷

한나라 황실에 귀한 인척 많으나   漢家衆貴戚

두씨는 자손 번창함이 마땅하여라[44]   竇氏宜子孫

피해 전답을 마련했던 곳으로 농토가 매우 비옥한 지역이다.

43 먼저……않았도다 : 먼저 귀하게 된 이는 여태후(呂太后)의 여씨(呂氏) 일족을
가리키고 나중에 귀하게 된 이는 두태후의 두씨 일족을 가리키는 듯하다. 여씨 일족은
부귀를 마음껏 누리고 권력을 전횡하다 마침내 멸문의 화를 입었으나 두씨 형제는 겸양
하고 조심히 처신하여 가문이 이어졌다. 고량진미를 먹다 죽었다는 말은 결국 교만과
사치를 부리다가 화를 입었다는 뜻이다.

44 한나라……마땅하여라 : 오만하고 삼가지 못해서 집안을 보전하지 못하는 다른
귀척과 달리 겸손하고 삼가는 두씨의 자손은 번창한다는 말이다.

추호[45]

秋胡

깊은 동산 안에 뽕나무 심고서	種桑深園中
3년 동안 담장을 넘지 않았네	三年不踰墻
일백 여 잠박(蠶箔)[46]에 누에 잠드니	蠶眠百餘箔
멀리 교외 나가서 뽕잎을 따네	出郊遠採桑
뽕잎을 따서 무엇을 할거나	採桑欲何爲
나의 검고 누른 실을 짜리로다	織我絲玄黃
가을 서리 내릴 제 가위와 자로 재단하여	秋霜持刀尺
멀리 계신 임에게 옷가지를 부치네	遠方寄衣裳
동쪽 집의 곱고 고운 아가씨[47]	東家妖冶娘

---

45 추호 : 추호는 춘추시대 노(魯)나라 사람으로 아내를 맞이한 지 석 달(혹은 5일)
만에 진(陳)나라로 벼슬살이를 하러 떠났다가 3년(혹은 5년) 만에 돌아오게 되었다.
그런데 돌아오는 길에 길가에서 뽕을 채취하고 있는 아름다운 여인을 보고서는 황금을
주며 유혹하였으나 여인은 이를 거절하고 가버렸다. 추호가 집에 와서 보니 그가 유혹하
던 여인이 바로 그의 아내였다. 추호의 아내는 집으로 돌아오면서 어버이를 그리며
빨리 치달려 오지 않은 것은 어버이를 잊은 것이니 불효(不孝)이며, 음탕하게 여인을
유혹한 것은 불의(不義)라고 질타하면서 자신은 불효하고 불의한 사람을 차마 보지
못하겠다고 하고 강물에 뛰어들어 자결하였다. 《列女傳》《西京雜記》이 작품은 개략적
인 정황만 서술된 이야기를 바탕으로 삼연이 구체적인 상황을 문학적으로 상상하여
형상화한 것이다.

46 잠박(蠶箔) : 누에를 치는 데 쓰는 대나무나 갈대 등을 엮어서 만든 채반이다.

47 동쪽……아가씨 : 동쪽 집의 아가씨는 아름다운 미녀의 대명사이다. 송옥(宋玉)의
〈등도자호색부(登徒子好色賦)〉에 "천하의 미인 중에서는 초(楚)나라가 최고요, 초나

큰길 가에서 아리따움 드러내네	發艷大道傍
길을 갈 때 짝을 지어 다니지 않고	行不結伴去
머리 숙인 채 금빛 광주리 들었네	低首携金筐
광주리 들고 하얀 손 드리우니	携筐垂素手
자태가 한결같이 어찌나 아름다운지	儀態一何盈
비단 저고리는 선들바람 따라 날리고	羅襦從輕風
온몸에는 상서로운 향초48의 내음	擧體蔵蘮香
때마침 거마 탄 길손 만나니	適逢車馬客
보석 덮개에 눈부신 광채 빛나네	珂蓋爛生光
숲 가운데 히잉 우는 말 세우고	中林馬嘶立
수레에서 내려 두건과 갓끈을 떨치네	下車拂巾纓
다정스레 앞으로 와 말을 건네며	款款前致辭
은근하게 둘이 마주하였네	綢繆兩相當
길손은 홀로 묵는 것이 괴롭고	行人苦獨宿
춘녀는 서글픈 마음 괴로운 법49	春女苦悲傷

라 중에 신의 마을이 최고요, 신의 마을 중에서는 동쪽 집의 딸이 최고입니다.〔莫若臣東家之子〕"라고 한 데서 유래하였다. 여기에서는 추호의 부인을 가리킨다.

48 상서로운 향초 : 원문의 '위유(蔵蘮)'는 왕자(王者)의 예법이 갖추어지면 전각 앞에서 돋아난다고 하는 상서로운 풀의 일종이다. 위향(蔵香)이라고도 한다.《法苑珠林》《宋書 卷29 符瑞志》

49 춘녀(春女)는……법 : 춘녀는 정욕을 품은 여인을 가리키는 말이다. 마음이 서글프다는 것은 추호의 입장에서 여인을 향해 남자를 만나지 못해 마음이 서글플 것이라고 판단하는 뜻으로,《시경》〈빈풍(豳風) 칠월(七月)〉에 "봄에 햇빛이 비로소 따뜻해져 꾀꼬리가 울거든 아가씨가 아름다운 광주리를 잡고 저 오솔길을 따라 이에 부드러운 뽕잎을 구하며, 봄에 해가 길고 길거든 흰 쑥을 많이도 캐니 아가씨의 마음 서글퍼함이

뒤편 말에 실린 황금을	黃金馱後騎
꺼내 놓으며 간절한 마음 드러내네	出置見丁寧
금이 많다 한들 여인은 쳐다보지도 않고	金多不回眄
등지고 서서 묵묵히 아무 말 없네	背立默無聲
꼿꼿이 노여움과 원망 품고서	亭亭含怒怨
그저 멀리 뻗은 뽕가지 꺾네	但自折遠揚
길손은 거마에 올라 공연히 머뭇머뭇	軒騎空躑躅
말 달려 떠나면서 서로 바라보누나	馳去以相望
저녁 해 어둑어둑 서쪽으로 지니	晻晻日西夕
산을 내려오는 소와 양들 보이누나	下山見牛羊
집 돌아옴에 3년 전의 지아비 있으니	還家故夫在
그 이름이 추호로다	秋胡自有名
안마당에는 새로 말이 매여 있고	中庭新繫馬
길가에는 푸른 말고삐를 맨 말이로구나	道上青絲繮
삼순을 금슬의 즐거움 누리다가	三旬樂琴瑟
삼년을 각자 침상을 달리 했네	三歲各異床
길에서 만났을 땐 초면으로 여기더니	道逢爲新面
집으로 돌아옴에 부끄럽고도 놀라네	還家慚且驚
신부가 추호에게 이르기를	新婦謂秋胡
한스러워라 그대의 두 마음이여	恨君兩心腸

여. 장차 공자에게 시집가리로다.〔七月流火, 九月授衣. 春日載陽, 有鳴倉庚. 女執懿筐, 遵彼微行, 爰求柔桑. 春日遲遲, 采蘩祁祁, 女心傷悲, 殆及公子同歸.〕"라는 十설의 이미지를 차용하여 표현한 것이다.

봄에 뽕 열매는 주렁주렁	春桑實離離
염주비둘기는 뽕나무에 올라 우네	青鳩上桑鳴
봄나들이 하는 여자 아이들	春游諸女兒
많이들 화장하고 끊임없이 오가네	絡繹多紅粧
어찌 첩에게만 눈길 주고 유혹했으랴	招挑寧獨妾
곳곳에서 멈춰서 서성였으리라	處處住彷徨
생각건대 지난날 막 결혼하고 이별할 제	念昔初婚別
촛불을 들고서 그윽한 방으로 나아갔네	持燭卽幽房
얼굴을 맞대고 약속하고 맹세하길	交頭結信誓
백년해로하며 서로 잊지 말자 하였지	長命無相忘
고운 비단의 합환대[50]	織羅合歡帶
오색 문양 찬란했네	爛然五文章
일천 번 둘러 마음 함께하기로 약속하고	千回約同心
두 손으로 마주하여 띠를 맺었네	雙手對結成
밝은 구슬로 감아 두르고	紹繚以明珠
금실 상자에 보관하였지	藏在金縷箱
띠를 가져다 그대 앞에서 찢어버리고	持帶裂君前
그대에게 영영 작별을 고하노라	與君訣平生
문 열어보니 기수가 흘러가는데	開門沂水流
원앙 한 쌍 강물 가운데 둥둥 떠 있네	中泛雙鴛鴦
원앙은 짝을 짓지 말지니	鴛鴦莫成匹
한 마리 물오리나 되어 날고저	願爲單鳧翔

---

50 합환대(合歡帶) : 남녀 사이의 사랑을 상징하는 실로 만든 띠를 가리킨다.

치마 걷어 올리고 물에 빠져 죽으니 　　　　　　　襃裳墮水死

생사 간에 두 사람의 정분이 끊어지도다 　　　　　生死兩絶情

용강에서 김현보에게 주다[51] 김현보는 김극광이다

龍江贈金顯甫 克光

산 남쪽에 복숭아나무 있고	山南有桃樹
산 북쪽에 오얏나무 있네	山北有李樹
때를 다투어 꽃피는 것이 귀하지	貴其爭時發
서로 다른 곳에 심긴 것 말해 뭣하랴	何論植異所
그대와 각기 하늘 저편에 떨어져 있다	與子各天末
서호[52]의 길에서 상봉하였네	相逢西湖路
황룡강(黃龍江)의 그대 집을 알고 있으니	龍江識君家
내가 찾아가 장성 아래에 수레를 매어놓았지	繫車長城下
장성에서 이별의 갈림길 나뉘는데	長城有別歧
말은 지치고 하늘에선 모진 비 퍼붓네	馬瘏苦天雨
노령에는 게다가 암석이 많아	蘆嶺況多石
행인들 발걸음 조심조심 지나네	行者側足度

---

51 용강에서 김현보에게 주다 : 김극광(金克光, 1653~1724)은 본관은 광산(光山), 자는 현보(顯甫), 호는 원관(遠觀)이다. 전라도 장성(長城)에 거주하였으며 창계(滄溪) 임영(林泳)과 서울로 올라와서 삼연 형제와 함께 공부하였다. 문예가 뛰어나 김수항(金壽恒), 김만기(金萬基) 등으로부터 칭찬을 받았고 명성이 있었으나 중년 이후로 과거를 폐하고 장성의 황룡강(黃龍江) 가에 거주하면서 학문을 연마하면서 삼연 형제와 교유를 맺으며 지냈다. 이 시가 지어진 1675년(숙종1) 9월에 삼연은 영암으로 유배 간 부친 김수항에게 문안을 갔는데, 이 길에 김극광과 만났던 것으로 보인다.

52 서호(西湖) : 전라도 영암의 서호이다. 오늘날 영암군 서호면(西湖面) 일대로 서쪽으로 영산강을 접하고 있어 서호로 불렸다.

새로 맺은 교분53에 은혜마저 깊어	新交恩亦深
잘 걷는 말을 나에게 주네	贈馬有好步
바라건대 이 말이 중도에 넘어지지 말아서	庶無中道蹶
백발의 노년에도 만날 수 있기를	期以皓首遇

---

53 새로 맺은 교분 :《병계집(屛溪集)》권54〈원관김공묘지(遠觀金公墓誌)〉에 따르면 김극광이 삼연과 만난 것은 그가 약관의 나이에 서울에 올라왔을 때였다. 김극광은 1672년(현종13)에 20살이었으므로 삼연이 이 시를 지은 1675년에서 멀지 않다.

섬 대. 사흥에게 부치다[54] 사흥은 족질 시걸이다

島竹 寄士興 族姪時傑

내가 서호[55]의 정자에 올라	我陟西湖亭
날마다 섬 위의 대를 바라보았네	日望島上竹
멀리 살평상 같은 섬 대를	島竹遠如簀
내 캐어다 피리를 만들려 했네	我欲伐爲篴
솔 배를 노 저어 가는데	松舟旣鼓楫
조수가 커서 이길 수 없네	潮大抗不得
조수 깊은 것이야 그래도 괜찮다만	潮深尙自可
조수가 빠지니 뻘밭 탁해라	潮去泥滑濁
푸르디푸르게 하늘 높이 뻗은 대줄기	蒼蒼沖霄簳
버려두자니 또 아까워라	棄置復可惜
대나무야 좋은 바람 불거든	寄言好風至
흔들리는 소리를 내게 보내주기를	惟使聲相屬

---

54 섬……부치다 : 김시걸(1653~1701)은 본관은 안동(安東), 자는 사흥(士興), 호는 난곡(蘭谷), 시호는 헌간(獻簡)이다. 이조 좌랑, 전라도 관찰사, 대사간 등을 역임하였다. 이 시 역시 삼연이 영암에 있는 부친의 적소(謫所)를 방문했을 때 지은 것이다.

55 서호(西湖) : 81쪽 주52 참조.

도성으로 가는 중형을 이별하며[56]

別仲氏之洛

형님은 부친 옥결[57] 쥐고서	兄摻阿爺玦
7월에 왜가리 울 때 강남 내려가시고	七月鳴鵙下江南
아우는 모친 수레 기름칠하여	弟脂阿母車
9월에 나뭇잎 질 때 구림[58]에 왔다오	九月木薄到鳩林
구림 좌우로 대나무가 무성히 돋아나니	鳩林左右竹叢生
엇갈린 잎 뻗은 가지 서로 잘 어울리네	交葉布枝自相當
부모 계신 높은 당은 담소하기에도 춤추기에도 좋으니	
	高堂宜笑復宜舞
모여서 즐김에 우리 고향과 다른 줄을 몰라라	未覺歡會異我鄉
두 달 동안 덕진[59]의 고기로 막 배불렀더니	兩月初飽德津魚
형은 어찌 문밖의 길을 물으시는가	兄何復問門外程
저 흰 고니가 병든 암컷 뒤돌아보며	如彼白鵠顧妻病

---

56 도성으로……이별하며 : 중형은 김창협(金昌協)이다. 부친 김수항(金壽恒)이 영암(靈巖)으로 유배당한 1675년(숙종1) 7월에 김창협이 부친을 모시고 영암으로 갔고, 9월에는 삼연이 모친을 모시고 영암으로 갔다. 김창협은 10월에 서울로 돌아왔으므로 이 작품은 이 무렵 지은 것이다. 《農巖集 卷35 年譜上》《三淵先生年譜》

57 옥결(玉玦) : 유배를 뜻한다. 결(玦)은 둥근 옥벽(玉璧)의 한쪽이 터진 것인데, 옛날에 신하가 죄를 지으면 이 옥결을 주면서 변방으로 쫓아냈다가 다시 부를 때는 완전하게 둥근 옥벽인 환(環)을 보냈다.

58 구림(鳩林) : 영암의 지명이다

59 덕진(德津) : 영암의 덕진강으로 오늘날의 영암천이다.

가려 해도 길이 멀어 제자리 맴도는 것 같으니[60]	欲往路遠且徊翔
새 성과 옛 성 있는 노령 길기도 하여라	新城古城蘆嶺長
부친은 얼른 돌아가라 권하시고	阿爺勸早歸
모친은 홑옷 차림 안타까워하시네	阿母惜衣單
남쪽 고을 황벽나무에 바람 몹시도 많이 부니	南州黃檗苦多風
노령 북쪽으로 가면 날씨가 더욱 차가우리라	蘆嶺北去更天寒
밤중에 밥을 들면 반쯤은 얼어있고	夜中持飯半成氷
말 위에서 손 거두어 자주 안장 껴안으리	馬上內手屢抱鞍
세모에 이 길을 급히 가서는 안 되니	歲暮此行莫倉卒
먼 길에 온통 어려움 아님이 없으리라	長路遠近無不艱
아아 한강 얼음 꽝꽝 얼어 노면을 채웠으리니	嗟哉漢氷羼觺塞玄坤
사람으로 하여금 근심스레 도성 문쪽을 바라보게 하네	
	敎人愁望洛北門
북문에 눈비가 어지러이 가득할 터이니	北門雨雪紛盈盈
형이여 형이여 평안하게 조심히 가시기를	兄乎兄乎平愼行

---

60 저……같으니 : 고악부시(古樂府詩)의 〈쌍백곡(雙白鵠)〉에 "두 마리의 하얀 고니
날아오거니, 서북쪽에서 이에 날아왔구나.……갑작스레 한 마리가 병이 들어서, 서로
따라 날아갈 수 없게 되었네. 5리마다 한 차례씩 뒤돌아보고, 6리마다 한 차례씩 배회하
누나.〔飛來雙白鵠, 乃從西北來.……忽然卒疲病, 不能飛相隨. 五里一反顧, 六里一徘
徊.〕"라고 하였다. 《玉臺新詠 卷1》

조수의 노래[61]

嘗夜登西湖亭 潮水與月俱滿 島竹沙鴈俱凄寒有響 心悲 遂作海潮歌寄
士興

밤에 서호의 정자에 올랐더니 조수도 차오르고 달도 둥글었다. 섬
대와 모래사장의 기러기는 처량하고 차갑게 소리를 내니 마음이 서
글퍼져 마침내 해조가를 지어 사흥에게 부쳤다.

강남의 대나무 문 조수 향해 열렸으니	江南竹門臨水開
문을 나가 밤마다 들어오는 조수 보노라	出門夜夜見潮來
조수 들어올 적에 저대로 길이 있고	潮來自有路
조수가 차오름도 제때가 있구나	潮盈亦以時
동산에 달 떠올라 서쪽 포구에 일렁이니	東山月出漾西浦
조수가 달 데리고 함께 오르내리네	潮水將月與上下
파도가 요동쳐 모래사장 기러기 날아오르는 것만 보이고	
	但見波搖起沙鴈
바람에 휩쓸려 대나무 섬에 닿았는지는 모르겠네	不分風漂到竹嶼
넘실넘실 바다로 이어져 끝이 없으니	灔灔連海無窮極
아침저녁 어디서 오고 어디로 가는지 누가 물을 수 있을까	
	誰能朝暮問來去

---

61 조수의 노래 : 서호는 81쪽 주52 참조, 사흥은 83쪽 주54 참조. 이 작품 역시 영임에
있는 부친의 적소(謫所)에서 지은 것이다.

우뚝 솟은 암석 끼고 용나루에 머무니　　　　嵯峨夾石駐龍渡

나루 서쪽이 바로 한강 가는 길이라　　　　　渡西是向漢江路

한강으로 들어간 조수 뉘 집을 찾아가나　　　漢江潮入過誰家

애달파라 오늘밤 두 갈래 파도여　　　　　　可憐今夜兩道波

조수 와도 소식 전하지 못하고 서로 바라보노니　潮來不能寄相望

밝은 달이 서쪽으로 기우는 것이 두렵기만 하여라　只懸明月畏西斜

석문[62] 병진년(1676, 숙종2)
石門 丙辰

월악의 동남쪽 모퉁이에	月嶽東南隅
연이은 봉우리 쉬잖고 내달리네	連峰騖不休
꺾여서 쌍석문 되니	折爲雙石門
물 흘러 그 속을 뚫고 지나네	流水貫其幽
일천 바위 모두가 기암괴석인데	千巖皆怪石
봄 되자 푸른 안개 끼여 있구나	春至翠靄浮
샛길 비탈로 벌벌 떨며 올라가다가	邪逕人上慄
아래 보니 대나무가 쭉쭉 뻗었네	下窺竹脩脩
조금씩 다시 앞으로 나아가서야	行行少復前
동굴 아래 암자에 이르렀네	乃造窟下廬
그곳 사람 형체가 고목과 같고	其人形槁木
그곳에 부는 바람 소리 거세네	其地風肅如
날짐승 길짐승도 붙어살기 어렵거늘	鳥獸竟難託
어떻게 오래도록 눌러있는가	何以永夷猶
감천 물을 손으로 거듭 움켜 마시니	再掬甘泉去
장수를 누리리라고 승려가 말하네	僧言壽千秋

62 석문 : 삼연은 이해 2월에 아우인 김창집(金昌緝)과 전라도 영암(靈巖)의 월출산 (月出山) 도갑사(道岬寺)를 찾았다. 이 시는 이때 지은 것이다. 《三淵先生年譜》《농암 집(農巖集)》 권1에 합장굴(合掌窟)이라는 암자와 그곳의 석문, 샘물에 대해 읊은 시가 있는데 삼연의 이 시와 동일한 곳에서 지은 것으로 보인다. 《農巖集 卷1 合掌窟》

병중에 《문선(文選)》의 문체를 대략 모방해 사홍 형제에게 부치다[63]

病中略倣選體 寄士興昆季

나의 병이 한 달을 끌고 있으니	我病連旬月
시름시름 종남산에 누워있다네	昏墊臥終南
문 닫고서 풀이야 자라건 말건	掩關從草滋
창문 닫고 바람 들까 무서워하네	塞牖畏風侵
그저 이 한 방에서 눕고 앉으며	臥坐惟一室
겹겹이 베개 이불 휘감고 있네	襞積繞枕衾
높은 들보에 새끼 제비 소리 들리니	高梁聞乳燕
귓전에 닿는 소리 곧 새로워라	屬耳卽新音
멍하니 누워서 도무지 즐거움 없으니	冥臥苦無悰
아득히 가는 시절 쫓아가기 어려워라	徂節邈難尋
목련은 흰 꽃잎 시들어 버리고	木蓮委素萼
아가위는 높은 숲에서 빛나고 있네	山棠耀高林
한 동이 술 가지고 화초를 찾을래도	樽酒逐芳物
화락함을 전혀 즐길 수 없구나[64]	爲樂苦未湛

---

63 병중에……부치다 : 사홍 형제는 김시걸(金時傑)과 김시보(金時保, 1658~1734)
이다. 사홍은 83쪽 주54 참조. 김시보는 본관은 안동(安東), 자는 사경(士敬), 호는
모주(茅洲)이다. 김창협(金昌協)의 문인으로 공조 좌랑(工曹佐郎), 무주 부사(茂朱府
使) 등을 역임하였다. 저서에 《모주집(茅洲集)》이 있다.

64 화락함을……없구나 : 이 구절은 종형제 사이에 서로 만나 즐거움을 누릴 수 없음

깊이 쌓인 회포를 어이할거나   奈何抱幽蘊
뜨락의 시간은 쉬이 흘러가거늘   庭砌易改陰
찾아오는 이의 발자국 소리 반갑다는 것을 홀로 살다 보니 알겠으니
                                                             喜跫徵索居
물결 소리 들으며 내 마음 적셔줄 이를 기다리네   聞濤佇沃心
친한 벗들 찾아와 위로하는 일 없으니   親友曠惠綏
어찌 다시 공경하는 이[65]를 가리랴   寧復簡所欽
글을 지어 돈독한 애정 전하고서   興文貽篤愛
붓을 던지고 그윽한 회포를 읊조리노라   擲筆吐幽吟

을 한탄한 부분으로,《시경》〈소아(小雅) 상체(常棣)〉에 "형제가 이미 화합하여 화락
하고 또 길이 즐긴다.〔兄弟旣翕, 和樂且湛.〕"라고 한 문장을 활용한 것이다.
65 공경하는 이 : 벗을 가리킨다.《문선》권24 〈증수재입군(贈秀才入軍)〉에서 사신
의 벗인 수재를 향해 "내가 공경하는 이를 그리워하니〔思我所欽〕"라고 한 표현이 있다.

준곡 3장. 한여중 형제에게 주다[66] 한여중은 한위이다
浚谷三章 贈韓汝重 墇 昆季

깊은 골짝 있으니	有浚者谷
화악[67]의 왼쪽이로다	曰左華嶽
아우여 형이여	叔兮伯兮
위아래로 집이 있도다	下上其宅
깊은 저 긴 못은	濯彼長淵
서로도 동으로도 흐르지 않도다	不亦西東
못의 이름 무엇인가	淵名伊何
구룡연이로다	維龜維龍
용이 잠겨 있음이여	龍之潛矣
비늘을 움츠리고 있도다	載戢其鱗
군자가 그 모습 보고서	君子以之
도리를 따라 자신을 수양하도다[68]	遵養厥身

66 준곡……주다 : 한위(韓墇, 1641~1696)는 본관은 청주(淸州), 자는 여중(汝重)이다. 《농암집(農巖集)》 권4에 그의 죽음을 곡하는 〈곡한여중(哭韓汝重)〉이 보인다. 그는 위로 형 한전(韓塽), 아래로 동생 한준(韓埻)이 있었다.

67 화악(華嶽) : 북한산의 이칭이다.

68 도리를……수양하도다 :《시경》〈주송(周頌) 작(酌)〉에 "아, 성대한 왕사로 도리를 따라 힘을 길러 때로 감추어 이에 크게 밝아진 뒤에야 큰 갑옷을 쓰셨다.〔於鑠王師, 遵養時晦, 時純熙矣, 是用大介.〕"라고 한 구절의 의미를 원용한 것이다.

동쪽에 전답 경작하니	維東理田
일백 이랑이로다	則百其畝
북쪽에 집 지으니	維北築室
열 도[69]를 채우지 않도다	不盈十堵
잡초와 잡목을 베어내고	乃攘乃剔
언덕과 습지[70]를 바라보도다	乃瞻原隰
소나무 측백나무 있는 곳에 터가 열리니	松栢啓矣
그 아래에 집이 있도다	其下維宅
이미 안락한 집 있음을 기뻐하니	慶旣安宅
그곳에서 한가로이 노닐도다	厥游維寬
저 넘실대는 물을 떠다가	酌彼洋洋
장구하기를 기원하노라	式祈永年

시냇물에 노니는 물고기 있으니	泉有游魚
뱅어와 피라미로다	侯鱨侯鰍
그대에게 즐거움[71] 있으니	子有湛樂

---

69 도(堵) : 담장을 쌓을 때의 측량 단위로, 1장(丈)을 판(板)이라 하고 5판을 도라 한다.

70 언덕과 습지 : 잡초와 잡목을 제거한 후 펼쳐진 공간을 바라본다는 말이다. 언덕과 습지가 상징하는 내용은 경우에 따라 다른데, 《시경》〈소아(小雅) 신남산(信南山)〉에 "진실로 저 남산을, 우 임금이 다스리셨네. 잘 개간된 언덕과 습지에서, 증손이 농사를 짓네.〔信彼南山, 維禹甸之. 畇畇原隰, 曾孫田之.〕"라고 한 경우처럼, 여기에서는 형제들이 수고하여 마련한 전답과 집을 가리킨 것이다.

71 즐거움 : 거문고와 책을 언급한 다음 구절과의 연결성을 고려하여 '즐거움'이라고

거문고와 책이로다	侯琴侯書
살펴보고 노래함에	載考載歌
너의 형제 잘 어울리도다	宜爾弟兄
형제간에 화합하여	兄弟洽矣
벗에게까지 미치도다	爰及友生
술과 음식으로 초청하여	速以酒食
혹 손을 잡고 숲에 가 놀도다	或携在林
놀고 즐기려는 것이 아니라	匪則游敖
덕음을 오래가게 하려는 것이로다	以永德音

만 풀었으나, 원문의 '담락(湛樂)'은 형제간에 화락한 즐거움이라는 의미를 내포한 용어
이다. 《시경》〈소아(小雅) 상체(常棣)〉에 "형제가 이미 화합하여 화락하고 즐긴다.〔兄
弟旣翕, 和樂且湛.〕"라고 하였다.

9월 9일에 풍계에 모여서 강학하다[72]

九日 會講楓溪

72 9월……강학하다 : 9월 9일은 중양절(重陽節)이다. 중양절은 양수(陽數)인 홀수가 겹친 날로 붉은 수유 열매를 머리에 꽂고 산에 올라가 시문을 짓고 국화주를 먹는 등의 풍습이 있었다. 풍계는 청풍계(靑楓溪)이다. 인왕산의 동쪽 기슭에 해당하는 골짜기 일대로 오늘날의 청운동에 해당한다.

국립중앙박물관 소장
겸재(謙齋) 정선(鄭敾)의 〈장동팔경첩(壯洞八景帖)〉 가운데 청풍계 부분

사람들은 가을을 슬퍼하지만	秋節人所悲
9월 9일은 좋은 때라네	九日爲嘉時
문을 나서 슬슬 걸어가보니	出門步逍遙
삼지[73]에서 나를 부르는구나	招我由三池
높은 관에 긴 띠를 끌고서	峩冠曳長帶
한목소리로 시서를 외네	同聲諷書詩
높은 당 남쪽을 굽어보니	俯視高堂南
시냇물이 아래로 흘러 떨어지네	溪水下流離
가을에 꽃 없다 누가 말했나	誰謂秋無花
떨기 국화 무성하게 피어있구나	叢菊發葳蕤
나의 두 동이 술을 따르니	酌我朋樽酒
원컨대 헤어질 때 갈림길에서 올리고저	願以置路歧
푸르고 푸른 군자의 옷깃[74]	青青君子衿
산비탈 오르는 것 어찌 감히 꺼리랴	豈敢憚山陂

---

73 삼지(三池) : 청풍계 안에 계곡 물을 이용하여 조성한 조심지(照心池), 함벽지(涵
璧池), 척금지(滌衿池) 세 개의 연못이다. 각각 단차가 있어 위에서부터 물이 차면
아래로 흘러넘치도록 설계되어 있었다고 한다.

74 푸르고……옷깃 : 공부하는 선비의 복장이다. 《시경》〈정풍(鄭風) 자금(子衿)〉
에 "푸르고 푸른 그대의 옷깃이여.〔青青子衿〕"라고 한 데서 유래하였다.

봄 난초와 가을 국화[75]　　　　　　　　　　　　　春蘭與秋菊

늘 약속한 듯 와서 모이도다　　　　　　　　　　　來會每如期

75 봄……국화 : 강학에 참석한 사람들이 난초와 국화처럼 빼어난 사람들이라는 뜻이
며, 아울러 이러한 사람들이 앞으로도 계속 끊이지 않고 모여서 강학을 이어나갈 것이라
는 뜻도 담고 있다. 제례가 끝날 때 부르는 《초사(楚辭)》〈예혼(禮魂)〉에 "봄에는 난초
로 가을에는 국화로 길이 끊어지지 않고 영원히 이어지리라.〔春蘭兮秋菊, 長無絶兮終
古.〕"라고 하였다. 그 주(注)에 난초와 국화는 각각 한 계절의 가장 빼어난 것이라고
하였다. 《楚詞補注 卷2 禮魂》

이웃에게 부치다

寄隣

종남산 아래에서 안석에 기대니	隱几終南下
좋은 사람이 나의 이웃 되었네	好人爲我隣
이웃을 점친 것이지 집터를 점친 것 아니니	卜隣不卜宅
옛사람이 또한 이러한 말 했다네[76]	古人亦有言
양식 싸가지고서 천하를 두루 다녀도	裹糧游四海
수레 덮개 맞대기[77] 정말로 어렵네	傾蓋良獨難
하물며 우리는 집을 접한 이웃으로	況我棟宇接
정다운 마음이 날로 새로워짐에랴	情好日以新
마주하여 노래하면 덕음이 되고	晤歌爲德音
몹시 즐거워지면 질나발과 피리를 부네[78]	樂甚吹篪壎

---

76 이웃을……했다네 : 제 경공(齊景公)이 안자(晏子)가 진(晉)나라에 간 사이에 안
자의 집을 새로 지어주었는데, 안자가 돌아와 경공에게 감사를 표하고 즉시 그 집을
헐고 민가들을 예전처럼 다시 복원하여 원래 거주하던 사람들을 다시 살게 하면서 "속담
에 집터를 점치지 않고 오직 이웃을 점친다고 하였다. 그대들이 먼저 이웃을 점쳐 이곳
에 살아왔으니 그 점을 어김은 상서롭지 못하다.〔諺曰非宅是卜, 唯鄰是卜. 二三子先卜
鄰矣, 違卜不祥.〕"라고 하였다. 《春秋左氏傳 昭公 3年》

77 수레 덮개 맞대기 : 우연히 만난 사람끼리 마음을 터놓고 사귀는 것을 가리킨다.
옛날 공자(孔子)가 담(郯)으로 가다가 우연히 정자(程子)와 처음 만났는데도 친한 친
구처럼 일산을 기울여 서로 맞대고서 해가 질 때까지 이야기하였다는 고사에서 유래하
였다. 《孔子家語 致思》

78 질나발과 피리를 부네 : 이 표현을 통해 삼연과 이웃한 사람이 가까운 종족 간이거

담박한 마음으로 서로 의기투합하니	沖情相投分
나이는 따져서 무엇하리오	寧論髮齒間
저 강호에 노니는 물고기처럼	如彼江湖魚
물아(物我)를 잊고서 한평생 보내어보세[79]	相忘以究年

나 그것이 아니면 형제처럼 친밀하게 지냈음을 알 수 있다. 《시경》〈소아(小雅) 하인사(何人斯)〉에 "백씨가 질나발을 불면, 중씨가 피리를 부네.〔伯氏吹壎, 仲氏吹篪.〕"라고 하였다.

79 저……보내어보세 : 각자 유유자적하게 잘 지내자는 말이다. 《장자(莊子)》〈대종사(大宗師)〉에 "물고기는 강과 호수 속에서 서로를 잊고 사람은 도술 속에서 서로를 잊는다.〔魚相忘乎江湖, 人相忘乎道術.〕"라고 하였다.

북쪽으로 가면서 눈을 만나[80]

北征值雪

죽죽 내리던 겨울비 그치고	冬雨息滂沱
눈이 되어 온 하늘 뒤덮네	作雪來蔽天
먹구름이 금산에서 일어나더니	同雲自錦山
싸락눈이 하얗게 땅으로 쌓이네	霰集皓中田
기러기 떼는 들판의 노숙 슬퍼하면서	群鴻悲野宿
일제히 울며 멀리 날아 떠나네	齊叫以遠遷
먼 길 가는 우리들	宜我遠征人
두툼한 갖옷도 추위 막지 못하네	重裘莫禦寒
추위가 심해도 나는 나아갈 수 있지만	寒甚能自進
걱정거리는 말이 거꾸러지는 것이라	所憂馬僵顚
마부는 손이 얼었다고 하면서	僕夫告手凍
자주 말채찍을 떨어뜨리네	往往落馬鞭
바람과 싸락눈 품속으로 파고드는데	風霰赴懷袖
남쪽으로 머리 돌려 낭산[81]을 바라보네	南首昒朗山
낭산 보이지 않으니	朗山不可見
눈물이 줄줄 흘러내리는구나	流淚下汍瀾

---

80 북쪽으로……만나 : 삼연은 1676년(숙종2) 가을에 영암(靈巖)으로 유배 가 있는 부친을 찾아갔다가 11월에 도성으로 돌아왔다. 《三淵先生年譜》이 시는 삼연이 도성으로 돌아올 때 지은 것이다.

81 낭산(朗山) : 영암의 이칭이다.

상원 밤에 남산에서 홀로 도성을 바라보며
上元夜 終南獨眺

종남산 소나무 달빛이 아득하니	終南松樹月迢遙
아래로 장안 비춰 대궐까지 가닿네	下照長安通九霄
오늘밤 젊은이들 금봉곡82 속에	今夜少年金鳳曲
누가 먼저 금천교83를 밟으려나	誰人先踏錦川橋

82 금봉곡(金鳳曲) : 비파, 거문고, 아쟁 등의 현악기에 맞추어 부르는 노래라는 뜻이다. 현악기의 줄을 받치는 기둥 끝에 봉을 조각하여 장식하였기 때문에 금봉은 곧 현악기를 가리키는 뜻으로 쓰인다.

83 금천교(錦川橋) : 창덕궁의 돈화문과 진선교 사이에 있는 돌다리이다. 어숙권(魚叔權)의 《패관잡기(稗官雜記)》에 정월 대보금 밤에 궁궐에 숙직하는 관원들이 서로 어울려서 달빛 아래 금천교를 거닌다는 내용이 보인다.

양산에서[84] 무오년(1678, 숙종4)

頃往楊山 仲父使之留宿 出次于川上 亦有溪叟隨至 有漁者有鷹者 設酒
以觀 旣夕乃罷 賦詩以上 戊午

접때 양산에 갔을 때 중부가 묵고 가라고 하여 시냇가에 나가 자리를
잡았는데 계수도 따라왔다. 고기 잡는 이와 매사냥하는 이가 있기에
술자리를 열어 구경하다가 날이 저물어서야 자리를 파하고 시를 읊
어 중부께 올렸다

제1수

울창한 저 시냇가 버들	鬱彼川柳
그 아래 물고기 잠겨있네	下潛其魚
시냇물 남쪽으로 흐르는데	川之注南
물고기는 혹 북쪽으로 노니네	魚或北遊
골바람이 잔물결 일으키고	谷風旣漣
햇살이 따스히 퍼지는구나	陽日其舒
맑은 물가 휘저으며	亂其淸沚
오르락내리락 그물 던지네	下上施罟
그물 거두자 물고기 그득하니	收之有物
나의 안주가 되도다	言屬我廚

---

84 양산에서 : 양산은 양주(楊州)이다. 이해 3월에 삼연은 양주의 석실(石室)에 있는
중부 김수흥(金壽興)에게 문안을 갔다. 《三淵先生年譜》계수는 아마 족질(族姪) 김시
보(金時保)인 듯하다. 본집 안에서 김시보를 계옹(溪翁) 등으로 부르고 있다.

제2수 其二

울창한 저 시냇가 버들	鬱彼川柳
가지 꺾어 물고기를 꿰누나	有貫其鱗
아롱다롱 황백색	斑斑黃白
살이 올라 신선하여라	濯濯其鮮
솥에다 물고기 올려서	升之釜錡
저 시냇물로 삶네	湘用彼川
느릿느릿 촌 늙은이	祈祈野老
물고기로 술안주 만드네	維以佐酒
기쁘게 자리에 올라	歡言登席
우리 중부께 바치네	獻我仲父

제3수 其三

중부께서는 취했다 하고	仲父曰醉
소자는 술을 권하네	小子其屬
내 얼굴 이미 발그레하고	我顔旣熏
내 말 매어두었네	我馬攸繫
산에는 고사리 싹이 있고	山有芽蕨
꽃은 아직 피지 않았네	花有未萼
사람들은 행락(行樂)하기 이르다 하건만	衆言其夙
나는 알맞은 때라 하노라	我曰孔時
즐거울사 한가한 날	思樂迨暇
실로 이 즐거움 바꾸지 않으리라	實个易哉

돌아가자

曰歸

돌아가자 다시 돌아가자	曰歸復曰歸
영평⁸⁵에 있는 집으로	有宅在永平
세상살이 험난하니	嶮巇彼居世
비탈밭이 농사지을 만하구나	阪田可爲耕
주문에서는 편히 누울 수 없으니	朱門無安枕
걱정거리가 고명함에 있다네⁸⁶	其憂在高明
멀리 유배 가신 우리 아버님 생각하니	念我遠流竄
남쪽 생각하며 슬픔으로 가슴 답답하여라	氣結悲南方
줄풀과 갈대는 울창하게 우거졌고	菰蘆鬱蒼蒼
가래나무 느릅나무 길에 쭉쭉 자랐으리	梓楡道脩長

85 영평(永平) : 지금의 경기도 포천이다. 이곳에는 안동김씨 가문에서 대대로 거처하면서 세운 고가와 누정들이 많다. 삼연의 부친 김수항(金壽恒)도 영평의 백운산(白雲山) 아래에 땅을 사서 노년을 보낼 거처로 마련하였으며 조정에서 물러나 송로암(松老菴)을 짓고 머무르기도 하였다. 《農巖集 續集 卷上 先府君行狀》 삼연 형제 역시 자주 이곳을 내왕하였으며 부친의 사후에는 한동안 이곳에 은거하기도 하였다.

86 주문(朱門)에서는……있다네 : 주문은 대문에 붉은 칠을 한 집이라는 뜻으로 신분이 높은 귀족의 저택을 가리킨다. 원문의 '安枕'은 근심걱정 없이 편안히 지낸다는 뜻을 가지고 있다. 주문에서 편안히 눕지 못한다는 것은 권세를 다투는 정치판에서 높은 신분에 있는 것이 편치 못하다는 뜻이다. 여기에서의 고명이란 부귀와 권세가 극에 달했다는 뜻이다. 걱정거리가 고명함에 있다는 것도 주문에서 편안할 수 없다는 말과 같은 뜻으로, 한(漢)나라 양웅(揚雄)의 〈해조(解嘲)〉에 "부귀가 극에 이른 귀인의 집은 귀신이 그 집을 해치려고 엿본다.〔高明之家, 鬼瞰其室.〕"라고 하였다.

송어와 방어는 촘촘한 그물에 걸리고　　　　　鱒魴離九罭

큰기러기들은 마른 뽕나무에 내려앉았으리　　鴻鴈集枯桑

기장과 벼 수확하여 집 안에 쌓아두었으련만　粱稻峙中廬

우리 아버님 어이 드실 수 있으려나　　　　　我親安所嘗

널리 음양의 운행 살펴보니　　　　　　　　　廣覽陰陽馳

세월 흘러 모든 것 변화하는구나　　　　　　　變化不故常

남풍 불어 여름 오려 하니　　　　　　　　　　南風將夏發

초목은 봄기운 한창이네　　　　　　　　　　　草木春已昌

길이 한 번 돌아가기는 해야겠다만　　　　　　長當一來歸

슬픔으로 울부짖은 터에 뉘라서 바삐 서둘랴[87]　呼咷復誰忙

---

87 슬픔으로……서둘랴 : 원문의 '호도(呼咷)'는 크게 통곡한다는 뜻으로, 《주역》〈동인괘(同人卦) 구오(九五)〉에 "먼저는 통곡하고 나중에 웃는다〔先號咷而後笑〕"라고 한 데서 온 표현이다. 이는 곧 삼연의 부친 김수항이 유배가 있는 슬픈 상황에서 돌아가는 것을 바쁘게 서두를 필요는 없다는 말이다.

동은의 옛 거처에 들러[88]

過峒隱舊居

번쩍이는 산 위의 불이여	赫赫山上火
골짜기 안 측백나무에 가까이 가지 말지어다	毋近谷中栢
이른바 좋은 분이	所謂者好人
여기에 거처하며 홀로 즐거움 누리셨느니라	居此致獨樂
깊은 물에는 물고기 잠겨 있고	深淵有潛魚
숲 속에는 고라니 사슴 노니네	中林遊麋鹿
듣건대 옛날 청운의 벗[89]들이	聞昔靑雲友
부르면서 날개 끌어당겼지[90]	招招拖羽翮
물을 마실 적에 탁한 것은 떠내는 법이니	飮水挹其濁

---

88 동은의……들러 : 동은은 조선 중기의 학자인 이의건(李義健, 1533~1621)의 호
이다. 이의건은 본관은 전주(全州), 자는 의중(宜中)으로 학행(學行)과 천거로 공조
정랑 등을 역임했으나 곧 사퇴하고 오늘날의 포천인 영평(永平)의 백운산(白雲山) 아
래에 거처를 마련하고 당대의 명유들과 교유하고 후학을 양성하면서 여생을 보냈다.
영평의 옥병서원(玉屏書院)에 제향되었으며 저서에 《동은고(峒隱稿)》가 있다. 영평의
백운산 아래에 전답을 마련했던 삼연의 부친 김수항(金壽恒)은 백운산에서 이의건이
낚시하던 장소를 발견하고 기뻐하면서 그 위에 송로암(松老菴)을 지었다. 《農巖集 續集
卷上 先府君行狀》

89 청운의 벗 : 청운은 지위와 덕이 높은 사람을 비유한다. 이의건은 당대의 명유인
성혼(成渾), 이이(李珥), 정철(鄭澈), 박순(樸淳) 등과 절친하게 교유하였다.

90 부르면서 날개 끌어당겼지 : 조정에 있는 이의건의 벗들이 이의건에게 은거하지
말고 출사를 권한 것을 비유한 말이다.

어찌 다시 높은 벼슬에 얽매이랴	寧復縻高爵
시냇가 소요하며 살펴보노라니	逍遙川上觀
내 마음 바라는 것 많이 알아주도다[91]	多獲我心欲
아름다운 그대를 사모하노니	慕君善窈窕
종신토록 이곳에서 배회하였네	百歲斯躑躅
사람들이 진실로 아름다운 덕 숭상한다면	人苟崇令德
고명한 풍도가 어찌 다함 있으랴	高朗豈終極

---

91 내……알아주도다 : 이의건이 거처했던 시냇가에서 그의 모습을 상상해보니 이의
건이 삼연이 살고 싶어 하는 모습을 앞서 먼저 살아서 마치 삼연 자신의 마음을 알아주는
듯하다는 말이다. 《시경》〈패풍(邶風) 녹의(綠衣)〉에 "내 고인을 생각해보니, 내 마음
을 알았도다.[我思古人, 實獲我心.]"라고 하였다.

만덕사[92]

萬德寺

송호에서 석문교로 돌아 나와서	松湖廻出石門橋
유유히 먼 바닷가로 말 몰아가네	驅馬悠悠傍海遙
저녁 비는 위로 영취산[93] 절을 찾고	暮雨上尋靈鷲寺
높은 누대는 남쪽으로 합비의 조수 받아들이네[94]	高樓南受合肥潮
창가에 오동과 대 이어져 푸른빛 일렁이고	牕連梧竹浮蒼翠
종소리에 파도소리 합쳐져 적막을 깨우네	鐘合波濤撼闃寥
오늘밤엔 높은 곳에 유숙할 터이니	今夜定應高處宿
새벽에 불어나는 운무를 자세히 보리라	細看雲物漲晨朝

92　만덕사 : 만덕사는 전라도 강진 만덕산(萬德山) 백련사(白蓮寺)의 다른 이름이다. 삼연은 이해 4월에 부친의 유배지인 영암에 갔다가 6월에 돌아왔다.《三淵先生年譜》이 시도 이 무렵 지은 것으로 보인다.

93　영취산(靈鷲山) : 석가모니가 법화경을 설법한 고대 인도 마갈타국(摩竭陀國)의 산으로, 만덕산을 비유한 것이다.

94　남쪽으로……받아들이네 : 바다의 조수가 흘러들어 조운이 통하는 강진 만덕산 앞의 지형을 중국 합비에 비긴 것이다.《사기(史記)》권129〈화식열전(貨殖列傳)〉에 "합비는 남북으로 조수를 받아들이니 가죽과 건어물과 목재가 모여든다.〔合肥受南北潮, 皮革鮑木輻會也.〕"라고 하였다.

석문의 합장굴[95]
石門合掌窟

푸른 놀 맑은 기운 날마다 남쪽에 일렁이니 　　　青霞淑氣日南浮

바다에서 목욕하고 하늘에서 뿜어져 자욱하게 걷히지 않네

　　　　　　　　　　　　　　　　　　浴海歕天鬱未收

우뚝하게 옥으로 만든 듯 일천 봉우리 가파르고 　　卓犖玉成千嶂峻

졸졸 구슬이 뿜어져 나오는 듯 가느다란 샘물 흐르네

　　　　　　　　　　　　　　　　　　灂濼珠迸細泉流

완연히 천태산으로 들어가는 길 건너는 듯한 석교 놓였고[96]

　　　　　　　　　　　　　　　　　石橋宛入天台度

부여잡고 머무는 계수나무인 듯한 동백이 있구나[97]　冬栢疑攀桂樹留

95 석문의 합장굴 : 합장굴은 전남 월출산(月出山)에 있는 암자의 이름이다. 삼연은
이해 4월에 부친의 유배지인 영암에 갔다가 6월에 돌아왔다. 《三淵先生年譜》이 시도
이 무렵 지은 것으로 보인다.

96 완연히……놓였고 : 이는 합장굴로 들어가는 석교의 풍광을 중국 천태산의 명승인
천태석교(天台石橋)에 비긴 것이다. 천태산의 석교는 천연적으로 이루어진 돌다리로,
양쪽 산을 연결하여 마치 모양이 교량 같다 하여 석교라는 이름이 붙었다. 당(唐)나라
송지문(宋之問)의 〈영은사(靈隱寺)〉 시에 "천태산 길로 들어가기를 기다려 내가 석교
건너는 것을 보리라.〔待入天台路, 看余度石橋.〕"라고 하였다.

97 부여잡고……있구나 : 월출산에 동백이 핀 풍광이 마치 은자가 거처하는 산중의
풍취가 있다는 말이다. 계수나무를 부여잡는다는 것은 은자의 거처를 상징하는 말로서,
《초사(楚辭)》〈초은사(招隱士)〉에 "계수나무 가지를 부여잡으며 편히 오래 머무른다
네.〔攀援桂樹兮聊淹留〕"라고 하였다.

저녁에 구름 사이로 걸어 내려오니   向夕步從雲際降

돌아봄에 반쯤은 꿈속에서 노닌 듯하여라   回看半似夢中遊

오시는 길을 염려하며[98] 의정공께서 영암에서 내지로 옮겼다

念行 議政公自靈巖內移

아침에 산 위의 기 나물[99] 캐니	朝采山上杞
하염없이 우리 아버님 걱정하노라	悠悠憂我父
천 여 리 되는 길에	道路千餘里
산천은 얼마나 가로막혔나	山川阻何許
멀리 뜬 구름 사이 바라보니	遠望浮雲間
내리는 비에 곤란 겪는 것 아닌지	無乃困陰雨
수레는 큰길에 오르고	軒車在中逵
배는 금강[100] 포구에 남겨두었으리	方舟遺錦浦
나는 듯한 누각[101]에서 울음을 그치지 않고	飛觀鳴不息

98 오시는 길을 염려하며 : 의정공은 삼연의 부친 김수항(金壽恒)이다. 이해 9월에 김수항의 유배지가 철원(鐵原)으로 옮겨졌다. 삼연은 양주(楊州)에서 맞이하여 철원까지 따라갔다. 《三淵先生年譜》

99 기 나물 : 부모를 제대로 봉양하지 못하는 마음을 형상화한 것이다. 《시경》〈소아(小雅) 북산(北山)〉에 "저 북산에 올라 기 나물을 캐노라. 건장한 남자들이 아침저녁으로 종사하노라. 국사를 소홀히 할 수 없으니 우리 부모를 근심하게 하네.〔陟彼北山, 言采其杞. 偕偕士子, 朝夕從事. 王事靡盬, 憂我父母.〕"라고 하였다.

100 금강(錦江) : 영암과 나주 사이에 있는 영산강이다. 나주의 옛 이름이 금성(錦城)이었으므로 영산강을 금강이라고도 하였다.

101 나는 듯한 누각 : 원문의 '비관(飛觀)'은 나는 듯이 높은 누각을 뜻하는 말이다. 그런데 원문 그대로 보면 뒤의 '울음을 그치지 않는다'는 말과 어울리지 않고 시어가 왠지 억지스럽고 부자연스러운 감이 있다. 우선 원문 그대로 번역했으나 혹 '관(觀)'은 '관(鸛)'의 오자가 아닌가 한다. 《시경》〈빈풍(豳風) 동산(東山)〉에 "황새가 개밋둑에

기러기는 모래섬을 따라 있으리　　　　鴻鴈遵洲渚

끊임없이 나를 그리며 고생하시리니　　綿綿懷我勞

어찌 감히 방에 들어가 있으랴　　　　安敢入室處

그저 동산시[102] 있어　　　　　　　　獨有東山詩

탄식하며 여러 번 외우고 일어나 우두커니 기다리네　　三嘆起延佇

서 울거늘 아낙네가 방에서 탄식한다.〔鸛鳴于垤, 婦歎于室.〕"라는 말이 있는데, 이는 비가 오면 개미가 그 징조를 먼저 알고 개미집에서 나오고 황새가 이를 잡아먹기 위해 그 위에서 우는 것을 보고 아낙네가 멀리 행역 나간 남편의 여정을 걱정하며 탄식한다는 말이다. 황새의 뜻으로 보면 이는 삼연이 아버지의 여정을 근심한 표현이 된다.

102 동산시(東山詩) : 《시경》〈빈풍(豳風) 동산(東山)〉이다. 이 시는 동정(東征)을 나간 주공(周公)을 노래한 것으로 "내가 동산 가서 오래 돌아오지 못했나니……내 이를 보지 못한 지 지금까지 삼 년일세.〔我徂東山, 慆慆不歸,……自我不見, 于今三年.〕"와 같이 오래 떠나 있는 감정을 노래한 부분들이 있다.

처음으로 동주에 이르러 삼가 부친의 시운에 차운하다[103]
初至東州 敬次家君韻

일전엔 물고기 용 노니는 어촌에 계시더니	昨傍魚龍國
지금은 나무와 돌 둘러싼 산촌에 계시네	今將木石居
보개산[104] 기슭에 한 해 다하고	窮陰寶蓋麓
태봉[105]의 유허에 성가퀴 남았어라	遺堞泰封墟
눈발 날리는 저녁 하늘 어두컴컴해지고	夕雪天幽晦
구름 뜬 변경 들판 아스라이 비었네	邊雲野莽虛
나그네 회포가 저물녘에 쌓이니	羈懷集遲暮
시서에 의지해 울분을 풀어보네	舒憤賴詩書

---

103 처음으로……차운하다 : 동주(東州)는 김수항(金壽恒)이 이배(移配)된 철원(鐵原)의 옛이름이다. 삼연이 화운한 김수항의 시는 《문곡집(文谷集)》권4 〈동주즉사(東州卽事)〉이다.

104 보개산(寶蓋山) : 철원과 연천 사이에 있는 산이다.

105 태봉(泰封) : 궁예(弓裔)가 철원에 도읍하여 세웠던 나라 이름이다.

삼가 족형 학림 사군과 작별하며[106] 족형은 김성최(金成最)이다

奉別族兄 盛最 鶴林使君

흡곡 태수[107]는 거문고 연주를 잘하니	歙谷太守善鼓琴
고을에서 거문고 연주하며 당을 내려오지 않네[108]	郡中鼓琴不下堂
우리 동주[109]에 들러 술 마시고 취하니	過我東州飲酒醉
높은 난간에서 거문고 논할 제 흰 눈이 내리네	高軒論琴白雪雰
사랑스러워라 형은 서른에 금오랑 되어[110]	愛兄三十金吾子
훤칠하게 준마타고 도성을 노닐었지	白皙駿馬遊帝里
자줏빛 인끈[111] 차고 동쪽 고을 부임해 무엇이 즐거운가	
	紫綬東臨問何樂

---

106 삼가……작별하며 : 김성최(1645~1713)는 본관은 안동(安東), 자는 최량(最良), 호는 일로당(佚老堂)으로 의금부 도사, 사복시 주부, 단양 현감(丹陽縣監), 충주 목사(忠州牧使) 등을 역임하였다. 김창협(金昌協)의 문인인 김시좌(金時佐)의 부친이기도 하다.

107 흡곡 태수 : 《승정원일기》에 따르면 김성최는 이해 7월 22일에 흡곡 현령에 제수되었다.

108 고을에서……않네 : 김성최가 흡곡에서 선정(善政)을 베풀며 잘 다스렸다는 말이다. 공자의 제자 복자천(宓子賤)이 선보(單父)의 수령이 되었을 때 "거문고만 연주할 뿐 당 아래로 내려오는 일이 없는데도 선보가 잘 다스려졌다.〔彈鳴琴, 身不下堂而單父治.〕"라는 고사에서 유래하였다. 《呂氏春秋 卷21 察賢》

109 동주(東州) : 철원의 옛 이름이다.

110 서른에 금오랑(金吾郎) 되어 : 《승정원일기》에 따르면 김성최는 서른이 되던 1675년(숙종1)에 의금부 도사로 관직 생활을 시작하였다.

111 자줏빛 인끈 : 고관(高官)을 형용하는 말인데, 여기서는 지방관을 뜻한다.

고개 오를 제 빙설에 얼마나 힘들었나　　　　　　上嶺氷雪何艱哉

오동으로 거문고 만들어 다섯 마리 말[112]에 싣고서　梧桐作琴五馬載

말하기를 시중대[113]에서 연주하려 한다 하네　　　言欲奏之侍中臺

누대 아래 출렁출렁 바다의 파도 치고　　　　　臺下澹澹海波揚

부상[114]에서 솟은 햇빛 난간을 비추네　　　　　扶桑照檻日出光

단서가 영랑호에 아스라하니[115]　　　　　　　丹書縹緲永郎湖

네 명의 신선들 거문고 소리 들으며 배회하누나　聽琴徘徊四僊徒

옛날에 듣건대 봉래에서 성정을 변화시키고　　　昔聞蓬萊移形素

돌아와서 -원문 1자 결락- 거문고로 수선조 연주했다지[116]

---

112 다섯 마리 말 : 지방 수령의 수레를 뜻한다. 한(漢)나라 때 지방 태수가 다섯
필의 말이 끄는 수레를 탔던 일에서 유래하였다.

113 시중대(侍中臺) : 강원도 흡곡에 있는 누대로, 원래 이름은 칠보대(七寶臺)였는
데 한명회(韓明澮)가 이곳에서 노닐던 중 정승으로 임명한다는 교지가 내려온 뒤부터
시중대라고 불리었다고 한다.

114 부상(扶桑) : 바다 속에 있다는 신목(神木)이다. 해가 뜰 때 이 나뭇가지를 떨치
고 솟구쳐 오른다고 한다.

115 단서가 영랑호에 아스라하니 : 단서는 연단(鍊丹)의 방법이 적힌 신선의 책이다.
영랑호는 강원도 속초에 있는 호수로 신라 때 영랑(永郎), 술랑(述郎), 안상(安詳),
남석(南石) 등 네 명의 선인(仙人)들이 와서 노닐던 곳이라는 전설이 있다.

116 봉래에서……연주했다지 : 춘추시대 거문고의 명인인 백아(伯牙)와 그의 스승
성련(成連)의 고사를 말한 것이다. 옛날 백아가 스승 성련에게서 거문고를 3년 동안
배우고 나자, 성련이 자신의 학식으로는 사람의 성정(性情)까지 변화시킬 수 없고 동해
가운데 있는 자신의 스승 방자춘(房子春)이 그렇게 할 수 있는 사람이라고 하면서 백아
를 데리고 동해의 봉래산에 들어갔다. 그러고는 백아를 그곳에 머물게 하고 자신이
스승을 맞아오겠다며 배를 타고 나가서 열흘이 지나도록 오지 않았다. 이때 백아가
사방을 둘러보니 사람 소리는 전혀 들리지 않고 파도 소리와 새 소리만이 들려왔다.
백아는 스승이 자신의 성정을 변화시키기 위해 이곳에 자신을 데리고 왔음을 깨닫고는

'무엇이 즐거운가〔問何樂〕'는 어떤 본에는 '또한 나를 위로하네〔亦勞我〕'로
되어 있고, '얼마나 힘들었나〔何艱哉〕'는 어떤 본에는 '얼마나 드높았나〔何
崔嵬〕'로 되어 있다.

마침내 〈수선조〉라는 곡을 탔다. 그 수선조에 "봉래산이 성정을 변화시키네.〔移形素兮
蓬萊山〕"라는 구절이 있다. 《古樂苑 卷13》

용화에서 흥취가 일어[117] 기미년(1679, 숙종5)

龍華感興 己未

봄바람 동쪽에서 불어와	春風東方來
용화산으로 나를 보내 왔네	吹我龍華山
구름과 놀이 일천 봉우리에서 일어나니	雲霞興千嶂
멀리 바라봄에 어쩌면 저리 빛나는지	遠望何斑斑
계곡 어귀로 내가 들어가니	我入自谷口
푸른 시내 사이에 꽃이 피었네	花發青溪間
푸른 시내 나를 향해 오니	青溪向我來
말에게 물 먹이고 애오라지 서성이네	飲馬聊盤桓
봄 흥취를 어찌 잇지 않으랴	春興詎不屬
홀로 읊조림에 장탄식을 이루네	獨吟成流歎
외로운 뜻 머금고 가고 가다가	去去含孤意
끝내는 서글피 돌아오리라	終當悵恨還

---

117 용화에서 흥취가 일어 : 용화는 곧 철원의 용화산(龍華山)으로 삼부연(三釜淵)
이 있는 곳이다. 삼연은 이해 7월에 처음으로 김부연 부근에 거처를 정하고 이로써
자호(自號)하였다. 《三淵先生年譜》

진실로 숲속의 사슴이   誠不及林鹿

서로 어울려 뛰놀며 산을 타는 것에는 미치지 못하리라[118]

援戱相拘攀

---

118 진실로……못하리라 : 삼연 자신이 선경(仙境) 속에서 계속 머물지 못하고 속세로 돌아가야 하는 심정을 말한 것이다. 고악부(古樂府) 〈동조행(董逃行)〉에 "다만 산짐승들이 서로 어울려 뛰놀며 산을 타는 것만 보이는구나. 잠시 후에 다시 신선의 옥당에 나아가보니 돌아가고 싶은 마음이 없어라.[但見山獸援戱相拘攀. 小復前行玉堂, 未心懷流還.]"라고 하였는데, 이는 선경에 가서 그 풍광을 보고 다시 속세로 돌아가고 싶어 하지 않는 마음을 읊은 것이다. 《古樂苑 卷4》

화산

華山

화산이 사방을 가로막으니	華山阻四方
백천 겹으로 두르고 둘렀어라	回回百千成
사람이 와도 길이 없어	人來未有路
왼쪽으로 폭포를 돌아가네	左顧瀑布行
계속 가다 보니 뽕나무 심은 땅 나오고	行行桑土出
그 가운데 민가가 몇 채 있네	中有數塵氓
한번 가서 사립문 두드려 보니	試往扣柴荊
닭과 개가 나 때문에 놀라네	雞犬爲我驚
나에게 청산을 가리키며	向我指青山
나무 베어 화전(火田)을 짓는데	斬木火其耕
메조는 홀로 풍년 들었고	黃粱獨有年
계곡의 맑은 샘물 마시며	谷飲泉水清
산에 올라 고사리 캐고	登山採蕨薇
당귀와 산냉이가 파릇하다 하네	當歸山芥青
말을 듣다 보니 이내 마음 즐거워져	中言我心樂
산중의 거처를 하루아침에 마련했네	巖棲一朝營
서로 이웃하여 무슨 말을 나눌까	相隣何所談
갈천과 대정[119]이로다	葛天與大庭

---

119 갈천과 대정 : 갈천과 대정은 모두 전설상의 제왕의 이름으로, 순박한 상고 시절

을 뜻한다. 《사기(史記)》 권117 〈사마상여열전(司馬相如列傳)〉에 "도당씨의 춤을 연주하고 갈천씨의 노래를 듣는다.〔奏陶唐氏之舞, 聽葛天氏之歌.〕"라고 하였고, 《장자(莊子)》〈거협(胠篋)〉에 "옛날에 용성씨와 대정씨와……신농씨가 천하를 다스렸는데, 이 시대에는 백성들이 새끼줄을 묶어 뜻을 전달하고 그 먹는 음식을 달게 여겼으며 그 옷을 아름답게 여겼으며 그 풍속을 즐거워했으며 그 집을 편안히 여겼다.昔者容成氏 大庭氏,……神農氏. 當是時也, 民結繩而用之, 甘其食, 美其服, 樂其俗, 安其居.〕"라고 하였다.

삼연에 새로 집을 짓다
三淵新構

닭 울고 개 짖고 인가 연기 피는 폭포 동쪽	雞犬人煙瀑布東
높은 산에 의지해 흰 띠풀로 집 짓네	白茅爲屋據穹崇
가을 겨울 사이에 일천 암석 광채 빛나고	千巖映發秋冬際
운무 속에 오솔길 하나 굽이굽이 나있네	一逕盤紆雲霧中
옥을 깎은 듯한 연화봉은 빼어나게 솟았고[120]	削玉蓮花峰秀出
거문고 타는 귀곡의 물은 빙 둘러 통하네[121]	彈琴鬼谷水回通
이곳에서 약초 썼고 바람도 패옥 소리 같으니	此中洗藥兼風珮
구태여 신선 거처를 갈옹에게 양보할 것 없으리[122]	未必僊居讓葛翁

---

120 옥을……솟았고 : 삼부연(三釜淵) 주변의 산이 옛날 송(宋)나라 때 주돈이(周敦
頤)가 은거했던 여산(廬山)의 연화봉과 같다는 말이다. 주돈이는 여산 연화봉 기슭에
자리 잡고 살면서 그 앞에 흐르는 시내를 염계(濂溪)라 이름하고 성현의 도를 즐기며
청아한 나날을 보냈다 한다. 《宋史 卷427 周敦頤列傳》

121 거문고……통하네 : 삼부연의 계곡이 옛날 한(漢)나라 때 채옹(蔡邕)이 거문고
를 타던 귀곡과 같다는 말이다. 채옹은 평소 거문고 타는 것을 좋아하였는데, 청계(淸
溪)에 있는 귀곡선생(鬼谷先生)을 찾아갔다. 귀곡선생이 사는 산에는 다섯 굽이의 계곡
이 있었는데, 채옹이 한 굽이마다 한 곡씩을 지었다. 이를 채씨오롱(蔡氏五弄)이라
불렀다. 《樂府詩集 卷59 蔡氏五弄》

122 이곳에서……없으리 : 삼연이 집을 지은 곳이 진(晉)나라 때 갈홍(葛洪)의 거처
에 뒤지지 않는다는 말이다. 진나라 갈홍이 공주(贛州) 홍국현(興國縣) 경계를 지나다
가 산수가 신령하고 빼어난 것을 보고는 그곳에 초옥을 짓고 못을 파서 약초를 썼으면서
〈세약지(洗藥池)〉라는 시를 지었는데 그 시에 "그늘진 골짜기는 서늘하고, 패옥 같은
바람소리 맑디맑아라. 신선의 거처 영겁을 가리니 꽃과 나무가 길이 무성하리라.〔洞陰
泠泠, 風珮淸淸. 仙居永劫, 花木長榮.〕"라고 하였다. 《古詩紀 卷42》

공경히 증조부가 지은 삼부연 시에 차운하다[123]
敬次曾王考三釜瀑韻

새로 띳집 지은 곳에	新構茅茨處
예부터 진여의 촌락[124] 있네	秦餘古有村
복사꽃은 지금이 어느 때인지 알지 못하고[125]	桃花迷甲子
폭포는 하늘과 땅 사이에 놓여 있네	瀑布界乾坤
층층바위에 행인들 왕래 끊어지고	積石遊人斷
구름 무성한 가운데 노목이 남아있네	繁雲老木存
오래전 우리 선조께서	悠悠我先祖
선경(仙境)의 근원으로 한 번 거슬러 오르셨네	曾一溯眞源

---

123 공경히……차운하다 : 증조부는 김상헌(金尚憲)이다. 삼연이 차운한 시는 《청음집(淸陰集)》권4의 〈철원 부사 김정경이 삼부연에 떨어지는 물이 끝나는 곳에 한 촌락이 있어 참으로 난리를 피할 만한 곳이라고 하였는데, 길이 험하여 갈 수가 없기에 서글피 바라보면서 읊다〔鐵原府伯金正卿言三釜落水窮處有一村眞避亂之地路險不得到悵望賦之〕〉이다.

124 진여(秦餘)의 촌락 : 마을이 선경(仙境)과 같았다는 뜻으로, 진(秦)나라의 난리를 피해 숨어 살았던 도화원(桃花源)을 가리킨다. 한 어부가 물결에 떠내려오는 복사꽃을 보고 그 근원을 찾아가 도화원에 이르렀는데 비옥한 전답과 아름다운 연못이 있고 닭과 개 짖는 소리가 들렸으며 노인과 아이가 모두 즐거워하는 이상향이었다. 어부가 그곳 사람들에게 묻자, 그들이 "선대에 진나라의 난리를 피하여 처자들을 데리고 이곳에 온 뒤로 다시는 외부로 나가지 않았습니다. 그래서 외부 사람들과 단절되어 지금이 어느 때인지도 모릅니다."라고 하였다. 《陶淵明集 卷6》

125 복사꽃은……못하고 : 도화원의 사람들이 외부와 단절되어 지금이 어느 때인지 몰랐듯이 이 마을도 깊숙하여 시간이 어떻게 흐르는지 모른다는 말이다.

가을의 절

秋寺

옛 절에 바람 많아 옷 속으로 스미니   古寺多風風入衣

절 남쪽 북쪽에 낙엽이 휘날리네   寺南寺北葉飛飛

머리 들어보니 산기운은 운무가 걷히고   擧頭山氣雲霞罷

귀 기울여보니 절에는 종소리 북소리 드문드문해지네

側耳禪音鐘鼓稀

중은 맑은 시내 끌어와 앞 섬돌 앞을 지나게 하고 僧引淸溪前砌過

범은 새로 뜬 달빛 타고 뒷 숲으로 돌아가네   虎乘新月後林歸

깊은 골짜기 더욱 쓸쓸하다 말하지 말라   莫言窮谷彌蕭索

고요한 이곳이 기심(機心) 그칠 만함을 끝내 알게 되리니

終覺端居可息機

사경에게 화답하다[126] 족질 시보이다

和士敬　族姪時保

동북쪽에 깊은 골짝 있으니	東北有穹谷
얼마나 깊은지 헤아릴 수 없네	窈窕不可測
첩첩 산봉우리는 흰구름에 닿았고	重峰參白雲
푸른 시내는 백여 척 길이로다	靑溪百餘尺
그 속에 거문고 타는 이 있어	中有彈琴人
여라[127]로 옷을 지어 입었네	女蘿爲被服
서성이는 중에 시원한 바람 이르니	躑躅涼風至
신령스러운 물결 날마다 일렁이네	靈波日漣漪
한 쌍의 잠룡[128]을 그리워하노니	思爲雙潛龍
천년토록 서로 떨어지지 말지어다	千歲不相離

126　사경에게 화답하다 : 사경은 89쪽 주63 참조.

127　여라(女蘿) : 소나무에 붙어사는 식물로 은자(隱者)의 옷을 가리킨다.

128　한 쌍의 잠룡 : 김시보(金時保)와 김시걸(金時傑) 형제를 비유한 말인 듯하다.

홍 해주에 대한 만사[129] 홍 해주는 홍석귀이다. 경신년(1680, 숙종6)

洪海州 錫龜 挽 庚申

제1수

나에게 한 다발 꼴이 있으니	我有一束芻
공은 실로 아름답기가 옥과 같도다[130]	公實美如玉
높고 높아 장인의 항렬[131]이시고	峩峩丈人行
화락하여 군자의 덕이셨도다	愷悌君子德
육예의 숲에서 노니시어	游戲六藝林
성대하게 유하의 문학[132]이셨도다	蔚然游夏學
의리를 정밀히 연구해 오묘하게 신의 경지에 들어가니	精意妙入神
규얼과 단청에 두루 통하셨도다[133]	圭臬丹靑博

---

129 홍……만사 : 홍석귀(洪錫龜, 1621~1679)는 본관은 남양(南陽), 자는 국보(國寶), 호는 동호(東湖)·구곡산인(九曲山人)·지리재(支離齋)이다. 해주 목사(海州牧使), 정평 부사(定平府使), 평산 부사(平山府使) 등을 역임하였고 글씨를 잘 썼던 것으로 명성이 있었다.

130 나에게……같도다 : 어진 인재인 홍석귀가 세상을 떠난 것을 아쉬워하는 표현이다. 떠나가는 현사(賢士)를 아쉬워하는 내용의《시경》〈소아(小雅) 백구(白駒)〉에 "희디 흰 망아지, 저 빈 골짜기에 있네. 생꼴 한 다발을 먹이노니, 그 사람 옥과 같도다. 그대의 목소리를 금옥처럼 아껴서, 나를 멀리하는 마음을 두지 말지어다.〔皎皎白駒, 在彼空谷. 生芻一束, 其人如玉. 毋金玉爾音, 而有遐心.〕"라고 하였다.

131 장인(丈人)의 항렬 : 아버지뻘 되는 존장자(尊長者)의 항렬이라는 뜻이다.

132 유하(游夏)의 문학(文學) : 유하는 공자의 제자인 자유(子游)와 자하(子夏)이다. 이들은 공자의 제자들 가운데서도 문학으로 일컬어졌다.

133 규얼과……통하셨도다 : 규얼은 해 그림자를 측량하는 기구의 명칭이고, 단청은

당에는 석고문[134]을 걸고	堂挂石鼓文
책상에는 화산의 옥돌[135]을 쌓아두셨도다	几積華山璞
낭랑한 예악의 기물이니[136]	琅琅禮樂器
애오라지 담박함으로 객을 머무르게 하였도다[137]	聊以澹留客
학문을 널리 통하여 밝힘에 어찌 치우침이 있었으랴	博文豈獨偏
고아한 절조가 혼탁하지 않으셨도다	雅操不溫蠖
돌아가 한강 가에 누워	歸哉漢濱臥

그림을 가리킨다. 홍석귀가 천문과 서화에 넓은 식견을 가지고 있었다는 말이다. 두보(杜甫)가 여덟 현인(賢人)의 죽음을 슬퍼한 〈팔애시(八哀詩)〉 가운데 저작랑(著作郞) 정건(鄭虔)을 읊은 부분에 "규얼과 성경에 심오하였고 전자(篆字)와 그림을 널리 통했네.〔圭臬星經奧, 蟲篆丹靑廣.〕"라고 하였다. 《杜少陵詩集 卷16》 이단하(李端夏)의 《외재집(畏齋集)》 권8 〈홍국보묘지(洪國寶墓誌)〉에 홍석귀가 천문학을 연구하여 혼천의(渾天儀)를 만들고 전서(篆書)에 능했다는 기록이 보인다.

134 석고문(石鼓文) : 북 모양의 돌에 새겨져 있는 글씨로, 중국 섬서성(陝西省) 진창산(陳倉山)에서 발견되었다. 동주(東周) 초기 진(秦)나라의 각석문자(刻石文字)라고 하며, 대전(大篆)으로 기록되어 있다.

135 화산(華山)의 옥돌 : 석고문과 마찬가지로 홍석귀의 기호취미를 가리키거나 훌륭한 도서 또는 아름다운 문장이 책상에 쌓여있다는 말인 듯하다. 《서경》〈주서(周書) 고명(顧命)〉에 대옥(大玉)을 언급하였는데, 공영달(孔穎達)의 소(疏)에 대옥은 화산에 나는 미옥(美玉)이라고 하였다. 대옥의 용례들을 살펴보면 타고난 자질, 조탁하지 않은 훌륭한 문장, 보기(寶器) 등을 비유하고 있다.

136 낭랑한 예악의 기물이니 : 홍석귀의 엄숙하고 단아한 품격을 비유한 말이다. 위(魏)나라 때 배해(裴楷)가 하후현(夏侯玄)을 품평하기를 "마치 종묘에 들어가면 낭랑하게 예악의 기물만 보이는 것과 같다.〔如入宗廟, 琅琅但見禮樂器.〕"라고 하였다. 《世說新語 賞譽》

137 애오라지……하였도다 : 《장자(莊子)》〈산목(山木)〉에, "군자의 사귐은 담박하기가 물과 같다.〔君子之交淡若水〕"라고 한 것과 같이 담박함으로 교제를 했다는 말이다.

화려한 갓끈을 맑은 물에 씻으셨도다[138]	華纓淸斯濯
성곽 안의 일 묻지 않으니	不問城郭內
인생만사가 변화무상하도다	萬事有回薄
태현경만이 적막하니	寂寞太玄經
천추토록 고택이 비어있겠네[139]	千秋空故宅

제2수 其二

눈 들어 저 멀리 강남을 바라보니	目極望江南
강남의 봄날 상심할 만하여라	江南春可傷
생각건대 옛날 장성군에서	念昔長城郡
살구꽃이 봄날에 휘날렸지	杏花春飛揚
저 관사 아래 방울을 당겨[140]	挈彼閣下鈴

138 돌아가……씻으셨도다 : 홍석귀가 관직을 그만두고 시속을 떠난 맑은 품격을 비유한 말이다. 홍석귀는 만년에 관직생활에 뜻을 끊고 동호(東湖)에서 요양하면서 성시(城市)에는 발을 들이지 않았다. 《畏齋集 卷8 洪國寶墓誌》《맹자》〈이루 상(離婁上)〉에 "물이 맑으면 갓끈을 씻고 물이 흐리면 발을 씻는다고 하니, 이는 물이 그 대우를 스스로 취하는 것이다.〔淸斯濯纓, 濁斯濯足矣, 自取之也.〕"라고 하였다.

139 태현경(太玄經)만이……비어있겠네 : 생전에 능력을 제대로 인정받지 못하고 세상을 떠난 홍석귀의 적막한 자취를 상심한 말이다. 한(漢)나라 때 양웅(揚雄)이 《태현경》과 《법언(法言)》 등의 저술을 짓자 유흠(劉歆)이 이를 보고서 지금 세상에는 이 저서의 가치를 알 수 있는 사람이 없으니 후세 사람들이 항아리 덮개로 쓸까 걱정이라고 하였는데, 양웅은 후세의 양웅을 기다린다고 답하였다. 《漢書 卷87 揚雄傳》

140 저……당겨 : 삼연이 홍석귀가 부사(府使)로 있는 장성(長城)의 관아로 찾아갔다는 말이다. 옛날에 지방 수령이 집무하는 관청을 영각(鈴閣)이라고 하였는데, 이는 당(唐)나라 때 지방 관아에서 문밖에 방울을 매달아 두고 수령에게 보고할 일이 있으면 방울을 잡아당겨 울려서 수령을 불러냈던 일에서 유래한 것이다. 홍석귀는 1674년(숙종

처음으로 공의 책상 앞에 절을 올렸네	始拜公之床
자잘하게 떠돌아다니던 사람	瑣尾流離子
무성한 아름다운 나무 곁에 있었네[141]	蔽芾嘉樹傍
높고 큰 객사에서 내게 음식 주시고	高館授我餐
문득 술도 권해주셨지	薄言勸壺觴
내 수레 축 부서진 것 불쌍히 여겨	憐我車軸折
좋은 말을 나에게 보내주셨네	送馬有驪騮
높으신 의리를 잊을 수 없으니	高義不可諼
아직도 마음속에 간직하고 있다네	尙爾中心藏
지금 흘러가는 이 봄은 예전의 봄이 아니니	逝者非舊春
네 해가 천 년이 되어버렸네[142]	四載爲千霜
성엣장 떠다니는 한강물에	流澌江漢水
흰 장막[143]이 그 가운데 떠가네	素幔水中央
둥실둥실 배를 타고 황천으로 가니	泉路在汎汎
새 무덤에 묻혀 집 떠난 날 길어지리라[144]	新阡去日長

즉위년) 겨울에 장성 부사가 되었다. 《丈巖集 卷16 牧使洪公墓碣銘》

141 자잘하게……있었네 : 자잘하게 떠돈다는 것은 본래 《시경》〈패풍(邶風) 모구 (旄丘)〉에 나오는 말로, 나라를 잃고 외국에 망명해서 떠도는 여(黎)나라 군신을 비유 한 말인데 여기서는 삼연을 비유한 것이다. 무성한 아름다운 나무란 장성에서 선정(善 政)을 펼치는 홍석귀를 비유한 말이다. 선정을 베푼 소백(召伯)을 칭송하는 내용의 《시경》〈소남(召南) 감당(甘棠)〉에 "무성한 감당나무, 자르지 말고 꺾지 말라. 소백이 쉬던 곳이니라.〔蔽芾甘棠, 勿翦勿敗, 召伯所憩.〕"라고 하였다.

142 네……되어버렸네 : 삼연이 홍석귀를 장성에서 배알(拜謁)한 후 4년이 지난 지 금, 홍석귀가 영영 다시는 만나지 못할 불귀의 객이 되었다는 뜻이다.

143 흰 장막 : 장례를 지낼 때 쓰는 흰 장막으로, 여기서는 상여를 가리킨다.

| 붓을 들자 벌써 눈물이 쏟아지니 | 興文泣已洒 |
| 오호라 글을 이룰 수가 없구나 | 嗚呼不成章 |

---

144 새……길어지리라 : 홍석귀가 무덤에 묻히게 되면 자신이 머물던 동호(東湖)의 집을 떠난 날수가 갈수록 늘어날 것이라는 말이다. 이는 두보(杜甫)의 〈성도부(成都府)〉에 "큰 강이 동쪽으로 흘러가니 떠도는 이가 집 떠난 날 길어지도다.〔大江東流去, 遊子去日長.〕"와 같은 용법이다.

이천에서의 목욕[145] 낙산에 사는 종친이 목욕을 하러 가는 일이 있었다

伊川浴 近宗居駱山者有沐浴之行

| 풍전역[146]으로 걸어 나와 | 步出豐田驛 |
| 모두 낙산군을 바라보네 | 皆望駝山君 |

145 이천에서의 목욕 : 이 시에 언급된 종친은 복창군(福昌君) 이정(李楨)인 듯하다. 이정은 인평대군(麟坪大君)의 아들로, 인평대군의 저택이 바로 낙산(駱山) 아래 건덕방(建德坊)에 있었다. 또한 《숙종실록》 이해 6월 10일 기사에 복창군이 3월 그믐쯤 목욕을 핑계대고 이천으로 가겠다고 청했다는 내용이 보인다. 이 시의 내용이 이 기사와 일치하는 것이라면 삼연이 철원에 머무르는 3월 무렵에 이 광경을 본 것이다. 《삼연선생연보(三淵先生年譜)》에는 이해 3월에 삼연이 철원 용화(龍華)의 석천사(石泉寺)를 유람했다고 되어 있다. 복창군은 바로 다음 달인 4월 5일 정원로(鄭元老) 등의 고변으로 남인들이 숙청되는 대사건인 허견(許堅)의 역모에 휘말려 5월에 사사되었다. 이 시는 표면적으로는 목욕한 일만을 읊고 있고 낙산군을 칭송하는 듯하지만 그 이면에 여러 모로 풍자하는 뜻을 담은 듯하다. 우선 이 당시 복창군이 이천에 목욕간 것은 단순한 목욕이 아니라 허견과 함께 역모에 가담하였고 이천의 둔병(屯兵)을 지휘하고 있었던 강만송(姜萬松)과 모종의 연관이 있다는 의심을 받았다. 그렇다면 시에서 언급하고 있는 일천의 우림랑이란 바로 역모의 근간이 되는 이 둔병을 가리킨 것으로 볼 수 있다. 이들이 상림의 사슴을 쏜다는 내용도 이러한 내용에 근거하면 역모의 뜻을 가지고 있다는 뜻으로 풀이될 수 있다. 또한 마지막 구절의 상림의 사슴을 뒤쫓을 수 없다는 것은 역모가 성공할 수 없다는 것이고, 돈화문에서 북을 친다는 것은 이들의 역모가 고변되었음을 나타낸 말로 풀이될 수 있다. 또 시에서 특별히 태의(太醫)를 언급하고 있는데, 《숙종실록》 이해 4월 21일 기사의 강만철(姜萬鐵)의 공사(供辭)에서 복창군이 이천에 갈 때 따라갔던 의관 김유현(金有鉉)이 허견의 역모 편지를 전달하는 역할을 한 것 같다는 내용이 있다.

146 풍전역(豐田驛) : 강원도 철원부(鐵原府) 남쪽에 있던 역참이다.

낙산군의 얼굴 발그레하니 　　　　　　　　　　　駝山君顔如丹

거마를 내달리게 하는 모습 어쩌면 저리 당당한가

　　　　　　　　　　　　　　　　　　令馳車騎一何軒軒

태의는 약주머니를 가지고 　　　　　　　　　　　太醫提藥囊

수레 앞뒤로 왔다갔다 하네 　　　　　　　　　　出入車後前

공자가 북쪽으로 가는 것은 　　　　　　　　　　公子北行去

병이 있어 이천에서 목욕하기 위함이라 　　　　有病浴伊川

이천에는 신령한 샘이 솟으니 　　　　　　　　　伊川出神泉

성대하게 윤택하고 깨끗하네 　　　　　　　　　　蔚蔚光澤鮮

윗탕에는 공자가 목욕하고 　　　　　　　　　　　上湯浴公子

아랫탕에는 소년들이 목욕하네 　　　　　　　　下湯浴少年

소년들은 우림랑[147]이니 　　　　　　　　　　少年羽林郎

아름다운 그 수 일천이로다 　　　　　　　　　窈窕其數千

활을 당기면 모두 과녁에 적중하니 　　　　　關弓皆破的

장차 상림 서원[148]의 사슴을 쏘겠네 　　　將射上林西苑鹿

상림의 사슴 뒤쫓을 수 없으니 　　　　　　上林鹿未可蹤

어스름한 저녁에 돈화문에서 북을 치네 　敦化擊鼓暮朣朦

---

147 우림랑(羽林郎) : 한(漢)나라 때 금군(禁軍)의 관직명으로 한양(漢陽), 농서(隴西), 안정(安定), 북지(北地), 상군(上郡), 서하(西河) 여섯 고을의 양가(良家) 자제를 뽑아 시위(侍衛)하는 인원으로 뽑았다.

148 상림(上林) 서원(西苑) : 궁원(宮苑)을 뜻한다. 상림원(上林苑)은 한나라 무제(武帝)가 장안(長安) 서쪽에 진(秦)나라 때의 옛 정원을 확대하여 조성한 이래로 황실의 동산을 가리키는 대명사가 되었다.

삼연에서 골짜기를 통과해 응암으로 향하다

自三淵穿峽向鷹巖

가을 늦은 때 그윽한 골짝으로 가니	秋晚行幽峽
마음 한가로워 흥취가 이어지네	心閒興有延
돌샘은 사람 얼굴을 씻어주고	石泉人面洒
숲의 과일은 말 머리 위로 달렸네	林果馬頭懸
덩굴이 얽힌 길 잠깐 헤매고	暫失藤蘿路
기장과 조 밭 자주 만나네	頻逢黍粟田
닭 울음소리 듣고 때로 말고삐 잡아 멈추니	聞雞時攬轡
무성한 초목 사이 한 줄기 인가 연기 보이네	蒙密見孤煙

저녁 경치
夕望

어렴풋한 촌락을 바라보니	曖曖墟中望
앞으로 시내 흐르고 홀연 뒤로 봉우리 서 있네	前溪忽後峰
안개와 노을 가득 끼었고	煙霞氣色滿
조와 기장 무성하게 쑥쑥 자라네	粱黍興情濃
참새 지저귀며 밭의 나무로 날아들고	雀噪投田樹
소가 와서 계곡의 소나무 지나네	牛來度壑松
사립문을 이제부터 닫으니	衡柴從此掩
읊조림이 차분도 하다	吟嘯且從容

백월로 돌아가는 이자문을 병중에 전송하며[149] 이자문은
이지성이다. 신유년(1681, 숙종7)

病中送李子文 之星 歸白月 辛酉

북쪽 동산 쑥 뜯음에 쑥 잎이 기니　　　　　　　北園采艾艾葉長

술 사다 부를래도 병들어 침상에 누웠네　　　　賒酒欲喚病在床

어제 저녁 하늘 어둑할 때 아이의 말 들으니　　昨夕天晦聞兒言

흰 눈이 솜처럼 날려 연못에 가득하다네　　　　白雪飛絮漫池塘

종남산 산기슭 하얗게 차가운 빛이　　　　　　　終南嶽麓皎寒色

그대 보지 못한 종일토록 내 곁을 비추누나　　不見終日映我傍

그윽한 난초 핀 시냇길에 눈이 깊이 쌓였으리니　幽蘭澗道雪應深

백월로 돌아가는 사람 그늘진 언덕에 기대겠네　白月歸人倚陰岡

---

149 백월로……전송하며 : 이지성(李之星, 1643~1722)은 다른 기록에는 행력이 자
세하지 않으나, 《함평이씨대동보(咸平李氏大同譜)》에 따르면 호가 백월당(白月堂)으
로 시문(詩文)에 명성이 있었으며 시집도 남겼다고 되어 있다. 본집 권27의 〈이자건묘
지명(李子建墓誌銘)〉은 이지두(李之斗, 1639~1673)에 대한 것인데 바로 이지성의 형
이다. 이 묘지명에 이지두의 묘가 양주(楊州) 백월리(白月里)에 있다고 하였으니, 백월
은 곧 양주의 지명이다. 또 본집 권5에 이자문의 백월정(白月亭)을 찾아가서 지은 시가
있는데 이 역시 백월리에 지은 정자인 듯하다. 이해에 삼연은 부친의 명으로 식솔들을
데리고 도성으로 돌아왔다. 《三淵先生年譜》

한식날 검산에서150
黔山寒食

솔바람에 비 더해져 내 마음 서글프니	松風滋雨我心傷
봄 언덕에 여린 방초 차마 어이 볼거나	那忍春原細草芳
모친은 지금 집에서 쓰러져 누워 계시니	母氏高堂今伏枕
그대 곡하고 돌아옴에 눈물 유독 길어라	哭君歸去淚偏長

---

150 한식날 검산에서 : 이 시는 시기 및 내용상 삼연의 누이인 이섭(李涉)의 처 안동
김씨(安東金氏)를 슬퍼하며 지은 것이다. 안동김씨는 1680년(숙종6) 12월에 아이를
낳다가 열여섯의 어린 나이로 죽었다. 부친 김수항(金壽恒), 송시열(宋時烈), 삼연의
형제 등 당대의 이름 있는 이들이 모두 행력과 묘지명과 제문 등을 지어주었다. 삼연은
1681년 2월에 죽은 누이의 제문을 지었다. 안동김씨는 금천(衿川)에 묻혔는데 금천의
다른 이름이 검양(黔陽)이므로 여기에서의 검산은 곧 금천을 가리킨다.

검산에서 곡하다
哭黔山

봄날 검양에서 다시 곡하니	再哭黔陽春
정말로 이 사람이 떠난 것인가	終疑若人去
한번 가서 참으로 돌아오지 못하니	一往苟不返
삼년의 세월[151]이 천고의 이별 되었네	三年便千古
어미의 무덤에 자식 무덤 이어지니[152]	纍纍母將子
봄풀이 같은 땅에서 돋아나누나	春草生同土
솔과 측백 곁에서 잠들어 쉬니	瞑息依松栢
초승달은 어쩌면 저리 괴롭게 느껴지는지	微月一何苦
아리따운 모습 혼백에도 남았거니	嬋媛存營魄
돌아보면 문득 보이지 않는구나	眄睞忽無覩
돌아갈 때마다 마치 버려두고 가는 듯해	每歸若相棄
어찌 우두커니 서 있지 않을 수 있겠느냐	胡寧不延佇
말에 오름에 눈물이 두레박줄처럼 흐르더니	上馬淚如綆
검산에 참말로 비가 흩날리누나	黔山正飛雨

---

151 삼년의 세월:《문곡집(文谷集)》권22〈망녀행적(亡女行蹟)〉에 따르면 16세에 죽은 삼연의 누이 안동김씨(安東金氏)는 14세에 시집을 갔다.

152 어미의……이어지니:《문곡집》권22〈망녀행적〉에, 삼연의 누이 안동김씨가 아이를 낳다 죽었는데, 낳은 아이마저 태어난 지 5일 만에 죽어 어미의 무덤 곁에 묻어주었다고 하였다.

이자문의 원정[153]

李子文園亭

훌륭한 원정이 성문을 벗어나지 않으니	嘉卜不出闉
높은 산이 유독 우뚝하여라	重基特穹崇
북쪽으로 탁 트인 골짝 등졌고	維北負砑硞
서쪽 보니 녹음이 둘러있구나	眷西挹青蔥
늘어선 담장은 절벽을 깎아냈고	列墉旣壁削
네모진 연못엔 하늘이 비치네	方沼聿鑑空
뜨락 섬돌 물 뿌려 깨끗해졌고	庭砌汎遂淨
과실 초목 겹겹이 둘러있구나	果卉匝以重
이 무위의 업을 떨쳐[154]	攄玆無爲業
고요한 공부 익혀 이루는구나	習成靜者功
그윽함과 광활함[155] 어느 하나만 폐할 수 있으랴	奧曠孰偏廢

---

153 이자문의 원정 : 133쪽 주149 참조. 여기에서 원정이란 본문에서 성문을 벗어나지 않는다는 언급과 본집 권3의 〈수성동에서 이자문을 만나 대화하다〔水聲洞遇李子文晤語〕〉나 〈경명과 수성동에서 놀면서 경물을 보고 감흥이 일어 읊고서 옛 동주 이자문에게 써서 보내 잔나비와 학을 그리워하는 마음을 위로하다〔與敬明遊水聲洞覽物興詠書寄舊洞主李子文以慰猿鶴之戀〕〉를 볼 때 인왕산 수성동(水聲洞)에 있었던 것이 아닌가 추측된다.

154 무위의 업을 떨쳐 : 원정 속에서 아무 인위적인 일을 하는 것 없이 세속을 벗어나 소요한다는 말이다. 《장자(莊子)》 〈대종사(大宗師)〉에 "무심하게 티끌 같은 세상 바깥에서 이리저리 노닐며 아무것도 함이 없는 가운데에서 소요한다.〔芒然彷徨乎塵垢之外, 逍遙乎無爲之業.〕"라고 하였다.

155 그윽함과 광활함 : 유종원(柳宗元)의 〈영주용흥사동구기(永州龍興寺東丘記)〉

화려한 집이 또 정원 속에 있어라	華館復園中
높은 처마엔 옅은 구름 깃들고	崇檐棲弱雲
성근 창문으로 좋은 바람 들이네	疏牖納善風
이리저리 둘러보는 눈길 어찌 한곳에 멈추랴	流矚豈停目
여기저기 거니느라 지팡이 멈추지 않네	散跬不輟筇
삐죽한 바위틈엔 난초 심기 알맞고	巖巉契滋蘭
골짝에 부는 솔바람 잠을 깨어 듣노라	谷籟寤聆松
예스러운 경치가 참으로 모여 있으니	景古亮有會
마음을 접함이 어찌 같지 않으랴[156]	引調詎無同
한번 편안함 잊는 법[157]을 미루어	試推忘適術
어둠을 써서[158] 발자취를 크게 감추어보네	用晦大隱蹤

에 "노닐기에 알맞은 곳이 대개 두 가지가 있다. 광활하게 탁 트인 것과 그윽한 것이니 이와 같을 따름이다.〔游之適, 大率有二. 曠如也, 奧如也, 如斯而已.〕"라고 하였다.

156 마음을……않으랴 : 예스러운 풍광과 이를 바라보는 사람의 마음이 하나가 된다는 말이다. 두보(杜甫)의 〈팔애시(八哀詩)〉에서 장구령(張九齡)을 읊은 부분에 "빈객들은 마음을 하나로 접하였네.〔賓客引調同〕"라고 하였다. 《두시언해(杜詩諺解)》에서 '조(調)'를 '마음'으로 새긴 것에 의거하여 마음으로 풀었다.

157 편안함 잊는 법 : 외물과 내가 진정으로 계합하여 나와 외물이 합치된다는 사실을 인식하지도 못할 정도로 편안해진다는 뜻이다. 《장자(莊子)》〈달생(達生)〉에 "발을 잊어버리는 것은 신발이 꼭 맞아 편안하기 때문이고, 허리를 잊어버리는 것은 허리띠가 꼭 맞아 편안하기 때문이다.……외부의 대상과 내 마음이 꼭 맞아 편안한 데서 시작하여 언제나 꼭 맞아 편안하지 않음이 없는 것은, 꼭 맞아 편안하다는 사실조차 잊어버리는 편안함의 경지이다.〔忘足, 履之適也. 忘要, 帶之適也.……始乎適而未嘗不適者, 忘適之適也.〕"라고 하였다.

158 어둠을 써서 : 자신을 수렴하여 겉으로 드러내지 않고 조용히 처신한다는 말이다. 《주역》〈명이(明夷) 상(象)〉에, "군자는 이를 보고서 무리를 대할 적에 어둠을 써서 밝게 한다.〔君子以, 莅衆, 用晦而明.〕"라고 하였다.

가을밤 대유에게 부치다 아우 창업이다

秋夜寄大有 弟昌業

골짝 안 계곡물 흐르는 데서 거문고 퉁기니	洞裏彈琴溪水流
솔바람이 물 서쪽 누각에 불어드누나	松風吹入水西樓
밝고 밝은 달 있어 둘 다 똑같이 좋은 밤을 보낸다만	
	明明有月同良夜
외려 숲속에 있느라 낙유로 가지 못하는구나[159]	猶自中林阻樂游

---

159 외려······못하는구나 : 이는 김창업(金昌業)의 진사시 합격과 관련 있는 말인 듯
하다. 김창업은 이 시가 지어진 1681년에 진사시에 합격하였다. 낙유는 곧 낙유원(樂游
原)으로 섬서성(陝西省) 서안(西安) 동남쪽에 있다. 낙유원은 한(漢)나라 때의 명칭이
고 당(唐)나라 때는 곡강지(曲江池)라고 불렀는데, 당나라 때 진사시에 합격한 사람들
을 이곳 곡강정(曲江亭)에 모아놓고 크게 연회를 베풀었으며 이를 곡강회(曲江會)라
하였다. 삼연이 산중에 있어 김창업의 진사시 합격을 축하하러 가지 못한다는 뜻이다.

족친들의 모임날에 풍계에서 유숙하다

族會日留宿楓溪

긴 대자리 깔고 풍성한 음식 올리니	長筵設豐膳呈
모두가 똑같이 기쁜 기색이어라	齊顔等色合懽情
술 올릴 제 쇠뿔 술잔에 술을 따르니	將進酒酌兕觥
제부와 형제들 차례대로 술을 마시네	諸父昆弟以次行
마시고서 달다 하며 술잔 멈추지 않으니	飮言酣杯未停
해는 이미 서쪽으로 숨고 달은 뜨기 전이라	日旣西藏月未生
높은 모자 구슬 도는 것이 별처럼 분분하더니[160]	高弁轉紛若星
구름처럼 흩어져 산 내려가 홍정[161]으로 물러나네	雲散下山退紅亭
취한 이 돌아가고 유숙하는 이 술 깨니	醉者歸留者醒
연못과 누대에 물은 맑고 차가워라	池塘觀榭水淸泠
밝은 등불 내어와 당을 비추니	明燈出光燭堂
백일처럼 하얗게 거듭 빛을 펼치네	皎如白日重舒光

160 높은……분분하더니 : 모인 사람들의 모습을 형용한 것이다. 이 구절은 《시경》
〈위풍(衛風) 기욱(淇奧)〉의 "피변(皮弁)에 꿰맨 구슬이 별과 같다.〔會弁如星〕"라고
한 구절에서 기인하였다. 《천자문(千字文)》에도 "모자가 도는 것이 별과 같다.〔弁轉疑
星〕"라고 하였는데 《주해천자문(註解千字文)》에서 이 구절을 풀이하면서 《시경》에 근
거하여 "모자의 구슬이 돌아 별처럼 보이는 것이다.〔見弁珠環轉如星〕"라고 하였다.
161 홍정(紅亭) : 단순히 붉은 정자라는 뜻도 있지만, 행인들이 쉴 수 있도록 10리마
다 설치한 장정(長亭)을 가리키기도 한다.

앉아서 잠깐 있음에 하늘이 검게 피니[162]　　　　坐須臾玄顔發

천추(千秋)의 이 즐거움이 어찌 대번에 사라지랴　千歲爲懽遽何央

162　하늘이 검게 피니 : 등불의 연기가 하늘로 치솟아 하늘을 검붉게 만드는 모습을 형용한 것이다. 《초사(楚辭)》〈초혼(招魂)〉에 "매달아 놓은 횃불의 불빛 널리 퍼져나가 검은 얼굴 오르네.〔懸火延起兮玄顔烝〕"라고 하였는데, 그 주석에 현안(玄顔)은 횃불의 연기가 하늘로 뻗쳐 올라가 하늘을 검게 만드는 것이라고 하였다. 《楚辭補注 卷9 招魂》

삼전비[163]
三田碑

아침에 광릉 나루로 나와	朝出廣陵津
서쪽으로 삼전비를 보노라	西睨三田碑
비석은 높게 우뚝하고	石闕抗嵬嵬
위에는 용이 조각되어 있네	上有刻龍螭
환하게 아침 햇살 받아 빛나고	炳烺曜朝日
단청은 어쩌면 저리도 기이한지	丹靑一何奇
묻노니 어느 해에	借問何年代
누가 이 비석 세웠는가	誰爲建植斯
아아 말할 수야 있거니와	嗚呼所可道
눈물이 흐르니 다시 어이하리오	涕出復何爲
묵묵히 남한산성 돌아보니	默默顧南漢
세찬 바람이 내 옷에 불어오네	烈風吹我衣
말 세우고 장검을 높이 드니	立馬竦長劍
치밀어 오르는 이 마음 비통하여라	凌厲心摧悲
중원이 바야흐로 환란을 만나	中原方遘患
바람에 먼지가 종횡으로 날리네[164]	飆塵縱橫飛

---

163 삼전비 : 정식명칭은 대청황제공덕비(大淸皇帝功德碑)로, 병자호란에 인조가 남한산성을 나와 청 태종(淸太宗)에게 항복한 후 청나라의 강요로 백성들을 살려준 청태종의 공덕을 칭송하는 내용으로 삼전도(三田渡)에 세운 비석이다.

164 중원이……날리네 : 이 시를 지은 1681년(숙종7) 당시 중국은 명(明)나라의 장수

고마워라 비석 하나가   多謝一扁石

어찌 만세토록 서 있을 수 있으랴   安可萬世期

로서 청나라에 항복하여 독립적인 번(藩)의 통치를 보장받았던 오삼계(吳三桂) 등이 번을 폐기하려는 깅희제(康熙帝)의 조치에 맞서 반란을 일으킨 삼번(三藩)의 난이 벌어진 상태였다.

장사를 애도하다[165] 장후량이다

哀壯士 張後良

창을 세우고 효시(梟示)함에 만인이 슬퍼하니	立矛萬人悲
노량진에서 북소리 울리누나	伐鼓露梁津
둥둥 북소리 성안으로 들어오니	鼕鼕鼓音入城闉
군중에서 잘못하여 범 같은 사람을 죽였네	中軍枉殺如虎人
산에 명아주와 콩잎 있고 범도 있었고[166]	山有藜藿亦有虎
물에 교룡 있어도 제어할 수 있었네	水有蛟龍尙可禦
다만 장도를 얻어 여울처럼 빠르게 휘두르며	但得長刀奮如湍
너의 비단 돛배가 포구를 마음껏 오갔건만	從汝錦帆交中浦

---

165 장사를 애도하다 : 이 시에 대한 곡절은 성대중(成大中)의 《청성잡기(靑城雜記)》 제5권 〈성언(醒言)〉에 보인다. 그에 따르면 장후량은 숙종(肅宗) 때 무예와 용력으로 이름이 있는 사람이었는데 조정에서 그를 변방에서 쓰려고 부령 부사(富寧府使)를 제수하였을 때 장후량이 부임하지 않으니 군문에 명하여 진법을 연습하게 하고 그 자리에서 참수하였다고 한다. 그런데 《승정원일기》와 《숙종실록》의 관련 기사는 이와는 다르다. 1682년(숙종8) 5월과 6월의 관련 기사들을 보면, 당시 허사 첨사(許沙僉使)였던 장후량이 효수(梟首)된 것은 황당선(荒唐船)의 출현을 알지 못한 사실을 은폐하려 했기 때문이었다. 대사성(大司成) 이선(李選)의 상소에는 장후량에 대한 처벌이 지나치다고 지적하고 있기도 하다. 또 이 시가 1681년의 시들에 편차되어 있는데 사책의 기록을 따르자면 1682년의 시로 편차를 옮겨야 한다.

166 산에……있었고 : 장후량이 범처럼 훌륭한 장수였다는 말이다. 《한서(漢書)》 권77 〈합관요전(蓋寬饒傳)〉에 "산에 맹수가 있으면 이 때문에 명아주나 콩잎을 따지 못하고, 나라에 충신이 있으면 이 때문에 간사한 자들이 일어나지 못한다.〔山有猛獸, 藜藿爲之不采. 國有忠臣, 奸邪爲之不起.〕"라고 하였다.

오호라 오랑캐를 치지 못하고   嗚呼未擊胡

장사가 성곽 남쪽에서 죽었구나   壯士郭南死

가련하게 피 흘린 곳에 부질없이 머무르니   空留可憐流血處

노량진 흰 모래 바람에 날려 일어나네   白沙回風露梁水

새해의 탄식 임술년(1682, 숙종8)

新歲歎 壬戌

사시가 운행함에 명절이 있으니	四時行成有名節
옛 풍속에 삼원일[167]을 가장 아꼈네	舊俗最愛三元日
아까워라 송구영신하는 즐거움	可憐送舊迎新樂
문을 나서 다니다 보면 사흘 만에 끝나네[168]	出門行遊三日畢
집집마다 초주[169]를 일천 단지에 담그고	家家椒酒酒千壺
소고기 굽고 양고기 삶고 폭죽도 마련했네	牛炙羊烹爆竹俱
반백의 늙은이는 도소주 차례 기다리고[170]	老者斑白耐屠蘇
호기로운 젊은이는 호로[171]를 찾았지	少年意氣覓呼盧
도성의 남녀들 길에서 경하하니	都人士女途中賀

---

167 삼원일(三元日) : 연(年), 월(月), 일(日) 세 가지의 첫 시작[元]인 정월 초하루를 말한다.

168 문을……끝나네 : 한양의 세시풍속을 기록한 김매순(金邁淳)의 《열양세시기(洌陽歲時記)》에 설날부터 사흘 동안 모든 남자들이 왕래하며 인사를 나누었다고 한다.

169 초주(椒酒) : 산초(山椒)를 담가 빚은 술로, 정월 초하루에 어른에게 올리면서 축수하는 풍속이 있었다.

170 도소주(屠蘇酒) 차례 기다리고 : 길경(桔梗)·방풍(防風)·육계(肉桂) 등의 약재(藥材)로 빚은 술을 가리키는데, 귀기(鬼氣)를 없애고 인혼(人魂)을 소생시킨다고 해서 붙여진 이름이다. 정월 초하룻날 이 술을 마셔서 사기(邪氣)를 물리쳤다. 원문의 '내(耐)'는 곧 도소주 마실 차례를 참고 기다린다는 뜻이다. 도소주는 나이가 어린 사람부터 마시기 시작하여 가장 나이가 많은 사람이 마지막에 마셨다.

171 호로(呼盧) : 저포놀이이다. 저포놀이는 한쪽은 흑색을 칠하고 한쪽은 백색을 칠한 나무패 다섯 개를 던져서 모두 흑색이 나오면 노(盧)라고 외쳤다.

이날은 모두 다 기쁘고 즐거운 안색이라 是日顔色兩敷腴

금천교에선 푸른 누각에 풍악 소리 울리고 靑樓鼓瑟錦川橋

종각 거리에선 붉은 머리띠하고 공을 찼네 朱帕蹋鞠鐘樓衢

궐에 하례하는 일천 관원 물줄기처럼 줄 잇고 拜闕千班去如流

불 밝힌 성 아침 오자 궁궐 까마귀 흩어졌네[172] 火城平明散宮烏

특별히 거리 동쪽에 심원댁[173] 있어 別有街東沁園宅

후당에 술자리 마련해 귀빈들 대접했네 後堂置酒飮貴客

귀빈들 붉은 수레 귀한 말 머무르고 貴客朱輪寶馬駐

황금빛 문에는 관우를 그렸어라 黃金爲門畫關羽

도성 사람들 이를 따라 문에 새로 그리니 城中效之門畫新

놀러 나온 이가 좌우로 두리번거리게 만들었네 却令遊者左右顧

해거름에 돌아갈 제 옷깃이 장막 이루니[174] 薄暮來歸袵成帷

비좁은 길에 서로 부딪히다 취한 사람 만났지 狹邪相撞醉者遇

오호라 이것은 내가 아이 때 일이니 嗚呼是事在兒時

---

172 불……흩어졌네 : 설날이나 동지에 백관들이 궁궐에서 조회할 때 수백 개의 횃불을 늘어세웠는데 이를 '화성(火城)'이라고 하였다. 《古今事文類聚 前集 卷6 火城》 시구에서 까마귀를 언급한 것은 두보(杜甫)의 〈두위댁 수세(杜位宅守歲)〉에 "횃불을 늘어놓고 밝히니 숲 까마귀 흩어지네.〔列炬散林鴉〕"라고 한 것에 근거를 둔 표현이다.

173 심원댁(沁園宅) : 심원은 후한(後漢) 명제(明帝)의 딸인 심수 공주(沁水公主)의 원림(園林)으로 이후에 공주의 집을 가리키는 말로 쓰였다. 여기서 어떤 공주댁을 가리키는지는 미상이다.

174 옷깃이 장막 이루니 : 길에 인파가 많다는 말이다. 《사기(史記)》 권69 〈소진열전(蘇秦列傳)〉에 "제(齊)나라 서울 임치의 길에 수레바퀴가 서로 부딪치고 사람들의 어깨가 서로 닿아 옷기을 연결하면 휘장을 이룬다.〔臨菑之塗, 車轂擊, 人肩摩, 連衽成帷.〕"라고 하였다.

현종 초년의 일을 내가 알고 있도다 顯宗初年我所知
신해년에 귀거가 나오고부터[175] 自經辛亥鬼車出
지금까지 백성들 굶주림만 걱정하네 只今齊民但憂飢
겨울 가뭄에 눈도 내리지 않아 보리가 죽으니 冬旱無雪大麥死
말을 타고 사흘 동안 노니는 이도 적어라 騎馬三日少游子
울적하게 돈 세며 먹고살기 급한지라 慊慊筭緡急生理
듣자니 정오에 다투어 가게를 연다 하네 已聞日中爭開市

---

175 신해년에 귀거(鬼車)가 나오고부터 : 신해년은 현종 12년인 1671년을 가리킨다. 이전 해인 1670년 경술년과 합쳐 경신대기근으로 불리는 전대미문의 기근이 있었던 해이다. 이는 소빙기(小氷期)로 인한 17세기 범세계적 기상이변으로, 이후 숙종대까지도 기상이변으로 인한 재해가 이어졌다. 귀거는 괴이한 변고를 가리킨다. 《주역(周易)》〈규괘(睽卦) 상구(上九)〉에 "귀신을 수레에 가득 실은 것을 본다.〔載鬼一車〕"라고 하였는데 이는 몹시 괴이한 일을 뜻한다.

애통조

哀痛詔

갑인년[176] 이래로 풍년 든 해 적으니 　　　　　　　　 甲寅以來豊歲少

저 하늘의 운행을 사람이 어찌 헤아리랴 　　　　　　 彼蒼回斡人得料

만백성이 물이 말라 뻐끔거리는 물고기 떼처럼 위급하니

　　　　　　　　　　　　　　　　　　　　　　　 萬民喁喁衆魚急

길 위에서 미친 듯 달리거나 슬피 울부짖는구나 　 布路狂走或悲嘯

성인은 스스로를 책망할 뿐 기후를 책망하지 않으시니

　　　　　　　　　　　　　　　　　　　　　　　 聖人罪己不罪歲

어제 또 애통해하는 조서를 내리셨도다 　　　　　　 昨者又下哀痛詔

마음이 목석이 아닌 바에야 조서 읽음에 비통하니 心非木石見者悲

채 반을 읽기도 전에 눈물 줄줄 흐르네 　　　　　　 讀之未半涕漣洏

우리 왕이 어찌 만세의 성군 아니랴만 　　　　　　　 我王豈非萬世聖

재난이 십년 동안 진정되지를 않는구나 　　　　　　 喪亂未見十年定

강족(羌族) 이족(夷族)이 수레 뒤에서 달려드는 것[177]이 지금 상황이요

　　　　　　　　　　　　　　　　　　　　　　　 羌夷接軫謂今日

동쪽에선 효가 날고 서쪽에선 경이 내달리네[178] 東飛梟子西走獍

---

176 갑인년 : 경신대기근이 지나고 난 뒤인 1674년(현종15)을 가리킨다.

177 강족(羌族)……것 : 매우 위태롭다는 말이다. 《사기》 권117 〈사마상여열전(司馬相如列傳)〉에 "이는 흉노와 월(越)나라가 수레 밑에서 일어나고, 강족(羌族)과 이적(夷狄)이 수레 뒤에서 달려드는 격입니다.[是胡越起于轂下, 而羌夷接軫也.]"라고 하였다.

178 동쪽에서……내달리네 : 효는 어미를 잡아먹는 새이고, 경은 아비를 잡아먹는

지금 요사스런 기운이 가득 뒤엉켜 있으니	只今沴氣鬱參錯
어떤 이는 모적[179]이 일어날 징조라 하네	或云因此致蝥賊
산하천리에 팔사[180]는 중지되고	山河千里八蜡閟
수라간 차지 않고 어마(御馬)도 여위었네	大庖不盈天馬瘠
게다가 동조[181]의 만세를 축수하는 술잔에	況乃東朝萬歲杯
법주도 차리지 않아 임금 말씀 슬퍼라[182]	法酒寂寞聖語哀
윗사람 가진 것 덜어 구휼함이 상책인 줄 너무도 잘 알기에	
	極知損上是上策
신하들 대할 때마다 덜어낼 것 권하네	每對群臣勸減裁

짐승이다. 지속되는 기근으로 인륜이 사라져 부모자식 간에 서로 죽이는 잡아먹는 실상을 비유한 말이다.

179 모적(蝥賊) : 농작물을 갉아먹는 해충이다. 《시경》〈대아(大雅) 상유(桑柔)〉에 "하늘이 재난을 내린지라 우리들이 세운 왕을 멸망시키고, 이 해충들을 내려 농사가 모두 병들었도다.〔天降喪亂, 滅我立王, 降此蟊賊, 稼穡卒痒.〕"라고 하였다.

180 팔사(八蜡) : 천자가 한 해의 농사가 끝난 12월에 농사가 잘되게 해 준 여덟 신의 공에 보답하기 위해 지내던 제사이다. 여덟 신은 농업을 창시한 신인 선색(先嗇), 백곡의 종자를 맡은 신인 사색(司嗇), 고대에 전관(田官)을 지낸 신인 농(農), 전지 사이의 농사(農舍)와 농로(農路)를 맡은 신인 우표철(郵表畷), 들쥐와 멧돼지를 잡아먹는 고양이와 범의 신인 묘호(猫虎), 물을 저축해 준 제방(堤防)의 신인 방(坊), 물을 흐르게 한 수로(水路)의 신인 수용(水庸), 곡식에 해를 끼치지 않은 곤충의 신인 곤충(昆蟲)이다. 《禮記 郊特牲》

181 동조(東朝) : 왕대비를 가리킨다. 한(漢)나라 때에 황태후가 거처하던 장락궁(長樂宮)이 황제의 거처인 미앙궁(未央宮)의 동쪽에 있었기 때문에 이렇게 칭하게 되었다.

182 법주(法酒)도……슬퍼라 : 나라의 변고가 있을 때 수라상의 음식 가짓수를 줄이고 검약하는 감선(減膳)의 예에 따라 법주를 차리지 않는 명을 임금이 슬프게 내린다는 말이다.

정전에서 진휼 논의하며 수라도 들지 않으니	正殿論賑玉食寒
통천대에 해그림자 옮겨가누나[183]	白日移景通天臺
또 들으니 촛불 밝히고 요사를 읽으셨고[184]	又聞秉燭讀姚姒
새벽까지 서명[185]은 몇 번이나 외우셨나	達曙西銘誦幾回
드높은 하늘도 크게 부르짖는 소리를 외면치 않으실 것이니	
	天高不邈大聲呼
험악해진 백성들도 어찌 이런 진심을 거절하랴	民嵒寧拒赤心敷
대로가 동쪽으로 옴에[186] 재야에 사람 없으니	大老東來野無人
외려 구원에 포륜이 내달리누나[187]	猶自丘園走蒲輪

183 통천대(通天臺)에……옮겨가누나 : 궁에서 오랜 시간 동안 진휼 정사를 논의했다는 말이다. 통천대는 한 무제(漢武帝)가 감천궁(甘泉宮) 안에 지은 누대로 하늘과 통할 듯이 높았으므로 붙여진 이름이다.

184 요사(姚姒)를 읽으시고 : 요는 우순(虞舜)의 성(姓)이고, 사는 하우(夏禹)의 성이다. 요사를 읽었다는 것은 옛 성인이 백성을 다스리던 방도를 읽었다는 말이다.

185 서명(西銘) : 송(宋)나라 때 장재(張載)가 지은 글이다. "온 천하의 쇠잔하고 병든 자, 고아와 독거노인과 홀아비와 과부가 모두 곤궁하여 하소연할 곳 없는 나의 형제들이다.〔凡天下疲癃殘疾, 惸獨鰥寡, 皆吾兄弟之顚連而無告者也.〕" 등의 임금의 도리에 절실한 교훈이 많다.

186 대로(大老)가 동쪽으로 옴에 : 이해에 화양동(華陽洞)에 있던 송시열(宋時烈)이 별유(別諭)를 받고 상경하였는데 이 일을 가리키는 듯하다.

187 외려……내달리누나 : 임금이 어진 인재를 초빙하기 위해 노력했다는 말로 송시열이 오는 모습을 말한 듯하다. 구원은 황폐한 초야로서 은자가 머무는 곳을 상징한다. 《주역》〈분괘(賁卦)〉육오(六五)〉에 "구원을 꾸민다.〔賁于丘園〕"라고 하였는데, 순상(筍爽)의 주에 "간(艮)은 산이고 진(震)은 숲이다. 바른 자리를 잃고 산림에 있으면서 언덕배기를 일구어 채마밭을 만드니, 은사(隱士)의 형상이다."라고 하였다. 포륜은 흔들리는 것을 방지하기 위하여 부들로 바퀴를 감싼 수레로서 냇녘에 어진 선비를 초빙할 때 사용하던 것이다. 《漢書 卷88 儒林列傳》

재앙과 막힌 운수 되돌릴 방법 공들에게 달렸으니 轉災傾否望公輩

한마디 말로 나라 일으킬 수 있는 우리 왕이 계시네[188]

一言興邦我王在

그대 보지 못했나 어젯밤 동풍에 눈과 서리 물러가고

君不見昨夜東風退雪霜

여린 풀과 버들 싹이 한양에 가득함을　　　　弱草黃柳滿漢陽

푸른 언덕에 월표는 몇 자나 되는가　　　　　靑丘月表問幾尺

늙은 농부는 상서로운 매우를 학수고대하고 있네[189] 老農延頸梅雨祥

돌아가자 이 소민은 편안히 거해야 하리니　　歸哉小民且按堵

올 가을엔 만 개의 상자[190]로 실컷 먹고 배부르리 含哺今秋萬斯箱

---

188 한마디……계시네 : 임금이 신하의 간언을 듣고 임금 된 도리를 다할 것이라는
말이다. 노 정공(魯定公)이 공자에게 "한마디 말로 나라를 흥하게 할 수 있다 하니,
그러한 것이 있습니까?〔一言而可以興邦, 有諸?〕"라고 묻자, 공자가 "말은 이와 같이
효과를 기약할 수는 없지만 사람들이 하는 말에 '임금 노릇 하기 어려우며 신하 노릇
하기 쉽지 않다.'라고 하였으니, 만일 임금 노릇 하기가 어려움을 안다면 한마디 말로
나라를 흥하게 함을 기약할 수 없겠습니까.〔言不可以若是其幾也, 人之言曰爲君難, 爲
臣不易, 如知爲君之難也, 不幾乎一言而興邦乎?〕"라고 하였다. 《論語 子路》

189 푸른……있네 : 월표는 달그림자의 길이를 장대로 측량하는 것이다. 명(明)나라
양신(楊愼)의 《승암집(升菴集)》 권44 〈월표〉에 "대개 규를 세워 해그림자를 측량하고
표를 세워 달의 광채를 측량한다.……왕승건의 시에 '달그림자에 푸른 언덕을 바라본
다.〔月表望靑丘〕'라고 한 것이 이것이다. 오(吳) 지방의 농가에서 정월 여드레 밤에
평지에 장대 하나를 세워놓고 달이 막 떠서 그림자가 생기면 곧바로 측량하여 그 길이에
의거하여 수면으로 옮겨서 다리기둥에 새겨놓는데 매우로 물이 불어날 때 반드시 기록
해둔 곳까지 차오르니 대개 옛날의 유법이다."라고 하였다. 매우는 매실이 익는 6월
중순에서 7월 상순 무렵 내리는 장맛비이다.

190 만 개의 상자 : 풍작이 들어 수확이 많을 것이라는 뜻이다. 《시경》 〈소아(小雅)

보전(甫田)〉에 "증손의 농사가 이엉처럼 끌채처럼 잘되고, 증손의 노적이 모래섬 같고 언덕 같아서, 이에 천 개의 창고를 구하고 이에 만 개의 상자를 구하노니, 기장과 피와 벼와 조가 농부의 복이라, 큰 복으로 보답하니 만수무강하리라.〔曾孫之稼, 如茨如梁, 曾孫之庾, 如坻如京, 乃求千斯倉, 乃求萬斯箱, 黍稷稻粱, 農夫之慶, 報以介福, 萬壽無 疆.〕"라고 하였다. 상자는 거상(車箱), 즉 수레에 짐을 싣는 상자이다.

매화 꺾는 노래

折梅曲

강남의 영외에 취루[191] 많은데	江南嶺外多翠樓
누대 위 여자아이 북쪽 보며 근심하네	樓上女兒北望愁
집 떠난 그이 아침 일찍 길 나서 고생할 것 멀리서 생각하니	
	遙念蕩子早行苦
빈 침상에서 밤에 잠드는 것 항상 부끄러워라[192]	恒抱空床夜眠羞
밤에 슬퍼하고 아침에 그리워하다 바뀐 계절에 금세 놀라니	
	夜悲朝思易驚年
작은 동산 새로 핀 매화 가련도 하다	小苑新梅已可憐
가련타 매화가 흐드러지게 필 때에	可憐梅花繚亂時
역사도 나는 기러기도 없이[193] 봄하늘 고요하네	驛使飛鴻靜春天

---

191 취루(翠樓) : 녹색으로 칠한 높은 누대인데, 여성의 거처나 주루(酒樓)를 지칭하는 용어로 특히 쓰인다.

192 집……부끄러워라 : 앞 구절과 뒤 구절은 각각 탕자와 여인의 행위로 구별된다. 이는 〈고시십구수(古詩十九首)〉의 제2수에 "옛날에는 기방의 여인이더니 지금은 탕자의 아내 되었네. 탕자는 길 떠나 돌아오지 않으니 빈 침상 홀로 지키기 어려워라.〔昔爲倡家女, 今爲蕩子婦. 蕩子行不歸, 空床難獨守.〕"라고 한 것이 표현의 근간이 된다.《文選 卷29 古詩十九首》또한 여기에서의 탕자란 단순히 집을 떠난 사람이라기보다 군역(軍役)에 종사하기 위해 떠난 사람을 가리키는 것으로 보인다. 고사(古辭)인 〈동광(東光)〉에 "군영의 사람들은 오랫동안 집 떠나와 돌아가지 못하는 이들이니, 일찍 길 나섬에 많이들 슬퍼하고 상심하네.〔諸軍遊蕩子, 早行多悲傷.〕"라고 한 표현 역시 삼연이 차용한 듯하다.《樂府詩集 卷27 東光》

석 푼 쯤 시들어 가지 위에 남은 매화를	三分蒌菖留枝上
여러 번 당겨보다 창 앞에 두노라	屢度攀援置牕前
흰 눈 따라 녹아 사라질까 걱정이거늘	愁隨皚雪合消鑠
밝은 달과 고운 빛을 차마 다투랴	忍將明月鬪嬋娟
밝은 달 고운 빛과 잠시 같은 색일 뿐이니	明月嬋娟暫同色
어이하면 이 봄빛을 잡아둘 수 있으려나	那能留遲艶陽年
원컨대 구만 리 가는 신풍[194]에다가	願得晨風九萬里
소매에 품은 매화를 좋아하는 그이에게 부쳤으면	持寄懷袖所懽子
누런 사막 속에서 찾은들 어찌 볼 수 있으랴	黃沙磧裏尋豈見
언저[195] 산 아래에서 캐본들 비슷한 게 있을까	嫣氏山下採誰似

193 역사도……없이 : 역사와 기러기는 모두 매화 핀 봄소식을 정인(情人)에게 보내
줄 전달자를 뜻한다. 특히 역사는 매화와 밀접하게 쓰인다. 송(宋)나라 육개(陸凱)가
범엽(范曄)과 친했는데, 강남에서 매화 한 가지를 장안(長安)에 있는 범엽에게 보내며
"매화를 꺾다가 역사를 만나 농두에 사는 친구에게 보내네. 강남에는 별다른 것 없어
오로지 봄 담긴 매화가지 하나 보내네.〔折梅逢驛使, 寄與隴頭人. 江南無所有, 聊贈一枝
春.〕"라고 하였다. 《古今詩刪 卷8 贈范曄》

194 신풍(晨風) : 신풍은 새벽바람을 뜻하기도 하지만 새매를 지칭하기도 한다. 여기
에서는 시상을 고려했을 때 후자인 듯하다. 《시경》〈진풍(秦風) 신풍〉에 "획획 빨리
나는 저 신풍이여, 울창한 북쪽 숲에 있도다. 군자를 보지 못하는지라 근심스러워하며
잊지 못하노라.〔鴥彼晨風, 鬱彼北林. 未見君子, 憂心欽欽.〕"라고 하였다. 또 《한서(漢
書)》권54 〈이광소건전(李廣蘇建傳)〉에, 흉노에 오랫동안 억류되어 있던 소무(蘇武)
가 한(漢)나라로 돌아가게 되자 흉노에 투항해 흉노의 장수가 된 이릉(李陵)이 소무를
전별하면서 "신풍은 북쪽 숲에서 울다가, 반짝거리며 동남쪽으로 날아가네. 뜬 구름
하루에 천리를 가니, 어찌 내 마음의 슬픔을 알리오.〔晨風鳴北林, 耀耀東南飛. 浮雲日
千里, 安知我心悲.〕"라고 시를 지어 주었다.

195 언저(嫣氏) : 문맥상 오랑캐 땅을 가리키는 듯하나 용례가 없어 미상이다. 혹

강적을 말 위에서 분다고 부질없이 말하나[196]　　　　徒言羌笛馬上吹
봄이 강남에 있음을 그대 알지 못하리　　　　　　　春在江南君不知

'저(氏)'를 '지'로 읽어서 '언지(焉支)'의 다른 표기가 아닌가 한다. 언지산은 한나라 때 흉노와의 접경 지역에 있던 산으로 곽거병(霍去病)이 출병하여 흉노를 격파한 곳이기도 하다. 《악부시집(樂府詩集)》권84〈흉노가(匈奴歌)〉의 주석에 따르면 언지산은 물과 풀이 아름다운 곳이라고 한다.

196　강적(羌笛)을……말하나 : 집을 떠난 남성이 실제 매화는 보지 못하고 변새에서 매화곡(梅花曲)만을 분다는 뜻이다. 이백(李白)의〈사마장군가(司馬將軍歌)〉에 "강적으로 아타회곡을 불고 향월루에서 낙매곡을 분다.〔羌笛橫吹阿嚲廻, 向月樓中吹落梅.〕"라고 하였는데, 그 주(注)에 "고각횡취 15곡 가운데〈매화낙〉이 있다. 주석에 호가곡이라 하였다.〔鼓角橫吹十五曲內, 有梅花落, 注云胡笳曲也.〕"라고 하였다.《李太白集分類補註 卷4 司馬將軍歌》

꽃나무의 노래. 사흥[197]에게 부치다
芳樹曲 寄士興

상춘에 꽃나무	芳樹上春日
아득히 바다 어구에 어리어 비치네	迢迢映海門
그대가 매화 사랑해 꽃나무 심고부터	自君愛梅建芳馨
모산을 매회촌이라 부르지[198]	茅山喚作梅回村
웃으며 듣자니 남쪽 이웃 밤에 떠나가서	笑聞南隣夜移去
풍설 속에 작은 배 타고 먼 포구 지나가	小艇風雪夏極浦
그윽한 집 고요한 곳으로 옮겨 들어가	移入幽軒窈窕處
화로에 술 데우고 구욕무를 춘다지[199]	煖酒銅鑪鸜鵒舞
내 여기 있으면서 꽃나무를 묻노니	我在此間問芳樹

197 사흥(士興) : 김시걸(金時傑)이다. 83쪽 주54 참조.

198 모산(茅山)을 매회촌(梅回村)이라 부르지 : 모산은 모도(茅島)이다. 모도는 충남 보령(保寧) 앞바다에 있는 섬으로 김시걸(金時傑)·김시보(金時保) 형제의 부친 김성우(金盛遇)가 일찍이 이곳에 토지와 집을 마련해 두었는데, 김시걸 형제는 이전부터 이곳에 임시로 들어가 살다가 1679년(숙종5)부터 완전히 이곳으로 이사하였다.《農巖集 卷3 士敬將歸湖中省墓夜飮爲別士敬時甫去內憂, 卷21 送士興士敬歸茅島序》매회촌은 매화가 두른 마을이라는 뜻이다.

199 구욕무(鸜鵒舞)를 춘다지 : 흥취가 한껏 일었음을 표현한 말이다. 구욕무는 악무(樂舞)의 명칭으로 진(晉)나라 때 사상(謝尙)이 이 춤을 잘 추어 온 좌중이 보고 싶어 하였고 왕도(王導)의 청에 따라 춤을 추자 마치 주변에 사람이 없는 듯 거리낌없이 춤을 추었다고 한다《晉書 卷79 謝尙傳》또 두심언(杜審言)이 〈증최융이십운(贈崔融二十韻)〉에 "구욕무에 흥이 무르익네.〔興酣鸜鵒舞〕"라고 하였다.

막내가 온 뒤로 꽃이 무수히 피었는가   季子來後花無數

무수히 기이한 꽃 참으로 가득하리니   無數奇花正旖旎

어여쁘게 주렴과 문을 비추고 있겠네   可憐透簾復燭戶

추위를 이김은 계수나무 못지않고   凌寒未讓桂

성큼 온 계절에 놀라게 함은 버드나무보다 빠르네   驚時早勝柳

그대 보지 못했나 연명이 술잔 잡고 국화 떨기 속에 있고

                    君不見淵明把酒黃菊叢

자유가 바람 부르는 푸른 대나무 속에 있음을[200]   子猷招風翠篁中

지난날 두 현인의 흥취 낮지 않더니   往者二賢興不低

지금은 복숭아 오얏에 그저 길이 생겼네[201]   只今桃李但成蹊

서리꽃과 서리바탕 분별하는 이 적은 탓에[202]   霜華霜質辨者寡

---

200 연명(淵明)이……있음을 : 도연명(陶淵明)은 그의 작품에서 국화를 자주 언급하였는데, 〈음주(飮酒)〉20수 가운데 제5수에서는 "동쪽 울타리 아래에서 국화꽃을 따면서, 유연히 남쪽 산을 바라보네.〔采菊東籬下, 悠然見南山.〕"라고 하였다. 《陶淵明集 卷3 飮酒》또 자유가 자(字)인 동진(東晉)의 명사(名士) 왕휘지(王徽之)는 임시로 남의 빈집에 잠깐 우거할 때에도 꼭 대나무를 심으면서 "어떻게 이 친구가 하루라도 없을 수 있겠는가.〔何可一日無此君〕"라고 하였다. 《晉書 卷80 王徽之傳》

201 복숭아……생겼네 : 김시걸의 꽃나무의 아름다움을 말하고 아울러 김시걸의 인품과 풍류를 칭송한 것이다. 사마천(司馬遷)이 이광(李廣)의 인품을 칭찬하면서 "복숭아나무와 오얏나무는 말이 없지만 그 아래에 자연히 길이 이루어진다.〔桃李不言, 下自成蹊.〕"라는 속담을 인용하였다. 《史記 卷109 李將軍列傳》

202 서리꽃과……탓에 : 서리꽃은 보통 나무에 내려앉은 서리 자체를 가리키는데 여기서는 서리 속에 꽃을 피운 것을 뜻한다. 서리바탕은 추위를 이겨내고 버티는 품격이다. 포조(鮑照)의 악부시(樂府詩) 〈매화락(梅花落)〉에 "생각건대 너는 거센 바람 따라 시들어 떨어지니, 서리꽃만 있을 뿐 서리바탕 없구나.〔念爾零落逐風飆, 徒有霜華無霜質.〕"라고 하였다. 《樂府詩集 卷24 梅花落》

온 천하가 수유를 향주머니에 넣고 집집마다 쑥을 차니[203]

椒幬艾戶竟天下

그대가 매화 사랑함은 무엇 때문이려뇨   君曰愛梅何爲者

---

203 수유(茱萸)를……차니 : 《초사(楚辭)》〈이소경(離騷經)〉에 "산초는 제멋대로
굴고 아첨하면서 오만방자하고, 수유는 사람들이 차는 향주머니 속에 들어가고자 하
네.〔椒專佞以慢慆兮, 樧又欲充夫佩幬.〕"라고 하였고, 또 "집집마다 쑥을 허리춤에 가득
차고는, 그윽한 난초는 찰 수 없다고 하네.〔戶服艾以盈要兮, 謂幽蘭其不可佩.〕"라고
하였다. 이 두 구절 모두 현인(賢人)을 멀리하고 소인배를 가까이 하는 것을 풍자한
것이다.

외로운 학

孤鶴

옛길에 빙판 없고 돌만 무수한데[204]	古道無氷石無數
푸른 여라[205] 하늘대는 곳에 봄바람 일어나네	綠蘿裊地春風擧
적송과 왕교는 태화에 올랐으니[206]	赤松王喬上太華
자리에 누워 구름 일어나는 곳[207] 자세히 생각하네	伏枕細思雲興處

204 돌만 무수한데 : 단순히 암석이 많은 풍경을 읊은 것으로만 해석할 수도 있으나, 전체 시상과 연관 지어 보면 황초평(黃初平)의 고사를 떠올리게 한다. 황초평은 적송자(赤松子)로도 불린다. 옛날 황초평이 열다섯 살에 양을 치다가 도사(道士)를 따라 금화산(金華山)으로 들어갔는데 그 후 40년 만에 그 형 초기(初起)가 수소문 끝에 아우를 찾아가 만났더니 양은 보이지 않고 무수히 많은 흰 돌들만 있었다. 이에 황초평이 "양들아, 일어나거라."고 소리치자, 무수한 돌들이 모두 수만 마리의 양으로 변했다고 한다. 《神仙傳 卷2 皇初平》

205 푸른 여라(女蘿) : 신선이나 은자의 옷을 말할 때 자주 쓰는 표현이다. 《초사(楚辭)》〈구가(九歌) 산귀(山鬼)〉에 "벽려로 옷을 해 입고 여라의 띠를 둘렀도다.〔被薜荔兮帶女蘿〕"라고 하였다.

206 적송(赤松)과……올랐으니 : 적송은 적송자이다. 왕교는 왕자교(王子喬)로 주영왕(周靈王)의 태자 진(晉)이다. 생황 불기를 좋아하여 곧잘 봉황의 울음소리를 내곤 하였는데, 선인(仙人) 부구공(浮丘公)을 따라 숭산(嵩山)에 올라가 선도(仙道)를 닦았고 30년이 지난 어느 날 백학을 타고 구지산(緱氏山) 꼭대기에 머물다가 손을 흔들어 사람들과 작별하고는 신선이 되어 승천하였다고 한다. 《列仙傳 王子喬》 태화는 서악(西嶽)인 태화산이다. 여기에서 굳이 태화산을 말한 것은 악부시 〈장가행(長歌行)〉에 "신선이 흰 사슴 타고 있으니 머리는 짧고 귀는 어찌나 긴지. 나를 인도해 태화산에 올라 지초와 붉은 지초를 얻었네.〔仙人騎白鹿, 髮短耳何長. 導我上太華, 攬芝獲赤幢.〕"라고 한 표현에 근거하여 신선이 사는 세계를 형용한 것이다. 《樂府詩集 卷30 長歌行》

외로운 학 동남에서 서북으로 돌아가다   東南孤鶴西北顧

뜨락에 내려앉아 돌아가지 않누나   翔下庭中不歸去

207 구름 일어나는 곳 : 신선이 있는 곳을 말한 것이다. 가도(賈島)의 〈도인을 찾아갔
으나 만나지 못하다〔訪道者不遇〕〉에 "다만 이 산중에 있을 터인데 구름 깊어 어디
있는지를 모르겠네.〔只在此山中, 雲深不知處.〕"라고 하였다. 《古文眞寶 前集》

노량진

露津

한식날 제사하러 성곽 나가니	寒食香火我出郭
노량진 강가에 바람이 길게 부네	露梁津上長風色
멀리 바다 어구까지 끊이지 않고 불고	飄飄不斷海門遠
연미와 양화[208]는 어둑하여라	燕尾楊花黯且黑
온갖 물새 어지러이 사람을 향해 울고	鵁鶄鵁鶄亂叫人
흔들흔들 버드나무 배는 험진에 있네	撼撼楊舟在險津
강물에 눈물 뿌리던 작년 마음[209] 올라오니	淚洒中流去年心
숙무[210]는 파릇파릇 봄날 한강 남쪽에 돋았네	宿莽青青漢陰春

---

208 연미(燕尾)와 양화(楊花) : 연미는 강화도 연미정(燕尾亭)으로 한강이 김포로 흘러드는 초입에 있으며, 양화는 양화진(楊花津)으로 노량진 맞은편의 다음 나루이다.

209 작년 마음 : 누이의 죽음을 슬퍼하던 마음이다. 134쪽 주150 참조.

210 숙무(宿莽) : 겨울에도 죽지 않는 향초(香草)의 이름이다. 《초사》〈이소(離騷)〉에 보인다.

옥류동
玉流洞

내가 봄 맞은 뒤로 나가 놀지 못했더니	自我逢春未出遊
지금 봄이 다해가는 때에 시름만 안고 있네	及今春歸但懷愁
새집²¹¹에서 문 닫으니 골짝 그림자 엷고	新第閉門洞陰薄
고운 햇살 일렁이는 소나무 숲 그윽하다	麗日悠悠松林幽
성안의 복숭아 오얏 꽃은 뉘 집에 떨어지나	城中桃李落誰家
망제의 들꽃²¹²은 옥류에 비치누나	望帝開花映玉流
이때에 형제들이 다 같이 적막해	此時兄弟寂寞同
술 있어도 꽃구경하는 누각에 앉지 못하네	有酒不坐看花樓

211 새집 : 삼연이 북악산 남쪽 기슭에 지은 집을 가리키는 듯하다. 삼연은 이해에
경제(京第) 십여 칸을 짓고 동쪽에 별도로 낙송루(洛誦樓)를 지었으며 누각 앞에 연못
세 개를 파서 삼부연(三釜淵)을 형상하고 지인들과 시회를 가졌다. 《三淵先生年譜》
212 망제(望帝)의 들꽃 : 진달래꽃을 가리킨다. 촉(蜀)나라 두우(杜宇)가 전국(戰
國) 시대 말년에 망제(望帝)라 칭하고 신하인 별령(鼈靈)의 아내를 간음하다가 왕위에
서 쫓겨나 서산(西山)에 은거하였는데, 그 뒤에 죽어 두견새로 화하여 항상 한밤중에
피를 토하면서 울었고 그 피가 묻어 진달래꽃이 붉게 되었다고 한다. 《華陽國志 蜀志》

봄에 송천에서 노닐며[213]

春遊松川

말 타고 돌아갈 제 해가 서쪽으로 지려 하니	歸馬日欲西
이때부터 송천을 걸어보았네	自此步松川
냇물이 바위 벼랑 끊어진 곳 돌아가더니	川回石崖斷
폭포가 갑자기 매달려 있네	瀑布忽已懸
나는 듯한 폭포수 지는 해 향해 떨어지니	飛流向日落
멀리서 바라봄에 희고 희구나	遠望皜皜然
금빛 못에는 푸른 하늘 비치고	金潭寫靑天
하얀 포말은 어지러이 빙빙 도네	素沫紛回旋
곁에는 산살구 꽃이 피어	傍有山杏花
한들한들 긴 소나무 앞에 있네	婀娜長松前
여러 그림자 오랫동안 서로 일렁이다	群影久相蕩
맑은 잔물결 위에 아름답게 어울리네	與之媚淸漣
함께 노니는 이들을 돌아보니	却顧同遊者
진선 같지 않은 이가 없어라	無不似眞僊

---

213 봄에 송천에서 노닐며 : 송천은 양주(楊州)에 있는 지명이다.

묘봉사에서 비로 길이 막혀[214]

妙峰寺滯雨

도봉산에서 좋은 약속 있거늘	道峰有好期
온 사방에 빗줄기 쏟아지네	東西共陰雨
뭉게뭉게 계단 아래 구름 일더니	溶溶階下雲
자욱하게 절을 감싸 하늘 위로 피어오르네[215]	霏霏上承宇
잠깐 사이 절간이	須臾靑蓮界
온 전각에 구름 기운 가득 차누나	氣色滿牕戶
그윽한 유람 운라에 막혔고	幽尋阻雲蘿
외로운 홍취 방두에 막혔어라[216]	孤興滯芳杜

---

214 묘봉사에서……막혀 : 묘봉사는 묘봉암(妙峯菴)으로 도봉산에 있던 암자이다. 삼연의 형인 김창협(金昌協)의 《농암집(農巖集)》 권1에 이 시와 같은 해에 지어진 〈내가 도봉산에 있을 때 자익과 사경 등 여러 사람이 삼각산을 유람하기 위해 묘봉암으로부터 와서 모이기로 약속하였는데, 이날 비가 와서 그들이 오지 못하였다. 우두커니 앉아 기다리다가 섭섭한 나머지 짓다.〔余之在道峰也子益與士敬諸人爲三角之游約自妙峰菴來會是日雨作不果至凝佇之久悵然有作〕〉 시가 있고, 삼연의 동생인 김창립(金昌立)의 《택재유타(澤齋遺唾)》에도 같은 해에 지어진 〈묘봉사〉 시가 있다.

215 자욱하게……피어오르네 : 이 구절은 《초사(楚辭)》 〈섭강(涉江)〉에 "구름은 자욱하게 집을 받드네〔雲霏霏而承宇〕"라고 한 구절의 주(注)에 "구름이 집을 파묻고 하늘과 나란해 지는 것이다.〔室屋沉沒, 與天連也.〕"라고 한 것에 근거하여 번역하였다. 《楚辭章句 卷4》

216 그윽한……막혔어라 : 운라(雲蘿)는 등나무 넝쿨이고 방두(芳杜)는 향초의 일종인 두약(杜若)으로 모두 온지기 숨은 깊은 산승을 뜻한다. 여기서는 비가 내려 도봉산에서 만나기로 약속했던 김창협에게 깊은 수풀을 헤치고 갈 수 없음을 가리킨다. 당(唐)나

창을 열고 오래도록 동쪽을 바라보다	開軒久東望
아련하게 결국은 정오를 지나누나	翳翳遂過午
도롱이 입고 무우²¹⁷에서	披簑舞雩間
힘들게 나를 기다리고 있지 않을까	無乃待我苦
배회하며 서로 알 수 없으니	徘徊兩不知
하룻저녁이 천고의 시간 같아라	一夕如千古

라 정곡(鄭谷)의 〈제숭고은자거(題嵩高隱者居)〉에 "어찌 선인의 발자취를 쉬이 찾아
가겠나. 운라가 천만 겹이로다.〔豈易訪仙蹤, 雲蘿千萬重.〕"라고 하였다. 또 《초사》〈산
귀(山鬼)〉에 "산중의 사람이여. 두약을 캐도다.〔山中人兮芳杜若〕"라고 하였다.

217 무우(舞雩) : 기우제를 지내던 곳으로, 여기에서는 봄나들이 하는 장소를 말한
다. 공자가 제자들에게 자신의 뜻을 말해보라 하자 증점(曾點)이 "늦봄에 봄옷이 이미
만들어지면 관을 쓴 어른 대여섯 명과 아이 예닐곱과 함께 기수에서 목욕하고 무우에서
바람 쐬고, 노래하며 돌아오겠습니다.〔莫春者, 春服旣成, 冠者五六人, 童子六七人, 浴
乎沂, 風乎舞雩, 詠而歸.〕"라고 대답한 고사가 있다. 《論語 先進》

다시 읊다
又賦

밤새 절간에 빗줄기 이어지니	夜雨連禪梵
희뿌옇게 안개 색깔 같아라	溟濛霧色齊
산에 해 날 줄 잘 알고 있으니	誠知山吐旭
시내에 물 얼마나 불었나 헤아려 보네	復忖水增溪
절에 날아든 비둘기 푸른 깃털 젖었고	寺鴿靑毛濕
하늘 꽃[218]은 붉은 꽃잎 처졌네	天花絳蕚低
동쪽으로 넘는 길 찾을 수 없으니	東踰未可討
문 열고 구름 속 다리 바라보노라	開戶眄雲梯

---

218 하늘 꽃 : 절에 핀 꽃을 가리킨다 천화(天花)는 설법이나 상서로운 일이 있을 때 하늘에서 내리는 꽃이라는 뜻으로 불교 경전에서 많이 쓰인다.

솥을 잃은 탄식
失鼎歎

세찬 바람 쉭쉭 불어 무지개들 숨고	急風礐礐衆虹匿
봄 하늘에 구름 자욱해 달빛 사라졌네	春天霾靄月無色
경전[219]의 오래된 담벼락에 밤 깊어 가는데	慶殿古垣夜向深
서림[220]의 늙은 벗 나를 찾아왔어라	西林老友來相卽
등불 켜고 이끌어 자리하고서 채색[221]을 위로하며	呼燈相延慰菜色
그대는 아침저녁도 먹지 못했냐고 물어 보았네	問子朝飢夕不食
벗이 답하기를 집이 가난해 솥이 하나뿐인데	答云家貧徒一鼎
풍우 몰아치던 칠흑 같은 지난 밤 잃어버렸소	見失前夜風雨黑
찾아도 찾을 수 없어 하늘 보며 웃었으니	尋之不得仰天笑
원래부터 죽 끓이려 불 때는 일 적었다오	向來饘粥擧火少

219　경전(慶殿) : 본집 권26 〈김수재전(金秀才傳)〉에 "창흡은 백악산 아래 영경전 동남쪽에 집을 짓고 누대를 만들어 낙송이라 이름하였다.〔昌翕家白岳山下永慶殿東南, 作樓而名之曰洛誦.〕"라고 한 것에 근거하면 여기에서의 경전은 영경전이다. 영경전은 중종(中宗)의 계비(繼妃)인 장경 왕후(章敬王后) 윤씨(尹氏)의 혼전(魂殿)이다.

220　서림(西林) : 인왕산을 가리키는 듯하다. 인왕산을 서산(西山)이라 하는데, 이곳에는 김수항(金壽恒)의 집도 있었고 삼연이 여러 사람과 교유했던 청풍계(靑楓溪)도 있다.

221　채색(菜色) : 굶주려서 채소만 먹으며 안색이 누렇게 뜬 것을 형용하는 표현이다. 《예기(禮記)》〈왕제(王制)〉에 "백성들에게서 채색이 없어진 뒤에야 천자가 밥을 먹되 날마다 성찬을 들고 음악을 연주한다.〔民無菜色, 然後天子食, 日擧以樂.〕"라고 하였는데, 진호(陳澔)의 《예기집설(禮記集說)》에 "굶주려 채소만 먹으면 안색이 병든다. 그러므로 채색이라 한 것이다.〔飢而食菜則色病, 故云菜色.〕"라고 하였다.

솥이여 솥이여 너를 어디에 쓰리오   鼎乎鼎乎焉汝用

먼지 앉은 솥귀 이끼 긴 솥발 아주 작별이로구나 하네

                                       塵鉉苔足長相送

원생은 본래부터 굶주려 부황 뜬 얼굴 감내했고[222]   原生故自耐顑頷

자상은 오히려 읊조림 그치지 않았네[223]   子桑猶不廢嘯詠

좌중의 사경과 덕이[224]가   坐中士敬與德以

이렇게 농담 잘하여 서글픈 마음 그쳤네   且爲善謔休惆悵

귀해도 오정의 봉양[225] 필요 없고   貴不必五鼎養

가난해도 우의 덮고 상심할 필요 없지[226]   貧不必牛衣傷

---

222 원생(原生)은……감내했고 : 원생은 공자의 제자인 원헌(原憲)이다. 몹시 빈궁하여 토담집에 거적을 치고 깨진 독으로 구멍을 내어 문으로 삼았는데, 비가 오면 지붕이 새서 축축한데도 꼿꼿이 앉아 금슬(琴瑟)을 연주했다고 한다. 《莊子 讓王》

223 자상(子桑)은……않았네 : 옛날 자여(子輿)와 자상은 절친한 친구 사이였는데, 장마가 열흘 동안 이어지자 자상이 굶주려 병이 들었을까 걱정하여 자여가 밥을 싸가지고 찾아갔더니 자상이 거문고를 타며 "아버지인가, 어머니인가, 하늘인가, 사람인가."라고 노래인 듯 곡인 듯 읊조렸다. 자여가 노래 소리가 슬픈 까닭을 묻자 자상이 "나를 이렇게 곤궁한 지경에 이르도록 만든 자를 아무리 생각해도 알 수가 없다. 부모가 어찌 내가 빈궁하기를 바랐겠는가. 하늘은 사사로이 덮음이 없고 땅은 사사로이 실음이 없으니, 하늘과 땅이 어찌 사사로이 나를 빈궁하게 했겠는가. 나를 이렇게 만든 자를 아무리 찾아도 찾을 수 없건만 그런데도 이러한 지경에 이른 것은 운명일 것이다."라고 하였다. 《莊子 大宗師》

224 사경(士敬)과 덕이(德以) : 사경은 족질(族姪) 김시보(金時保)이고 덕이는 족질 김시택(金時澤)이다.

225 오정(五鼎)의 봉양 : 소, 양, 돼지, 생선, 순록의 다섯 가지 고기를 다섯 솥에 각각 담아 먹는 것을 이르는 말로, 대단히 호사스러운 진찬(珍饌)을 뜻한다. 《儀禮 少牢饋食禮》

226 우의(牛衣)……없지 : 우의는 소가 추운 것을 막기 위해 짚을 엮어 만든 거적의

유한한 인생 어이하리오 　　　　　　　　人生有涯可奈何

초나라 활과 변경의 말[227] 모두 아득하여라 　　　楚弓塞馬兩茫茫

그대 보지 못했나 구주에서 쇠 거두어 우임금이 솥 만들었더니

　　　　　　　　　　　　　　　　　君不見九牧收金禹作鼎

사수의 험한 물결에 솥이 사라진 것을[228] 　　　泗水驚波鼎亦亡

일종이다. 한(漢)나라 왕장(王章)이 미천했을 때 장안(長安)에서 아내와 둘이 살았는데, 집이 몹시 가난하여 병들어도 덮을 이불이 없자 우의 속에 들어가 누워서는 이대로 죽을 수밖에 없다고 생각하여 아내와 결별하려다가 아내로부터 나약하다는 배척을 받은 고사가 있다. 《漢書 卷76 王章傳》

227 초나라……말 : 득실에 연연하지 않고 태연한 자세를 비유한 말이다. 옛날 초 공왕(楚恭王)이 사냥을 나갔다가 활을 잃어버리자 좌우의 신하들이 활을 찾을 것을 권하니, 초왕이 말하기를 "그만두어라, 초나라 사람이 잃은 활을 초나라 사람이 얻을 것이니 다시 구해서 무엇 하겠는가."라고 하였다. 《孔子家語 卷2 好生》 변경의 말은 새옹지마(塞翁之馬)를 가리킨다. 옛날 변방에 사는 어떤 노인의 말이 도망쳐서 오랑캐 땅으로 들어가자 사람들이 위로하였는데 노인은 도리어 그것이 복이 될지 알 수 없는 일이라며 태연하였고, 몇 달 뒤에 그 말이 오랑캐의 준마 여러 마리를 데리고 돌아왔다. 사람들이 이를 축하하자 노인은 이것이 화가 될지 알 수 없는 일이라고 하였는데 과연 그의 아들이 말을 타다가 떨어져 다리가 부러졌다. 사람들이 이를 위로하자 노인은 또 복이 될지 알 수 없는 일이라고 하였다. 1년 뒤에 오랑캐가 대거 침입하자 남자들이 모두 전쟁에 징발되어 열에 아홉은 죽었으나 그의 아들은 다리가 불구였기 때문에 징발되지 않고 살아남을 수 있었다. 《淮南子 人間訓》

228 구주(九州)에서……것을 : 옛날 하(夏)나라의 우(禹) 임금이 천하 구주의 쇠를 모아 솥 위에 만물을 그려 넣어 백성이 선과 악을 알게 하니 백성들이 도깨비나 물귀신 등을 만나지 않게 되었다고 한다. 《春秋左氏傳 宣公3年》 이 솥은 하나라를 거쳐 주(周)나라에 전승되었는데 진(秦)나라 소양왕(昭襄王) 52년에 서주(西周)를 공격하여 솥을 탈취하여 가다가 사수(泗水)에 빠뜨렸고 뒤에 진 시황(秦始皇)이 이 솥을 건지려고 1천 명을 동원하여 물속을 샅샅이 뒤졌으나 끝내 찾지 못하였다고 한다. 《史記 卷6 秦始皇本紀》

밝은 별 노래
明星曲

밝은 별이 은하수 북쪽으로 나오니	明星出漢北
밤마다 광채가 한결 같아라	夜夜光如一
용성²²⁹은 참으로 밝게 빛나면서	龍辰正磊落
만 리에 길게 늘어서 있구나	萬里見行列
검은 구름은 북쪽 두성(斗星)에서 사라지고	玄雲絶北斗
붉은 달은 서쪽 필성(畢星)과 어긋나네²³⁰	赤月跂西畢
견우가 농사를 짓지 못하니	牽牛不可農
직녀가 바라보며 시름 깊구나	織女望愁絶
군왕이 사당에 절하고 돌아오며	君王拜廟歸
밝은 별 나옴에 눈물이 떨어지네²³¹	淚下明星出
별빛 희미하고 새벽에 까치 우니	星稀鳰鵲曙
동남쪽에 붉은 빛 해가 뜨누나	絁絁東南日

229　용성(龍星) : 동방의 창룡칠수(蒼龍七宿)이다.

230　검은……어긋나네 : 비가 올 기미가 보이지 않는다는 뜻이다. 달이 필성에 걸리면 비가 올 징조이다. 《시경》〈소아(小雅) 점점지석(漸漸之石)〉에 "달이 필성에 걸렸으니 주룩주룩 비 내리리.〔月離于畢, 俾滂沱矣.〕"라고 하였다. 원문의 '기(跂)'는 가까이 붙는다는 뜻과 어긋난다는 뜻을 모두 가지고 있으나 전체 문맥을 살펴 후자로 보았다.

231　군왕이……떨어지네 : 군왕이 비가 오지 않아 기우제를 지내고 오다가 비를 내릴 구름이 끼지 않고 별만 찬란하게 뜬 것을 보고 슬퍼한다는 말이다.

군자행

君子行

군자는 지위를 벗어나지 않나니	君子不出位
인을 돈독히 함이 자리에 편안함에 있네[232]	敦仁在安土
목수는 대신 깎지 않으며	梓人不代斲
축관(祝官)은 제기를 뛰어넘지 않네[233]	祝人不踰俎
동산의 복숭아나무에 열매 열리지 않으면	園桃苟無實
좋은 기장 파종하는 것만 못하지	不如播嘉黍
화려하고 실속 없는 말이 집에 가득하다 한들	華言盈庭戶
도에 무슨 보탬이 되리오	於道亦何補
보지 못했나 서한(西漢) 시대에	不見漢西京
본질로 돌이켜 질박하고 노둔함에 힘썼으니	反素務朴魯

---

232 군자는……있네 : 군자는 자기 분수를 넘어선 생각이나 행동을 하지 않는다는 뜻이다. 《논어》〈헌문(憲問)〉에 "군자는 생각이 그 지위를 벗어나지 않는다.〔君子, 思不出其位.〕"라고 하였고, 《주역》〈계사전 상(繫辭傳上)〉에 "천명을 즐기고 알기 때문에 근심하지 않으며, 자리에 편안하여 인을 돈독히 하기 때문에 사랑할 수 있다.〔樂天知命故不憂, 安土敦乎仁故能愛.〕"라고 하였다.

233 목수는……않네 : 자기 분수와 직분을 벗어나지 않는다는 말이다. 《노자(老子)》에 "큰 장인을 대신해 나무를 깎는 자는 손을 다치지 않는 이가 드물다.〔夫代大匠斲, 希有不傷其手矣.〕"라고 하였고, 《장자(莊子)》〈소요유(逍遙遊)〉에 "요리하는 사람이 주방에서 일을 잘 못한다고 해서 시동이나 축관이 제기를 뛰어넘어 와서 그 일을 대신할 수는 없다.〔庖人雖不治庖, 尸祝不越樽俎而代之矣.〕"라고 하였다.

장공이 색부를 논함에 張公論嗇夫
태사가 그 말을 찬탄한 것을[234] 太史嘆其語

234 장공(張公)이……것을 : 색부는 한(漢)나라 때 실무를 담당하던 하급 관리이다. 태사는 《사기(史記)》를 저술한 태사공(太史公) 사마천(司馬遷)이다. 한나라 문제(文帝)가 어느 날 상림원(上林苑)에서 호랑이 우리 옆의 여러 짐승들에 대해 물었으나 아무도 답하는 사람이 없었는데 호랑이를 사육하는 색부가 유창하게 대답하자 문제가 크게 칭찬하며 그를 상림 영(上林令)으로 임명하려 하였다. 그러자 장석지(張釋之)가 강후(絳侯), 주발(周勃), 동양후(東陽侯), 장상여(張相如)가 어떤 사람이냐고 물으면서 이들이 장자(長者)라고 일컬어지는 것은 일에 대해 이야기할 때 말주변으로 하지 않아서이니, 만일 말을 잘하는 것으로 인해 상을 받게 된다면 천하가 실속 없이 말재주 부리는 것을 숭상하게 될 것이라고 하였다. 이에 대해 사마천은 열전 말미의 논찬을 통해 "장석지는 장자(長者)에 데에 밀하면서 법도를 지키면서 영합하지 않았다."라고 하였다. 《史記 卷102 張釋之列傳》

농두수[235]

隴頭水

농수 소리 슬프고 처량하니	隴水聲哀哀
슬피 우는 잔나비보다 심해라	劇於悲鳴猿
흘러 흘러 진천[236]으로 내려와	由來下秦川
우리 오래된 성채 사이 흐르는구나	流我故壘間
행군하며 이 물소리 들으니	軍行聞此水
군졸은 말을 하지 못하네[237]	健兒不能言
농중의 돌에다 칼을 갈고	磨刀隴中石
농상의 구름 속에 말을 잃었네	失馬隴上雲
울음 삼키며 야밤에 일어나 가고	吞聲起夜去

---

235 농두수 : 악부(樂府) 횡취곡사(橫吹曲辭) 가운데 변경인 농두에서 오래도록 수자리 서며 오랑캐와 대치하고 있는 군인의 비감을 읊은 작품인 〈농두(隴頭)〉가 있고, 후대의 문인들이 이를 기반으로 〈농두음(隴頭吟)〉, 〈농두수〉 등 비슷한 제목의 작품을 창작하였다. 중국의 서쪽 변경인 천수군(天水郡)에 큰 산비탈이 있는데 이를 농지(隴坻) 또는 농산(隴山)이라고 하며 한농관(漢隴關)이라는 관문이 있다. 그리고 농산의 위에 맑은 물이 사방으로 흘러내리는데 이것이 바로 농두수이다. 《樂府詩集 卷21 隴頭》

236 진천(秦川) : 중국의 서북쪽 변방으로 오늘날의 섬서성(陝西省)과 감숙성(甘肅省)의 진령(秦嶺) 이북이다.

237 행군하며……못하네 : 농두수의 소리를 듣고 변경에 있음을 실감하고 고향에 돌아가지 못할까 근심하고 슬퍼하면서 말을 잇지 못한다는 뜻이다. 이러한 정감은 예컨대 포용(鮑溶)의 〈농두수〉에 "농두수 물소리 천고에 차마 듣지 못하겠으니 살아서는 소무(蘇武)처럼 고향으로 돌아갈 것이고 죽으면 이광(李廣)처럼 이별하겠네.[隴頭水, 千古不堪聞. 生歸蘇屬國, 死別李將軍.]"라고 한 것과 같다. 《樂府詩集 卷21 隴頭水》

갈증 참으며 농수 근원으로 가네	忍渴行泉源
남아가 일찍 동개를 메고	男兒早負韉
변고 없이 편안한 해에 세 번이나 종군하누나[238]	寧歲三從軍
동쪽으로 가서 상곡[239]에 둔치고	東征屯上谷
곧장 북쪽으로 안문[240]을 나가네	直北出鴈門
머리 센 늙은 군인 오늘밤부터	頭白自今夜
눈물이 간장에서 흘러나오리	淚出腸與肝

238 세 번이나 종군하누나 : 변경 사람이 자주 부역에 시달림을 말하는 표현이다. 좌연년(左延年)의 〈종군행(從軍行)〉에 "고생이로구나. 변경 사람이여. 한 해에 세 번이나 종군하누나. 아들 셋은 돈황 가고, 아들 둘은 농서로 가네. 다섯 아들 멀리 싸우러 떠났는데 다섯 아내 모두 임신하였네.〔苦哉邊地人, 一歲三從軍. 三子到燉煌, 二子詣隴西. 五子遠鬪去, 五婦皆懷身.〕"라고 하였다.

239 상곡(上谷) : 중국의 북동쪽 변경으로 지금의 북경(北京) 연경현(延慶縣)에 있었다.

240 안문(鴈門) : 중국의 북쪽 관문으로 산서성(山西省) 흔현시(忻州市) 대현(代縣) 현성(縣城) 북쪽 안문산에 있었다.

거문고 노래[241]

瑟歌

패릉 위에서 거문고 타니	挾瑟覇陵上
첩에게 고향을 바라보게 하시네[242]	使妾望故鄕
임금께서는 천하의 즐거움 누리시고	君有四海樂
첩에게는 짧은 의상이 있노라[243]	妾有短衣裳
거문고 연주 맞춰 노래를 부르니	絃歌相向起

241 거문고 노래 : 이 작품은 한 문제(漢文帝)의 파릉석곽(覇陵石槨) 고사를 소재로 한 것이다. 파릉은 본래 패릉이라고 하였으며 섬서성(陝西省) 서안(西安) 동쪽에 터가 있다. 한 문제가 이곳에 묻혔다. 문제가 어느 날 패릉으로 행차하여 총애하는 첩인 신부인(愼夫人)에게 거문고를 연주하게 하고 스스로 처량하게 노래를 부르고서 서글피 신하들을 돌아보며 "아아! 북산(北山)의 돌로 곽(槨)을 만들고 솜을 그 사이에 채워 넣고 옻칠을 한다면 어찌 무덤을 움직일 수 있겠는가."라고 하였다. 그러자 수행한 장석지(張釋之)가 "그 안에 갖고 싶은 물건이 들어 있으면 비록 남산처럼 굳게 만든다 해도 오히려 틈이 있을 것이며 그 속에 갖고 싶은 물건이 없으면 비록 석곽이 없더라도 무엇을 근심하겠습니까."라고 하니 문제가 훌륭한 말이라고 칭찬하였다. 《漢書 卷50 張釋之傳》 《古今事文類聚 前集 卷50 灞陵石槨》

242 첩에게……하시네 : 문제가 신부인과 패릉에 행차했을 때 신풍(新豊) 길을 가리켜서 한단(邯鄲)으로 향하는 길이라고 하였는데, 그 까닭에 "신부인은 한단 사람이다."라고 하였다. 《漢書 卷50 張釋之傳》

243 첩에게……있노라 : 짧은 의상은 곧 평민의 복장을 말한다. 이는 신부인의 문제를 향한 마음이 변함없음을 나타내는 말로, 양 무제(梁武帝)의 〈한단가(邯鄲歌)〉에 "냉대를 받아 짧은 옷 입는 평민이 되더라도 첩은 상심하지 않으리니, 남산에서 임금을 위해 명복을 빌며 늙으리이다.〔短衣妾不傷, 南山爲君老.〕"라고 한 표현에 기인한 것이다. 《樂府詩集 卷76》

누가 이렇게 가슴을 아파하나	誰爲愴中腸
신풍 길은 어찌도 드넓은지	新豐道何闊
곧게도 뻗었어라 한단 가는 길이여	直哉邯鄲路
북산에 돌 있으나	北山自有石
남산의 튼튼함에 미치지 못하네	未及南山固
임금과 함께 만 세가 지난 뒤에	同君萬歲後
흘러 흘러[244] 어디에 머물까	滴滴去安駐
나는 이 곡을 마치려 하니	我欲竟此曲
이 곡은 날이 저물어 감을 슬퍼함이라	此曲悲日暮

244　흘러 흘러 : 원문의 '적적(滴滴)'은 보통은 물이 방울진 모습을 형용하는 말이나, 《열자(列子)》〈역명(力命)〉에서 제 경공(齊景公)이 장차 자신의 아름다운 제나라를 버리고 죽게 될 것을 슬퍼하면서 "어찌 경치 없이 이 나라를 떠나 죽어야 하는가.[若何滴滴去此國而死乎]"라고 한 구절의 주석에 '유탕(流蕩)'의 뜻이라고 한 것을 취하였다.

말 달리는 노래[245]

走馬曲

여린 버들 푸릇푸릇 실과 같으니	弱柳靑靑絲
춘월[246]이 장대에 드리웠도다	春月章臺垂
장공이 아침에 나와 말에 오를 제	張公朝出上馬時
누구와 친한가 하니 저자의 아이로다	誰其愛者市中兒
다른 집 말은 곤하여 기운 차리지 못하거늘	他家馬煩不能驕
그대의 말은 어떻게 번개처럼 내달릴 수 있나	君馬何能如電馳
버드나무 아래를 내달려 지나니	馳過楊柳下
용이 나는 듯하다고 말해도 되겠네	堪言如龍飛
백설 같은 털 어여삐 느껴지고	情憐白雪毛
황금 굴레에 눈길이 가는구나	眼偸黃金羈

---

245 말 달리는 노래 : 이 작품은 한(漢)나라 때 장창(張敞)의 장대류(章臺柳) 고사를
소재로 한 것이다. 장창이 경조 윤(京兆尹)이었을 때 위의(威儀)가 없어 조회를 파하면
말을 타고 장대가(章臺街)를 내달렸는데 그 거리에는 버들이 있었다. 《漢書 卷76 張敞
列傳》《古今事文類聚 後集 卷23 章臺柳》

246 춘월 : 버들을 지칭한 말이다. 진(晉)나라 때 왕공(王恭)의 의용(儀容)이 아름다
워 사람들이 왕공을 가리켜 "맑고 깨끗하기가 봄의 버들과 같다.〔濯濯如春月柳〕"라고
말하였고 여기에서 춘월류(春月柳)라는 말이 생겼다. 《晉書 卷84 王恭列傳》

바람에 어지러이 날리는 버들개지 속을 달려가니　楊花風亂相逐去
서둘러 누각에 올라 눈썹을 어찌 그릴지 논해야지[247]

急應登樓論畫眉

247 눈썹을……논해야지 : 장창은 부인을 위해 직접 눈썹을 그려주었는데 이 사실이
장안(長安)에 퍼져서 황제에게까지 알려지게 되었고, 황제가 이에 대해 묻자 장창이
"신이 듣건대 규방 안에서 부부가 사사로이 하는 일은 눈썹을 그려주는 것보다 더한
일도 있습니다."라고 하였다. 황제는 장창의 재능을 아껴 이를 불문에 부쳤다.《漢書
卷76 張敞列傳》

연대의 노래[248]

燕臺曲

그대는 원수를 갚고자 하고	君有欲報仇
나는 은혜를 갚고자 하네	我有欲報恩
그대와 함께 화양대[249]에서 술을 마시니	與君飮酒華陽臺
황금 섬돌에 벽옥 난간이요	黃金爲砌碧玉軒
기린 수놓은 비단 방석에다 대모[250]자리도 깔리며	麒麟錦席重玳筵
금 쟁반의 표범 태반에 구운 곰발바닥[251]이라	金盤豹胎炙熊蹯
곰발바닥 굽고 잉어 회 뜨니	炙熊蹯膾鯉魚
그대의 술잔에 무슨 말로 답할까	執君杯將何言
동호의 준마는 몸이 용과 같고	東胡駿馬身是龍
북방의 미녀는 노랫소리 구름 뚫네	北方佳人歌入雲
성대한 풍악 속에 장사(壯士)가 술 먹으니	歌鐘鏗嘈飮健兒

---

248 연대의 노래 : 이 작품은 전국(戰國) 시대 때 진왕(秦王) 영정(嬴政)을 암살하기 위해 보냈던 연(燕)나라의 자객 형가(荊軻)를 소재로 한 것이다. 연나라의 태자 단(丹) 이 진(秦)나라에 볼모로 있을 당시 영정으로부터 홀대를 당하고 연나라로 도망쳐 돌아와 자객인 형가를 구하여 매우 우대하면서 영정의 살해를 맡겼다. 그러나 형가는 암살에 실패하였고 진나라가 연나라를 공격하여 마침내 연나라는 멸망하였다. 《史記 卷86 刺客 列傳 荊軻》

249 화양대(華陽臺) : 탁주(涿州) 서북쪽에 있던 대로 연나라 태자 단이 형가를 전송하면서 잔치를 베푼 곳으로 전해진다. 《欽定日下舊聞考 卷128》

250 대모(玳瑁) : 바다거북의 등껍질로 기물을 장식하는 용도로 많이 쓴다.

251 표범……곰발바닥 : 모두 옛날에 진귀한 성찬(盛饌)을 대표하던 음식이다.

천추의 이 즐거움 해는 내달리듯 지나가네   千載爲樂白日馳

대에서 내려와 서쪽으로 감에 역수가 빨리 흐르는데

                                                下臺西往易水駛

형경이여 누구를 위해 죽는가 그대 말하네   君謂荊卿死爲誰

무협음[252]

巫峽吟

예부터 무산이 높다 하는데	古稱巫山高
무산에 삼협까지 겸하였구나	巫山兼三峽
배 타고서 무협을 올라가시니	行舟上巫峽
나의 붉은 뺨 수심으로 상하게 하네	使儂損紅頰
강릉에서 나고 자라 그대에게 시집가기 전부터	生長江陵未嫁君
무협의 어부 노래 이미 자주 들었어라	巫峽漁歌屢已聞
무협을 내려온 물 조종수 되니[253]	巫峽下爲朝宗水
길고 맑은 물줄기 대화살처럼 내달리네	長波淸瀉竹箭奔
어지러이 이어진 봉우리는 촉땅 하늘 아래 모였고	連峰糾紛攢蜀天
무성한 대나무는 초나라 구름 둘렀어라	竹樹欐槮逗楚雲
천리 길엔 햇빛도 잘 들지 않고	千里日曦少
양쪽 기슭엔 암석 모양 분명하네	兩岸石貌分
구당에서 서쪽 보면 염예가 떠 있는데	瞿塘西望灩澦浮

---

252 무협음 : 이 작품은 악부(樂府)의 장간곡(長干曲)을 모티브로 하여 지은 작품이다. 장간곡은 장강의 강변에 사는 여인이 함께 유년 시절을 보내며 결혼한 남편이 먼 길을 떠나 삼협(三峽)의 거친 물살로 가자 이를 걱정하고 돌아오기를 염원하는 내용이다. 이백의 〈장간행(長干行)〉이 대표적이다. 《樂府詩集 卷72 雜曲歌辭》

253 무협(巫峽)을……되니 : 무협을 거쳐온 장강(長江)과 한수(漢水)가 바다로 흘러간다는 말이다. 조종(朝宗)은 마치 제후가 천자에게 조회하듯이 모든 강물이 바다로 흘러드는 것을 형용하는 말이다. 《서경》〈하서(夏書) 우공(禹貢)〉에 "장강과 한수가 바다로 모여든다.〔江漢朝宗于海〕"라고 하였다.

오월에는 가기 어려워 맑은 가을에 가네[254]	五月難行復淸秋
가을 구월 밤에 잔나비 우니	霜天九月吟夜猿
세 마디 울음[255]에 흘린 눈물 비와 함께 흘러가리	三聲流淚雨中流
그대의 배 말처럼 그대로 내달려	從君舟如馬
물결 따라 황우[256]를 지나가리라	遮莫過黃牛
그대는 백제[257]에서 비단 팔기 좋다 큰소리치지만	君誇白帝賣錦好
첩은 강릉에서 아직 누에치기에는 이르다고 말했네	妾論江陵養蠶早
영롱한 구슬 귀한 비단 가녀린 손에서 빼내어	明珠寶繭脫纖手
그대가 날마다 의성의 술[258]에 취하게 하네	令君日醉宜城酒

254 구당(瞿塘)에서……가네 : 구당은 삼협의 하나인 구당협(瞿唐峽)이다. 이곳은 강 양쪽 언덕이 가파르게 높이 치솟아 있고 골짜기 어귀의 강 가운데 염예퇴(灩澦堆)라는 큰 바위가 서 있어 물살이 몹시 사납기 때문에 이곳을 지나는 배들이 많이 전복된다고 한다. 5월에 가기 어렵다는 것은 5월 여름에는 강물이 불어나 염예퇴가 많이 잠겨 암초에 부딪힐 염려가 높음을 말한 것이다. 이백의 〈장간행〉에 "열여섯에 그대 먼 길 나서, 구당협 염예퇴까지 가셨을지도. 오월에 그곳에서 부딪히지 마세요. 원숭이 울음 하늘에서 슬피 울립니다.〔十六君遠行, 瞿塘灩澦堆, 五月不可觸, 猿鳴天上哀.〕"라고 하였다.

255 세 마디 울음 :《수경주(水經注)》〈강수(江水) 2〉에 어부들의 노래를 인용하여 "파동의 삼협에 무협이 긴데, 잔나비 울음 세 마디에 눈물로 치마 적시네〔巴東三峽巫峽長, 猿鳴三聲淚沾裳.〕"라고 하였다. 이후로 삼성(三聲)은 사람의 마음을 슬프게 만드는 원숭이의 울음을 뜻하게 되었다.

256 황우(黃牛) : 구당협(瞿塘峽), 무협(巫峽), 서릉협(西陵峽)을 황우삼협(黃牛三峽)이라고 한다. 일설에는 서릉협, 명월협(明月峽), 황우협(黃牛峽)이 삼협이라고 한다.

257 백제(白帝) : 중국 사천성(四川省) 봉절현(奉節縣) 동쪽의 백제산(白帝山)에 있는 성의 이름으로 그 앞에는 구당협(瞿塘峽)이 있다.

258 의성(宜城)이 순 : 중국 양주(襄川) 의성에서 생산한 술로 매우 맛이 좋아 의성춘(宜城春), 죽엽주(竹葉酒)로도 불렸다.

상아 걸상 고운 자리 취우[259]가 진귀한데   象牀瑤席翠羽珍

남쪽 못에 두 마리 잉어를 내 통발에서 건지네[260]   南塘雙鯉發我笱

생각건대 그대가 버들 핀 동쪽으로 노 저어오면   維君桂棹楊柳東

부드러운 소리로 마름 노래[261]를 가을바람에 실어보내리

                         緩聲菱歌遣秋風

---

259 취우(翠羽) : 물총새의 깃털로, 장신구나 장식품의 재료로 쓰였다.

260 남쪽……건지네 : 남편의 소식이 서신으로 전해진다는 말이다. 진(晉)나라 육기
(陸機)의 〈음마장성굴행(飮馬長城窟行)〉에 "멀리서 온 손님, 잉어 두 마리 전해 주네.
아이 불러 잉어를 삶았더니 그 속에 한 자 길이 비단에 쓴 편지가 있네.〔客從遠方來,
遣我雙鯉魚. 呼兒烹鯉魚, 中有尺素書.〕"라고 하였다.

261 마름 노래 : 악부(樂府)의 청상곡사(清商曲辭) 가운데 하나인 〈채릉가(採菱歌)〉
로, 여인이 강의 마름을 따면서 자신의 심정을 읊는 내용이 주를 이룬다.

일본으로 가는 성백규를 전송하며[262] 성백규는 성완(成琬)이다
送成伯圭 琬 之日本

성자는 책 읽기 좋아하여	成子好讀書
어릴 적부터 책을 읽으니	讀書自妙年
열다섯에 남화경 읽고	十五南華經
스무살에 대편에 이르렀네[263]	二十至大篇
지푸라기 배 동동 띄우고	浮浮芥爲舟
닷 섬들이 박 둥둥 띄우니[264]	汎汎五石瓠

---

262 일본으로……전송하며 : 성완(成琬, 1639~1710)은 본관은 창녕(昌寧), 자는 백규(伯圭), 호는 취허(翠虛)이다. 시명(詩名)이 있었으며 북부 참봉(北部參奉), 한성부 참군(漢城府參軍), 군자감 주부(軍資監主簿) 등을 역임하였다. 1682년(숙종8) 통신사 사행이 있을 때 특별히 문학의 재능을 인정받아 당시 문형(文衡)을 맡았던 김석주(金錫胄)의 초빙으로 제술관(製述官)이 되어 일본에 다녀왔다. 이 작품은 환운(換韻)을 통해 내용을 단락별로 전환하고 있고 성완의 독서 경향에 맞게《장자(莊子)》를 비롯해 진한(秦漢) 이전의 글을 많이 활용하고 있는 것이 특징이다.

263 스무살에 대편에 이르렀네 : 성해응(成海應)의《연경재전집(研經齋全集)》권10〈취허공묘지(翠虛公墓誌)〉에 따르면 13, 4세 때에 남노성(南老星)에게 수학하여 큰 진보를 이루어 남노성조차도 가르칠 수 없는 수준이 되었으며 이후 동명(東溟) 정두경(鄭斗卿)에게《사기(史記)》와《장자》등을 수학하였다고 되어 있다. 여기에서 말하는 대편이란 이런 거질의 대문장을 가리키는 듯하다.

264 지푸라기……띄우니 : 독서를 통해 점점 작은 국량을 크게 키우면서 포부를 넓혀 나갔다는 말이다.《장자(莊子)》〈소요유(逍遙遊)〉에 "물이 괴여 쌓인 것이 깊지 않으면 큰 배를 띄울 힘이 없다. 한 잔의 물을 마루의 움푹 파인 곳 위에 쏟으면 지푸라기는 배가 되어서 뜰 수 있지만 거기에다 술잔을 놓으면 가라앉아서 바닥에 붙어버리니 이는 물은 얕고 배는 크기 때문이다.〔且夫水之積也不厚, 則其負大舟也無力, 覆杯水於坳堂

책 마주하여 재삼 감탄하며	臨書再三歎
고개 들고 숙이는 사이 천하를 다녔어라[265]	俛仰撫八區
마음속에는 동해의 즐거움 품고[266]	心中東海樂
꿈속에서는 큰 교어[267] 보았도다	夢中大鮫魚
교어를 베개 머리에서 보다가	鮫魚在枕上
홀연 바다 바라보게 되니[268]	忽覺望海水
그대로 붓 들어 시문 한번 지음에	仍更試下筆
드넓은 바다에 작은 강물 트였네[269]	溟漲闊涯涘

之上, 則芥爲之舟, 置杯焉則膠, 水淺而舟大也.〕"라고 하였다. 또 "지금 그대에게 닷
섬들이 커다란 박이 있다면 어찌하여 그것을 큰 술통 모양으로 배를 만들어 강이나
호수에 떠다닐 생각을 하지 않고 그것이 얕고 평평하여 아무것도 담을 수 없다고 걱정만
하는가.〔今子有五石之瓠, 何不慮以爲大樽, 而浮乎江湖, 而憂其瓠落, 無所容.〕"라고 하
였다.

265 고개……다녔어라 : 책을 통해서 마음과 생각으로 천하의 여러 곳을 탐구하고
돌아봤다는 말이다. 《장자》〈재유(在宥)〉에서 사람의 마음을 비유하며 "그 빠르기는
고개를 한 번 들었다가 숙이는 사이에 사해의 밖에까지 갔다가 올 수 있다.〔其疾, 俛仰
之間, 而再撫四海之外.〕"라고 하였다.

266 마음속에……품고 : 성완이 드넓은 천하를 품었다는 뜻이다. 동해의 즐거움은
《순자(荀子)》〈정론(正論)〉에 "우물의 개구리와는 더불어 동해의 즐거움을 말하지 못
한다.〔坎井之蛙, 不可與語東海之樂.〕"라고 한 데서 온 말이다.

267 교어(鮫魚) : '교(鮫)'는 인어, 모래무지, 교룡(蛟龍) 등 지칭하는 대상이 많다.
여기서는 교룡의 뜻으로 쓰인 듯하나 확정할 수 없어 원문 그대로 표현하였다.

268 홀연……되니 : 이 글 전체 서술 순서상 이 구절은 일본에 가게 된 것을 읊었다기
보다 성완이 1671년(현종12) 부친상을 당한 후 식솔들을 이끌고 도성을 떠나 황해도
강령현(康翎縣)의 발포(勃浦)로 이주한 사실을 가리키는 것이다.

269 드넓은……트였네 : 드넓은 바다를 보면서 그동안 답답하게 닫혀 있던 마음이
탁 트였다는 말이다. 《장자》〈추수(秋水)〉에 "지금 그대는 강물에서 나와서 큰 바다를

중년에 수선대[270]에서	中年水僊臺
머리 감고 궁석으로 향하고[271]	濯髮向窮石
수선조[272] 곡조 속에 술 취해 노래하며	酣歌間水操
스스로를 바닷가 나그네라 이름하였지	自名爲海客
우물우물하는 이가 고상한 그대 부르자[273]	伊優引高蹈
날개 떨쳐 도성에 노니니	振翅戲京洛
도성 안 풍류의 선비가	洛中風流士
그대의 뛰어난 문장 보고서	觀子騁文墨
당에다 술동이 마련해두고	中堂置樽酒
장문의 서신 연이어 보냈도다	牋繒連闊幅
첫 자리에 술잔 권하여	初筵勸羽爵
즐거이 마시며 두 순배 돌자	樂飮過二卮

보고는 곧 그대의 부족함을 알았으니, 그대와 더불어 큰 진리를 말할 만하구나.〔今爾出於涯涘, 觀於大海, 乃知爾醜, 爾將可與語大理矣.〕"라고 한 표현을 염두에 둔 것이다.

270 수선대(水僊臺) : 성완이 거주했던 황해도 강령현에 있던 누대 이름이다. 성해응의 《연경재전집》 권10 〈취허공묘지〉에 성완이 이곳에서 노닐었다는 말이 보인다.

271 머리……향하고 : 성완이 강령현의 바닷가에서 신선처럼 유유자적하게 지냈다는 말이다. 궁석은 전설 속에 나오는 산의 이름이다. 《초사》〈이소(離騷)〉에 "저녁에 궁석으로 돌아가 머물고, 아침에 유반에서 머리를 감네.〔夕歸次於窮石兮, 朝濯髮於洧盤.〕"라고 하였다.

272 수선조(水仙操) : 114쪽 주116 참조.

273 우물우물하는……부르자 : 원문의 '이우(伊優)'는 '이우아(伊優亞)'와 같은 말로 말을 잘 하지 못하는 이가 말을 배우기 위해 내는 소리를 나타낸 의성어이다. 《후한서(後漢書)》 권110 하(下) 〈문원열전(文苑列傳) 조일(趙壹)〉에서는 말을 분명하게 하지 않으면서 아첨을 떠는 신하를 비유하는 표현으로 쓰이기도 했다. 우물우물하는 이는 당시의 권신(權臣)을 가리키는 듯도 하나, 특정할 수는 없다.

한껏 흥 올라 얼굴 붉어지려 하고	敷腴面欲紅
그때마다 눈썹을 폈어라[274]	輒已揚其眉
백천 자를 연이어 부름에	連呼百千字
물 흐르듯 막힘없이 쏟아내니	汨汨如流注
마치 저 침을 뿜는 사람이	如彼噴唾者
구슬과 안개를 어지러이 쏟아내는 것 같고[275]	雜下珠與霧
마치 저 최고의 대장장이가	如彼大冶者
쇠를 한 용광로에서 주조하는 것과 같았도다[276]	金鐵一爐鑄
말을 따라 저절로 운이 이루어지고	隨語自成韻
운을 따라 저절로 곡조 이루어지니	隨韻自成調
하루에 일백 편을 지어내고도	一日掃百篇
돌아보며 부러 적다고 불만스러워하네[277]	眄睞故嫌少

274 눈썹을 폈어라 : '양미(揚眉)'는 득의(得意), 분노(憤怒) 등 여러 뜻이 있으나, 이 경우에는 두보(杜甫)의 〈만청(晚晴)〉에 "때에 미쳐 젊은 사람이 눈썹을 펴고 황금대에서 의기투합함을 괴이하게 여기지 못하리로다.〔未怪及時少年子, 揚眉結義黃金臺.〕"의 경우와 같이 득의하여 서로 뜻이 맞음을 나타낸 말이다.

275 마치……같고 : 힘을 들이지 않고도 주옥같은 문장을 쏟아냈다는 말이다.《장자》〈추수〉에 "그대는 저 침을 뿜는 사람을 보지 못했는가. 재채기를 하여 침을 뿜으면 큰 것은 구슬 같고 작은 것은 안개 같아 어지러이 떨어지는 것을 이루 다 헤아릴 수 없다. 지금 나는 나의 타고난 천기를 움직일 뿐 어째서 그러한지는 알지 못한다.〔子不見 夫唾者乎. 噴則大者如珠, 小者如霧, 雜而下者, 不可勝數也. 今予動吾天機, 而不知其所 以然.〕"라고 하였다.

276 마치……같았도다 : 앞 구와 마찬가지로 훌륭한 솜씨로 문장을 지어냈다는 말이다.《장자》〈대종사(大宗師)〉에, "지금 한결같이 천지를 큰 용광로로 삼고 조화옹을 최고의 대장장이로 삼는다면 어디에 간들 안 될 것이 있겠는가.〔今一以天地爲大鑪, 以造化爲大冶, 惡乎往而不可哉.〕"라고 하였다.

부호[278] 양웅(揚雄) 사마천(司馬遷)의 무리	腐毫揚馬徒
너희들은 쓸데없이 고생만 했다고 비웃으니	哈爾徒勞苦
일곱 걸음[279]도 너무 느리고	七步亦太遲
여덟 번 깍지[280]는 셀 것도 없으며	八叉安足數
작은아이는 차오산이요	小兒車五山
큰아이는 이규보로다[281]	大兒李奎報

277 부러 적다고 불만스러워하네 : 이 구절은 악부(樂府) 〈초중경처(焦仲卿妻)〉의 "시어머니는 일부러 늦다고 미워하시네.〔大人故嫌遲〕"의 구법을 쓴 것이다. 《樂府詩集 卷73》

278 부호(腐毫) : 붓이 썩도록 문장을 짓기 위해 고심했다는 말로 사마상여(司馬相如)를 가리킨다. 《문심조룡(文心彫龍)》 권6 〈신사(神思)〉에 "사마상여는 글 지으며 고심하느라 붓을 물고 있다 붓이 썩었고, 양웅은 붓을 멈추고 한참 있다 꿈에서 놀라 깨듯 정신을 차렸다.〔相如含筆而腐毫, 揚雄輟翰而驚夢.〕"라고 하였다.

279 일곱 걸음 : 삼국(三國) 시대 위 문제(魏文帝) 조비(曹丕)가 평소 미워하던 동생 조식(曹植)에게 일곱 걸음을 걷는 동안 시를 짓지 못하면 대역죄로 다스리겠다고 협박하였는데, 조식이 일곱 걸음 안에 시를 지은 것을 말한다. 《世說新語 文學》

280 여덟 번 깍지 : 당(唐)나라 때의 시인 온정균(溫庭筠)이 시를 매우 민첩하게 지어 구상할 때마다 손을 깍지 꼈는데 매번 시험을 볼 때마다 여덟 번 깍지 끼는 사이에 팔운(八韻)의 시가 완성되었으므로 온정균을 온팔차(溫八叉)라고 호칭한 고사를 말한다. 《北夢瑣言 卷4》

281 작은아이는……이규보(李奎報)로다 : 차오산(車五山)은 조선 중기에 문장을 빨리 잘 짓기로 이름났던 차천로(車天輅)이다. 오산은 차천로의 호이다. 작은아이와 큰아이라는 것은 성완의 입장에서 성완과 견줄 만한 사람을 가리키는 것으로, 후한(後漢) 때 예형(禰衡)이 자신과 견줄 만한 재주를 가진 사람으로 공융(孔融)과 양수(楊脩)를 들면서 "큰아이는 공문거이고 작은아이는 양덕조이다. 그 나머지 용렬한 것들은 말할 것도 없다.〔大兒孔文擧, 小兒楊德祖, 餘子碌碌, 莫足數也.〕"라고 한 표현에서 가져온 것이다. 《後漢書 卷80 禰衡列傳》

묻노니 그대 어찌 이와 같을 수 있나	問君何能爾
신령한 뱀²⁸²을 손에 가득 움켜잡았나니	靈蛇自盈把
반짝이는 창해의 구슬²⁸³이	的皪滄海珠
야광주 아님이 없는지라	無非夜光者
어느새 가치가 높아져	倏然騰豐價
대사마²⁸⁴에게 이름이 들렸어라	名聞大司馬
우뚝할사 예림의 장인이	偉哉藝林匠
한 시대의 문병(文柄)을 잡았나니	一代攬魁柄
그대를 불러보고 크게 기뻐하며	召見乃大悅
일역의 읊조림²⁸⁵에 감탄하였지	嗟歎日域詠
조정에서 일역과 통신(通信)하여	朝家通日域
바다 건너편으로 일엽편주에 사신 보내니	遣使一葦杭
그 나라는 해 뜨는 곳이요	其國日出處
그 풍속이 문장을 좋아하는지라	其俗喜文章
나무는 반드시 특별히 빼어난 것 베고	伐木必秀翹

---

282 신령한 뱀 : 수후(隨侯)의 고사에 나오는 뱀이다. 옛날 수후가 외출 중에 큰 뱀이
다쳐 괴로워하는 것을 보고 치료해 주었는데, 뒤에 그 뱀이 밤에도 달처럼 환히 비치는
구슬을 바쳐 은혜를 갚았다고 한다. 보통 화려하고 뛰어난 문재(文才)를 비유하는 말로
쓰인다. 《搜神記 卷20》

283 창해의 구슬 : 초야에 묻힌 인재를 가리켜 '창해유주(滄海遺珠)'라는 표현을 쓰는
데, 당시 포의 신분이었던 성완을 염두에 쓰고 이런 표현을 쓴 것으로 보인다.

284 대사마(大司馬) : 당시 병조 판서를 맡고 있던 김석주(金錫胄)를 가리킨다.

285 일역(日域)의 읊조림 : 일역은 해가 뜨는 곳이라는 뜻으로, 여기에서는 일본을
가리킨다. 문맥상 아마도 성완이 김석주를 만났을 때 일본과 관련된 내용을 시로 표현한
것인 듯하나 미상이다.

재목은 반드시 훌륭한 것 뽑아야 하네　　　　　選材必其良

사마가 성자에게　　　　　　　　　　　　　　司馬謂成子

오직 그대가 사신이 되어야 한다 하고　　　　惟子爲行人

그 즉시 구중궁궐에 나아가　　　　　　　　　登時詣九重

전각에 엎드려 성상 앞에서 아뢰었네　　　　伏檻前自陳

말하기를 성씨의 자제가 있는데　　　　　　　云有成氏子

훌륭하고 빼어나 세상에 짝할 이가 없으니　雄鷔世無雙

재주가 높은 데다 신속하기까지 하여　　　　才高又神速

나라를 빛내기에 충분합니다　　　　　　　　足以華我邦

사람됨이 깨끗하고 밝아　　　　　　　　　　爲人潔白晳

진실로 남이에 사신 보내기 적합합니다 라고 하니　良合使南夷

상이 말하기를 적임자를 얻었으니　　　　　　上曰得其人

속히 사신 보낼 만하다 하고　　　　　　　　便可速遣之

금전과 온갖 폐백을　　　　　　　　　　　　金錢與雜綵

가지고 가도록 구부[286]에서 허락했네　　　九府許齎持

재단하여 비단 관복 만들고　　　　　　　　　裁縫造錦衣

바리바리 연이어 행장 꾸려 길에 오름에　　絡繹裝爲行

가고 가고 또 길을 가서　　　　　　　　　　行行將復行

그저 동남쪽 향해 가리라　　　　　　　　　　但自東南征

동남쪽의 큰 영해는　　　　　　　　　　　　東南大瀛海

286　구부(九府) : 주(周)나라 때에 재화를 관장하던 대부(大府), 옥부(玉府), 내부(內府), 외부(外府), 천부(泉府), 천부(天府), 직내(職內), 직금(職金), 직폐(職幣)의 9개 관부(官府)이다. 나라의 창고를 가리킨다.

붉은 해가 솟아오르는 곳이라	赤日從中起
온 세상 물이 다 그리로 흘러들고	是注八紘水
은하수와도 통하며[287]	是通銀河水
바닥을 알 수 없는 골짝이라	是爲無底谷
몇 만 리나 되는지 알 수 없다네	不知幾萬里
푸른 실로 그대 타는 배 대오리 노끈 만들고[288]	青絲爲君笮
흰 고니를 그대 타는 배에 새기고	白鵠爲君船
거문고와 비파 그대 타는 배에 싣고	琴瑟爲君載
깃발은 그대 앞에서 펄럭이고	羽旗爲君翻
동황[289]은 그대 인도하고	東皇爲君導
천후[290]는 그대 앞에 앞장서리	川后爲君先
풍랑을 어이 탈까	何以駕波浪
구풍[291]이 그대의 배를 몰아주리라	颶風御君行
동서를 어이 구분할까	何以定東西
북두성이 그대의 길잡이 되어 주리라	北斗爲君衡

---

287 은하수와도 통하며 : 진(晉)나라 때 바닷가에 살던 어떤 사람이 해마다 8월이면 어김없이 떠오는 뗏목이 있기에 한번은 그 뗏목을 타고 가다가 마침내 은하수에 다다라서 견우와 직녀를 만나고 돌아왔다는 전설이 있으므로 이런 말을 한 것이다. 《博物志卷10 雜說上》

288 푸른……만들고 : 원문의 '작(笮)'은 '작(筰)'과 같은 뜻이다. 배를 당겨 움직이는 대오리로 꼰 새끼줄을 가리킨다. 이 구절은 악부(樂府) 고취곡(鼓吹曲)〈상릉(上陵)〉에 그대로 보인다. 《樂府詩集 卷16》

289 동황(東皇) : 동방과 봄을 주관하는 신이다.

290 천후(川后) : 전설 속의 물의 신이다.

291 구풍(颶風) : 남쪽의 대양(大洋)에서 불어오는 세찬 바람이다.

바다 한가운데서 물가 창문에 올라보면	中流上水牕
용과 교룡이 파도 타고 솟아오르고	承浪騰龍螭
큰 고래는 등을 크게 드러내니	長鯨奮其脊
수염이 푸른 소나무 가지 같으리	鬐若蒼松枝
크고 작은 것들 나뉘어 있고[292]	離褷分巨細
수컷과 암컷이 나왔다 물러갔다 하니	進退雄與雌
웅장하고도 신기한 광경이	恢奇復譎怪
지난날 꿈에서 본 것이리라	宿昔夢見之
마음속에 동해의 즐거움[293] 품었더니	心中東海樂
장쾌한 유람을 오늘에서야 하게 되었어라	壯覿今乃爲
가련한 벌레 같은 남아[294]가	男兒可憐蟲
발걸음이 나라를 벗어나지 않다가	足不踰邦畿
일생의 소원을 이루게 되었으니	生平適我願
이 일이 어찌 기이하지 않으랴	此事詎非奇
배를 멈추고 오래된 객관에 누워	弭棹臥老舘

---

292 크고……있고 : 이 구절은 판단하기 어려운 점이 있다. 원문의 '이시(離褷)'는 《악부시집(樂府詩集)》〈백두음(白頭吟)〉에 "물고기 꼬리는 어찌 저리 촉촉한가.〔魚尾何離褷〕"와 같이 물고기를 가리킬 수도 있고, 《문선(文選)》〈해부(海賦)〉에 "오리 새끼 솜털이 보송보송〔鳧雛離褷〕"처럼 섬에 부화한 바다새의 날개가 막 돋아난 모양을 가리키기도 한다. 두 경우 모두 이 구절에 어울리지 않는다 볼 수 없으므로, 우선 전거만을 제시하고 판단을 유보한다.

293 동해의 즐거움 : 185쪽 주266 참조.

294 가련한……남아 : 사람이 가련한 신세를 표현하는 말로 이 역시 악부 횡취곡(橫吹曲)〈기유가사(企喩歌辭)〉에 나온다. 《樂府詩集 卷25》

처음으로 훼의[295] 입은 사람 만나고	始得接卉衣
바람 살피고서 다시 나아가	候風更復進
성난 파도 속에서 일기[296]를 바라보리라	喝流望壹歧
샛별을 향해 멈추지 않고 계속 가다 보면	磊磊向曙星
일곱 개의 섬이 우뚝하게 늘어서 있고	七島竦而羅
잠깐 사이에 큰 바다는 사라지고	須臾失大洋
끝 모를 강[297]으로 들어가리라	浩瀁入于河
돛배들이 조수와 함께 올라가니	颿檣與潮上
실로 과일과 베가 모이는 곳이라[298]	實維果布湊
양쪽 기슭이 참으로 아름다우니	兩岸信美美
신분 고하 없이 모두 수놓은 비단옷 입고 있다네	高下被文綉
누각에서는 소수수[299] 추며	當樓小垂手
곱게 단장한 여인들 비단 소매로 얼굴 가리고	紅粉翳羅袖

295 훼의(卉衣): 풀로 만든 옷으로, 섬 오랑캐들의 복색을 가리킨다. 《서경(書經)》 〈하서(夏書) 우공(禹貢)〉에, "섬 오랑캐는 훼복을 입는다.〔島夷卉服〕"라고 하였다.

296 일기(壹歧): 쓰시마에서 일본 본토로 향하는 길의 쓰시마와 규슈 사이에 위치한 섬 이름이다. 일본명으로는 이키섬이라 부른다.

297 끝 모를 강: 일본 내해(內海)를 비유한 것이다.

298 돛배들이……곳이라: 물자와 사람이 모이는 도회의 풍경을 말한 것이다. 진(晉) 나라 좌사(左思)의 〈오도부(吳都賦)〉에 "누선들이 돛을 올리고 상점 사이를 지나가고, 과일과 베들이 모여드는 것은 항상 있는 일이다.〔樓船擧颿而過肆, 果布輻湊而常然.〕" 라고 하였다. 《文選 卷5 吳都賦》

299 소수수(小垂手): 악부 잡곡가사(雜曲歌辭)에 들어있는 곡명(曲名)이기도 하고 춤을 출 때의 동작이기도 하다. 춤을 출 때 손을 내리는 정도에 따라 대수수(大垂手), 소수수로 나뉘어진다. 《樂府詩集 卷76》

비파나무와 대나무는 서로 어우러지며	枇杷自映竹
푸른 유나무[300]에 귤과 유자나무도 있으니	碧欒重橘柚
사물마다 진기한 것들 많고	物物多珍異
일마다 풍요로움 자랑한다오	事事誇豐富
고개 들어 좌우를 바라봄에	仰頭左右望
비단 닻줄 배들은 다시 돌아가고[301]	錦纜爲回還
앞으로 강호[302]에 이르기 전에	前未至江戶
황도[303]가 비껴 보이리니	斜眄皇都間
장성을 거쳐 대판으로 가며[304]	長城度大板
고리 같은 맑은 물결을 희롱하리[305]	淸伊弄如環
상근[306]에 거대한 고개 버티고 있어	箱根抗巨嶺

---

300 푸른 유나무 : '유(欒)'는 남쪽지방에서 자라는 유자과의 나무 이름이다. 《열자》
〈탕문(湯問)〉에 "오초 지방에 큰 나무가 있는데 그 이름을 유라고 한다. 푸른 상록수로
겨울에도 살아있다.〔吳楚之國有大木焉, 其名爲欒. 碧樹而冬生.〕"라고 하였다.

301 비단……돌아가고 : 일반적인 주위의 일본 배들이 왕래하는 모습을 형용한 것인
듯하나, 혹 해로를 통해 오던 사행길이 오사카 부근에 이르러 육로로 바뀌므로 전송하던
일본 배들이 돌아간다는 말일 듯도 하다.

302 강호(江戶) : 막부(幕府)가 있는 에도로, 오늘날의 도쿄이다.

303 황도 : 교토를 가리킨다.

304 장성(長城)을……가며 : 대판은 오사카이다. 장성은 오사카로 가는 세토(瀨戶)
내해(內海)에 줄지어선 히메지(姬路), 아카시(明石), 무로쓰(室津) 등을 가리킨 것으
로 보인다. 통신사의 사행록들에서 이들 성이 길게 줄지어 서 있는 모습을 형용한 기록
들이 보인다.

305 고리……희롱하리 : 둥근 고리처럼 생긴 오사카만을 형용한 것인 듯하다.

306 상근(箱根) : 상근은 오늘날의 하코네로 에도로 가기 위해서는 하코네산을 넘어
야 한다. 통신사들의 사행록에는 보통 상근령(箱根嶺)으로 표기되어 있다.

예서부터 구불구불 험난한 산길 오르니	自此登羊腸
신령스러운 샘 넘쳐 만들어진 호수[307]는	神瀵溢爲湖
제대의 물[308]이 아닐런가	無乃帝臺漿
사흘 동안 높은 산 정상[309] 바라보며	三朝望高頂
넘어가는 길 어찌도 긴지	踰越路何長
위원[310] 예순 주에	葦原六十州
관백이 존귀하다 하니	關白自言尊
찬란하게 성대한 기상	烜爀盛意氣
묻건대 그 성이 원씨라	借問其姓源
웅장한 도읍 일광이 진산이요[311]	雄都日光鎭
신기하고 화려한 것이 중국과 다르니	奇麗殊赤縣
높은 성벽은 일만 치[312]로 솟았고	崇墉積萬雉
아홉 다리 무지개 아치 둘렀네	九橋虹霓轉

---

307 신령스러운……호수 : 하코네산의 화산폭발로 생긴 칼데라호인 아시노호를 가리킨다. 통신사들의 사행록에는 보통 상근호(箱根湖)로 표기되어 있다.

308 제대의 물 : 제대는 전설 속 신선의 이름이다. 《산해경(山海經)》〈중산경(中山經)〉에 "고전산(高前山) 위에 물이 있는데 몹시 차갑고 맑으니 제대가 마시는 물이다. 〔高前之山, 其上有水焉, 甚寒而淸, 帝臺之漿也.〕"라고 하였다.

309 높은 산 정상 : 하코네에서 에도로 향할 때 바라다 보이는 부사산(富士山 후지산)을 가리킨다.

310 위원(葦原) : 갈대가 펼쳐진 들판이라는 뜻이다. 일본의 고대신화에서 인간이 사는 지상세계를 위원중국(葦原中國)이라고 불렀다. 여기서는 일본을 가리킨다.

311 일광(日光)이 진산(鎭山)이요 : 일광은 일본어로 닛코우이다. 이 산은 에도의 진산으로 도쿠가 막부의 초대 관백(關白)인 도쿠가 이에야스의 무덤과 신사가 있다.

312 치(雉) : 성벽의 면적을 계산하는 단위이다. 너비 3장(丈), 높이 1장이 1치이다.

그림 같은 여염집 놀랍고	閭閻驚畵裏
판자 지붕은 터럭처럼 빽빽하며	板屋稠如毛
사람들은 황금을 천히 여기고	居人賤黃金
길 다니는 이들은 보도를 귀하게 여기니	遊者貴寶刀
보도의 이름 녹로³¹³요	寶刀轆轤名
무소 가죽 방패를 각자 허리춤에 찼네	犀渠各在腰
전하기를 조선의 사신이	傳有朝鮮使
멀리 구름 같은 수레 타고 온다 하면	車蓋遠如雲
관백이 누대에 올라	關白自上樓
오층에서 난간에 기대³¹⁴	五層御欄軒
조선의 뛰어난 문장가로	朝鮮文章子
그대를 손가락으로 가리키며 바라보리라	指點以望君
길게 읍하고 금당에 올라	長揖上金堂
동등히 예를 차리고 전각 향해 늘어서면	抗禮向殿陳
난실(蘭室)이 큰 집에 펼쳐지고	蘭房闢邃宇
금실 비단에다 대모(玳瑁) 자리 깔리며	金繡重玳筵
옻칠 소반에는 최상의 진미 오르고	髹盤無上味
귤들은 향기를 내뿜으며	橙橘吐芳芬

---

313 녹로(轆轤) : 칼자루에 둥근 바퀴 형태로 옥 장식을 더한 것이다. 당(唐)나라
상건(常建)의 〈장공자행(張公子行)〉에 "협색이 흰구름 속에 있으니, 허리춤엔 녹로검
을 찼구나.〔俠客白雲中, 腰間懸轆轤.〕"라고 하였다.

314 오층에서 난간에 기대 : 조식(曹植)의 〈잡시(雜詩)〉에 "창가에서 난간에 기대
네.〔臨牖御欞軒〕"라고 하였는데, 그 주석에 어(御)는 '빙(憑)'이라고 한 것에 의거하여
번역하였다. 에도성의 천수각(天守閣)이 5층이었다.

말악[315]을 노래하는 새들은	飛肉奏靺樂
재잘재잘 또 얼마나 시끄러울까	嘈嘈一何喧
주인과 손님 장중한 얼굴로	穆穆賓主顔
유화 술동이[316]의 술을 나누리라	行酒榴花樽
술동이 앞에서 시중드는 사람들	樽前作使者
꽃과 같은 얼굴 삼천 명인데[317]	如花三千面

315 말악(靺樂) : 동쪽 오랑캐의 음악이라는 뜻이다. 《주례(周禮)》〈춘관(春官) 제루씨(鞮鞻氏)〉에 "제루씨가 사방 오랑캐의 음악을 관장한다.〔鞮鞻氏掌四夷之樂〕"라고 하였는데, 정현(鄭玄)의 주(注)에 "동방의 것을 '말'이라 하고, 남방의 것을 '임'이라 하고, 서방의 것을 '주리'라 하고, 남방의 것을 '금'이라 한다.〔東方曰靺, 南方曰任, 西方曰株離, 北方曰禁.〕"라고 하였다.

316 유화(榴花) 술동이 : 오랑캐 지역에서 나는 훌륭한 술을 형용한 말이다. 남방의 오랑캐 나라인 돈손국(頓遜國)에 석류나무와 비슷한 나무가 있는데 그 꽃잎을 따서 즙을 내어 옹기에 담아두면 며칠 만에 술이 된다고 한다. 이후 미주(美酒)를 가리키는 말로 쓰였다. 《南史 卷78 夷貊上》

일본 센뉴지(泉涌寺) 소장 조선통신사환대도병풍(朝鮮通信使歡待圖屛風)

317 꽃과……명인데 : 많은 궁녀들을 말한 것으로, 송(宋)나라 손광헌(孫光憲)의 〈하전(河傳)〉에 "꽃과 같은 삼천 명의 전각녀로다.〔如花殿脚三千女〕"라고 하였다. 전각녀는 수 양제(隋煬帝)가 강도(江都)를 유람할 때 오월(吳越) 지방에서 강제로 끌고 와서 시중을 들게 한 어린 여인들을 지칭하던 말이다. 《河間集 卷7》

삼천 사람 하얀 손에   三千素手中
모두 다 공작선을 들었으리[318]   皆持孔雀扇
진아가 난새 타는 그림 그렸고   秦娥乘鸞畫
반희의 것처럼 둥근 달 같은데[319]   班姬明月規
아리따운 이들 그대 앞으로 와서   盈盈向君前
모두 부채에 그대의 시 받기 원하리   皆願得君詩
그대의 시 본디 절로 좋은지라   君詩故自好
쉽사리 지어내고 더디 짓는 게 더 어려우니 易就復難遲
삼천 사람 손에 쥔 부채에   三千手中扇

318 모두……들었으리 : 오랑캐의 궁녀를 형용한 말이다. 남방의 섬오랑캐인 파리국
(婆利國)의 왕의 시녀들이 공작선을 들고 있었다고 한다. 《南史 卷78 夷貊上》
319 진아(秦娥)가……같은데 : 궁녀들이 들고 있는 부채의 모습을 형용한 말이다.
진아는 춘추(春秋) 시대 진 목공(秦穆公)의 딸 농옥(弄玉)이다. 농옥은 생황을 잘 불었
는데 자신과 합주할 수 있는 사람이 아니면 남편을 맞지 않겠다고 하다가 퉁소를 잘
부는 소사(蕭史)를 만나 남편으로 맞았다. 소사는 농옥에게 퉁소를 가르쳐 농옥이 퉁소
로 봉황의 소리를 낼 수 있게 되었는데, 이 소리를 들은 봉황이 그들의 집에 내려앉자
봉대(鳳臺)를 짓고 부부가 함께 거처하다가 봉황을 타고 신선이 되어 날아갔다고 한다.
《列仙傳》반희는 한 성제(漢成帝)의 후궁인 반첩여(班婕妤)이다. 반첩여는 처음에는
성제의 총애를 받았으나 조비연(趙飛燕) 자매가 성제의 총애를 받은 뒤로는 총애를
잃었고 조비연 자매의 모략을 두려워하여 장신궁(長信宮)에서 태후를 모시며 지내면서
여름이 지나 버려진 부채에 자신의 처지를 비유하면서 슬픈 심정을 노래하였다. 《列女
傳》반첩여가 이때 지은 노래인 〈원가행(怨歌行)〉에 "제 땅에서 난 흰 깁을 새로 잘라
만드니, 희고 깨끗하기가 서리와 눈 같아라. 재단하여 합환선을 만드니 둥글기가 밝은
달과 같구나.〔新裂齊紈素, 皎潔如霜雪. 裁爲合歡扇, 團圓似明月.〕"라고 하였다. 이 〈원
가행〉의 의작(擬作)인 강엄(江淹)의 〈의원가행(擬怨歌行)〉에 "부채에 진왕의 딸을 그
리니 난새 타고 연무 속으로 향하네.〔畫作秦王女, 乘鸞向煙霧.〕"라고 하였다. 《樂府詩
集 卷42》

일필휘지로 순식간에 써 내리겠네	一寫不移時
관백이 크게 놀라 감탄하며	關白大驚歎
연거푸 신통하다 하면서	舌擧以爲神
조선의 뛰어난 문장가가	朝鮮文章子
과연 비범한 사람이라 하겠네	果然非常人
황금과 비단을 제 손으로 받들고	金帛手自奉
보배로운 벼루에 옥서여[320]며	寶硯玉蟾蜍
칭칭 감은 대진주[321]에	紹繚大秦珠
찬란히 빛나는 푸른 산호로다	璀璨靑珊瑚
어지러이 많이도 늘여놓으나	雜然頗羅列
먼지 모래처럼 여겨 버리고 떠나리니	棄去如塵沙
비루하다 육생의 전대[322]여	鄙哉陸生橐
기이해라 박망후의 뗏목[323]이여	奇哉博望槎

---

320 옥서여(玉蟾蜍) : 연적(硯滴)이다. 《서경잡기(西京雜記)》에 "오직 옥두꺼비 하나가 있어 크기는 주먹만 하고 배는 텅 비어서 5홉의 물을 담을 수 있다.〔唯玉蟾蜍一枚, 大如拳, 腹空, 容五合水.〕"라고 하였다.

321 대진주(大秦珠) : 서역의 대진국(大秦國)에서 나는 야광주(夜光珠)를 가리킨다. 《後漢書 卷88 西域傳》

322 육생(陸生)의 전대(纏帶) : 사신으로 가서 받은 진귀한 재물을 말한다. 한 문제(漢文帝) 때 육가(陸賈)가 남월(南越)에 사신으로 갔는데 남월왕 조타(趙佗)가 육가를 너무도 좋아한 나머지 돌아갈 무렵에는 육가의 전대에 천금의 가치가 있는 재물을 싸서 선물하였다. 《史記 卷97 陸賈列傳》

323 박망후(博望侯)의 뗏목 : 사신으로 가서 겪은 기이한 경험을 말한다. 한(漢)나라 박망후(博望侯) 장건(張騫)이 무제(武帝)의 명을 받고 대하(大夏)에 사신으로 가서 황하의 근원을 찾았는데, 이때 뗏목을 타고 은하수로 올라가서 견우와 직녀를 만나고

부상에서 요령을 탐문하며[324]	扶桑問要領
지나다니면서 예로부터의 풍속 묻겠고	經歷詢遺俗
북야묘에는 매화가 바람에 날리고[325]	飄梅北野廟
조경댁[326]에는 버들이 드리워지며	垂柳晁卿宅
승만경[327]을 넉넉히 들음에	豐聰勝鬘經

왔다는 전설이 있다. 《天中記 卷2》

324 부상(扶桑)에서 요령(要領)을 탐문하며 : 부상은 신목(神木)의 이름으로 동해에서 해가 뜰 때 이 나뭇가지를 떨치고 솟아오른다고 한다. 여기에서는 일본을 가리킨다. 요령을 묻는다는 것은 사신으로 가서 그 나라의 의향이나 이해득실을 탐문하여 온다는 뜻이다. 한(漢)나라 때 장건(張騫)이 월지국(月支國)과의 교섭을 위해 사신으로 갔다가 월지국의 의중을 잘 파악하지 못하고 교섭에 실패하고 돌아왔는데 이를 "끝내 월지의 요령을 얻지 못하였다.〔竟不能得月氏要領〕"라고 표현하였다. 《史記 卷123 大宛列傳》

325 북야묘(北野廟)에는……날리고 : 북야묘는 일본 헤이안 시대의 귀족이자 문인인 스기와라노 미치자네(菅原道眞)를 북야천신(北野天神)으로 모신 사당이다. 일본에서는 학문의 신으로 추앙 받고 있다. 그는 말년에 모함을 받아 지방 행정기관인 다자이후(大宰府)로 좌천되어 끝내 교토(京都)로 복귀하지 못하고 죽었다. 그가 교토를 떠날 때 "동풍 불거든 향기를 보내다오. 매화꽃이여. 주인이 없다고 봄을 잊지 말기를.〔東風吹かば, にほひおこせよ, 梅の花, あるじなしとて, 春を忘るな.〕"이라는 와카〔和歌〕를 읊었는데, 이 매화가 하룻밤 사이에 교토에서 미치자네의 다자이후 집 뜰까지 날아왔다는 전설이 있다. 미치자네가 죽은 후 이 매화나무 곁에 사당을 세웠다고 한다. 《拾遺和歌集》《梧溪集 卷4 寄題日本國飛梅》

326 조경댁(晁卿宅) : 조경은 일본 나라(奈良) 시대 견당유학생(遣唐留學生)이었던 아베노 나카마로(阿倍仲麻呂, 698~770)이다. 나카마로는 717년에 견당사(遣唐使)를 따라 당나라 장안에 가서 그곳에서 괴기에 급제하여 일본으로 돌아가지 않고 머무르며 좌습유(左拾遺), 진남도호(鎭南都護) 등을 역임하였다. 중국에서 이름을 조형(晁衡)이라 하였으며 이백(李白), 왕유(王維) 등 당대의 문인들과 교유하였다.

327 승만경(勝鬘經) : 불교 대승경전(大乘經典)의 하나로 여래장(如來藏) 사상을 설한 경전이다. 특별히 승만경을 언급한 것은 일본 불교의 정착과 발전에 결정적인 역할을

꽃비가 하늘을 캄캄히 메우며 떨어지리니	花雨暗天落
희유해라 드넓고 깊은 그대의 식견에 힘입어	希有資博奧
그 땅의 풍속들이 다 헤아려지겠네	土風該商確
귀국하려고 할 때에	臨當欲還歸
서복사[328]에 참배할 터이니	上謁徐福祠

한 쇼토쿠 태자(聖德太子)의 대표적인 저작인 《승만경의소(勝鬘經義疏)》를 염두에
두었기 때문으로 보인다. 쇼토쿠 태자가 이 경전을 강설할 때 커다란 연꽃이 솟아오르고
일천의 부처의 얼굴이 산에서 광채를 발하는 등의 기적이 일어났다고 한다.

도쿄국립박물관 소장 승만경 표지의 쇼토쿠태자 승만경 강찬도(講贊圖)

328 서복사(徐福祠) : 서복은 진(秦)나라 때의 방사(方士)로, 불사약(不死藥)을 찾
아오라는 진 시황(秦始皇)의 명을 받아 동남동녀(童男童女) 3천 명을 데리고 동해의
삼신산(三神山)으로 떠났다가 다시 돌아오지 않았다고 한다. 《史記 卷6 秦始皇本紀》
통신사들의 사행록에 따르면 서복사는 지금의 와카야마현(和歌山縣)인 기이주(紀伊

망망한 바다의 풍파는	茫茫海風波
진시황 몹시도 근심케 하던 파도로다	愁殺秦帝時
그대가 만 리 밖으로 사신 가서	君行萬里外
삼신산(三神山)을 일시에 보리니	一朝見三山
삼신산이 끝내 어떠할런고	三山竟何如
수풀마다 자줏빛 연기 속에 싸여 있으리	葉葉紫煙間
금과 은이 한낮에 흘러 다니고	金銀晝日流
서리 우박 여름날에 차가울 터인데	霜雹夏月寒
멀리 바라보면 그저 희디 흰 것이	遙望但皜皜
백한329이 무리 지어 날아오리라	飛來衆白鷳
수많은 백설 같은 흰 사슴	紛綸雪色鹿
신선들 많이 올라타 있고	騎之多神僊
귀가 길고 술에 잔뜩 취한 늙은이	長耳白䰇翁
일천 살을 산 이가 아닐런가	不壽乃千年
영지의 어린 싹 절로 돋아나	靈芝自有蕦
수산의 복숭아330에 못지않을 터	不減綏山桃
수고스레 잘 캐어다가	辛勤善採來

州) 웅야산(熊野山)에 있었다고 한다.

329 백한(白鷳) : 온 몸이 새하얗고 꽁지가 긴 꿩과의 새이다.

330 수산(綏山)의 복숭이 : 주 성왕(周成王) 때 사람인 갈유(葛由)가 촉(蜀) 땅에
들어가 아미산(峨嵋山) 서남쪽에 있는 높이의 끝을 알 수 없는 수산이란 곳에 올랐는데
그를 따라갔던 자들이 모두 돌아오지 않고 선도(仙道)를 얻었다고 한다. 이 때문에
"수산의 복숭아 하나를 얻으면 비록 신선이 되지 못하더라도 충분히 호걸이 될 수 있다."
라는 말이 생겼다. 《列仙傳 葛由》

단번에 구름 같은 파도 넘어올지니   一擧越雲濤

저 서복과 같이   無若彼徐福

혼자 섬의 우두머리 되지 말지어다   獨爲島中豪

나의 생일

我辰

내 생일 언제인가 오늘이로다	我辰安在在今日
오늘이 며칠인가 칠월 오일이로다	今日斯何七月五
서늘한 바람 누각에 불고 구름 하얗게 피려 하니	凉風入樓雲欲素
머리 들어 만 리 뻗은 하늘 바라보노라	仰首萬里見天宇
활 걸고³³¹ 태평시절 보내며 지금 서른 되었으니	懸弧太平今三十
어찌 노래하고 춤추며 즐기지 않을손가	曷不控揣以歌舞
손님 왔는데 술이며 안주 보잘 것 없으니	客至酒薄肴核少
푸른 오이 붉은 열매 비처럼 흩어놓네	綠瓜紅子散如雨
올해는 거문고 배우느라 머리 세는 것도 잊었으니	今年學琴忘髮素
그대와 함께 한두 차례 연주해보고저	與君相向一再鼓

---

331 활 걸고 : 남아로 태어났다는 뜻이다. 옛날에 아들을 낳으면 문 왼쪽에 뽕나무 활을 걸고 딸을 낳으면 문 오른쪽에 수건을 걸었다. 《禮記 內則》

성곽을 나서며

出郭

제1수

닭들은 집 뜰로 내려오고	衆雞下我庭
아침 새는 멀리 나무에서 날개 치네	初鳥翻遙樹
내 수레를 이때에 움직이니	我駕動此時
하늘 가득 자욱한 안개 꺼리지 않도다	不憚彌天霧
어둑한 중에 길 가니 나를 아는 이 없어	冥往莫我知
높은 흥취는 묵묵히 쏟아내누나	高興默有注
대사동332 거리 정적만 감도니	悄悄大寺街
저자의 시끄러운 소리 길에 없어라	市聲不載路
노둔한 말은 황극을 사양하고333	駑馬謝黃棘
내달려 가다 보니 어느새 비와 같이 되었네334	流邁忽如雨
티끌 속세 밖으로 빠져나오니	送身出埃墲

---

332 대사동(大寺洞) : 큰 절인 원각사(圓覺寺)에서 유래한 이름으로 오늘날의 관훈
동과 인사동에 걸쳐 있던 곳이다.

333 황극(黃棘)을 사양하고 : 빨리 달리지 못한다는 뜻이다. 《초사(楚辭)》〈구장(九
章) 비회풍(悲回風)〉에 "노란 가시나무로 만든 굽은 말채찍을 쓰네.〔施黃棘之枉策〕"라
고 하였는데, 그 주석에 이 채찍을 쓰면 말이 심하게 다치지만 달리는 것은 빨라진다고
하였다. 《楚辭集注 卷4》

334 비와 같이 되었네 : 도성에서 멀리 떨어져 되돌아갈 수 없는 것이 마치 하늘에서
떨어진 비가 다시 하늘로 되돌아갈 수 없는 처지와 같다는 말이다.

푸득푸득 날개를 빌린 듯하구나　　　　　　　　如假肅肅羽

제2수 其二

아침 해 어떠한가	朝日夫如何
반나마 떠올라 검붉게 하늘 물들이네	半景蒸玄顔
동남쪽으로는 시내와 벌판에 뻗치고	東南衙川原
서북쪽으로는 숲과 산에 번쩍이네	西北閃林巒
온갖 물태(物態) 빠르게 변화하니	群態倏未定
성대하게 펼쳐진 모습 내 눈에 들어오누나	瀾漫更我觀
이슬 내린 수풀에서 말을 어루만지고	撫馬露草中
웃으면서 화산³³⁵을 바라보노라	載笑瞻華山
하늘 푸르러 고색창연하니	空靑唯古色
빼어난 기운이 말안장에 있는 듯하네	秀氣若在鞍
탁 트인 시야는 가없는 풍광에 가닿고	霽目入無倪
멀리 내달리는 마음은 닿지 못한 곳에 넘쳐나네	逞意溢未攀
표표히 머리 위로 구름 떠가니	飄飄頭上雲
온갖 시름 구름에 부쳐 보내노라	百憂寄其間

제3수 其三

노심초사 마음속 근심	奕奕心內憂
한 해 다 가도록 끊이지 않아	終歲未云絶
방 안에서 머리 싸매고 시름하다 보니	勃谿守一室

---

335 화산(華山) : 삼부연(三釜淵)이 있는 용화산(龍華山)을 말한 듯하다.

얼마 안 가 머리터럭이 눈처럼 세었어라	無幾髮如雪
가을날 수레 치달려	蕭辰奮逸駕
가서 근심을 쏟아내고자 했더니	庶往瀉忡惄
얼마 안가 도성 등지고	無何背城闉
어느새 높은 산 지나네	倏忽度嶄嶭
높은 벼랑은 그윽한 풍광 -1자 결락- 갖추었고	岑崿備幽□
세찬 여울은 맑고 차가운 기운 넉넉하며	湍瀨足淸洌
솔솔 부는 바람 기분을 좋게 하고	泠風假余善
표일한 구름 제 마음대로 흩어지건 말건	逸雲任爾泄
길 가며 마주치는 풍광 머무를 만해	矗矗遇可淹
찾아가 한바탕 웃고 즐기니	造適誠一哂
그곳으로 가고픈 마음 이기지 못해서일 뿐 아니라	匪直神不勝
또한 경치가 남다르기 때문이로다	亦由境有別
고요히 바위 덩굴 부여잡으니	靜然援巖蔦
즐거운 마음 그윽이 맺힌 듯해라	賞心窅如結

신흥사

新興寺

웅장한 불당이 높은 산에 어울리니	雄構宜崇基
인간과 천상 세계에 −1자 결락− 드높아라[336]	人天著□屼
신령스러운 땅은 그윽이 고요하고	窈窕地靈謐
봉우리들은 이리저리 엇갈려 있네	交互峰勢迭
금을 깐 동산[337] 이미 드넓고	布金園已廣
꽃 흩뿌려진 탑 벌려 서려 하누나[338]	散花塔欲列

---

336 인간과……드높아라 : 원문의 '저(著)'는 결자와의 관계를 알 수 없어 번역하지 않았다.

337 금을 깐 동산 : 사찰을 형용한 것이다. 옛날 석가모니에게 설법을 할 수 있는 장소를 바치려고 서원을 세운 수닷타〔須達多〕 장자(長者)가 코살라국의 기타태자(祇陀太子)의 원림(園林)을 구입하려고 하였는데, 기타태자가 원하는 땅에 그만큼 황금을 깔면 팔겠다고 하였다. 이에 수닷타가 정말로 땅에 황금을 깔기 시작하자 기타태자가 그 땅을 수닷타에게 넘기고 자신도 숲의 나무를 기부하였다. 이곳이 바로 최초의 사찰인 기원정사(祇園精舍)이다.

338 꽃……하누나 : 이 구절 원문의 '욕렬(欲列)'은 《법화경(法華經)》〈견보탑품(見寶塔品)〉과 관련하여 봐야 이해된다. 또한 삼연은 이 구절과 앞 구절을 지으면서 당(唐)나라 때 시인 송지문(宋之問)의 〈봉화구월구일등자은사부도응제(奉和九月九日登慈恩寺浮屠應制)〉 시에 "다보탑에 꽃 흩뿌려지고, 금을 깐 땅에 음악 펼쳐지네.〔散花多寶塔, 張樂布金田.〕"라는 구절을 염두에 두고 지었을 것이다. 석가모니가 영취산(靈鷲山)에서 설법할 때 갑자기 온갖 보석으로 장식된 칠보탑(七寶塔)이 땅에서 솟아올랐는데, 그 탑의 높이는 500유순(由旬)이고 종횡으로 각각 250유순이나 될 정도로 거대했고 이때 도리천(忉利天)에서는 만다라 꽃을 비 오듯 뿌려 공양하고 그 밖에 천억 만억의 대중들이 온갖 꽃과 향과 음악 등으로 공양하였다고 한다. 유순에 대해서는 1유순이

드높은 누각 탁 트여 남쪽 향해 있으니	峻樓敞南向
참으로 밝은 달을 맞이해 들여야지	誠以延明月
게다가 오늘이 바로 보름밤이니	三五矧伊夜
나의 흥취 이에 드높아지네	我興斯超忽
일어나 은은한 달빛 속에 강물 거슬러 오르니	興言溯微白
계수나무 꽃339이 그윽한 숲에 머물고 있도다	桂華逗幽樾
맑은 여음 울리니 종이 걸린 곳에 나아가 보고	餘淸赴懸鐘
달빛 몹시도 밝으니 머리터럭 셀 수 있을 정도라네	極明抵數髮
청량하게 모든 것이 고요한 중에	亭亭群寂內
하얀 여울 소리 그치지 않네	素瀨鳴不歇
낭랑히 읊조리다 도로 고요히 침묵한 채	高詠返冥默
홀로 오도카니 앉아 있노라	單坐邃如兀

80리, 60리, 40리 등 설이 많으나 어떤 경우로 보든 칠보탑은 굉장한 크기와 길이가 되어 '열(列)'자에 부합한다.

339 계수나무 꽃 : 달에 있다는 계수나무를 가리킨 것으로, 곧 달빛을 뜻한다.

저녁 누각
夕樓

중이 바위에 흐르는 샘물 길어 오니	僧汲石流泉
내가 이 물로 이를 닦노라	吾以漱吾齒
이 닦을 때 이 깨끗한 물로 씻거니	漱齒取斯潔
마음 씻을 때 어찌 쓰지 않으랴	濯心詎無以
나를 얽매는 것 제유340가 아니랴만	所累非諸有
태충341이 바로 나에게 있다네	太沖乃在己
높은 누각에서 또렷한 마음으로 한참을 있노니	高樓了然久
산 어둑해질 제 마음이 어떠한고	山暝意何似
가을 매미 솔가지를 떠나고	玄蟬去松杪
이어서 저녁 종소리 일어나누나	相繼暮鐘起
돌아와 얽힌 뒤의 편안함342 찾으니	歸尋攖後寧
바람에 흔들리는 숲 소리 귀에 차지 않아라	林籟不盈耳

---

340 제유(諸有) : 일체의 모든 만유(萬有)라는 뜻으로, 《법화경(法華經)》을 비롯한 여러 경전의 해설에 따르면 중생이 온갖 만상(萬象)의 차별된 모습에 미혹되어 참된 성품을 깨우치지 못하고 업을 지어 인과윤회(因果輪回)에 빠진다고 한다.

341 태충(太沖) : 크게 텅 비고 아무런 조짐이 없어 적멸(寂滅)한 경계이다. 《莊子 應帝王》

342 얽힌 뒤의 편안함 : 외부의 사물과 함께 어지럽게 얽힌 뒤에 그 사물과 조화를 이루어 편안해진다는 뜻이다. 《장자(莊子)》〈대종사(大宗師)〉에 "영녕이라는 것은 어지럽게 사물과 얽힌 뒤에 이울러 완성되는 것이다.〔攖寧也者, 攖而後成者也.〕"라고 하였다.

보허각[343]

步虛閣

가을 서리 머잖아 매미는 슬피 울고	咽咽待霜蟬
바람에 흔들린 숲은 낙엽이 우수수	摵摵感風林
말고삐 매어놓고 나는 노래 부르니	繫馬余有歌
박자 두드리며 고금을 노래하노라	抵節歌古今
드높은 보허각 옛적에 구름처럼 솟았을 때	步虛峩閣昔雲起
마음 서글퍼 실컷 즐기지를 못했네	激楚行樂未盡心
푸른 장막 같은 초록 등라와 아름다운 나무에 바람 불고	
	綠蘿綺樹翠幕風
폭포는 금술동이로 쏟아져 들어왔지	瀑流瀉入金罍中
금술동이 씻고 웃으며 서로 보노니	濯金罍笑相向
오릉의 호객과 한단의 여인이라[344]	五陵豪客邯鄲女
날 저물어 하산할 제 맑은 곡조 크게 울리니	日晚下山殷淸吹
귀한 말 향기로운 수레 모두 다 떠나갔네	寶馬香車竟一去

---

343 보허각(步虛閣) : 북한산 조계동(曹溪洞)에 있던 인평대군(麟坪大君)의 별장인 송계별업(松溪別業)에 있던 누각이다.

344 오릉(五陵)의⋯⋯여인이라 : 준수하고 호탕한 귀족 남자와 아리따운 여인을 비유한 것이다. 오릉은 함양(咸陽) 일대에 있는 장릉(長陵), 안릉(安陵), 양릉(陽陵), 무릉(茂陵), 평릉(平陵)으로 모두 한(漢)나라 황제의 능이다. 능묘를 세울 때마다 사방의 부호(富豪)와 외척(外戚)들을 이곳으로 이주시켜 능현(陵縣)을 만들었다. 한단은 춘추전국(春秋戰國) 시대 조(趙)나라의 수도로 미녀가 많았다고 한다.

만고에 사라져간 이들 묻힌 북망산 마주하고	萬古消歇北邙對
이지의 탄식할 곳 낙산이 있도다[345]	二地咨嗟駱山在
우물은 그저 어진 소년이 길어가거니[346]	汲井徒爲少年賢
팔공선처럼 용을 타고 오를 이는 누구런가[347]	駕龍誰其八公儔
팔공의 계수나무[348]도 결국엔 늙어 죽으니	八公桂樹老遂死
무너진 담장 나뒹구는 기와에 솔방울 떨어지네	壞垣飄瓦落松子
가을에 시든 풀에 다시 봄빛 돌아오도록	秋草復春色
애 끊는 시냇물을 보내리로다	相送斷腸水

345 이지(二地)의……있도다 : 낙산은 인평대군의 저택이 있던 곳이다. 이지는 보허
각과 낙산 두 곳을 가리키거나, 보허각에 이은 두 번째 땅이라는 뜻으로 낙산을 가리키
거나, 아니면 북망산에 이은 두 번째 탄식할 장소라는 뜻으로 낙산의 몰락한 인평대군가
를 가리키는 것이 아닌가 추측하나, 무슨 뜻인지 미상이다.

346 우물은……길어가거니 : 이 구절 역시 미상이다. 문맥상 몰락한 인평대군가의 우물
을 그저 소년이 긷고 있는 모습을 형용한 것이 아닌가 추측하나, 어진 소년이라고 한
표현 역시 미상이다. 《주역》〈정괘(井卦) 구삼(九三)〉에 "우물을 깨끗이 청소했거늘 먹어
주지 않아 내 마음이 안타깝다. 내가 그 물을 길어 줄 수 있으니, 구오(九五)의 임금이
현명하면 함께 그 복을 받으리라.〔井渫不食, 爲我心惻. 可用汲, 王明竝受其福.〕"라고 한
구문의 뉘앙스처럼 아무도 먹어주지 않고 쓸쓸히 버려진 우물의 이미지가 있는 듯하다.

347 팔공선(八公儔)처럼……누구런가 : 팔공은 한(漢)나라 회남왕(淮南王) 유안(劉
安)의 문객(門客)인 소비(蘇非), 이상(李尙), 좌오(左吳), 전유(田由), 뇌피(雷被),
모피(毛被), 오피(伍被), 진창(晉昌)을 가리킨다. 이들은 모두 방사(方士)로 변신술에
도 능했고 유안에게 신선술을 가르쳐서 유안을 포함한 온 집안사람들이 다 신선이 되게
하였다고 한다. 《神仙傳 卷4 劉安》인평대군 집안이 쇠락하여 집안사람들이 다 화를
입어 옛날 팔공처럼 신선이 될 수 없다는 뜻인 듯하다.

348 팔공의 계수나무 : 《초사(楚辭)》〈초은사(招隱士)〉는 회남왕 유안이 팔공을 부
르면서 읊은 것으로 그 내용 중에 "계수나무 가지 부여잡으며 애오라지 머무른다오.〔攀
援桂枝兮聊淹留〕"라는 구절이 있다.

돛배
風帆

빠른 돛배가 멀리 부는 바람 기다리니	快帆須長風
돛 높이 걸림에 바람이 그 가운데 있도다	帆高風在中
물은 서로 흐르고 바람은 동으로 내달리니	西流之水東鶩風
드높은 일백 폭 돛 번드치며 동으로 향하누나	峩峩百幅翻向東
앞서가던 배 뒤따르던 배	前帆及後帆
나란히 두미진[349]에 오르니	齊上斗津者
아아 대탄은 매번 사람을 근심케 해	嗟哉大灘每愁人
아침에 내린 비로 말 같은 돌 보이지 않는구나[350]	朝雨不見石如馬
뱃머리에서 각각 오량[351]을 보더니	船頭各各見五兩
밤에 여강에 배 댐에 누가 타고 내리는고	夜泊驪江孰下上

---

349 두미진(斗尾津) : 양주군(楊州郡)과 광주군(廣州郡) 사이로 흐르는 한강 상류의 나루이다.

350 아침에……않는구나 : 물이 불어나 강 가운데 있는 암초가 보이지 않는다는 말이다. 중국 삼협(三峽) 가운데 하나인 구당협(瞿塘峽)에는 말처럼 생긴 염예퇴(灩澦堆)라는 바위가 입구에 솟아 있어 강물이 불면 수십 자나 물에 잠겨 뱃사공들이 두려워했다고 한다.

351 오량(五兩) : 바람을 측량하는 장대를 말한다. 닭 털 5냥 혹은 8냥을 장대 위에 매달아 풍향(風向)과 풍력(風力)을 가늠했다.

곡운구곡도가[352]

谷雲九曲圖歌

동방의 화가는 국능[353]이 죽고 나서　　　　　東方畫者國能死

352　곡운구곡도가(谷雲九曲圖歌) : 이 작품은 삼연의 백부인 김수증(金壽增)이 평양
의 화가 조세걸(曺世傑, 1636~?)을 불러와 자신이 살고 있는 곡운구곡의 풍광을 그림
으로 그려 만든 〈곡운구곡도〉에 대한 것이다. 김창협(金昌協)의 《농암집(農巖集)》
권25에 〈곡운구곡도발(谷雲九曲圖跋)〉이 있어 자세한 내력을 알 수 있다. 곡운구곡은
북한강의 지류인 화천군 지촌천(芝村川)의 일부 구간이다. 조세걸은 본관은 창녕(昌
寧), 호는 패주(貝州)로 평양의 사족(士族) 출신이며 집이 부유하여 중국 그림을 많이
소장하였고 그림으로 명성이 있었다. 40대 이후에 서울에서 활동하며 태조와 숙종의
어진(御眞)을 그리기도 하였다. 충익장(忠翊將), 동지중추부사(同知中樞府事) 등을
역임하였다. 〈곡운구곡도〉를 포함하여 〈계산풍우도(溪山風雨圖)〉, 〈산수인물도(山水
人物圖)〉 등의 작품을 남겼으며 중국의 절파(浙派)와 오파(吳派) 화풍을 구사하였다.

국립중앙박물관 소장 《조세걸필구곡도첩(曺世傑筆九曲圖帖)》 가운데 명옥뢰(鳴玉瀨) 부분

353　국능(國能) : 나라 안에서 특출한 능력을 소유한 사람을 가리킨다. 여기서는 조선
중기의 이름난 화가인 김명국(金明國, 1600~?)을 가리키는 것이 아닌가 한다. 김명국

오호라 산수를 그릴 사람 없어졌더니　　　　　嗚呼無人畵山水

조생이 중화의 화풍 배워　　　　　　　　　　曺生學華體

그림으로 옮김에 핍진하게 되었도다　　　　　倣畵得形似

예로부터 성휴에 한 가지 장점 취하니[354]　　古來成虧取一長

마치 강엄이 소무(蘇武)와 이릉(李陵) 모방함과 같은지라[355]

　　　　　　　　　　　　　　　　　　　　是如江淹擬蘇李

한 번 곡운구곡도 보고서　　　　　　　　　　試看谷雲九曲圖

은 조선 초기의 안견(安堅)과 중국의 절파(浙派) 화풍에 능했고, 통신사로 일본에 가서 명성을 떨치기도 하여 일본 측에서 공식적으로 김명국과 같은 화가를 보내주기를 요청하기도 했다. 다양한 종류의 그림을 두루 다 잘 그렸으며, 왕명으로 그린 〈금강산도(金剛山圖)〉, 〈관동도(關東圖)〉 같은 실경산수화도 남겼다. 또한 조세걸의 스승이기도 하다. 본집 권4에 삼연이 김명국의 산수화를 보고 남긴 〈김명국의 산수도를 보고 읊다〔詠金明國山水圖〕〉가 있다.

354 성휴(成虧)에……취하니 : 실체 그대로 완벽한 상태로 존재하는 외부 사물을 문학, 음악, 그림 등의 어느 한 가지 특별한 장기로 구현해 내는 창작 행위를 표현한 말이다. 성휴는 성립하고 허물어진다는 뜻으로, 《장자(莊子)》〈제물론(齊物論)〉에서 가져온 말인데, 삼연은 어느 한 분야에서 완성의 경지에 이르는 표현으로 사용하였다. 〈제물론〉에서는 예컨대 거문고를 잘 연주하는 사람이 어떤 사물을 좋아하여 자신의 거문고 연주 능력을 발휘하여 그 사물을 표현해 내어 하나의 곡조를 이루는 것은 성립이라고 말할 수 있지만, 반대로 그 한 곡조만 얻고 나머지 다른 모든 소리는 잃어버린 것이 되므로 이는 허물어지는 것이라고 설명하였다.

355 마치……같은지라 : 강엄은 남조(南朝) 양(梁)나라 때의 저명한 문인이다. 의고시(擬古詩)에 뛰어나 한(漢)나라로부터 남조에 이르는 시인 30명의 작품을 모방하여 오언(五言)으로 된 잡체시(雜體詩) 30수를 지었다. 한유(韓愈)의 시 〈천사(薦士)〉에 "오언시가 한나라 때 나왔으니, 소무와 이릉이 처음으로 시체(詩體)의 이름을 바꾸었네.〔五言出漢時, 蘇李首更號.〕"라고 하였는데, 이는 소무와 이릉이 헤어질 때 부른 〈하량별(河梁別)〉이 오언시의 모태가 되었다는 말이다.

이처럼 핍진할 수 있나 신기해하였네	我怪彷彿能如此
백부께선 천석고황[356] 있으시고	伯父泉石痼
그림도 그처럼 좋아하셨어라	嗜畫亦復爾
조생이 처음 서도(西道)에서 왔을 때	曺生初自西來時
명성이 자자해 도성이 떠들썩하니	聲價藉甚喧京師
일천 집 병풍이 바람과 비처럼 모인 중에	千家屛障風雨集
백부께서 조생 빼내 산중으로 돌아왔네	伯父奪取山中歸
드높은 백운령[357] 우뚝한 화악산	白雲嶺高竦華嶽
반석에 앉아 맨발 드리우고서	坐來盤石赤足垂
솔바람에 옷 풀고 급히 술 대령하여	松風解衣急呼酒
붓 잡고 사방 보니 맑은 풍광 천지로다	把毫四顧來淸輝
방화계 가에서 그리기 시작하여	傍花溪頭始下工
거슬러 올라 첩석대 아래 와서 마치니[358]	泝到疊石臺下窮
모이고 쌓이고 높고 깊은 형세 어찌 한 가지이랴	攢蹙高深豈一勢
일정치 않은 자태 겹겹 아홉 굽이로다	染色不定九回重

---

356 천석고황(泉石膏肓) : 산수를 너무나도 사랑하여 마치 불치의 고질병에 걸린 것 같다는 말이다.

357 백운령 : 이는 첩석대 북쪽에 있는 고개의 이름으로 본래 이름은 도마치(倒馬峙) 였던 것을 김수증이 개명한 것이다. 김수증(金壽增)의 《곡운집(谷雲集)》 권4 〈곡운기 (谷雲記)〉에 따르면, 김수증이 서울에서 곡운으로 갈 때 항상 이 고개로 출입했다고 한다.

358 방화계(傍花溪)……마치니 : 곡운구곡은 제1곡인 방화계에서 시작하여 청옥협 (靑玉峽) 신녀협(神女峽), 배운담(白雲潭), 명옥뢰(鳴玉瀨), 와룡담(臥龍潭), 명월 계(明月溪), 융의연(隆義淵)을 거쳐 제9곡인 첩석대에서 끝난다.

봄꽃과 가을 단풍은 다른 풍광을 수놓고[359]　　　春萼秋楓點綴殊

구름 뭉게뭉게 안개는 자욱 서리는 가득하며　　　雲興霞蔚霜濃濃

옥을 깎은 듯한 푸른 골짝 신녀가 감돌고[360]　　　削玉靑峽神女廻

눈 구름처럼 하얗게 날리는 포말은 또 어찌나 웅장한지[361]

　　　　　　　　　　　　　　　　　　　　雪雲飛沫何其雄

명월계와 읍의연　　　　　　　　　　　　　　明月溪隆義淵

옥 같은 여울은 다시 그윽한 집 동쪽이요[362]　　　玉瀨更復幽棲東

누운 용은 깊은 물굽이에서 탈이 없으니[363]　　　臥龍無恙積水曲

소 끌고서 완연히 형문 안에 있도다[364]　　　牽牛宛在衡門中

359 봄꽃과……수놓고 : 방화계를 말한 것이다.

360 옥을……감돌고 : 청옥협과 신녀협을 말한 것이다.

361 눈……웅장한지 : 백운담을 말한 것이다. 김수증의 《곡운집》 권4 〈곡운기〉에 따르면 속칭 대복삽(大帿揷)이라고 부르는 곳의 이름을 처음에는 설운계(雪雲溪)로 바꾸었다가, 나중에 이곳이 과거 백운담이라 불렸다는 사실을 듣고 백운담이라고 명명했다고 한다.

362 옥……동쪽이요 : 명옥뢰를 말한 것이다. 김수증의 《곡운집》 권4 〈곡운기〉에 따르면, 김수증은 와룡담 근처의 귀운동(歸雲洞) 골짜기에 거처를 마련하였는데, 명옥뢰는 와룡담에서 동쪽에 있다.

363 누운……없으니 : 와룡담을 말한 것이다.

364 소……있도다 : 형문은 나무를 가로로 걸쳐서 만든 소박한 문으로 은자의 거처를 뜻한다. 《詩經 陳風 衡門》 김창협의 《농암집》 권25에 〈곡운구곡도발〉에 "어떤 선비가 산중에 들어갔다가 우연히 소를 타고 시냇가를 지나가는 선생을 만났는데, 선생은 수염과 눈썹이 말끔하고 의관이 고풍스러웠으며 아이종 하나가 지팡이를 지고 뒤따르고 있었다고 한다. 그 분위기가 매우 한가로워 선비는 말을 세우고 가만히 바라보며 신선 세계의 사람이 아닐까 생각하고는 돌아와서 사람들에게 그가 본 대로 말했다고 한다."라는 기술이 보인다.

집 둘러싼 높은 숲의 나무 몇 아름드리나 되고　　遠屋喬林株可數

푸른 덩굴은 빽빽한 소나무에 하늘하늘 드리웠네　　綠蘿垂裊森森松

도원의 부로들이 기르는 닭과 개 소리 가까이 들리고[365]

　　　　　　　　　　　　　　　　　　桃源父老雞犬近

무이의 선생이 지은 집[366]과 똑같아라　　　　武夷先生舍宇同

드높은 정자는 화악산과 정면으로 마주했고[367]　　亭高政與華嶽對

365　도원(桃源)의……들리고 : 121쪽 주124 참조.

366　무이(武夷)의……집 : 남송(南宋)의 주희(朱熹)가 복건성(福建省) 숭안현(崇安縣)에 있는 무이산(武夷山)의 계곡을 아홉 곳으로 나누어 무이구곡(武夷九曲)이라 이름하고 무이정사(武夷精舍)를 지은 것을 말한다.

367　정자는……마주했고 : 정자는 김수증의 거처에 있던 농수정(籠水亭)이다. 다음 그림 우측 상단의 작은 글씨로 자신의 거처가 화악산과 정면으로 마주하고 있고, 동쪽으로 와룡담이 바라보인다고 기술하고 있다.

국립중앙박물관 소장 《조세걸필구곡도첩(曺世傑筆九曲圖帖)》 가운데 농수정 부분

작은 다리[368]는 백운령으로 통하니	橋小是向雲嶺通
아득한 백운령 눈 크게 뜨고 바라보며	雲嶺蒼蒼望之旰
백부께선 지금 성곽 등진 거처에 계시도다[369]	伯父今在負郭居
안석에 종일토록 기대 멍하니 곡운만 생각하며	隱几終日兀送神
두 해 사이 자주 농수의 꿈 꾸었더니	二年屢作籠水夢
사랑스러워라 새 화첩 잘도 가지고 다니니	可憐新障好見隨
지난번 그리게 했던 것을 이때에 쓰는구나	向來遣畫此爲用
종병은 늙은지라 누워서 하는 유람으로 충분하니	宗炳老矣足臥游
거문고 타서 뭇 산들을 진동케 하고저[370]	耐可彈琴衆山動
망천의 그림 보고 고질병이 나았다니[371]	輞川見畫去沉痾

368 작은 다리 : 위의 그림 좌측에 보이는 다리를 가리키는 듯하다.

369 아득한……계시도다 : 성곽 등진 거처란 시끄러운 성시(城市)를 벗어나 성곽 인근
에 마련한 청빈한 거처를 뜻한다. 《사기(史記)》 권56 〈진승상세가(陳丞相世家)〉에 "집
이 성곽을 등진 누추한 골목에 있었고 다 떨어진 거적으로 문을 달았는데도, 문밖에는
장자(長者)의 수레바퀴 자국이 많이 나 있었다.〔家乃負郭窮巷, 以弊席爲門, 然門外多有
長者車轍.〕"라고 하였다. 이 작품은 1682년(숙종8)에 지어진 것인데, 김수증의 《곡운
집》 권4 〈곡운기〉에 따르면 김수증은 신유년(1681, 숙종7)에 질병 때문에 산을 나왔다
가 기사년(1689, 숙종15)에 이르러서야 다시 혼자 산으로 들어갔다고 되어 있다.

370 종병(宗炳)은……하고저 : 종병은 금(琴), 서(書), 화(畫) 삼절(三絶)로 유명했
던 남조 송(南朝宋)의 은자이다. 종병은 산수를 사랑하여 멀리 유람하기를 좋아했는데
노년에 병이 들어 유람을 하지 못하게 되자 자신이 그동안 다녔던 곳의 경치를 그림으로
그려 방 안에 걸어두고 누워서 감상하면서 "거문고를 연주해 곡조를 울려서 모든 산들이
다 메아리치게 하고자 하노라.〔撫琴動操, 欲令衆山皆響.〕"라고 하였다. 《宋書 卷93 宗
炳列傳》

371 망천(輞川)의……나았다니 : 망천의 그림이란, 섬서성(陝西省) 남전현(藍田縣)
의 계곡인 망천에 있던 당(唐)나라 시인 왕유(王維)의 별장을 그린 〈망천도(輞川圖)〉

내가 그 말 듣고서 지나치다 여겼는데	我聞其言謂之過
조생의 이 그림 부족함 없는지라	曹生此圖不蕭條
곡운은 점점 가까워지고 성시는 멀어지네	谷雲漸近城市遙
알쾌라 그림 그리는 일 폐할 수 없나니	乃知繪事未可廢
조생은 사물을 잘 그려낸다 일컬을 만하도다	曹生亦可稱善描

이다. 북송(北宋) 때 긴뢴(秦觀)이 병으로 앓아 누웠다가 이 그림을 보고는 며칠 만에 병이 나았다고 한다. 《淮海集 卷34 書輞川圖後》

족회
族會

가을날 택해 좋은 모임 가지니	良會選秋日
계곡 시냇가에서 국화를 캐누나	采菊斯澗濱
나이 많고 적고 할 것 없이 무리지어 와	群來無大小
각자 족친의 정 나누는도다	各言展情親
나란히 연이어 오래된 정자에서 쉬고	連翩休古亭
천천히 걸으며 맑은 티끌 밟누나	徐步躡淸塵
성대한 잔치에 차례대로 자리하니	華筵秩鱗次
좋은 음식들 별처럼 가득 차려졌네	綺饌紛星陳
큰 술구기로 즐거이 마시니	樂飮用大斗
술잔을 기울임에 천진함이 드러나네	斟酌見天眞
말해보건대 여울 아래 흐르는 물은	請說瀨下水
같은 근원에서 흘러나온 것이라네	源波自相因
그 물 가져다 자리에 함께한 이들에게 고하노니	持以喩同席
우리 중에 누가 남이겠는가	誰復爲他人
멀어지면 길 가는 사람이 되고	遠之則行路
가까워지면 한 사람의 몸이로다[372]	近之則一身

---

372 멀어지면……몸이로다 : 소순(蘇洵)의 〈족보서(族譜序)〉에 "내가 서로 보기를 길 가는 사람처럼 보는 이가 그 처음에는 형제간이었고, 형제간이 그 처음에는 한 사람의 몸이었으니, 슬프다. 한 사람이 몸이 나뉘어 길 가는 사람이 되는 지경에 이르니, 이 때문에 내가 족보를 만든 것이다.〔吾所與相視如塗人者, 其初兄弟也, 兄弟其初, 一人

늘 바라건대 이 좋은 모임 지켜나가　　　　　　　常願保玆善

해마다 새로웁게 즐거워하며 웃고저　　　　　　　歡笑歲以新

之身也. 悲夫, 一人之身分而至於塗人, 吾譜之所以作也.]"라고 하였다.

풍계에서 이틀을 묵고 사경을 이별하려 하면서

信宿楓溪 將別士敬

산 내려가도 도성인지라	下山在城闕
끊이지 않는 온갖 근심 품었더니	頻頻懷百憂
오랜 정인(情人) 다행히 돌아가지 않고서	故人幸不歸
나를 따라 서산[373]에서 노니는도다	嗣我西山遊
깨끗한 뜰에는 먼지 티끌 사라졌고	淸庭絶塵滓
화려한 서까래 우리 누각 드높아라	華榱竦我樓
향기로운 방에 진귀한 볼거리 많고	蘭房多珍觀
평상과 대자리 사람 머물게 하누나	床簟使人留
좋은 때에 쉬면서 술 마시고	良時休宴飲
이틀 묵으며 베개 이불에 쓰러졌네	信宿委枕裯
이야기꽃 피우며 긴긴 밤 보내니	談讌寄夜永
등불은 언덕 가운데 환히 빛나네	燈火熺中丘
국화는 어찌 다 시들었는고	黃花何寂寞
푸른 노송 늦도록 꼿꼿이 서 있도다	蒼檜晚脩脩
돌개바람 삼지[374]에 불어오니	回風赴三池
저 맑게 부딪히는 물결 소리 듣노라	聆彼淸激流
경물을 살펴봄에 쓸쓸한 풍경 한창이니	覽物方蕭索
자나 깨나 이별의 시름 일어나누나	寤寐起別愁

---

373 서산(西山) : 인왕산이다.

374 삼지(三池) : 95쪽 주73 참조.

사경이 지어 준 6장의 시에 화답하여 사경이 갈 때 주다

和士敬所投六章 仍以贈邁

제1수

그대 참으로 돌아간다 말하니	之子告誠歸
맹동의 계절이로다	乃在孟冬天
된서리 어지럽게 끝없이 깔렸고	繁霜紛無垠
북풍은 휘몰아치며 빙빙 도누나	北風鬱回旋
길 나서기 좋은 때 참으로 아니요	行役亮非時
이별해야 할 때도 정말로 아니라오	離別信亦然
홍안(紅顔)의 청춘 참으로 꽃다운 시절	朱顔誠芳辰
한창 나이에 띠 느슨히 풀고 유유자적하도다	緩帶在盛年
떠나가서 진실로 머물지 않으니	有往苟不淹
누가 한탄스런 마음 금할 수 있으랴	誰禁情悵焉
가을 기러기는 먼 땅 위로 날고	秋鴻翔遠陸
겨울 물고기는 옛 시내로 돌아오네	冬魚歸舊川
아 화락한 형제 저곳에 있나니	和樂嗟在彼
섬 가운데 삿대 나란히 한 배가 있도다[375]	齊榜島中船

---

375 아……있도다 : 김시보(金時保)는 그의 형 김시걸(金時傑)과 함께 1679년(숙종5)
봄에 보령현(保寧縣) 북쪽 모도(茅島)의 전장(田莊)으로 이주하였다. 화락한 형제란
김시보 형제가 모도에서 함께 지내는 것을 형용한 것이다. 《시경》〈소아(小雅) 상체(常
棣)〉에 "형제가 함께 있으면서 화락하고 부모를 사모하며, 형제가 이미 화합하여 화락
하고 즐긴다.〔兄弟既具, 和樂且孺, 兄弟既翕, 和樂且湛.〕"라고 하였다.

제2수 其二

거문고 연주에 마음 담아내고	鼓琴亦有緖
들판 밭에선 파종하고 밭가네	原田亦播耕
어이하여 화려한 집 있는 곳에	奈何華屋處
아욱이 뜰 가운데 돋아나나[376]	旅葵生中庭
고심하는 그대가 있어	苦心有之子
옛 것을 보존하여 기이한 마음 떨쳤도다[377]	存古奮奇情
슬픈 소리가 도끼에서 드날려 나오니	悲音激斧斯
웅장한 규모로 처마와 기둥 잇도다	壯規綴軒楹
새로 지은 집 찬란하기가 신명의 솜씨 같으니	新營煥若神
옛 물건에 삶을 의탁하도다[378]	故物依平生
나의 샘과 못을 더럽히지 말지니	無汚我泉池

---

376 어이하여……돋아나나 : 아무도 없이 혼자 쓸쓸히 지내는 서글픔을 말한 것인 듯하다. 악부(樂府)의 〈자류마가사(紫騮馬歌辭)〉에 열다섯에 종군(從軍)했다가 여든에 집으로 돌아온 사람이 고향집에 함께할 사람이 하나도 남지 않은 심정을 말하면서 "뜰 가운데 야생 곡물 돋아나고, 우물가에 야생 아욱 돋아나네. 곡물 빻아다 밥 짓고, 아욱 꺾어다 국 끓이네. 밥과 국이 일시에 익으나 누구에게 줄지 모르겠어라. 문을 나와 동쪽 바라봄에 눈물 떨어져 옷을 적시네.〔中庭生旅穀, 井上生旅葵. 舂穀持作飯, 採葵持作羹. 羹飯一時熟, 不知貽阿誰. 出門東向看, 淚落沾我衣.〕"라고 하였다.《樂府詩集 卷25》

377 옛……떨쳤도다 : 이 구절의 뜻은 자세하지 않다. 다만 뒤의 구절이 집을 지어 올리는 광경을 묘사하고 있는 것으로 볼 때 원래 옛 집을 잘 보존한 상태에서 새롭게 보수한다는 뜻은 아닌가 한다.

378 옛……의탁하도다 : 이 구절의 뜻 역시 자세하지 않다. 옛 물건은 선대로부터 내려온 옛 집 또는 선인이 남기신 물건들을 가리킬 수도 있을 듯하다.

나의 못 날로 맑고 시원하니라   我池日清泠

나의 나무와 단풍을 꺾지 말지니   無折我樹楓

나의 단풍 빽빽하게 무성하니라   我楓森菁菁

제3수 其三

좋은 모임 참여해 문 나서지 않으니   良會不出門

사람들 함께 언덕 가운데 있도다   同人在中丘

높은 산등성 밑에다 화려한 자리 열고   綺筵依崇岡

맑은 계곡물 곁에다 금술동이 차렸어라   金罍薄清流

공경한 얼굴빛으로 안주와 음식 차려 올리고   變色御肴饌

나이 순서 따라서 술잔을 올리네   殊等通獻酬

좋은 때를 마침 만난 터에   嘉時適已遘

뛰어난 풍광은 어찌도 이리 많은지   勝寄一何稠

앞에 오래된 정자 임해 있고   前臨古亭存

우러러보니 푸른 병풍 같은 산이 그윽하네   仰觀翠屛幽

그대가 행락(行樂)할 때에 맞추어 오니   君來逮爲樂

기쁨이 봄가을로 있도다   欣慶在春秋

잔치 파하도록 싫증남이 없으니   終宴未云斁

한밤이 다가도록 은근히 얽힌 정 폈노라   後夜申綢繆

제4수 其四

흥겨이 난초 혜초의 달에   陶陶蘭蕙月

질탕하게 노닐던 때 잊지 말지이다[379]   莫忘蕩遊時

높고 높은 도봉산   嶔嶔道峰山

물 맑고 암석은 선명하였네 　水淸石離離

손 잡아끌며 기이하고 화려한 풍광 탄식하고 　提手嘆奇麗

갓끈 씻으며 실컷 노닐었어라 　濯纓振戱嬉

등불 밝히고 절에 머물며 　明燈止佛宇

호탕하게 젓대 불고 맑은 시 지었지 　豪竹與淸詩

돌아오매 잠깐 사이인 듯한데 　歸來若俯仰

추위와 더위 여러 번 바뀌었네 　寒暑屢推移

인생에 이별하는 날 넘쳐나니 　人生富別日

호쾌한 일 뉘라서 오래 유지하랴 　勝事誰長持

동교의 길 돌아다보며 　回首東郊道

그대와 함께 서글피 못 잊어 하노라 　與子悵依依

제5수 其五

원추는 남쪽 바다 날면서 　鵷雛飛南海

솔개와 올빼미 쳐다보지 않고 　不顧鳶與鴟

생쥐는 신구에 구멍 파서 　鼫鼠穴神丘

사람들이 노리지 않는다네[380] 　不爲衆所窺

379 홍겨이……말지어다 : 삼연 형제와 도봉산에서 노닐었던 일을 말하는 듯하다. 164쪽 주214 참조. 난초와 혜초의 달이란 꽃을 가지고 각 달을 지칭하는 화력(花曆)에서 정월을 가리킨다.

380 원추(鵷雛)는……않는다네 : 원추와 생쥐 이야기는 각각 《장자(莊子)》〈추수(秋水)〉와 〈응제왕(應帝王)〉에 나온다. 원추는 남쪽에 사는 새의 이름으로, 이 새가 남쪽 바다에서 날아올라 북쪽 바다로 날아갈 때 아무 데나 머물지 않고 아무것이나 먹지 않으며 고고했는데 솔개가 썩은 쥐 한 마리를 잡고서는 원추가 날아가는 것을

군자가 이로써 살피나니	君子以此觀
세상과 더불어 어찌 시비 다투랴	與世安是非
화광³⁸¹하는 도가 복잡하지 않나니	和光道不煩
입 닫고 묵묵할 뿐 다시 무엇을 하리오	默默復奚爲
문 한번 열려버리면	門機一爲闢
내달리는 사마 쫓을 수 없다네³⁸²	駟馬馳不追
친한 벗을 이제 이별하는 터에	親交今在別
충언을 고함에 어찌 이 말 빼놓으랴	忠勖豈捨玆
가고 가서 다시 탄식하지 말지니	去去莫復嘆
강호가 옷을 털 만하도다³⁸³	江湖可振衣

보고 자기 쥐를 빼앗길까 두려워 꽥 하고 소리를 질렀다고 한다. 신구는 토지신을 모시는 제단을 가리키는데, 생쥐가 사람들이 신구를 신성하게 여기는 것을 알고 그 아래에 구멍을 파고 살면서 사람들의 위협을 피하였다고 한다. 이는 김시보(金時保)가 세속에 연연해하지 않고 도성을 떠나 재야에 은거하는 것을 비유한 말이다.

381 화광(和光) : 자신의 자질을 숨기고 세상과 섞여 불화하지 않고 사는 것을 말한다. 《도덕경》제4장에 "빛을 누그러뜨리고 세속과 함께한다.〔和其光, 同其塵.〕"라고 하였다.

382 문……없다네 : 말을 삼가야 한다는 뜻이다. 조식(曹植)의 〈교지시(矯志詩)〉에 "입은 금문(禁門)이 되고 혀는 방아쇠를 당김이니, 문이 열려버리면 발사된 싸리나무 화살을 쫓을 수 없도다.〔口爲禁闥, 舌爲發機, 門機之闢, 楛矢不追.〕"라고 하였다. 《曹子建集 卷5》《古詩紀 卷24》

383 강호가……만하도다 : 옷을 턴다는 것은 시속(時俗)의 더러움을 없애고 고고해진다는 말이다. 굴원의 〈어부사(漁父辭)〉에 "새로 머리를 감은 사람은 반드시 갓의 먼지를 털고, 새로 목욕한 사람은 반드시 옷의 먼지를 턴다.〔新沐者必彈冠, 新浴者必振衣.〕"라고 하였다.

제6수 其六

그대가 서쪽으로 간 뒤로[384]	自君爲西蹈
골목에 사는 사람 없었으니[385]	巷中無居人
사람이야 어찌 많고 많지 않으랴만	豈無悠悠者
나와 평소 친한 이가 드물었도다	鮮我平生親
바라봄에 그대의 집 멀고	相望室是遠
바닷가라 이웃할 수 없었더니	溟瀛不可隣
휜칠한 모습으로 때로 찾아와주어	翩翩時惠來
의기투합하며 나를 위로했지	投分慰我身
담소하면서 상삼[386]처럼 떨어졌던 심회 풀어놓고	談讌叙商參
화답하며[387] 귀한 손님 되었어라	相命爲嘉賓
높은 정자에서 드넓은 길 내려다봄에	高亭臨廣路
갈림길에 먼지바람 휘몰아치네	殊軌起飆塵

---

384 그대가……뒤로 : 김시보(金時保)는 그의 형 김시걸(金時傑)과 함께 1679년(숙종5) 봄에 보령현(保寧縣) 북쪽 모도(茅島)의 전장(田莊)으로 이주하였다.

385 골목에……없었으니 : 삼연과 마음이 맞는 훌륭한 인물이 없다는 말이다. 《시경》 〈정풍(鄭風) 숙우전(叔于田)〉에 "숙(叔)이 사냥 나가니 골목에 사는 사람 없도다. 어찌 사는 사람이 없으랴마는 숙과 같이 진실로 아름답고 또 인(仁) 하지 못하기 때문이니라.〔叔于田, 巷無居人. 豈無居人, 不如叔也, 洵美且仁.〕"라고 하였다.

386 상삼(商參) : 서로 멀리 떨어져 있는 것을 뜻하는 말이다. 상성(商星)은 서쪽 하늘에 있고 삼성(參星)은 동쪽 하늘에 있어서, 각각 뜨고 지는 시각이 다른 관계로 영원히 서로 만날 수가 없는 데에서 유래된 것이다. 《春秋左氏傳 昭公元年》

387 화답하며 : 새가 서로를 부르며 우짖듯이 서로 만나 대화와 시문을 통해 화답했다는 말이다. 두보(杜甫)의 〈서각(西閣)〉 시에 "온갖 새들이 각자 서로 화답하며 우짖네.〔百鳥各相命〕"라고 하였다.

어이하면 참마와 복마[388] 얻어   安得驂與服
나란히 수레 같이 탈까   齊首共車輪

---

388 참마(驂馬)와 복마(服馬) ; 네 마리 말이 이끄는 수레에서 양쪽 끝에 있는 두
말을 참마라 하고 가운데 두 말을 복마라 한다.

사흥에게 부치다

寄士興

기러기 바라보며 바둑 두지 말고[389]	仰鴈莫彈棋
물고기 잡으면서 통발 버리지 말라	求魚莫捨筌
심오한 이치 궁구하려면 뜻을 지극히 해야 하니	窮深在致志
공부 쌓지 않고서 도를 어찌 펴리오	不積道豈宣
옛날 동춘추는	惟昔董春秋
장막 내리고 삼년 보냈고[390]	下帷聿三年
적막한 양자운은	寥寥揚子雲
백발 나이에 태현경(太玄經) 완성했지[391]	皓首卒太玄

---

389 기러기……두지 말고 : 목표한 일에 전심전력하여 뜻을 잃지 말라는 뜻이다. 《맹자》〈고자 상(告子上)〉에 "혁추(奕秋)는 온 나라 안에서 바둑을 제일 잘 두는 자이다. 가령 혁추가 두 사람에게 바둑을 가르치는데, 그중 한 사람은 마음과 뜻을 다해 오직 혁추의 말만 듣고, 한 사람은 비록 듣기는 하지만 마음 한 편에 '기러기와 고니가 나타나면 활과 주살을 당겨 쏘아 맞혀야겠다'고 생각한다면, 비록 그와 더불어 똑같이 배운다고 하더라도 실력은 똑같지 못할 것이니, 이것은 그 지혜가 똑같지 못해서인가? 그렇지 않다."라고 하였다.

390 옛날……보냈고 : 동춘추는 《춘추》에 해박했던 한(漢)나라 때의 학자 동중서(董仲舒)이다. 동중서는 박사(博士)가 되어 학문에 전념하느라 장막을 쳐 놓고 제자들을 가르치면서 오래된 제자가 새로 온 제자를 가르치는 방식으로 공부를 시켰는데, 3년 동안 뜰을 나오지 않았기 때문에 제자 중에 그의 얼굴을 모르는 자가 있었다고 한다. 《漢書 卷56 董仲舒傳》

391 적막한……완성했지 : 양자운은 한나라 때의 학자 양웅(揚雄)이다. 《태현경》은 《주역》을 본떠서 양웅이 지은 책이다. 사람들이 그가 출세하지 못한 것을 조롱하자

침잠하여 고명함 이루는 것	沈潛躋高明
지사라면 누군들 그러하지 않으랴	志士誰不然
인후(仁厚)한 나의 좋은 벗	振振我嘉友
바닷가 아득히 멀리 떨어져 있네	遼海邈以綿
글 지으며 서로 그리워하면서	濡翰互相望
도움 받지 못함을 탄식하누나[392]	嘆息未比焉
명주를 찾을 수 있다면	明珠苟可索
아홉 층 깊은 연못 꺼리지 말지니[393]	莫憚九重淵
산호나무가	詎聞珊瑚樹
들판 밭에서 난다는 말 들어봤던가	生在野中田

양웅은 〈해조(解嘲)〉를 지어 "오직 적막함만이 덕을 지키는 집이다.……나는 묵묵히 나의 태현을 홀로 지킬 뿐이다.〔惟寂惟寞, 守德之宅.……默然獨守吾太玄.〕"라고 하였다. 《漢書 卷87 揚雄傳》

392 도움……탄식하누나 : 각각 서로 따로 떨어져 지내는 곤궁한 처지를 말한 것이다. 《시경》〈당풍(唐風) 체두(杕杜)〉에 "쓸쓸히 홀로 길 가니 어찌 남이 없으랴만 내 형제만 못하니라. 아! 길 가는 사람들은 어찌 나를 도와주지 않는고.〔獨行踽踽, 豈無他人? 不如我同父. 嗟行之人, 胡不比焉?〕"라고 하였다.

393 명주(明珠)를……말지니 : 성취를 위해서는 고생도 마다하지 않아야 한다는 말이다. 《장자》〈열어구(列禦寇)〉에 "천금의 진주는 반드시 9층 깊은 연못, 그것도 검은 용의 턱밑에 있나.〔夫千金之珠, 必在九重之淵, 而驪龍頷下.〕"라고 한 표현을 인용한 것이다.

원유
遠遊

밝은 달은 천 리 비추고	明月照千里
흰 학은 동쪽 향해 우네	白鶴東向鳴
맑은 소리 바람 타고 이르러	清聲順風至
멀리 노닐고 싶은 이내 마음 이끄누나	引我遠遊情
멀리 노닐 제 어디로 가려 하는고	遠遊欲安之
날아올라 광막한 경계 나가고저	登舉出九紘
아침에 태화산³⁹⁴으로 말 달려 가	朝馳太華山
저녁에 중향성³⁹⁵에서 쉬리로다	夕息衆香城
동황과 사선³⁹⁶이	東皇與四僊
옛적에 불로장생 권했더니라	夙昔勸長生
말을 잊음에 곡신을 보존하고³⁹⁷	忘言存谷神

---

394 태화산(太華山): 중국 오악(五嶽) 가운데 서악(西嶽)이다. 본집 안에서는 삼연이 은거한 철원의 용화산(龍華山)을 지칭하는 경우도 있다.

395 중향성(衆香城): 내금강 마하연(摩訶衍) 뒤의 병풍처럼 에워싼 바위 봉우리들을 일컫는다.

396 동황(東皇)과 사선(四僊): 동황은 천신(天神) 가운데 가장 존귀한 동황태일(東皇太一)이다. 태화산의 연화봉(蓮花峯) 꼭대기의 큰 연잎 속에 태을진인(太乙眞人)이 누워서 책을 읽고 있는 그림인 송(宋)나라 이공린(李公麟)의 〈태을진인연엽도(太乙眞人蓮葉圖)〉가 유명하다. 태을은 태일과 같은 뜻이다. 사선은 신라(新羅) 때 금강산을 유람했던 영랑(永郞), 술랑(述郞), 남랑(南郞), 안상(安祥)의 네 신선이다.

397 말을……보존하고: 말을 잊는다는 것은 참된 뜻을 얻어 언어를 놓아버린다는

음식 먹음에 황정[398]을 겸하여라	服食兼黃精
신선 비결 받은 지 십년이 지났건만[399]	受訣逾十載
세모에도 함께하지 못하누나	歲暮未合幷
검은 얼음[400]은 옥수에 맺혔고	玄氷結玉樹
흰 눈은 옥 같은 꽃잎에 날리네	素雪漂瓊英
하늘로 가는 길 다 끊어졌고	天津路窮絶
은하수는 어찌나 아득한지	雲漢何遐庭
자황[401]이 내려오지 않는다면	訾黃苟不下
태산(泰山)을 어이 가보리	岱宗安可征
두려워하며 실의한 채	恐懼失所欲
머리 길게 빼고 눈물로 갓끈을 적시노라	延首淚沾纓

뜻이다. 《장자(莊子)》〈외물(外物)〉에 "말이란 그 목적이 뜻에 있는 것이니, 뜻을 얻으면 말을 잊는다.〔言者所以在意, 得意而忘言.〕"라고 하였다. 곡신을 보존한다는 것은 현묘한 도를 보존한다는 뜻으로, 텅 빈 골짜기처럼 아무 형체도 없는 현묘한 도를 곡신이라 한다. 《도덕경(道德經)》제6장에 "곡신은 죽지 않나니 이것을 현빈이라 한다.〔谷神不死, 是謂玄牝.〕"라고 하였다.

398 황정(黃精) : 선가(仙家)에서 복용하는 약초 이름으로 이것을 복용하면 장수를 누린다고 한다.

399 십년이 지났건만 : 1671년(현종12)에 중형(仲兄) 김창협(金昌協)과 천마산(天磨山), 성거산(聖居山) 등을 유람하고, 이어서 금강산을 유람한 때로부터 10년이 지난 것을 말하는 듯하다. 당시 삼연이 금강산을 유람하기 전 처가에서 손작(孫綽)의 〈천태산부(天台山賦)〉를 읽다가 갑자기 산수를 유람하려는 흥취가 일어 문을 나섰는데, 처가에서 말리지 못하고 급히 행장을 꾸려 뒤딸려 보냈다고 한다. 《三淵先生年譜》

400 검은 얼음 : 두껍게 얼어 검게 보이는 얼음이다.

401 자황(訾黃) : 용의 날개에 말의 몸을 가진 전설상의 신마(神馬)이다.

밤에 걸으며
夜步

밤 깊어 잠자리 펴 드리고서	深夜定寢畢
북당402에서 걸어 돌아와 보니	步自北堂歸
문에서 맞이하는 이403 적막하여 이미 나갔고	應門寂已出
높이 뜬 달이 내 옷을 비추네	高月照我衣
희고 맑은 논둑엔	晶晶阡陌上
텅 비어 다니는 이 드문데	曠矣行人稀
좋은 나귀는 남쪽 행랑에서 풀 씹고 있고	良驢齕南廂
집 지키는 개는 동쪽 사립문에서 짖누나	守犬吠東扉
홀로 읊조리며 여직 잠들지 못하니	獨吟迨未睡
처자식은 내 마음을 알지 못하네	兒女莫我知
밤 풍광을 누구와 이야기하랴	夜色孰商榷
종루 소리 바야흐로 은은하여라	鐘漏方微微

---

402 북당(北堂) : 어머니의 처소를 가리키는 말이다.

403 문에서 맞이하는 이 : 원문의 '응문(應門)'은 문 앞에서 사람을 맞이하는 아이나 종을 가리킨다. 두보(杜甫)의 〈진주잡시이십수(秦州雜詩二十首)〉에 "문에서 사람 맞이하는 데에는 또한 아이가 있다네.〔應門亦有兒〕"라고 하였다.

섣달그믐 저녁
除夕

패 놓은 장작 내 뜰에 있고	析薪在我庭
향기로운 대나무 먼 하늘로 솟았네	薰竹徹遠天
좋은 벗 오늘 저녁에 찾아와	嘉友赴今夕
촛불 잡고 하 많은 술 마시누나	秉燭酒如川
아이들 차례대로 나아와	童弁以次進
읊조리는 소리 온 자리 가득 일어나네	嘯唱起四筵
인생살이 참으로 서글프니	人生信忱慨
한 목소리로 가는 해를 탄식하노라	同聲嘆逝年
지난날 되짚어봄에 내세울 만한 일 드무니	撫往鮮能驕
뉘라서 베개 높이 하고 잠들 수 있으랴	誰爲高枕眠
아등바등 휩쓸려 영예와 명성 구하는 이들	滔滔求榮名
해가 다 가도록 그러고 있구나	歲落亦已然

선달그믐 저녁의 감회
除夕感懷

오늘 저녁 어이 짧은지 금방 어둑어둑	今夕何短易曛曛
서쪽 누각 작은 동생은 신혼이로다[404]	西樓少弟爲新婚
옥 장식 모자 상아 귀고리하고 긴 촛불 잡으니	瓊弁象珥秉高燭
지난날 죽마 타고 뛰놀던 사람 아닌가	昨者方是竹馬奔
인생살이 나이 먹는 것 참말로 쫓기는 듯하니	人生衰盛咄見逼
순식간에 구름 흘러가듯 지나가버리도다	倏忽相蹟去如雲
새집으로 돌아와 급히 그대를 불러	歸入新齋急喚君
도성 거리 종 울릴 제 초주[405]를 나누리라	九街鐘動對椒樽

---

404 서쪽……신혼이로다 : 이해에 삼연의 동생 김창립(金昌立)이 전주이씨(全州李氏)와 혼인하였다. 김창립은 삼연에게 시를 배웠고 삼연은 김창립의 재주를 매우 아껴 사우(師友)의 관계로 대했으며 낙송루(洛誦樓) 좌측에 서재(書齋)를 세워 함께 홍유인(洪有人) 등과 함께 날마다 공부하였다고 한다. 여기서 말하는 서쪽 누각은 아마도 낙송루와 그 곁의 서재를 가리키는 듯하다. 《三淵先生年譜》 《本集 卷26 金秀才傳》
405 초주(椒酒) : 산초로 담가 빚은 술로, 새해 아침에 웃어른에게 축수(祝壽)하며 하례할 때 쓴다.

서계에서 조촐히 술 마시며[406] 계해년(1683, 숙종9)

西溪小酌 癸亥

인생살이 늙어서 자식 끌어안고서	人生老抱子
온갖 근심 넘쳐흘러 끝이 없어라	百憂漫無涯
문을 나섬에 매양 서로 잃어버리고	出門每相失
동호의 기약에 나아갔다 물러갔다 하네[407]	進退東湖期
해질녘에 우연히 와보니	日暮偶然來
맑은 술동이 고요히 여기에 있네	清樽靜在茲
가을 왔을 제 한번 모이지 않았더니	秋來一會闕
가을 다갈 제 온갖 초목 시드누나	秋去百卉腓
누른 국화는 연못가 집에 떨어지고	黃花委池館
차가운 달은 헌창 휘장에 걸렸어라	寒月在軒幃
북풍이 하늘 가득 휘몰아치니	北風攪天籟
고개 위 소나무 가지 가만히 있질 못하네	松嶺無定枝
내 마음과 같은 이는 만세 위에 있으니[408]	齊心萬世上

---

406 서계(西溪)에서……마시며 : 서계는 서울의 서악(西嶽)에 해당하는 인왕산에 있는 청풍계(青楓溪)를 가리킨다.

407 문을……하네 : 이 두 구절의 뜻은 자세하지 않다. 문을 나서도 자기와 뜻이 맞는 사람을 찾을 수가 없고 동호로 물러나서 살려는 기약도 결행하지 못한 채 주저주저하고 있다는 뜻인 듯도 하다.

408 내……있으니 : 현세에는 서로 벗할 만한 사람이 없어 천고의 옛날로 거슬러 올라가 옛사람과 벗한다는 상우천고(尚友千古)의 뜻인 듯하다.

이리저리 떠돌며 끝내 어디로 갈거나   蕩漾終安之

소리 높여 옛 역사를 논하니   抗言論古史

흥망성쇠가 역력하구나   歷歷興與衰

다 내버려두고 시사(時事)를 말하지 말지니 舍旃莫談今

덧없는 세상 참으로 갈림길이 많다오   浮世信多歧

사홍이 꿈에서 강가 누각에서 노닐며 읊은 유선사에 화운하다

和士興夢遊江樓吟遊僊詞

지난날 서림409에서 그대와 처음 만났을 때	往者西林結君初
손 안에 용호경410 옛 글 쥐고 있었지	古文龍虎手中書
함께 말하길 높은 하늘 아득한 것 아니요	共道高天未蒼蒼
그렇지 않다면 곤륜산(崑崙山) 깊은 곳에서 지초 캐자 하였지411	
	不然采芝崑山隅
강호로 한번 이주해412 그대 돌아오지 않으니	浮家一往君不歸
머리터럭 쇠하여도 마음 심장(深長)한 것은 우리 두 사람 어떠한가	
	髮短心長兩何如
차가운 물결 끝없고 공활한데	寒濤浩漾且空闊
멀리 밤 깊은 모도에 침석이 비었어라413	遙夜茅島枕席虛
훨훨 날아 나도 벌써 왕래하였거니	飄飄吾已往來焉

---

409 서림(西林) : 167쪽 주220 참조.

410 용호경(龍虎經) : 도가(道家)의 연단(鍊丹) 비결을 적은 책이다.

411 함께……하였지 : 신선이 되어 하늘에 오르기를 기약하고 만약 하늘이 너무 아득하여 그럴 수 없다면 곤륜산에 들어가 신선술을 닦자는 말이다.

412 강호로 한번 이주해 : 김시걸(金時傑)이 동생 김시보(金時保)와 함께 보령현(保寧縣)의 모도(茅島)로 이주한 것을 말한다.

413 침석이 비었으니 : 김시걸이 꿈속에서 강가 누각에 노닐었으므로 이렇게 말한 것이다.

꿈속에서 각자 수선이라 일컬었도다 　　　　夢中各自稱水僊
하늘을 날고 깊은 못에 잠길 줄 어이 알았으랴[414] 　詎知天飛復淵沒
현묘한 감응[415]이 그렇게 만든 것을 슬퍼하노라 　惆悵玄感使之然
붉은 규룡 누른 학 지금 어디 있나뇨 　　　　赤虯黃鶴今何處
한수 남쪽 높은 누각에 흰 눈만 나리누나 　　漢南危樓白雪天

---

414 하늘을……알았으랴 : 사람의 마음이 이렇게 크게 변할 줄 어찌 알았겠느냐는 말이다. 주희(朱熹)의 〈재거감흥(齋居感興)〉 시에 "인심은 오묘하여 측량할 수가 없어 서, 나가고 들어올 때에 기기를 타네. 얼음처럼 얼었다가 불처럼 타오르며, 연못에 빠졌다가 다시 하늘로 날아오르네.〔人心妙不測, 出入乘氣機. 凝冰亦焦火, 淵淪復天 飛.〕"라고 하였다. 《朱子大全 卷4》
415 현묘한 감응 : 천지의 조화가 깨닫지 못하는 사이에 감응한 것을 말한다.

조 참의에 대한 만사[416] 조 참의는 조세환(趙世煥)이다

趙參議 世煥 挽

제1수

여관 같은 천지간에 잠시 몸을 의탁해 있고	蘧廬寄玄宙
고금의 시간도 번갈아 드나드는 이 같아라[417]	古今若遞易
어지러운 풍진 세상	濛濛風中塵
누가 잠시 머물다 가는 나그네 아니랴만	誰非暫時客
슬픔 제어하기엔 너무도 큰 아픔 있으니	理悼有太甚
애통한 마음에 시리고 측은한 감정 더하네	情慟兼酸惻
고명한 덕은 드높은 산과 같았고	高明嶽山麓
성대한 풍모는 그윽한 난초 계곡 같았도다	晻曖幽蘭谷
한 번 집을 나서 불귀의 객이 되니	一出爲遊魂
평소 거처하시던 곳에 눈물만 흐르네	平居遂滴滴

---

416 조……만사 : 조세환(趙世煥, 1615~1683)은 본관은 임천(林川), 자는 의망(嶷望), 호는 수촌(樹村)이다. 병자호란 때 남한산성에서 인조가 항복한 후 벼슬에 뜻을 버리고 향리에 은거하였다가 효종 때 다시 출사하여 병조 정랑, 정언, 장령, 대구 부사(大丘府使) 등을 지내고 숙종 때 동래 부사(東萊府使)가 되어 송상현(宋象賢)의 사당을 세우고 순국한 이들을 우대하는 등의 치적을 세웠다. 이후 전라도 관찰사, 승지, 병조 참의 등을 역임하였다. 승지를 사직하고 향리에 있다가 숙종의 병환 소식을 듣고 풍설(風雪) 속에 상경하던 중 병을 얻어 도중에 죽었다.

417 여관……같아라 : 이백(李白)의 〈춘야연도리원서(春夜宴桃李園序)〉에 "천지는 만물의 여려이고, 광음은 백대의 시나가는 길손이다.〔夫天地者, 萬物之逆旅, 光陰者, 百代之過客.〕"라고 한 표현과 같은 뜻이다.

빙설 속에서 명정(銘旌)이 휘날리니	飛旐映氷雪
집안사람들 들판에서 곡하누나	家人野中哭

제2수 其二

아름다운 나무가 평야에 자라니	嘉樹生平皐
그늘에서 더위를 잊었도다	蔭者忘炎凉
뉘 알았으랴 이 단단한 줄기가	孰知是勁幹
끝내 풍상을 이겨낼 줄	終復凌風霜
조공의 고고하고 강직한 뜻	趙公高直意
자기 몸 안에 간직하고 있었네	含含形骸裏
시속(時俗)과 발자취 함께하되	耦俗乃其迹
화광418의 묘한 이치 있었도다	和光有妙理
옛사람이라 해도 내 간절히 사모했을 터인데	在古我延頸
하물며 인리419에서 의지함에랴	何況依仁里
다가가보면 큰 진기(眞氣) 있었으니	大眞卽焉在
관후한 모습 날로 성대하였어라	尨貌日耳耳
조랑말 타고 대궐에 나아갈 제	赴闕款段馬
동리 사람들 놀라고 감탄했지	驚歎里中子

---

418 화광(和光) : 228쪽 주381 참조.

419 인리(仁里) : 《논어》〈이인(里仁)〉에 공자가 "마을의 인심이 인후한 것이 아름다우니, 가려서 인후한 마을에 살지 않는다면 어찌 지혜롭다 하겠는가.〔里仁爲美, 擇不處仁, 焉得知.〕"라고 한 데서 온 말로, 상대방이 살고 있는 곳을 높여 이른 말이다.

하루아침에 골목에 사람 없어지니[420]　　　一朝巷無人
적막함에 눈물 줄줄 흐르네　　　　　　　牢落淚如水

제3수 其三
봄날 흘러가는 때　　　　　　　　　　逝者陽春月
공께서 내 집 오셨지　　　　　　　　　公來造我軒
길게 읊조리며 말없이 들어오니　　　　長嘯入不言
높은 하늘에 저녁 까마귀 날았네　　　　高天晚鴉翻
기특한 손자 품 안에 있어　　　　　　奇孫來在抱
향기로운 봄풀 오묘히 읊조리니　　　　妙吟馥春蓀
재미난 이야기 여기에 의지해 꽃피우며　善謔倚此騰
날 저물 때까지 웃고 즐겼어라　　　　嘻嘻至日昏
이 일이 흘러간 옛 일 되어버렸으니　　此事爲疇昔
솔바람 소리 오래된 담벼락에서 일어나누나　松聲起古垣

---

420 골목에 사람 없어지니 : 훌륭한 사람이 사라졌다는 말이다. 229쪽 주385 참조.

국상[421]

國哀

제1수

어젯밤 이경 사람 찾아와	昨夜人出二更來
잠들려 할 때 국상 났다 부르짖으며 알렸네	欲眠叫聲聞國哀
종내 모후께서 세상 싫증내신 것이나	竟是王母厭世矣
하늘이여 하늘이여 우리는 누구를 의지하란 말가	蒼天蒼天我安恃
등 밝히고 서로 깨워 일어나 쳐다보며	燈明相蹴起相看
모두들 말없이 눈물 줄줄 흘렸어라	面面無言淚汍汍
우리 왕의 망극하심 어이한단 말인고	吾王罔極可奈何
긴 밤 슬픈 바람에 성상께서 몸 떠셨으리	長夜風悲聖體寒

제2수 其二

갑인년 하늘 무너지고[422] 지금은 땅 갈라지니	甲寅天崩今地拆
백성들 어이하여 이토록 복이 없단 말가	百姓何至此無祿
이틀을 군중 모여 통곡 소리 일어나니	兩日大臨哭聲起
여염에서 울부짖는 소리 산골짝 울리누나	叫自閭閻響山谷
왕탄[423]의 오래된 다리 얼음 강물 새하얀데	王灘古梁氷水白

---

421 국상 : 이해 12월 5일에 숙종의 모후인 명성왕후(明聖王后) 김씨(金氏)가 승하하
였다.

422 갑인년 하늘 무너지고 : 1674년(현종15) 8월 8일 현종의 승하를 가리킨다.

눈앞의 숭릉 봄에 눈물이 떨어지네   過眼崇陵涕淚落

오호라 활과 칼 남긴지[424] 십년이 되었거니   鳴呼弓劍爲十年

저 송백 두른 능묘 바라봄에 한없는 슬픔 쌓였어라

瞻彼松栢萬哀積

423 왕탄(王灘) : 현종의 능인 숭릉(崇陵)이 있는 구리에 흐르는 왕숙천(王宿川)을
가리킨다. 명성왕후도 승하 후에 숭릉에 묻혔다.

424 활과 칼 남긴지 : 임금의 죽음을 뜻한다. 옛날 황제(黃帝)가 승하할 때 용이 수염
을 드리우고 내려와 황제를 모시고 올라갔는데, 이때 황제를 따라 하늘로 올라간 신하들
과 후궁들이 70여 명이었다. 이에 나머지 사람들이 용의 수염을 잡고 하늘에 오르려고
하였으나 용의 수염이 뽑히면서 함께의 활과 검이 함께 땅에 떨어졌다. 남는 백성늘이
곧 그 활과 검을 끌어안고 하늘을 우러러보았다 한다. 《史記 卷28 封禪書》

삼연집

제2권

詩시

시詩

눈 내린 밤의 서글픈 감회[1] 갑자년(1684, 숙종10)
雪夜愴懷 甲子

옥형이 바로 맹추를 가리키니	玉衡貞孟陬
천도가 이에 동쪽에 있도다[2]	天道斯在東
밝은 양기 서서히 이동하니	明陽征以漸
꽉 막힌 음기 풀리지 않아라	涸陰滯未融
흰 눈이 이틀 동안이나 뒤덮어	素雪淹兩夕
높은 하늘 온통 펄펄 날리네	瀌瀌彌層穹
흩날려 가득 내리다 그치고 나니	散漫旣停留
천리가 온통 흰빛으로 물들었네	千里皚已同

1 눈⋯⋯감회 : 이 시를 짓기 한 달 전인 1683년 12월 삼연이 가장 아끼던 동생 김창립(金昌立)이 사망하였다. 시에서 동생의 죽음을 직접적으로 언급하지 않았으나, 동생을 잃은 서글픈 심정이 시 전체에 드러나 있다.

2 옥형(玉衡)이⋯⋯있도다 : 정월이 되었음을 천체의 움직임으로 표현한 것이다. 옥형은 북두성을 가리키는 말로 정월에는 북두성 자루가 동쪽인 인방(寅方)을 가리킨다. 맹추는 정월을 뜻하는 말이다. 굴원(屈原)의 〈이소(離騷)〉에 "인년(寅年)이 바로 정월을 가리킴이요.〔攝提貞于孟陬兮〕"라고 하였다.

저녁나절 거센 바람은 가는 노송 흔들고 　　夕飆振纖檜

한밤의 달빛은 곧은 오동에 비치누나 　　宵月映脩桐

새하얗게 돋아나와 배회하다가 　　皎然出徘徊

서글픈 빛 창문에 바싹 와닿네 　　愴怳切房櫳

보름이 지나도 끝내 돌아오지 않으니[3] 　　旬五竟無返

이제는 아주 영영 볼 수 없게 되었구나 　　萬歲遂成空

그 모습은 아련히 흘러가는 구름으로 변하고 　　形變曖行雲

그 마음은 울울하게 회오리치는 바람 되어 떠도누나 　　情感鬱回風

진실로 이치를 잘 아는 사람 아니라면 　　良非服理人

끝없는 슬픔을 무슨 수로 달랠 수 있으랴 　　何由遣無窮

---

3 보름이……않으니 : 삼연의 동생 김창립은 전 해 12월 26일에 사망하였다. 아마도 그로부터 보름이 지난 시점에도 동생이 살아 돌아오지 않음을 슬퍼한 말인 듯하다. 《장자(莊子)》〈소요유(逍遙遊)〉에 "열자는 바람을 타고 날아다니기를 시원스레 잘하다가 보름이 지난 후에 돌아왔다.〔夫列子御風而行, 冷然善也, 旬有五日而後反.〕"라고 한 표현이 있는데, 신선인 열자가 다시 돌아온 것과 달리 삼연의 동생은 그렇지 못했다는 말이다.

조곡[4]

朝哭

점점이 빛나던 별들 사라지려 하고	脉脉星欲沒
적막한 중에 닭 이미 울었네	悄悄雞旣鳴
새하얀 서리 뜰을 뒤덮고	皚皚霜塗庭
반짝이는 달빛은 기둥을 비추누나	閃閃月耀楹
여종이 와서 날 부르고 가는데	婢來召我去
나는 잠에 취해 일어나질 못하네	我睡未甚醒
홀로 쓸쓸히 서쪽 채에 이르니	踽踽至西廂
우리 동생 보이질 않누나	而無我同生
빈 이불은 동생 넋을 덮고 있고	虛衾覆一魂
깊은 휘장은 생전 모습 막고 있네	深帷隔前形
추억건대 새벽에 글 읽기 좋아했더니	憶昔喜晨讀
이제는 책 읽는 소리 들리지 않고	素書今無聲
추억컨대 밤에 술 마시기 좋아했더니	憶昔喜夜飮
저녁나절 술잔의 술만 저 혼자 맑아라	夕酒徒自淸
등촉은 달이 돋아나온 듯하고	燈燭吐如月
제수 음식은 별이 늘어선 듯하여라	果肴列若星
놀라 탄식하노니 너는 어디에 있는가	驚吁爾焉在
평상시 모습 잃고 정신없이 허둥대노라	進退失生平

---

4 조곡 : 1683년(숙종9) 12월에 죽은 막내동생 김창립(金昌立)을 곡하는 내용이다.

정신이 뒤흔들려 안정키 어려우니　　　　神掉難克斂
줄줄 흐르는 눈물 쉬이 차오르네　　　　涕湺易爲盈
높은 당에 누이던 자리 있으니5　　　　高堂在載寢
울음 삼키며 뜰로 내려오노라　　　　吞泣乃下庭

5　높은……있으니 : 높은 당은 보통 부모의 거처를 가리킨다. 누이던 자리란 아우 김
창립이 태어나 부모가 갓난아이를 눕혀놓던 자리라는 뜻이다. 《시경》〈소아(小雅) 사
간(斯干)〉에 "남자를 낳아서 평상에 재운다.〔乃生男子, 載寢之牀.〕"라고 하였다.

감회

感懷

겨울 눈 녹아 봄물 되었고   冬雪爲春水

두꺼운 못 얼음 녹아 거울같이 맑아라   玄池鏡色淸

한탄스러워라 누각 동쪽 풀   嘖嘖樓東草

올해 벌써 다시 돋아났구나⁶   今年已復生

---

6 한탄스러워라……돋아났구나 : 삼연의 아우 김창립(金昌立)은 죽어서 다시 돌아오
지 않는데 김창립이 머물던 곳의 풀은 다시 돋아나는 모습을 보고 슬퍼한 것이다. 김창
립은 삼연이 지은 낙송루(洛誦樓) 좌측에 중택재(重澤齋)라는 서실을 짓고 공부하였
다. 《本集 卷26 金秀才傳》

아우 창립을 곡하는 팔애시
哭弟 昌立 八哀

제1수

아득히 망망한 대지에서	大塊邈茫茫
홀연 네가 사람이 되니[7]	忽然爾爲人
이미 세상에 옴에 훌륭한 일할 듯	旣來若有爲
하늘이 주신 재능 적지 아니했어라	天畀未始貧
멀리 보배 숲에 솟은 나무 빼어나고[8]	瑤林逈擢標
안으로 옥설 같은 정신 응결되니	玉雪內凝神
기이한 뜻 홀로 출중하여	奇志獨不群
훌쩍 드높은 하늘에 이르렀도다	邁邁至雲旻
난초 언덕에 내달리는 수레 풀어놓고서	蘭皐縱逸駕
말 먹이고 새벽 오길 기다렸건만	秣馬待天晨
오호라 만세토록 이름 남기길 바랐던 것이	嗚呼萬歲願

---

7 아득히……되니 : 만물의 영장인 사람이 자연의 큰 기운을 받아서 태어났다는 말이다. 도잠(陶潛)의 〈스스로를 제사지내는 글〔自祭文〕〉에 "아득한 대지와 머나먼 높은 하늘이 만물을 내되 나는 사람이 되었도다.〔茫茫大塊, 悠悠高旻, 是生萬物, 余得爲人.〕"라고 하였으며 〈선비의 불우함에 감개하는 부〔感士不遇賦〕〉에 "아! 대지가 기운을 줄 적에 어찌 이 사람이 유독 신령한가.〔咨大塊之受氣, 何斯人之獨靈.〕"라고 하였다.
8 멀리……빼어나고 : 보배 숲은 사람의 고귀한 인품을 비유하는 말로 많이 쓰인다. 진(晉)나라 때 왕융(王戎)이 왕연(王衍)을 평하기를 "왕연은 풍신이 매우 고상하고 맑아 마치 옥으로 된 숲속의 보배 나무와도 같다.〔王衍神姿高徹, 如瑤林瓊樹.〕"라고 하였다. 《晉書 卷43 王衍列傳》

끝내 십여 년 단명에 그쳐버렸네 　　　　　　　　　竟止十年身

제2수 其二

탄식 소리 가득한 높은 당 위에 　　　　　　　　　唧唧高堂上

우리 부모님 네 해를 병들어 계시네 　　　　　　　爺孃病四年

누이가 세상 떠난 것 엊그제 같으니 　　　　　　　阿妹去如昨

슬픔이 검양 하늘에 켜켜이 쌓였도다[9] 　　　　　　積哀黔陽天

하늘이 끝내 재앙 내리길 후회치 않으니 　　　　　天心竟不悔

너는 어찌 자애로운 부모님 저버렸느냐 　　　　　汝豈慈愛捐

누이 한 사람 죽었을 때는 달래드릴 말이라도 할 수 있었거니와

　　　　　　　　　　　　　　　　　　　　　一者尙可言

지금은 무슨 수로 마음 달래드릴거나 　　　　　理譬今何以

종일을 곡하시는 것 그대로 둘 뿐 　　　　　　任其晝夜哭

감히 부모님 우러러 보지 못하겠어라 　　　　　不敢仰而視

생각건대 네가 이 세상 싫증난 것이겠다만 　　　謂爾厭斯世

어이하여 홀로 차마 떠나가느냐 　　　　　　　何獨忍乎此

제3수 其三

너의 혼인 엊그제 저녁인 것만 같은데 　　　　　爾婚如昨夕

너는 어이해 이리 바삐 가버렸느냐 　　　　　　爾逝何悤悤

어쩌자고 이 어여쁜 아내를 　　　　　　　　　胡令窈窕人

9 탄식……쌓였도다 : 삼연의 누이인 이섭(李涉)의 처 안동김씨(安東金氏)는 1680년
(숙종6) 12월에 아이를 낳다가 사망하여 금천(衿川)에 묻혔다. 검양은 금천의 이칭이다.

풍상 속에 내버려지게 하였느냐	棄捐委霜風
바닷가에 머물며 이별해 있을 제	低徊海上別
차가운 허공 속에 금슬의 정 느꼈으리[10]	琴瑟感寒空
쑥대와 송라[11] 마침내 끊어지니	蓬蘿遂焉絶
애통해라 홍안의 젊은 나이에 헤어지다니	痛矣顔方紅
슬프고 슬픈 홀몸의 황곡[12]이	哀哀黃鵠寡
어찌하여 우리 집안에 있게 되었는가	胡爲我家中

제4수 其四

외롭고도 초췌하니	孑孑復欿欿
드나들 적에 적막키만 해	出入但廓然
내 뒤에 있나 깜짝 놀라 돌아보다	瞿然顧我後
쓸쓸히 홀연 내 앞에 있구나	零落忽我前
아름다운 육청헌[13]	蔚蔚六青軒

---

10 바닷가에……느꼈으리 : 이 시의 제7수에서도 바닷가에서 지은 시들을 언급하고 있는데 이는 김창립이 혼인한 그해 가을에 장인의 임지인 강화도에서 3개월 남짓 머물렀을 때 지은 시들을 말한다. 여기에서의 이별 역시 김창립이 강화도에서 머물 때 부인과 이별한 것을 가리키는 듯하다.

11 쑥대와 송라(松蘿) : 모두 서로 엉키고 감겨서 자라나는 식물로 남녀의 결합을 비유하는 것들이다.

12 홀몸의 황곡 : 남편을 잃은 과부를 말한다. 노(魯)나라에 젊어서 과부가 된 도영(陶嬰)이란 여인이 자신이 개가하지 않겠다는 뜻을 노래하면서 "슬프게도 황곡이 일찍 홀몸 되어 칠년이나 짝을 이루지 않았네. 목을 움츠리고 홀로 자며 무리와 함께 지내지 않았도다. 한밤중에 시글피 울어 죽은 누엇 그리워하누나.〔悲黃鵠之早寡兮, 七年不雙. 宛頸獨宿兮, 不與衆同. 夜半悲鳴兮, 想其故雄.〕"라고 하였다. 《列女傳 魯寡陶嬰》

이곳에서 나와 어깨 나란히 했더니	曾是聯我肩
바람 서리 깊은 동산에 몰아쳐	風霜入深園
여린 가지 꺾여 떨어져 버렸네	弱枝有摧顚
대신 죽길 어찌 바라지 않았으랴만	相代豈無願
두어라 천명을 어이하리오	已矣奈何天
뜰에 여섯 그루 나무 겨울에도 푸르러	庭有六樹冬靑
자주 형과 아우 짝하여 걸었으니	數與鴈行相儷
때문에 이 뜻 취해 집을 이름 했나니라	故嘗以名軒

제5수 其五

시가 망했다고 성인이 말한 이후	詩亡自聖言
천고의 세월 동안 마침내 까마득해졌으니[14]	千古遂茫茫
해동의 작은 나라에 있으면서	何況守海國
수풀에 가득 뒤덮인 듯 오래 황폐한 경우랴	榛路久已荒
지혜 작은 이는 진실로 괴이한 것 많고[15]	小知信多怪

---

13 육청헌(六靑軒) : 김수항(金壽恒)의 옥류동(玉流洞) 저택에 있던 건물이다. 김창 립(金昌立)이 태어난 곳이기도 하다.

14 시가……까마득해졌으니 : 《맹자》〈이루 하(離婁下)〉에 "왕자의 자취가 사라지고 나서 시가 망하였으니, 시가 망한 후에《춘추》가 지어졌다.〔王者之跡熄而詩亡, 詩亡然 後, 春秋作.〕"라고 하였다. 당세의 시가 매우 고루하다는 것은 삼연과 김창립이 같이 가지고 있던 견해였다. 김창립은 생전에 삼연을 따라 풍아(風雅)를 논구하면서 "시가 시 같지 않아진 지가 오래이다. 고려의 고루한 시풍을 우리 왕조가 그대로 인습하여 까마득히 천백 년 동안〈주남(周南)〉이나〈소남(召南)〉같이 그 시작을 바로잡는 시의 길이 파묻혀 버렸다.〔詩之不爲詩久矣. 高麗之陋, 我朝仍之, 莽莽千百年, 正始之路堙 焉.〕"라고 하였다.《本集 卷26 金秀才傳》

크게 미혹된 이[16]는 참으로 방향 잃었나니	大惑固迷方
어지러이 짖는 소리[17]에 내 오래도록 탄식했는데	繁哇久余歎
네가 곁에 있어 함께 어울렸었지	頡頏爾在傍
시내 따라 일천 물길 통하고	遵川濬千注
골짝에서 읊조려 일양을 울리니[18]	吹谷鼓一陽
한번 붉은 현으로 화창함에[19]	試爲朱絃唱
패옥소리 어이도 쟁쟁했던지	玉珮何鏘鏘

15 지혜……많고 : 지혜와 견문이 부족한 당세 사람들이 삼연과 김창립이 추구했던 풍아고시(風雅古詩)의 추구를 괴이하게 보았다는 뜻이다. 한(漢)나라 모융(牟融)의 《이혹론(理惑論)》에 "견문이 적으면 괴이하게 여기는 것이 많다.〔少所見, 多所怪.〕"라고 하였다.

16 크게 미혹된 이 : 당세의 범속(凡俗)한 이들을 통칭한 말이다. 《장자》〈천지(天地)〉에 "크게 미혹된 자는 종신토록 깨닫지 못한다.〔大惑者, 終身不解.〕"라고 하였는데, 이때 크게 미혹된 자들이란 세속의 잘못된 풍조를 그대로 따라가면서도 자신이 무엇을 잘못했는지조차 모르는 이를 가리키는 것이다.

17 어지러이 짖는 소리 : 짖는다는 것은 고루한 당세의 시풍을 가리킨 것이다. 양웅(揚雄)의 《법언(法言)》〈오자(吾子)〉에 "중정하면 아음(雅音)이 되고 삿되게 짖으면 정성(鄭聲)이 된다.〔中正則雅, 多哇則鄭.〕"라고 하였다.

18 시내……울리니 : 모두 아우 김창립이 거침없이 시를 잘 읊는 모습을 형용한 것인 듯하다. 골짝에 일양을 연주한다는 것은, 전국시대 때 추연(鄒衍)이 연(燕)나라 소왕(昭王)의 초빙을 받아 연나라에 가 있을 때 오곡(五穀)이 나지 않는 한곡(寒谷)에 율관(律管)을 불어 소리를 울려서 따뜻한 양기(陽氣)가 생겨나게 하니 화서(禾黍)가 자라났다는 고사를 말한 것이다. 《列子 湯問》

19 붉은 현으로 화창함에 : 격조에 맞는 아정(雅正)한 시를 읊조렸다는 말이다. 《예기》〈악기(樂記)〉에 "청묘의 슬은 붉은 현으로 되어 있고 소리가 느릿하여서 한 사람이 선창하면 세 사람이 화답하여 여음이 있다.〔淸廟之瑟, 朱絃而疏越, 壹倡而三嘆, 有遺音者矣.〕"라고 하였다.

하늘이 바른 소리 닫아버리니	惟天閟正聲
네가 서둘러 가버린 것도 당연하구나	宜爾遄云亡
비통하게 긴긴 밤 길이 이어지니[20]	惻惻永長暮
천뢰[21]가 백양나무[22]에 울어예누나	天籟咽白楊

제6수 其六

내 노래하고 읊조릴 제	自我有歌詠
너와 토론하지 않은 적 없었으니	靡不與汝論
정밀한 의견 항상 조리 있고	精言每纏纏
헤아림은 천근에 나아갔어라[23]	商確造天根

---

20 긴긴……이어지니 : 김창립이 죽어서 땅에 묻혀 영영 돌아올 수 없음을 말한 것이다. 〈고시십구수(古詩十九首)〉에 "아래에 죽은 지 오래된 사람 있어 어두컴컴 긴긴 밤에 잠겨 있도다.〔下有陳死人, 杳杳卽長暮.〕"라고 하였다. 《樂府詩集 卷61》《文選 卷29》

21 천뢰(天籟) : 대자연의 소리로 바람을 뜻하는 지뢰(地籟)의 근본이 된다. 여기에서는 바람을 가리킨 듯하다. 《莊子 齊物論》

22 백양나무 : 옛날 무덤가에 심던 나무이다. 〈고시십구수〉에 "수레 몰아 동문에서 올라가, 북망산 무덤을 멀리 바라보니, 백양나무 어이 저리 쏴쏴대는가, 넓은 길 양편에 송백이 늘어섰도다.〔驅車上東門, 遙望郭北墓. 白楊何蕭蕭, 松柏夾廣路.〕"라고 하였다. 《樂府詩集 卷61》《文選 卷29》

23 천근에 나아갔어라 : 깊은 이치를 탐구하여 알았다는 말이다. 송(宋)나라 소옹(邵雍)의 〈관물음(觀物吟)〉에 "이목이 총명한 남자 몸으로 태어났으니, 천지조화가 부여된 것이 빈약하지 않구나. 월굴을 탐구해야만 만물을 알 수 있거니와, 천근을 오르지 못하면 어찌 사람을 알리오.〔耳目聰明男子身, 洪鈞賦與不爲貧. 須探月窟方知物, 未躡天根豈識人.〕"라고 하였고, 주희(朱熹)의 〈소강절찬((邵康節贊)〉에 "손으로 월굴을 더듬고 발은 천근을 밟았도다.〔手探月窟, 足躡天根.〕"라고 하였다. 이때 월굴은 음(陰)을 천근은 양(陽)을 상징하는 것으로 《주역》의 오묘하고 깊은 이치를 탐구하여 깨우쳤다

서로 이야기할 때마다 웃음 내보이며	相說輒獻笑
그렇게 하루를 소일했으니	以玆解朝昏
영질24 가진 천륜의 아우 얻음에	天倫得郢質
질나팔과 젓대25 즐거움 흡족했도다	斯樂洽篪塤
백대 뒤 사람들에게	庶令百代人
우리 형제 있음을 알게 하려 했건만	知有我季昆
오호라 알 수 없어라	嗚呼不可知
생사 간에 만사가 뒤집혀 버렸구나	存沒萬事翻
붓을 든들 뉘에게 보이랴	濡翰向何人
내 노래 이제부터 나오질 않으리	我歌自此吞

제7수 其七

| 네가 바닷가에서 지은 시26 보니 | 覽爾海上作 |

는 뜻으로 쓰였다.

24 영질(郢質) : 영(郢) 땅 사람의 도끼 쓰는 자질이라는 뜻으로 뛰어난 자질을 가리킨다. 춘추시대(春秋時代) 초(楚)나라 서울인 영 땅의 사람이 백토가루를 코끝에 매미 날개만큼 엷게 바르고 돌 다듬는 장인을 불러 그 흙을 닦아 내게 했더니, 장인이 바람이 획획 나도록 도끼를 휘둘러 그 흙을 완전히 닦아 냈으나, 그 사람의 코는 조금도 다치지 않았다고 한다. 《莊子 徐无鬼》

25 질나팔과 젓대 : 형제간의 즐거움을 나타내는 말이다. 《시경》〈소아(小雅) 하인사(何人斯)〉에 "백씨가 질나팔을 불면, 중씨가 젓대를 부네.〔伯氏吹塤, 仲氏吹篪.〕"라고 하였다.

26 바닷가에서 지은 시 : 김창립이 장인의 임소인 강화도에서 머물 때 지은 시이다. 김창립의 《낙재유타(澤齋遺唾)》에 실린 시 71제 가운데 〈절을 찾아가〔尋寺〕〉이하 30제가 모두 강화도에서 지은 것으로 많은 분량을 차지한다.

노련한 솜씨 시편에 다 드러냈네	發篇盡老蒼
풍격 참으로 드높고	風格信崢嶸
강개한 기운 어이 이리 뛰어난가	忼慨一何長
연대[27]에서 슬픈 노래 풀어놓고	煙臺放悲歌
바닷가 당에서 술잔을 들었어라	海堂駐羽觴
돌아와 어룡에 대해 말하며	歸來道魚龍
장쾌한 마음 오랫동안 들떠있었지	壯情久激昂
이제야 내가 알겠노니	于今我知之
세상 살 날이 짧아 마음이 바빴던게지	世促意已忙
빛나는 명월주 같은 네가	的皪明月珠
죽고 나서 야광주 같은 글 남겼구나	身死留夜光
거두어다 내 방에 두노니	收來入我室
애석해라 상자를 채우지 못하누나	惜哉不盈箱

제8수 其八

드높은 내 누각 곁	屹屹我樓側
새 터에 동재 세울 제[28]	東齋起新土
어이 그리 부지런히 마음 쓰는가 물었더니	問爾意何勤
육예 갈고 닦을 곳이라 말하였지	云是六藝圃
벗들이 옴에 성대하기가 띠와 같되[29]	朋來菀如茅

---

27 연대(煙臺) : 횃불, 연기, 대포 등을 이용하여 소식을 전하던 곳이다. 봉수대(烽燧臺)와 기능적으로 별 차이가 없으나, 연대는 주로 구릉이나 해변 지역에 설치한 것이다.
28 드높은……제 : 253쪽 주6 참조.

실로 너를 좌주(座主) 삼았나니[30]　　　　　　　　實以汝爲主

빼어나고 아름다운 모습 비록 백년인생에 그치나　　　團欒雖百年

광휘는 천고의 세월에 떨쳐지리라　　　　　　　　振耀庶千古

성패의 이치 너무 갑작스러우니　　　　　　　　　成毁理太遽

흩어진 것이 어찌 다시 모이랴　　　　　　　　　有散豈復聚

빈 주렴에 서쪽 하늘 뜬 달 비추고　　　　　　　空簾映西月

어둑한 창문에 북쪽에서 비를 뿌리네　　　　　　暗牖洒北雨

봄풀이 무성히 돋아날 때에　　　　　　　　　　駸駸春草時

일만 가닥 슬픈 마음 피어날 텐데　　　　　　　哀緖裊萬縷

그저 보이나니 길 가던 이도 이 슬픈 광경에 우는 것　但看路人泣

이내 애간장 묻지를 마소　　　　　　　　　　　毋問余肝腑

29　벗들이……같되 : 어진 이들이 모여들어 함께 예업(藝業)을 닦았다는 말이다. 띠
는 그 생리상 뿌리가 이어져 자라므로 동류(同類)를 비유하는 말로 쓰인다. 《주역》
〈태괘(泰卦) 초구(初九)〉에 "띠 뿌리를 뽑으매 그 종류가 따라 뽑히니 길하다.〔拔茅茹
以其彙, 征吉.〕"라고 하였는데, 주희가 풀이하기를 "어진 이를 이끌고 동류와 함께 나아
가는 의미이다."라고 하였다.

30　실로……삼았나니 : 김창립이 중택재(重澤齋)를 세우고 학업을 닦자 범절이 없고
학문을 하지 않던 동리의 사람들이 김창립의 명성을 사모하여 다투어 모여 서재가 가득
찼으며, 김창립의 시에 대한 논의를 듣고는 모두 고루한 견해에서 깨어나지 않는 이가
없었으며 홍유인(洪有人), 유명악(兪命岳), 최동표(崔東標) 등과 시사(詩社)를 결성
하기도 하였다. 《本集 卷26 金秀才傳》

성곽을 나서며
出郭

성곽 나서 무엇을 처음 보나	出郭始何見
푸르디푸른 미나리로다	靑靑水芹草
나는 미나리 캘 겨를 없어	采采我未暇
큰길로 말 달려 나가는도다[31]	驅馬放周道
왕기가 참으로 백 리이니	王畿信百里
백성들 이곳에 살며 오래도록 서로 보전하네	民麗久相保
우는 소가 남쪽 밭[32]에 오르니	鳴牛上南畝
봄에는 보리 나고 가을에는 벼가 나도다	春麥啓秋稻
먼 일 생각하는 것 좋은 계책 아니니	思遠非良圖
배불리 먹는 것이 그저 보배로운 일이라	飽食獨爲寶

31 성곽……나가는도다 : 《시경》〈노송(魯頌) 반수(泮水)〉에 "즐거운 반수에서 잠깐 미나리를 캐노라. 노나라 제후께서 이르시니 그 깃발을 보겠구나.〔思樂泮水, 薄采其芹. 魯侯戾止, 言觀其旂.〕"라고 하였고,〈소아(小雅) 채숙(采菽)〉에 "용솟음쳐 나오는 함천(檻泉)에 그 미나리를 뜯노라. 군자가 와서 조회함에 그 깃발을 보노라.〔觱沸檻泉, 言采其芹. 君子來朝, 言觀其旂.〕"라고 한 이미지를 차용한 것이다. 혹 이런 구절을 차용한 것으로 볼 때 본시의 시주(詩注)에 언급한 소란이란 삼연에게 출사를 종용하는 일이 있었던 것이 아닌가 추측해본다. 참고로 이해의 주요한 정치적 사건으로, 윤증(尹拯)과 송시열(宋時烈)의 불화가 표면화되어 서로 절교하고 노론(老論)과 소론(少論)으로 분화되어 조정에 시비가 일었다.

32 남쪽 밭 : 특별히 남쪽을 지칭한 것은 아니고, 남쪽 밭 자체가 일반적인 논밭을 지칭하는 말로 쓰인다. 《시경》〈소아(小雅) 대전(大田)〉에 "비로소 남쪽 밭에서 일하여 온갖 곡식을 심네.〔俶載南畝, 播厥百穀.〕"라고 한 데서 기인하였다.

큰 수레는 그저 스스로 먼지나 뒤집어쓰나니   大車秖自塵

근심으로 자신을 괴롭히지 말지어다[33]   毋以憂自搞

  당시 소란이 있었기 때문에 이렇게 말한 것이다.

---

33 큰……말지어다 : 《시경》〈소아 무장대거(無將大車)〉에 "큰 수레 떠밀고 가지 말
지어다. 그저 스스로 먼지나 뒤집어쓰리라. 온갖 시름 생각하지 말지어다. 다만 스스로
병들리라.〔無將大車, 秖自塵兮. 無思百憂, 秖自疧兮.〕"라고 하였다. 이 시는 모서(毛
序)에 따르면 대부가 소인배와 일한 것을 후회하는 시라고 하였다. 이러한 시 구절로
볼 때 이 시는 신반석으로 삼연이 정치나 파벌과 관련한 시끄러운 속세 일을 벗어나려
는 뜻이 담긴 듯하다.

북두천에서 강을 바라보며[34]

北斗川望江

말이 맑은 강을 향해 가니	馬首澄江去
넘실넘실 흐르는 강물 반쯤 보이네	溶溶見半流
둥근 모래는 굽이진 강기슭에 펼쳐지고	沙圓爲曲岸
산은 끊어졌다 긴 모래섬 되었어라	山斷復長洲
잔잔한 바람에 장삿배 돛 내리고	風色商帆落
고요한 파도에 포구의 새 떠 있구나	波文浦鳥浮
이르노니 석양 지는 저녁에	託言紅日暮
한가로이 노닐지 못함이 참으로 부끄러워라	眞愧未優遊

---

34 북두천에서 강을 바라보며 : 《청음집(淸陰集)》과 《농암집(農巖集)》 등을 살펴볼 때, 북두천은 김상헌(金尙憲)이 머물렀던 곳이자 안동김씨의 선산이 있는 양주 석실마을에 있는 지명으로 보인다.

율사에서 서글피 돌아오며
栗寺悵返

슬픔 쏟아낼 아름다운 풍광 필요하니	寫哀待佳境
말을 내달림은 내 구하는 것 있어서라	騎馬我有求
율사가 사람을 반겨주니	栗寺喜人指
안개 푸른 곳으로 내 눈길 달려가네	嵐翠赴我眸
잠깐 사이 오솔길 끝나니	介然小蹊盡
산 오를 제 잠시 머뭇대노라	登來暫夷猶
인천³⁵이 어둑하게 흐린 봄날	人天黯春陰
범종 소리 풍경 소리 깊은 숲속에 그쳤네	鐘磬閟藪幽
작은 샘은 고요한 낮에 용솟음치고	晝閴細泉涌
먼 강엔 높은 산이 떠 있구나	山高遠江浮
흥취 돋우는 데 바깥 풍광 도움 되지 않고	興會非外助
슬픈 심사만 짐짓 속에서 싹터오르네	悲緒故內抽
총총히 소매 떨치고 일어나려니	薄言袂已投
노승은 나를 붙잡지 않누나	老僧莫我留
내려가는 오솔길에 봄풀 무성한데	春蕪被下逕
또다시 서글피 숲을 나오네	又復出林愁

---

35 인천(人天) : 불교용어로 인간세와 천상계를 가리킨다. 모든 중생을 뜻하기도 하
는데 여기서는 속세와 절간의 뜻으로 쓰였다.

산 위에 촌락과 멀리 떨어진 작은 집이 있는데 물어보니 선비가 사는 곳이라 하기에
山上有小屋 與村邈絶 問是士人所棲

홀로 평원의 숲 넘어가	獨往越平林
머리 들어 잠시 저 멀리로 이내 마음 보내노니	矯首暫馳神
제비둥지 같은 집이	有室若燕巢
언제 저 가파른 산에 의탁했는고	何時寄嶙峋
아득한 닭과 개 그림자[36]	迢迢雞犬影
드높이 야마 티끌[37]에서 벗어났으니	高出野馬塵
진실로 좋아하는 바가 있어서이건만	誠有所好存
산 아래 사람들에게 비웃음 받네	取笑山下人
고상한 뜻 나와 부합하니	霞意我有契
시끄러움 싫어함도 천진함 때문이라	厭喧亦天眞

---

36 아득한……그림자 : 산 위에 사는 선비가 신선처럼 속세를 멀리 떠났음을 표현한 말이다. 한(漢)나라 회남왕(淮南王) 유안(劉安)이 단약(丹藥)을 먹고 대낮에 승천했는데, 개와 닭이 그가 먹다 남은 선약을 핥아 먹고 모두 승천해 구름 위에서 개가 짖고 닭이 우는 소리가 들렸다는 고사를 염두에 둔 것이다.《神仙傳 劉安》

37 야마 티끌 : 야마는 아지랑이라는 뜻으로 속세를 비유한 말이다.《장자(莊子)》〈소요유(逍遙遊)〉에 대붕(大鵬)이 남쪽으로 날아가는 것을 말하면서 "공중에 떠다니는 아지랑이와 티끌은 천지간에 살아있는 생물들이 입김을 서로 내뿜는 데서 생기는 것이다.〔野馬也, 塵埃也, 生物之以息, 相吹也.〕"라고 하였다. 이는 큰 바람이 있어야만 날아오를 수 있는 거대한 붕새에 비해 아지랑이와 티끌은 입김에 의해서도 이리저리 날아다니는 것을 대조한 것이다.

이제부터 이 삼연자가   自此三淵子
멀리 그대와 이웃 되고저   遙與爾爲隣

저녁에 멀리 바라보며 서글픈 마음이 들어[38]

夕望愴懷

저녁에 바라보노라니 어이도 먼지	夕望夫何遠
떠도는 너의 넋을 찾을 수 있을 듯하여라	遊魂似可求
소나무 숲 평평히 펼쳐져 그늘 짙고	松平衆陰厚
구름은 개여 별들이 운행하누나	雲拆數星流
진실로 이승과 저승 사이에서	誠有幽明者
날 찾아와 함께 자고 깨는 넋이 있는가	其來寤寐不
남몰래 그칠 줄 모르는 눈물 거두고서	暗收無限淚
도로 베개에 누워 꿈에서나 만나보려네	回向枕中謀

---

38 저녁에……들어 : 이 시는 전체 시상을 살펴볼 때, 양주에서 죽은 막내 동생 김창립
(金昌立)의 무덤을 바라보며 슬퍼하는 내용인 듯하다.

곡하고 돌아와
哭返

무덤 와도 한번 웃거나 손 잡아볼 수 없고	來無一笑握
무덤 떠날 제 홀로 통곡만 나오누나	去有獨號哭
백년 인생 길이 서로 의좋게 살리라 여겼더니	百年長謂兩相可
오늘의 이별은 누가 운명을 정한 것이냐[39]	今日伊阻誰厚薄
파릇파릇 무덤 돋은 풀 한번 보자니	試看斑斑草
청명 한식날 쑥쑥 자라나네	怒生清明寒食中
북쪽 구름은 비를 금대[40]에 뿌리고	金臺雨垂自北雲
동풍 속에 율림의 새 우짖누나	栗林鳥吟從東風
어지러이 감응함은 사물이면 모두 그렇거늘	紛綸相感物皆然
어이해 이승과 저승만은 길 통하지 않느냐	胡獨幽明路不通
젖과 같은 좋은 술 어제 땅에 뿌렸거니	如乳綠酒昨委地
천고의 옹문금[41]이 예 있도다	是在雍門千古桐

---

39 누가……것이냐 : 원문의 '厚薄'은 많고 적음, 운명의 좋고 나쁨 등 여러 가지 의미를 지닌다. 여기서는 동생 김창립(金昌立)은 죽고 자신은 살아남아서 서로 간의 운명의 후박이 갈렸음을 나타낸 말이다.

40 금대(金臺) : 선산이 있는 양주 석실(石室)의 금대산(金臺山)이다.

41 옹문금(雍門琴) : 덧없는 인생에 비애를 느낀다는 말이다. 전국시대 제(齊)나라의 거문고 명인인 옹문자주(雍門子周)는 거문고에 통달하여 슬픈 곡조를 타서 사람들을 울리기도 하고 즐거운 곡조를 타서 사람들을 기쁘게도 했는데, 맹상군(孟嘗君)이 그에게 나를 울게 할 수 있겠느냐고 묻자 그가 "맹상군이 죽은 뒤 천년만년 후에 높은 누대는 무너지고 곡지(曲池)는 평평해지고 분묘는 허물어져 나무하고 소 치는 아이들이 맹상

군의 무덤에 올라, '존귀했던 맹상군도 이렇게 되었구나.' 하겠지."라는 노래를 부르며
슬픈 곡조를 탔고 이에 맹상군이 눈물을 줄줄 흘렸다고 한다. 《說苑 善說》

대맥행

大麥行

보리는 파릇파릇 밀도 파릇	大麥靑靑小麥同
청명날 비 내린 뒤 봄 땅에 무성해라	淸明雨後春土濃
마을마다 해를 살펴 소를 부리니	村村視日牛得牽
길에 사람 드문드문한 중에 내가 동쪽에서 왔네	路人稀少我自東
드높은 태화산 풀 수북한 밭 있나니	有田莓莓太華峭
산사람이 농사에 힘쓰길 좋아한다 누가 말했나[42]	誰道山人愛明農
아침에 시름하고 저녁에 곡하며 살구꽃 피는 봄날 저버렸으니	
	朝憂暮哭負杏花
북두천 가에서 부끄러워 얼굴 붉어지누나	北斗川邊面發紅

---

42 드높은……말했나 : 태화산은 삼부연(三釜淵)이 있는 철원의 용화산(龍華山)을
가리킨다. 산인이 용화산의 밭을 풀이 자라도록 내버려 둔 것을 가리킨 말이다. 《삼연선
생연보(三淵先生年譜)》에 따르면 이해에 삼연은 다시 삼부연으로 들어갔다.

윤씨정에 올라[43]

登尹氏亭

왕탄[44]의 푸른 물결 넘실넘실 흐르다	王灘綠水流決決
미호 이르기 전에 굽이쳐 도는구나	未至渼湖而回翔
왕탄 서쪽 미호 북쪽 모두 다 들판이니	灘西湖北純是野
광릉[45]의 행인에게 물길은 길어라	廣陵行人津路長
멀리 높은 정자가 물가 임해 있으니	乃有高亭逈臨水
언덕 곁 바위에 의지한 곳에 긴 바람 일어나네	側岸欹石長風起
화악[46]의 세 봉우리 불현듯 다가오니	華嶽三峰不期來
푸른 하늘 가운데 우뚝이 서 있구나	却立青天竦然峙
수락산과 아차산	水落與峩嵯
푸른 빛깔 모두 다 예 있도다	蒼翠具在是

43 윤씨정에 올라 : 윤씨정이 정확히 어떤 정자인지는 미상이나, 왕숙천 미음나루 인근에 있었다는 윤선도(尹善道)의 고산정(孤山亭)을 가리키는 것이 아닌가 한다. 이곳에는 윤선도 당시에 별장과 저택이 들어서 있었다. 미음나루 인근의 한강을 미호(渼湖)라 불렀고 왕숙천이 이곳에서 한강과 합류한다. 삼연보다 조금 뒷시대 사람이기는 하지만 윤선도의 외손인 정약용(丁若鏞)의 《다산시문집(茶山詩文集)》 제1권 〈고산정의 유허에 들러[過孤山亭遺墟]〉 시에 이미 고산정이 오래 전에 헐리고 등나무만 무성했다고 표현하고 있다. 이 시에서 삼연은 윤씨정을 성쇠(盛衰)를 읊고 있는데, 윤씨정이 고산정이 맞다면 아마도 삼연이 방문했을 때도 상당히 퇴락했을 것으로 추측된다.

44 왕탄(王灘) : 구리와 남양주를 흐르는 왕숙천(王宿川)이다.

45 광릉(廣陵) : 남양주에 있는 세조의 능이다. 왕숙천의 북단에 위치해 있다.

46 화악(華嶽) : 삼각산의 별칭이다.

한눈에 다 거둬 볼 수 없더니	未可斂一望
문득 만 리에 그 형세 펼쳐졌어라	居然勢萬里
말 타고 왕탄 건너 자주 여길 지났으니	馬渡王灘屢此經
정자 오른 오늘이 바로 청명날이로세	今日登亭乃淸明
거울 같이 맑은 강 멀리 돛배 떠오고	淸湖鏡面遠帆來
이끼 낀 푸른 솔에 예쁜 새 우짖네	翠松苔皮好鳥鳴
새 재잘대고 풀 갓 돋아 부드러운데	鳥鳴嚶嚶復細草
그 옛날 풍악 소리 흥취 지극했으리	向來歌鐘極勝情
동산의 풍류47에 비길 바 아니요	東山風流非所擬
금곡의 사치48에 어찌 뒷말 없으랴	金谷驕奢豈無評
참으로 길 옆에 나쁜 나무 그늘 이뤘으니	眞成道傍惡木陰
뜰 가운데 야생 아욱 돋아남을 뉘라서 탄식하랴49	誰歎庭中旅葵生
푸른 물굽이 가에서	不如綠灣上

---

47 동산(東山)의 풍류 : 동진(東晉)의 사안(謝安)은 매우 풍류를 즐겨 벼슬길에 나아
가기 전 동산에 은거하면서 산천을 유람할 때 항상 기생을 데리고 다녔다 한다. 《晉書
卷79 謝安列傳》

48 금곡(金谷)의 사치 : 서진(西晉)의 부호(富豪)인 석숭(石崇)이 낙양 부근에 금곡
원(金谷園)이라는 화려하고 사치스러운 장원(莊園)을 세우고 빈객들과 술을 즐기며
호화롭게 지냈다고 한다. 《世說新語 汰侈》

49 나쁜……탄식하랴 : 진(晉)나라 육기(陸機)의 시 〈맹호행(猛虎行)〉에 "목이 말라
도 도천의 물은 마시지 않고, 더위도 나쁜 나무 그늘에서는 쉬지 않는다.〔渴不飮盜泉水,
熱不息惡木陰.〕"라고 하였다. 이는 윤씨정을 나쁜 나무 그늘이라 표현하여 과거의 사치
스러움을 본받을 것이 없고 또한 이곳이 머물 만한 곳이 아님을 말한 것이다. 또한
그렇기 때문에 시름이 성사가 쇠락하여 뜰 가운데 야생 아욱이 돋아나는 것을 탄식할
사람도 없다고 말하였다.

이렇듯 한 번 갓끈 씻음[50]만 못하거니와　　　　爲爾一濯纓

그래도 성쇠(盛衰)에 절절한 감회 일어　　　　猶然感慨切興替

곡지 평평해짐[51]을 한번 길게 노래하노라　　　　一曲長歌曲池平

---

50 갓끈 씻음 : 세속을 떠나 강호에 은거함을 뜻한다. 굴원(屈原)의 〈어부사(漁父辭)〉에서, "창랑의 물 맑으면 내 갓끈 씻고 창랑의 물 흐리면 내 발을 씻으리라.〔滄浪之水淸兮, 可以濯吾纓, 滄浪之水濁兮, 可以濯吾足.〕"라고 하였다.

51 곡지 평평해짐 : 270쪽 주41 참조.

사경과 베개를 나란히 하고 작별 이야기를 나누다
與士敬聯枕話別

마음 약한 나는 청명날 뒤에	弱念淸明後
떠나는 그대를 탄식할 뿐 붙잡아두지 못하네	嗟君又莫留
깊은 밤 그대 내 집에 머무는데	深更淹履舃
긴 눈물 이불에 줄줄 흘러내리네	長淚泫衾裯
오리와 기러기 하늘에서 나뉘어 이별하고[52]	鳧鴈分天別
용과 뱀은 바다 가까이에서 근심하도다[53]	龍蛇近海憂
봄바람 부질없이 빨리 불기만 하니	春風徒自迅
매화와 버들 핀 서쪽 모래섬[54] 어둑하여라	梅柳暗西洲

---

52 오리와……이별하고 : 삼연과 김시보(金時保)가 함께 와서 머물다가 김시보만 남쪽 모도(茅島)로 돌아가 이별하게 된 것을 비유한 것이다. 한(漢)나라 때 소무(蘇武)가 귀국하게 되었을 때 이릉(李陵)의 이별시에 화답하기를 "두 오리 북으로 함께 나는데, 외기러기 홀로 남으로 가네.〔雙鳧俱北飛, 一鴈獨南翔.〕"라고 하였다. 《藝文類聚 卷29 人部 別上》

53 용과……근심하도다 : 여기서 용과 뱀은 보령의 모도에서 혼란한 시속(時俗)을 피해 은거한 김시보, 김시걸(金時傑) 형제를 가리키는 듯하다. 《주역》〈계사전 하(繫辭傳下)〉에 "용과 뱀이 숨는 것은 자신의 몸을 보전하기 위함이다.〔龍蛇之蟄, 以存身也.〕"라고 하였다.

54 서쪽 모래섬 : 원문의 '西洲'는 악부(樂府)에서 이별의 정회를 나타내는 말로 쓰인다. 구체적으로는 떠나간 사람에 대비해 머무르는 사람이 있는 장소를 가리킨다. 악부시 〈서주곡(西洲曲)〉에 "매화 아래 서쪽 모래섬에서 만났던 것 추억하노니, 매화를 꺾어다 강북으로 보내고저.……기러기 날아 서쪽 모래섬 가득하니, 낭군을 보고자 청루에 올랐다오.〔憶梅下西洲, 折梅寄江北.……鴻飛滿西洲, 望郞上靑樓.〕"라고 하였다. 《樂府詩集 卷72》

사흥에게 부치다

寄士興

제1수

그대 떠난 뒤 봄바람 여러 차례 불었나니	自君之去屢春風
한양에서 십년 동안 꽃이 붉게 폈다오	漢陽十年花且紅
그대 편지 쥐고서 그대가 날 속인 것 원망하니	握君前書怨君欺
북풍이 몰고 온 눈비 속에 꿈에서나 만났소	北風雨雪夢徒通
소마 꺾고 원추리 심은 것⁵⁵ 죄다 부질없는 일	折麻樹萱摠虛設
늙기 전에 한 번 만나보는 것만 못하오	何如一會在未翁
강호의 푸른 물결 난초 핀 언덕⁵⁶ 적시니	江湖綠水漬蘭皐
그대는 물풀 군락 온갖 새들 보고 있으리	君看百鳥萃蘋中

---

55 소마(疏麻)……것 : 상대에 대한 그리움을 표현한 것이다. 소마는 전설 속의 신마(神麻)로 이것을 꺾어서 이별할 때 선물로 주는 것이다. 《초사(楚辭)》〈대사명(大司命)〉에 "백옥 같은 소마의 꽃송이를 꺾어다 멀리 떠나 혼자 거하는 그대에게 주고저.〔折疏麻兮瑤華, 將以遺兮離居.〕"라고 하였다. 원추리는 근심을 잊게 해 주는 식물이다. 《시경》〈위풍(衛風) 백혜(伯兮)〉에 "어이하면 원추리를 얻어다 북쪽 뒤꼍에 심을까. 떠난 사람 생각에 내 마음만 병드노라.〔焉得萱草, 言樹之背. 願言思伯, 使我心痗.〕"라고 하였다.

56 난초 핀 언덕 : 김시걸(金時傑)이 머무는 모도(茅島)를 비유한 것이다. 《초사》〈이소(離騷)〉에 "난초 핀 언덕으로 내 말을 몰아가니, 산초 핀 언덕 치달려 몸을 쉬도다.〔步余馬於蘭皐兮, 馳椒丘且焉止息..〕"라고 하였다.

제2수 其二

내 옷소매 다섯 해[57] 동안 눈물로 젖었으니	我袖泫然五年濕
누이 하나 아우 하나 언덕 습지에 버려두었소[58]	一妹一弟委原隰
이날 봄바람 속에 머리털이 하얗게 꽃피었으니	是日東風髮亦華
지난 날 어이할 수 없고 앞으로가 급하오	去日已矣來日急
서로 이끌며 만나 얼굴 한번 보기도 어려우니	把臂相會一面艱
삼지[59]의 즐거운 일 아 어이 미칠거나	三池樂事嗟何及
청명날 성곽 나갔다 도로 들어오노니	清明出郭還入來
서산[60]을 바라보며 눈물을 닦는다오	眼中西山雪余泣

제3수 其三

동서로 쏟아져 흐르는 물은 한 갈래 아니요	瀉水東西不一流
남북으로 떠다니는 구름 따를 길 없어라	浮雲南北莫之由
도성의 연기[61] 오랫동안 태평했더니	上都煙火久平樂

---

57 다섯 해 : 김시걸이 보령의 모도(茅島)로 내려간 1679년(숙종5) 이후를 가리킨다.

58 누이……버려두었소 : 1680년(숙종6) 12월에 아이를 낳다 죽은 이섭(李涉)의 처 안동김씨(安東金氏)와 1683년(숙종9) 12월에 죽은 막내 동생 김창립(金昌立)을 말한 것이다. 언덕과 습지는 모두 형제의 죽음을 슬퍼하는 표현이다. 《시경》〈소아(小雅) 상체(常棣)〉에 "죽음의 두려움에 형제간에 몹시 걱정하며, 언덕과 습지에 시신이 쌓여도 형제가 찾아 나서네.〔死喪之威, 兄弟孔懷, 原隰裒矣, 兄弟求矣.〕"라고 하였다.

59 삼지(三池) : 인왕산 청풍계(青楓溪) 안에 계곡 물을 이용하여 조성한 조심지(照心池), 함벽지(涵璧池), 척금지(滌衿池) 세 개의 연못이다. 각각 단차가 있어 위에서부터 물이 차면 아래로 흘러넘치도록 설계되어 있었다고 한다. 청풍계는 삼연 집안의 수유였으며 이곳에서 삼연 집안의 족회(族會)도 자주 열렸다.

60 서산(西山) : 인왕산을 가리킨다.

내 태어난 이후로 온갖 근심 모였어라   我生之後鬱百憂
드높은 소백산에서 사경이 돌아왔는데[62]   小白山高士敬歸
모주에 있는 집안 식구들 걱정만 하오   百口安危在茅洲
울음 삼키고 머뭇대며 지금 이별하노니   呑聲躑躅今一別
어이하면 후일에 다시 만날 수 있을까   何以能爲後會謀

---

61 도성의 연기 : 원문의 '煙火'는 인가의 연기라는 뜻도 있고 봉화(烽火)라는 뜻도
있다. 전자로 보나 후자로 보나 도성이 태평세월을 보냈다는 의미에는 큰 차이가 없다.
62 드높은……돌아왔는데 : 김시보(金時保)의 《모주집(茅洲集)》을 살펴보면 이해에
소백산이 있는 제천과 단양 등지에서 지은 시들이 보인다.

삼월삼짇날⁶³

三月三日

좋은 달 좋은 날 이름 손색없으니	嘉月嘉辰不愧名
촉촉이 적시는 빗줄기 한성 서쪽 지나누나	濯濯雨過漢西城
동쪽 하늘 해 떠올라 막 갠 하늘에 빛나고	日出天東麗新霽
좋은 바람 맑은 구름 사람을 들뜨게 하네	淑風淸雲使人輕
자그만 동산 여린 풀 비단결마냥 펼쳐졌고	小苑柔草錦紋舒
도성 거리 꽃나무엔 아지랑이 감겼어라	九街芳樹遊絲縈
이러한 때 근심하고 우는 것 어울리지 않으나	此時愁哭未相當
눈 가득 빼어난 물태 불평만 늘게 하네	妙物滿眼增不平
노래하고 술 마시는 일 뉘에게 양보할까 몰랐더니	未知歌酒讓于誰
북쪽 마을 소년이 춘대⁶⁴로 향하누나	北里少年春臺行

---

63 삼월삼짇날 : 음력 3월 3일은 양의 수가 겹치는 날로 삼중일(三重日), 답청절(踏青節) 등으로도 불렸으며 들판에 풀이 돋고 봄기운이 완연하여 산이나 들로 나가 푸른 풀을 밟으며 음식을 먹는 등 봄을 즐기는 풍속이 있었다.

64 춘대(春臺) : 탕춘대(蕩春臺)를 말하는 듯하다.

봄날 저녁 서글픈 마음
春夕愴懷

아침에 종남산 가서 눈물 뿌리고 돌아오니　　　　朝向終南把淚廻

몇몇 집 담장 곁에 살구꽃이 피었더라　　　　　數家墻側杏花開

비단처럼 풍성한 봄 경치 버려두었거니와　　　　縱捐春物繁如錦

되레 서쪽 행랑⁶⁵에 조각달이 돋아오네　　　　却有西廂片月來

65　서쪽 행랑 : 삼연의 시에서 '西廂'은 대체적으로 죽은 막내 아우 김창립(金昌立)과 연관된 말로 쓰인다. 김창립은 삼연의 낙송루(洛誦樓) 옆에 서재를 짓고 함께 공부하였다.

불암을 지나며 감회가 일어[66]

過佛巖有感

봄기운이 북쪽 마을에 가득한데	春氣滿北里
문 나서도 그러하여라	出門亦復然
복숭아나무 오얏나무 길 멀지 않더니	未遠桃李蹊
불타는 듯한 시냇가 꽃을 만나네	仍逢澗花燃
푸른 솔은 궁궁이와 콩잎 덮었고	青松覆蘼藋
흰 돌은 덩굴을 끌어안았구나	白石抱芊眠
고운 노을은 화산[67] 정상에서 오고	晴霞華頂來
밝은 광채는 내 말 앞에 펼쳐지네	暉彩我馬前
맑고 고운 불암을 지나노라니	宛然過佛巖
산새 울음 어여쁘기도 해	山鳥鳴可憐
묵혀둔 유람 이어갈 수 있을지니	宿遊倘可續
이 길을 따라 송천[68]에 이르네	斯路漸松川
생황 부는 소리 어디서 나느뇨	吹笙在何處
꽃다운 풍광 삼년을 홀로 있었구나[69]	芳物獨三年

---

66 불암을……일어 : 불암은 서울과 남양주 경계에 있는 불암산이다.

67 화산 : 불암산 맞은편으로 보이는 북한산을 가리킨다.

68 송천(松川) : 양주에 있는 지명이다.

69 꽃다운……있었구나 : 삼연은 1682년(숙종8)에 양주 송천 등지를 유람한 이후 햇수로 3년 만인 이해에 다시 양주를 유람하였다. 《三淵先生年譜》

흐르는 눈물을 푸른 물에 떨구며   流淚下綠水

강개한 마음 안고 돌아오노라   慷慨我其旋

붉은 살구꽃을 읊어 밤에 모인 여러 사람에게 보이다[70]

紅杏吟示夜會諸子

횡하니 떨어져 얼마나 뜸하게 지냈던가 　　　　滌滌間何闊

오늘밤 문득 다시 만나게 되었구나 　　　　今夜忽復得

유자는 나의 좋은 이웃으로 　　　　俞子我嘉隣

찾아와서 잠시 자리 함께하고 　　　　相過暫同席

홍생은 말에서 내려 우리 집에서 묵고 　　　　洪生下馬爲我宿

최군 도착하자 초승달 기우네 　　　　崔君到時纖月落

달 기울고 별 촘촘할 제 밤기운 바뀌고 　　　　月落星森夜氣變

온갖 꽃들은 늦봄에 방초 들판에 빛나라 　　　　百花春暮照芳甸

이 집 붉은 살구꽃 적막치 아니하니 　　　　此家紅杏未寂寞

문밖 등불 앞에 싸락눈처럼 가득하네 　　　　戶外燈前爛如霰

꽃 피는 것 항상 비슷하다 말하지 말라 　　　　莫言花開每相似

지난해 떨어진 꽃 천년토록 버려졌나니 　　　　去年落花千年委

인생이 이보다 심한 점 있으니 　　　　人生有甚焉

강개한 슬픔 비할 바 없도다 　　　　慷慨無所比

그저 이와 같이 삶과 죽음이 있을 뿐 　　　　直置有死生

---

70 붉은……보이다 : 이 시에서 언급된 유자(俞子), 홍생(洪生), 최군(崔君)은 모두 삼연의 죽은 막내동생 김창립(金昌立)의 막역한 벗인 유명악(俞命岳), 홍유인(洪有人), 최동표(崔東標)이다. 이들은 삼연을 스승처럼 모시기도 했으며 김창립이 죽은 후 심연과 이들이 합심하여 김창립의 시문을 수습해 문집을 간행하기도 하였다. 《本集卷26 金秀才傳》

흩어지고 모이는 것 어느 때나 그칠까   散合何時已

아욱에 맺힌 아침이슬 사라지듯 덧없는 이 내 인생 슬퍼하는 눈물 다
떨구고   哀吾淚盡朝露葵

부평초가 강한에 떠다니듯 정처 없는 그대와의 이별 노래 일어나도다
                                                別君歌動江漢萍

모를레라 오늘 밤이 어떤 밤인고   不知今夜作何夜

손 맞잡음에 슬픔과 즐거움 조절하기 어려워라   握手難均哀樂情

복사꽃 뜬 봄물이 세차게 흘러오는데   桃花春水來滾滾

산골 가는 일엽편주 멀리 돛을 펼쳤도다   上峽扁舟遠帆開

아득해라 배를 매어둘 수 없는지라   悠哉不可繫

그저 이리 머뭇대노라   且有此低徊

낙양에서 문 맞대고 사는 처지에 어이할거나   洛陽對門可奈何

작은 서재⁷¹ 풀로 뒤덮임에 그대 슬퍼하도다   小齋草沒君其哀

---

71 작은 서재 : 삼연의 낙송루(洛誦樓) 옆에 김창립과 벗들이 함께 문학을 닦던 중택
재(重澤齋)를 가리키는 듯하다.

청풍으로 가는 유중강 형제를 전송하며[72] 유중강은 유명건이다

送兪仲强 命健 昆季之淸風

제1수

좋은 이 처음 왔을 때	好人初來時
내 누각[73] 막 나는 듯이 섰으니	我樓始翼然
찾아와 기댐에 무슨 말이 필요하랴	來倚亦何言
아름답게 이웃의 인연 되었도다	婉婉卜隣緣
한 쌍 백로 저녁에 담장 지나와	雙鷺暮過墻
우리 집 연못 연꽃에서 우니	鳴我池中蓮
좋은 밤 달빛은 흩뿌려지고	良夜月散華
자욱한 자줏빛 안개 속에 두런두런 이야기했지	譚話繚紫煙
한 마을에 살며 담박한 정취 나누고	淡味寄通井
집 사이 시내 너머로 트인 흉금 나누니	疎襟越分川
때로 신발을 끄는 것 게을리 하면서[74]	有時懶躧履

---

72 청풍으로……전송하며 : 유명건(1664~1724)은 본관은 기계(杞溪), 자는 중강‧
윤중(允中)이다. 사헌부 감찰, 양성 현감(陽城縣監), 안악 군수(安岳郡守), 나주 목사
(羅州牧使) 등을 역임하였다. 1722년(경종2) 노론이 축출되는 임인옥사(壬寅獄事)가
일어나자 나주 목사 직임을 버리고 도성으로 돌아와 은거하였다. 함께 청풍으로 간
형제는 동생 유명악(兪命岳)이다. 본집(本集) 권27에 삼연이 유명건의 형인 유명순(兪
命舜)의 묘도문을 쓴 〈유집중묘지명(兪執中墓誌銘)〉 말미에 "그대의 두 아우가 나와
형제처럼 지내면서 10년 세월을 마음으로 교유하였다.〔君之兩弟, 弟兄視我, 亦有十年
心許.〕"라는 말이 보인다.

73 내 누각 : 삼연이 백악(白岳) 기슭에 세운 낙송루(洛誦樓)이다.

진실로 백년 인생 함께하려니 했지	良謂有百年
한 번 같이 호곡하고서⁷⁵	一爲同聲哭
멀리 떠나가는 배를 매어두지 못하니	未繫長往船
한벽루⁷⁶ 다가가 옷자락 흔들고	搖裔碧樓薄
단구⁷⁷ 물가에서 출렁출렁 배를 타리라	蕩漾丹丘沿
봄 물결 어찌 그칠 때 있으랴	春浪豈歇時
물가 꽃도 곱게 피었으리라	渚花亦云姸
언덕에서 아득히 그대 전송하고서	送君渺自崖
문 닫고 혼자 슬퍼하노라	閉門私自憐

제2수 其二

넘실넘실 한강물	活活江漢水
봄 물고기 모래톱 가에 볕을 쐬는데	春魚曝沙渚
나에게 길고 긴 낚시줄 있건만	我有長長綸
어디에 던질지 모르겠어라	不知投何處

---

74 때로……하면서 : 늘 친밀하게 지냈기 때문에 때로는 서로 오가며 안부를 묻는 일도 게을리했다는 뜻인 듯하다. 원문의 '躧履'는 신발도 제대로 신지 않고 끌면서 황급히 나가서 맞이하는 모습을 형용하는 말이다.

75 한……호곡하고서 : 유명건은 삼연의 백부 김수증(金壽增)의 사위로 삼연과는 인척 관계이다. 이 시를 짓기 한 해 전인 1683년(숙종9)에 유명건의 처가 사망했으며 삼연의 막내 동생 김창립(金昌立) 역시 사망했다. 같이 호곡했다는 말은 이러한 사실을 가리킨 것이다. 《農巖集 卷27 從妹兪氏婦墓誌銘》《文谷集 卷22 亡兒行狀》

76 한벽루(寒碧樓) : 청풍현 객사에 있던 누각이다.

77 단구(丹丘) : 단양(丹陽)의 별칭이다.

방주[78]에서 향초를 캐었으니	方舟采杜若
바라건대 그대 우선 머무르기를	願子且容與
누각 위에 술 부족한지라	所乏樓上酒
그저 이별 눈물만 거르고 있도다[79]	徒有別淚湑
깊고 넓은 죽령 북쪽	潭潭竹嶺北
군자가 즐겁고 편안한 곳이라	君子樂安所
맑은 거문고 가락 그치지 말고	清琴莫疏節
좋은 노래 자주 부르며	好歌可屢擧
때에 따라 봄꽃 살필지니	隨時察春華
이는 내 평소 말이로다	是我平生語

78 방주(方舟) : 두 척의 나란한 배를 가리킨다. 여기서는 유명건 형제를 비유한 것으로도 볼 수 있다. 방주(芳洲)의 오자가 아닌가 의심되나 우선은 원문대로 두었다. 《초사(楚辭)》〈구가(九歌) 상군(湘君)〉에 "저 향기로운 물가에서 두약을 캐니 장차 하계의 여자에게 주리라.〔采芳洲兮杜若, 將以遺兮下女.〕"라고 하였다.

79 누각……있도다 : 술이 있으면 마땅히 술을 맑게 걸러 떠나는 벗을 대접할 것인데, 지금 술도 다 떨어져 흐르는 눈물을 술을 거르듯 하고 있다는 말이다. 《시경》〈소아(小雅) 벌목(伐木)〉에 "술이 있으면 내 술을 거를 것이며, 술이 없으면 내 사 올 것이다.〔有酒湑我, 無酒酤我.〕"라는 구절을 활용한 것이다.

이모를 슬퍼하며[80]

傷二毛

몰아치는 가을바람에 푸른 풀 다 사라지고	迅商無青草
짙은 서리 검은 숲[81]을 가득 채우네	繁霜悉玄林
죄다 시드는 것은 이치가 본디 그러하니	盛謝理固然
어지러이 흩어짐을 뉘라서 막으랴만	紛披誰克禁
유독 때를 어겨 이르는 것 있어	獨有倍時至
현인과 달인이 매양 마음 놀라도다[82]	賢達每驚心

---

80 이모를 슬퍼하며 : 이모는 두 가지 색의 머리카락이라는 뜻으로 흰머리가 난 것을 가리키며 32세를 지칭하는 말이다. 이해에 삼연의 나이가 32세였다. 진(晉)나라 반악 (潘岳)의 〈추흥부(秋興賦)〉 서문에 "내 나이 서른두 살에 처음으로 이모를 보았다.〔余 年三十二, 始見二毛.〕"라고 하였다.

81 검은 숲 : 음기가 맺힌 깊고 그윽한 숲을 가리킨다. 서진(西晉) 조거(棗據)의 〈잡 시(雜詩)〉에 "검은 숲에 음기가 맺히니 바람 불지 않아도 절로 싸늘하도다.〔玄林結陰 氣, 不風自寒涼.〕"라고 하였다. 《文選 卷29》

82 유독……놀라도다 : 때를 어겨 이른다는 것은 아직 흰머리가 날 때가 아닌데 흰머 리가 생겼다는 말이다. 현인과 달인은 도잠(陶潛)의 〈만가(挽歌)〉에서 이미지를 차용 한 것이다. 도잠의 만가는 자신의 죽음을 가정하여 지은 것인데 제3수에 "황야의 시든 풀 어찌 저리 넓게 펼쳐졌나. 묘지 가 백양목 바람결에 윙윙대네. 된서리 내린 구월에, 먼 교외로 죽은 나를 전송하러 나오누나.……깊은 무덤 한번 닫히고 나면, 천년토록 다시 아침 맞지 못하리. 천년토록 다시 아침 맞지 못하는 것은 현인도 달인도 어찌할 수 없도다.〔荒草何茫茫, 白楊亦蕭蕭. 嚴霜九月中, 送我出遠郊.……幽室一已閉, 千年 不復朝. 千年不復朝, 賢達無奈何.〕"라고 하였다. 즉 현인과 달인조차도 닥쳐오는 죽음 은 피할 수 없다는 뜻인데, 삼연은 이를 차용하여 갑작스레 닥친 늙음의 징표에 놀란 마음을 표현하였다. 《樂府詩集 卷27》

반랑을 따르고부터[83]	自從潘郎來
내 벌써 심히 쇠하였어라	吾衰早已深
봄바람이 연못 위로 불었을 때에	春風池上沐
흰 머리털 동곳에 보이도다	有髮皓映簪
이 물건 어디에서 왔는고	此物奚所從
슬픔이 쌓여 생긴 듯 하여라	似因積哀侵
한 번 생긴 다음엔 다시 검어지기 어려우니	旣來永難變
그저 눈물로 옷깃만 적시도다	徒爲淚沾衿
단사를 영약(靈藥)이라 일컫지만	丹砂稱大藥
황금으로 변한단 말 믿을 수 없구나[84]	未信化黃金
아 그대 선문자여	嗟爾羨門子
나의 곤륜산을 기만하였도다[85]	欺我崑山岑

83 반랑(潘郞)을 따르고부터 : 반랑은 반악이다. 반랑을 따랐다는 것은 곧 반악이 이 모를 읊은 나이가 되고 난 뒤라는 말이다.

84 단사(丹砂)를……없구나 : 단사는 붉은 빛이 도는 광물로 이것을 먹으면 불로장생한다고 한다. 백거이(白居易)의 〈호가행(浩歌行)〉에 "이미 긴 끈으로 태양을 잡아맬 수 없거니와, 또 대약으로 청춘을 머물게 할 수도 없네.〔旣無長繩繫白日, 又無大藥駐朱顏.〕"라고 하였다. 또 한 무제(漢武帝) 때의 방사(方士)인 이소군(李少君)이 한 무제에게 "단사를 황금으로 변화시킬 수 있고, 황금으로 식기를 만들어 사용하면 장수를 누릴 수 있으며, 장수를 누리면 바다 가운데 봉래산(蓬萊山)에 사는 신선을 만나 볼 수 있습니다."라고 하면서 한 무제를 미혹시켰다. 《白樂天詩集 卷12》《史記 卷12 孝武本紀》

85 아……기만하였도다 : 선문자는 고대의 선인(仙人)인 선문자고(羨門子高)이다. 진 시황(秦始皇)이 일찍이 동해(東海)에 노닐면서 선문자의 무리를 찾았다고 하며 한(漢)나라 때의 주의산(周義山)이 몽산(蒙山)에 들어가 선문자를 만나 장생의 비설을 구하니 선문자가 "그대의 이름이 단대옥실(丹臺玉室)에 있는데 신선이 되지 않을 것을 어찌 걱정하는가."라고 대답했다고 한다. 나의 곤륜산을 기만했다는 것은 그 의미가

불분명하나, 공치규(孔稚珪)의 〈북산이문(北山移文)〉에 은자처럼 행세하는 주공(周公)을 비판하며 "우리 소나무와 계수나무를 유혹하고 우리 구름과 골짜기를 기만했도다.〔誘我松桂, 欺我雲壑.〕"와 같은 구법인 듯하다. 즉 선인인 선문자가 삼연 자신을 기만하여 신선의 비결을 알려주어 신선이 사는 곤륜산에 이르게 하지 않고 흰머리가 나도록 내버려두었다는 말인 듯하다.《史記 卷6 秦始皇本紀》《淵鑑類函 卷318》《文選 卷43》

예장행[86]

豫章行

예장산에 나무 있으니	山有豫章木
우뚝이 푸른 하늘 닿았네	崔嵬拂靑天
위로 삼족오[87] 받들고	上承三足烏
아래로 만 길 샘 감았도다	下蟠萬仞泉
기이한 새 동쪽 가지 깃들고	奇禽東枝棲
신령한 새 서쪽 가지 앉았네	靈鳥西條攀
상서로운 구름은 꼭대기 감싸고	霱雲護其頂
단 이슬은 몸 적셔주네	甘露潤其身
푸른 잎은 봉 날개처럼 돋고	翠葉苗鳳翼
누른 심은 용 문양처럼 자라네	黃腸蘊龍文
늠름히 큰 풍채 가지고서	昂藏豐尺抱
편안히 세월을 보내었도다	偃蹇度歲年
큰 수레 어느 날 갑자기 와서	大車一朝來
천금 같은 내 뿌리 끊어내누나	截我千金根
단청으로 아름답게 장식되길 바라며	願享丹靑樂

---

86 예장행 : 예장행은 악부(樂府) 상화가사(相和歌辭)의 하나이다. 예장은 한(漢)나라 때의 군읍의 명칭으로 악부시의 예장행에서는 예장산의 백양목(白楊木)이 베어져 본래 자리를 떠난 것을 상심하는 내용으로 되어 있으며, 이후 조식(曹植) 등의 문인들이 같은 제목으로 창작하여 이별, 궁달(窮達)에서 오는 심정 등을 노래하였다.

87 삼족오(三足烏) : 태양 속에 있다는 발이 셋 달린 까마귀로 태양을 지칭한다.

줄기와 잎 기꺼이 내버렸도다	甘心柯葉捐
흔들리고 끌리며 중국으로 들어가고	搖曳入中國
이리저리 산천을 넘어다녔네	顚倒越山川
만 여 리를 지나오며	經歷萬餘里
길가 사람들 날더러 훌륭한 재목이라 했지	路人謂我賢
본래는 낙양의 대들보 될까 하였더니	本擬洛陽樑
끝내는 노문의 서까래[88] 되었구나	終爲盧門椽
어이 이리 비루한 데 의탁하게 되었나	得託一何鄙
서글프고 한탄스러워 스스로가 불쌍하구나	惆悵竊自憐
내 이리 될 줄 진즉에 알았다면	早知我如此
깊은 산꼭대기에서 말라 죽어버릴 것을	枯死窮山巔

---

88 노문의 서까래 : 노문은 본래 춘추시대 송(宋)나라의 성문을 가리킨다. 《춘추좌씨
전(春秋左氏傳)》환공(桓公) 14년에 "대궁의 서까래를 뽑아 가지고 돌아가서 노문의
서까래로 삼았다.〔以大宮之椽歸, 爲盧門之椽.〕"라고 하였다.

맹호행[89]

猛虎行

맹호를 지극히 어진 동물이라 일컬으니[90]	猛虎稱至仁
이 말이 어찌하여 나왔는고	斯言何以生
한 해 저물어 갈 때 사람들 살펴보니	俯視歲暮人
저 검 잡은 마음[91]이 슬프구나	傷彼按劍情
그 곁에서 인의를 행하고자 한다면	傍能行仁義
뜰을 내려오지 않는 것이 최선이리니	莫若不下庭

---

89 맹호행 : 악부(樂府) 상화가사(相和歌辭) 가운데 하나이다. 《악부시집(樂府詩集)》의 해제(解題)에 "고사(古辭)에 '배가 주려도 맹호를 따라 먹지 않고 날이 저물어도 참새를 따라 자지 않는다. 참새가 어찌 둥지가 없으랴만 나그네는 누구 때문에 교만한가.〔飢不從猛虎食, 暮不從野雀棲. 野雀安無棲, 遊子爲誰驕.〕"라고 하였다. 또한 육기(陸機)의 〈맹호행〉에는 "목이 말라도 도천의 물은 마시지 않고, 더위에도 악목 그늘에서는 쉬지 않는다.〔渴不飮盜泉水, 熱不息惡木陰.〕"라고 하여 모두 개결한 뜻을 나타내었다. 삼연은 이 시에서 사람들이 맹호보다도 어질지 못하고 이전투구에 눈이 먼 세태를 풍자하였다.

90 맹호를……일컬으니 : 《장자(莊子)》〈천운(天運)〉에 "호랑이와 이리는 인하다.……부자간에 서로 친하니 어찌 인이 되지 않겠는가.〔虎狼, 仁也.……父子相親, 何爲不仁.〕"라고 하였다.

91 검 잡은 마음 : 사람들이 서로 이익을 다투며 까닭 없이 암투를 벌이는 마음이다. 《사기(史記)》권83〈노중련추양열전(魯仲連鄒陽列傳)〉에 "명월주나 야광벽을 길에서 사람들에게 넌지시 던져주면, 모두들 칼을 잡고 노려보지 않는 사람이 없는 것은 어째서인가. 이 무린 까닭 없이 보물이 자기 앞에 나타났기 때문이다.〔明月之珠, 夜光之璧, 以闇投人於道路, 人無不按劍相眄者, 何則? 無因而至前也.〕"라고 하였다.

교분을 논할 때는 금석을 가리키나	論交指金石
후일에 다투지 않을 줄 어찌 알리오	焉知後不爭
씀바귀와 기장92 밭에서 돋아나니	荼粱生田中
멀리 바라봄에 파릇파릇 무성한데	遙望蔚靑靑
난초와 대쑥은 구원 안에서	蘭蕭九畹內
함께 구월 서리에 시드는구나93	同傷九月霜
서글피도 내 귀 먹었으니	惻惻我耳聾
방황하며 어디로 갈거나	彷徨安所征
그저 다시 날마다 술 마시면서	且復日飮酒
소리 높여 맹호행 읊조려야지	高吟猛虎行

---

92 씀바귀와 기장 : 씀바귀와 기장은 모두 싸늘한 가을에 파랗게 돋아나는 식물이다.

93 난초와……시드는구나 : 한유(韓愈)의 〈추회(秋懷)〉에 "흰 이슬이 온갖 풀에 내려앉으면 대쑥과 난초가 모두 시든다네〔白露下百草, 蕭蘭共雕悴.〕"라고 하였다. 구원은 굴원(屈原)이 난초를 심었던 밭이다. 《초사(楚辭)》〈이소(離騷)〉에 "이미 난초를 구원에 심고, 또 혜초를 백묘에 심네.〔旣滋蘭之九畹兮, 又樹蕙之百畝.〕"라고 하였다. 12묘(畝)가 1원(畹)이고 혹은 30묘를 1원이라고도 한다.

황작행[94]
黃雀行

위축된 채 무엇을 탄식하는가	局局嘆何物
참새가 울타리에 모여 있구나	黃雀聚藩籬
드넓은 육합[95] 안에서	曠然六合內
둥글고 네모난 천지를 어찌 두루 알까	圓方詎周知
짹짹거리며 뜰과 창문 가득하니	啁啾盈庭牖
나의 상유[96]의 때를 근심하노라	愁我桑楡時
다 버려두고 멀리 노닐러	舍旃遠方遊
내 네 마리 말에 멍에 얹어 내달리네	駕我四牡馳

---

94 황작행 : 악부(樂府) 상화가사(相和歌辭)의 하나로 완칭은 〈야전황작행(野田黃雀行)〉이다. 원곡에 대해서는 《악부시집(樂府詩集)》의 해제(解題)에서 "동아왕(東阿王)이 높은 전각 위에 술자리를 마련하고서 처음에는 성대한 술자리에서 주인과 손님이 술잔을 주고받는 것을 말하였고, 중간에는 기쁨이 극에 달하고서 성대한 시절이 다시 오지 않음을 슬퍼함을 말하였고, 마지막에 천명을 알아 근심이 없음을 말하였다."라고 하였다. 삼연은 원곡과는 달리 참새로 기흥(起興)하여 답답한 곳을 벗어나 원유(遠遊)하고픈 심경과 세상과 어울리지 않고 쓸쓸히 지내는 자신을 표현하였다.

95 육합(六合) : 상하와 사방을 합친 뜻으로 온 세상을 가리킨다.

96 상유(桑楡) : 《회남자(淮南子)》에 "해가 서쪽으로 기울어져, 그림자가 나무 끝에 있는 것을 상유라 한다.〔日西垂, 景在樹端, 謂之桑楡.〕"라고 하였고, 《문선(文選)》〈증백마왕표(贈白馬王彪)〉에 "나이가 상유 사이에 있으니 그림자의 소리를 따라잡을 수 없네.〔年在桑楡間, 影響不能追.〕"라고 하였는데 이선(李善)의 주에 "해가 뽕나무와 느릅나무에 있는 것을 가지고 사람이 장차 늙어가는 것을 비유하였다.〔日在桑楡, 以喩人之將老.〕"라고 하였다.

형주 숲엔 백설이 시끄럽고[97]   荊林鬧百舌

촉 땅 나무에는 자규새[98] 많아라   蜀樹繁子規

홀로 구름 사이에 학 있어   獨有雲際鶴

울음 머금고 더디 내려오누나   含唳下來遲

---

97 형주(荊州)……시끄럽고 : 백설은 새의 이름이다. 잘 울어서 소리에 변화가 많으므로 말 많은 사람을 비유하는 새이다. 원문의 '荊林'은 통상 '가시덤불 숲'으로 보는 것이 일반적이겠으나, 여기에서는 뒤의 촉수(蜀樹)와 대를 이루고 또한 넓은 천하를 내달리겠다는 의미상 '형주'로 풀었다.

98 자규새 : 두견(杜鵑), 두우(杜宇)라고도 한다. 옛날에 촉(蜀)나라 임금 두우(杜宇)가 원통하게 죽어 이 새로 변화하여 봄철이면 밤낮으로 피를 토할 때까지 슬피 울었다는 전설이 있다. 《華陽國志》

당상행

堂上行

파릇파릇 당 위에 아욱 있고	靑靑堂上葵
들의 잡초는 누가 매려나[99]	誰鋤野中蕪
표표히 꽃 위로 바람이 부니	飄飄風上花
뿌리와 줄기를 떠날 것을 내 알겠노라	吾知去根株
사람들 많아 일일이 가서 이야기할 수 없는지라	衆不可戶說
하염없이 장탄식만 하노라	悠悠却長吁
홍황[100]의 세상은 아득하고	鴻荒其緬矣
쇠퇴한 물결[101] 서로 넘나드누나	頹波互相踰

---

99 파릇파릇……매려나 : 이는 오래도록 사람의 기척이 없어 황폐해진 집과 터전을
형용한 구절인 듯하다. 집에 돋아나는 아욱은 한위(漢魏) 시대 시와 악부에서 그 이미지
가 보인다. 한나라 때 건안칠자(建安七子)의 한 사람인 완우(阮瑀)의 시에 늙음을 한탄
하면서 "항상 두렵기는 세시가 다했을 때 혼백이 갑자기 높이 날아가 버리는 것이라.
스스로 알겠노니 백 년 지난 뒤 당 위에 야생 아욱 돋아나리라.〔常恐歲時盡, 魂魄忽高
飛. 自知百年後, 堂上生旅葵.〕"라고 하였고, 악부(樂府)〈자류마가사(紫騮馬歌辭)〉에
열다섯에 종군(從軍)했다가 여든에 아무도 없는 집으로 돌아온 사람이 "뜰 가운데 야생
곡물 돋아나고 우물가에 야생 아욱 돋아났네.〔中庭生旅穀, 井上生旅葵.〕"라고 하였다.
《古詩紀 卷27》《樂府詩集 卷25》

100 홍황(鴻荒) : 태고 시절에 혼돈이 막 개벽된 세상을 가리킨다. 혜강(嵇康)의 〈배
우기를 좋아하는 것이 자연스러운 것이라는 것에 대해 반박하는 논의〔難自然好學論〕〉
에 "홍황의 세상은 크게 순박하여 이지러지지 않았다.〔鴻荒之世, 大樸未虧.〕"라고 하였다.
《嵇中散集 卷7》

101 쇠퇴한 물결 : 세상의 쇠퇴한 풍조를 비유하는 말이다. 이백(李白)의 악부시인

아침에 만난 옷깃 나란히 한 정다운 그대	朝見聯袂子
저녁이 되도록 수레 돌리지 않는구나	薄暮不回車
꽃다운 풍모는 도포에 넘쳐나고	英風激縫掖
뽀얀 먼지는 시서에 덮이누나	素塵淹詩書
도도한 것¹⁰²은 왕래하는 사람들이 다 그렇거니와	滔滔來往是
아름다워라 나에게 단정한 거처 있도다	紛吾有端居
장부는 두터운 데 처해야 하니¹⁰³	丈夫處其厚
어찌 말이나 교묘하게 하는 유자가 되랴	焉爲工言儒

〈상류전(上留田)〉에 "고상한 풍조 아득히 멀고 쇠퇴한 물결이 맑은 물결 때리네.〔高風緬邈, 頹波激淸.〕"라고 하였다. 《李太白文集 卷2》《樂府詩集 卷38》

102　도도한 것 : 물이 한쪽으로 휩쓸려가듯 세상 사람들이 속된 풍조에 물들어 일관하는 모습을 가리킨다. 초(楚)나라 은자 걸닉(桀溺)이 자로(子路)에게 "큰물에 휩쓸려 흘러가는 꼴이 천하 사람들이 모두 한 모양이니, 누구와 함께 이 세상을 바꿀 수 있겠는가.〔滔滔者天下皆是也, 而誰以易之.〕"라고 하였다. 《論語 微子》

103　장부는……하니 : 《도덕경(道德經)》 제38장에 "대장부는 두터운 데 처하고 박한 데에 거하지 않으며, 알맹이가 있는 데에 처하고 화려한 데 거하지 않는다.〔大丈夫處其厚, 不居其薄, 處其實, 不居其華.〕"라고 하였다.

두견행[104]

杜鵑行

두견의 별칭 촉백이니	杜鵑字蜀魄
촉 땅의 슬픈 새로다	蜀中之哀禽
스스로 원통한 한 말하지 못하고	不自道寃恨
그저 항상 같은 소리 내고 있도다	但有平生音
탁금강[105] 강물 봄 되어 비로소 넘실대니	濯錦江流春始漾
여랑사[106] 앞에서 밤새 혼자 울어예네	女郎祠前夜自吟

---

104 두견행 : 이 악부시는 전국시대 말기 촉(蜀)의 망제(望帝) 두우(杜宇)의 고사와 관련된 것이다. 망제 두우가 만년에 재상 별령(鱉令)에게 무협(巫峽)을 뚫어 통하게 하는 대규모 치수공사를 맡기고 별령이 일하러 나가자 그의 처와 간음하였다. 망제는 이 사실을 부끄러워하고 덕이 별령보다 못하다 하여 별령에게 선위하였다. 일설에는 별령에게 나라를 찬탈당하였다고도 하는데 이후 고국을 떠나 죽은 망제의 넋이 두견새로 변화하여 동풍이 부는 봄철이면 항상 밤낮으로 고국에 돌아가지 못하는 슬픔에 사무쳐 애절하게 울다가 피를 토하고서야 그쳤다고 한다. 두견새의 울음소리는 '귀촉도 불여귀(歸蜀道, 不如歸.)'라고 들리는데, 이는 고향인 촉으로 돌아감만 못하다는 뜻이다. 《華陽國志 蜀志》 두보(杜甫)가 같은 제목으로 악부시를 지은 바가 있다.

105 탁금강(濯錦江) : 중국 사천성(四川省) 성도(成都)의 부근을 경유하는 민강(岷江)의 한 지류이다.

106 여랑사(女郎祠) : 중국 사천성 성도 온강현(溫江縣)에 있는 사당이다. 온강현 치소(治所) 서쪽에 있었다고 한다. 후한(後漢) 때 도교의 창시자인 장천사(張天師)의 손자 영진(靈眞)의 딸 옥란(玉蘭)은 어릴 때부터 매운 맛이 나는 훈채(葷菜)를 먹지 않았는데 나이 열일곱에 꿈에서 붉은 기운을 머금고는 임신을 하였다가 어느 날 저녁 아무 질병도 없이 칩사기 죽었다. 그런데 뱃속에서 연꽃 같은 물건이 올라와 배를 열어 보니 도교의 경전인 《본제경(本際經)》 10권이 들어 있었다. 장사 지낸 지 백여 일이

밤에 어찌 저리 재잘재잘 우는가	夜吟何磔磔
서쪽 하늘 몹시도 구름 깊어라	西天苦雲深
산 높고 풀 우거진 데 신첩 하나 없고	山高草沒臣妾空
온갖 나무 날아다니나 옛 궁이 아닐레라	飛去萬樹非故宮
척촉107을 빙빙 돌며 어느 가지 앉으려나	回翔躑躅何枝安
은행나무 푸르고 면화(棉花) 붉도다	平仲綠兮橦花紅
온갖 새들 전송을 가득 받으며	漫爲百鳥送
날개 펴고 동풍을 타고 날도다	張翅度東風
동풍 만리에 푸른 놀로 들어가	東風萬里入蒼霞
홀연 약목의 아침 꽃에서 정위를 만나도다108	忽逢精衛於若木之朝華
봉래산에 여덟 그루 계수109 꺾이고	蓬山八桂摧
거대한 바다에 해와 달과 별 잠겨 있어라	巨海涵三光

지났을 때 번개와 비가 몰아쳐 하늘이 어둑해졌는데 경전은 온데간데없이 사라져버리고 봉분이 저절로 열려 관 뚜껑이 날아올라 큰 나무 위에 걸렸다. 이 날이 3월 9일이었는데 이때부터 고을 사람들이 이날에 맞춰 제사를 지냈다고 한다. 《蜀中廣記 卷5》

107 척촉(躑躅) : 두견새가 피를 토하여 붉게 물든 꽃을 두견화(杜鵑花)라고 하는데, 척촉은 바로 이 두견화의 별칭이다.

108 홀연……만나도다 : 약목은 서쪽 끝 태양이 붉게 지는 곳에 있다는 전설상의 나무이다. 정위는 새의 이름으로 염제씨(炎帝氏)의 작은 딸인 여와(女娃)가 동해에서 놀다가 빠져 죽은 화신이다. 이 새는 원한이 사무쳐 서쪽 산의 나무와 돌을 물어다 동해를 메우려 한다고 한다. 《山海經 北山經》

109 여덟 그루 계수 : 특별한 의미가 있다기보다 봉래산의 나무가 장대함을 말한 것이다. 《산해경(山海經)》〈해내남경(海內南經)〉에 "계림의 여덟 그루 나무가 분우의 동쪽에 있다.〔桂林八樹, 在番隅東.〕"라고 하였는데, 곽박(郭璞)의 주(注)에 "여덟 그루로 숲을 이룬 것은 그 나무가 크다는 말이다.〔八樹而成林, 言其大也.〕"라고 하였다.

까마득한 염제의 시절 蒼茫炎帝時

문고자 해도 자세히 알 수 없구나 欲問不能詳

붉은 물결 뒤집히듯 눈물 흐르고 淚如紫波翻

말라붙은 쑥대 날리듯 날개 치도다 羽如枯蓬飛

만세를 한번 돌아보니 萬世一回顧

마음은 옳았지만 몸은 글렀구나 心是而身非

내가 가서 그 모습 보고 눈물로 옷깃 적시니 我行見之却沾衣

이러한 생사 간의 변화 생각함에 반신반의 많도다

念此死生變化多然疑

다만 인생이 모두 이와 같다면 但使人生盡如此

깊고 미묘한 황천길 누가 한하리 誰恨黃泉路玄微

단가행[110]

短歌行

제1수

봄 지나 가을 향하는 절기 이르니	背春望秋節氣遒
날로 무성해지는 푸른 나무에 꾀꼬리 머무네	綠樹日茂黃鸝留
술 있어도 마시지 않는 중에 두견새 날아오니	有酒不飮鵾鳩來
백 년 인생 살 날이 많지 않도다	百年之命未悠悠
동쪽에 부상 있고 서쪽은 몽사이니[111]	東有扶桑西濛汜
신선 산 그리워하는 내 머리 날로 세어가누나	我思僊山日白頭
끝내 멀어진 우리 형제 황천길 아득하니	終遠兄弟泉路夐
어이하면 낙송루로 불러 올거나[112]	安得招來洛誦樓

---

110 단가행 : 단가행은 악부(樂府) 평조곡(平調曲)의 하나로 위 무제(魏武帝) 조조 (曹操)의 작품이 가장 처음이며 이후 육기(陸機), 이백(李白), 백거이(白居易), 두보 (杜甫) 등의 많은 문인들이 같은 제목으로 시를 지었다. 작품에 따라 인생의 유한함, 때에 미쳐 놀 것, 뜻을 펴지 못하는 울울함 등 다양한 주제를 형상화하였다.

111 동쪽에……몽사(濛汜)이니 : 부상은 동해 바다의 해가 뜨는 곳에 있다는 신목(神 木)이고, 몽사는 서쪽의 해가 지는 곳에 있다는 연못의 이름이다. 장형(張衡)의 〈서경 부(西京賦)〉에 "해와 달이 여기에서 출입하는 것이 마치 부상에서 떠서 몽사로 지는 것과 같다.〔日月於是乎出入, 象扶桑與濛汜.〕"라고 하였다. 곧 자신이 나이가 들어 노년 으로 향해감을 말한 것이다.

112 끝내……올거나 : 함께 낙송루에 거처하며 문학을 토론했던 죽은 막내동생 김창 립(金昌立)을 떠올리며 한 말이다.

제2수 其二

북산에 오얏 있고 남산에 복사 있어   北山有李南山桃

어제는 꽃 만발터니 오늘은 지고 없구나   昨日花盛今日無

내 쇠나 돌도 아닌 몸으로 그 사이에 머무르니   我非金石住其間

어찌 마음과 기운 오래도록 즐거울 수 있으랴   安能意氣久歎腴

청화가 다하려 함에 내 치마 걷고서[113]   菁華將竭褰余裳

밤마다 옛날 그리며 눈물 줄줄 흘렸도다   夜夜思古淚自濡

이름으로 용모 삼아야 길이 전해질 수 있거니와[114] 以名爲貌可長年

아아 내 누구와 더불어 함께할고   嗟嗟吾誰與之俱

제3수 其三

소리 없는 쇠와 돌 두드려야 비로소 울리니   金石溓然扣始鳴

사람의 온갖 일들 성쇠(盛衰)가 있도다   百事存人有汚隆

옛날에는 백설 일컫더니 지금은 절양이라[115]   古稱白雪今折楊

---

113 청화(菁華)가……걷고서 : 청화는 사물의 정수(精髓), 정채(精彩)를 뜻한다. 치마를 걷는다는 것은 주변 사물의 정채로움이 다 사라져 그곳을 떠나고 싶다는 말이다. 《죽서기년(竹書紀年)》〈제왕의 사업〔帝載歌〕〉에 "청화가 이미 다하였으니, 치마를 걷고 떠나리로다.〔菁華已竭, 褰裳去之.〕"라고 하였다.

114 이름으로……있거니와 : 외모는 노쇠하여 사라지지만 명성은 쇠하지 않고 오래가므로 아름다운 명성에 힘써야 한다는 말이다. 《사기(史記)》 권124 〈유협열전(游俠列傳)〉에서 전한(前漢) 때의 협객 곽해(郭解)는 용모와 언변은 뛰어나지 않았으나 당시 많은 사람들이 그의 명성을 흠모했는데 이를 두고 사마천(司馬遷)이 "사람이 영예로운 명성으로 용모를 삼는다면 어찌 다함이 있겠는가.〔人貌榮名, 豈有旣乎.〕"라고 하였다.

115 옛날에는……절양이라 : 세상의 풍조와 도가 쇠퇴했다는 말이다. 백설은 창화(唱和)하는 사람이 매우 드물 정도로 고상한 악곡의 명칭이다. 송옥(宋玉)의 〈초왕의 질문

긴 밤 계속 연이어져 바람이 거세도다   長夜漫漫足繁風

오랑캐 젓대 연나라 축 적현을 울리니   胡笳燕筑鳴赤縣

우리 도가 동방에 있지 않을 줄 어찌 알랴[116]   安知吾道不在東

만고천추에 패수가 맑으니   萬古千秋浿水淸

내 화악으로 하여금 푸른빛 더하게 하리라[117]   吾令華岳增靑蔥

에 대답함〔對楚王問〕〉에 "영중(郢中)에서 노래하는 나그네가 있어, 맨 처음 〈하리(下里)〉와 〈파인(巴人)〉 곡을 노래하자 국중에서 창화하는 자가 수천 명이었다.……〈양춘(陽春)〉과 〈백설〉 곡을 노래하자 나라 사람 중 창화하는 자가 수십 명이었다."라고 하였다. 절양은 세속 사람들이 즐기는 악곡의 명칭이다. 《장자》〈천지(天地)〉에 "정대한 음악은 시골 사람의 귀에 들어가지 않고, 〈절양〉과 〈황과(皇荂)〉를 부르면 입을 벌리고 웃는다."라고 하였다. 《문심조룡(文心雕龍)》〈지음(知音)〉에 "세속의 감식안이 비루한 어리석은 자들 때문에 심오한 작품을 폐기하고 비천한 작품만 팔린다. 이것이 장주(莊周)가 〈절양〉의 유행을 비웃고 송옥이 〈백설〉이 유행하지 않음을 슬퍼한 까닭이다.〔然而俗監之迷者, 深廢淺售, 此莊周所以笑折楊, 宋玉所以傷白雪也.〕"라고 하였다.

116 오랑캐……알랴 : 중국이 오랑캐에게 지배당하고 있으니 선왕(先王)의 정도(正道)가 조선에 있을 것이라는 말이다. 원문의 '胡笳'는 북방 이민족의 관악기로 여진족을 비유하였고, 연나라 축 소리는 설욕을 품고 있는 한족(漢族)을 비유하였다. 전국시대 때 자객인 형가(荊軻)가 연나라 태자 단(丹)으로부터 진 시황(秦始皇)의 암살을 부탁받고 축이라는 악기를 잘 타는 고점리(高漸離)의 연주를 들으면서 "바람은 쓸쓸하고 역수는 차가워라. 장사는 한번 가면 다시 돌아오지 않으리.〔風蕭蕭兮易水寒, 壯士一去兮不復還.〕"라는 노래를 불렀다고 한다. 형가가 암살에 실패한 후에 고점리 역시 축에다가 납을 채워 넣어 그것을 던져서 진 시황을 암살하려 했으나 실패하고 죽임을 당하였다. 적현은 중국을 가리키는 말이다. 전국시대 제(齊)나라 추연(鄒衍)이 중원(中原) 지방을 '신주적현(神州赤縣)'이라고 일컬은 데에서 유래하였다. 《史記 卷86 刺客列傳 卷74 孟子荀卿列傳》

117 만고천추에……하리라 : 패수는 청천강(淸川江), 대동강(大同江), 압록강(鴨綠江) 등 여러 설이 많다. 여기에서는 조선을 가리킨 말로 쓰인 듯하다. 화악은 북한산의 이칭이기도 하다. 맑은 패수에 푸른빛을 더한다는 것은 문맥상 오랑캐의 지배로 흐려진

중국과 달리 조선은 깨끗하게 도를 지키고 있다는 뜻으로 쓰인 듯하다. 보통 황하의 물이 맑아지면 성인이 나와서 태평성세를 이룬다는 뜻으로 하청(河淸)이라는 표현을 쓰는데 그 뜻을 빌려온 듯하다.

등석에 감회가 일어 읊다[118]
燈夕感吟

절기로야 좋은 명절이지만	在天爲嘉節
사람에겐 기쁜 날 아니로다	在人無懽日
청명절 상사일 밤에 등불 내걸고	淸明上巳更燈夕
다른 집 노래하고 웃는데 나는 매양 그러질 못해	他家歌笑我每失
뜰 앞엔 진기한 나무 작은 벽오동	庭前奇樹小靑桐
곡을 그침에 붉은 작약 동쪽에 새 지저귀네	哭罷鳥啼紅藥東
그대 이곳에 없고 나만 앉아 읊조리니	其人不在坐自吟
지금 궤안에 기댄 것이 옛적 그 마음 아니로다	今之隱几非昔心

---

118 등석에……읊다 : 등석은 정월 대보름, 사월 초파일 등의 절일(節日) 밤에 등을 달아 불을 밝히고 감상하는 풍속이다. 시의 전반적인 분위기를 볼 때 막내동생 김창립 (金昌立)의 죽음을 슬퍼하는 마음을 담은 듯하다.

귀먹음

耳聾

지사의 의기 어느 때에 호방했었나	志士意氣何時豪
두 귀 날로 먹어가 웅웅 울리네	兩耳日聾鳴嘈嘈
웅웅 울리는 소리 멈추지 않아 마음 이미 어지러운데	
	嘈嘈不絶心已亂
때로 질나팔 생황 소리까지 들려 혼자 놀라누나	有時自驚聞陶匏
평소 있던 여름날 낙송루(洛誦樓)에서	平生洛樓朱夏中
다시는 멀리서 긴 솔바람 불러오지 못하겠네	不復遠招長松風
그저 깊숙한 곳에 살며 고요히 움직이지 않으리니	獨可深居靜不起
객이 와서 온갖 소리 시끄럽게 떠들어도 내버려둘 뿐	
	客來千叫但任爾
재잘재잘 웅성웅성 나와 무슨 상관이랴	啾啾唧唧於我何
구태여 두건 벗고 영천 물에 귀 씻을 것 없어라[119]	
	亦不必脫巾洗耳潁川水

---

119 구태여……없어라 : 자신은 이미 귀가 먹어 세상의 잡스러운 소리가 들리지 않으니 구태여 더러운 소리에 오염되었다고 하며 귀를 씻을 필요가 없다는 말이다 요(堯) 임금 때 은사(隱士)인 허유(許由)가 기산(箕山) 아래 영수(潁水) 북쪽에 은거했는데, 요 임금이 친히 찾아오면서 제위(帝位)를 맡기려 하자 이를 거절하면서 영수에 귀를 씻었다고 한다. 《高士傳》

둘째 형님이 왕명으로 우재께 가서 배알하는 차에 사적인 청을 드리기로 하였다. 형님이 길을 떠나실 때 슬픈 마음을 담아 시를 드렸다[120]

仲氏以王命往謁尤齋 憑有私乞 臨行 抒哀以贈

우리 형님 퇴청하신 뒤	我兄自公退
말 채비해 중문에 계시도다	征駒在中門
왕명으로 언덕과 습지[121] 넘으실 제	王命越原隰
여려진 마음 애간장 끊어지겠네	柔腸可斷魂
높은 당의 부모님 탄식과 한숨 내쉬고	高堂興歎憮
빈 행랑[122]에는 번민과 울분 쌓였구나	虛廂積煩冤

---

120 둘째……드렸다 : 둘째 형님은 김창협(金昌協)이고, 우재는 송시열(宋時烈)이다. 이해 5월에 김창협은 《신본심경석의(新本心經釋疑)》 간행에 관한 일로 왕명을 받들고 회덕(懷德)에 있는 송시열을 찾아가 자문하였다. 《農巖集 卷35 年譜上》 시제에서 말한 사적인 청은 한 해 전 12월에 죽은 막내 동생 김창립(金昌立)의 묘표(墓表)를 지어달라는 청이다. 김수항(金壽恒)이 지은 〈망아행장(亡兒行狀)〉의 말미에 "대군자(大君子)의 은혜로운 한마디 말을 얻어 묘석(墓石)에 새겨 영원히 사라지지 않게 할 방도로 삼으려 한다."라는 말이 보인다. 《文谷集 卷22》 실제로 송시열은 김창립의 묘표를 지었는데 송시열이 지은 묘표의 말미에 "장사지낸 지 다섯 달에 은진(恩津) 송시열이 쓰다."라는 기록이 보여 시기적으로 부합된다. 《宋子大全 卷199 金生墓表》

121 언덕과 습지 : 왕명을 받은 사신의 행역을 의미하는 말이다. 《시경》 〈소아(小雅) 황황자화(皇皇者華)〉에 "찬란한 꽃들, 저 언덕과 습지에 있도다. 무리지어 달려가는 사신들, 미치지 못할까 걱정이로다.[皇皇者華, 于彼原隰. 駪駪征夫, 每懷靡及.]"라고 한 데서 유래하였다.

122 빈 행랑 : 삼연은 자신의 시에서 죽은 막내 동생 김창립의 거처를 가리킬 때 서상

이날 박태기나무 꽃[123]은	是日紫荊花
어이하여 그윽한 담장에 폈나뇨	夫何發幽垣
푸른 잎과 붉은 줄기	綠葉與紫莖
구름 빗속에 가득 팔랑이누나	雲雨浩翻翻
그 곁에서 형님 전송하노니	相送在其畔
서로 울며 말을 전하네	相泣亦有言
길이 멀도다 여섯 가닥 부드러운 고삐[124] 잡고	緬矣六轡柔
왕래에 여러 날 걸리리라	去來多晨昏
백발 성성한 화양의 어르신[125]께서	皤皤華陽叟

(西廂)이라는 표현을 많이 쓰고 있다. 여기에서 빈 행랑도 죽은 김창립을 가리킨 것이다.

123 박태기나무 꽃 : 형제간의 우애를 상징하는 꽃이다. 남조(南朝) 양(梁)나라 때 경조(京兆) 사람 전진(田眞)에게 두 아우가 있었는데, 부친이 사망한 후 삼형제가 재산을 서로 나누었다. 마지막으로 집 앞의 박태기나무 한 그루가 남게 되자 세 형제가 의논하여 다음 날 이것마저 쪼개서 나누기로 하였다. 다음 날 박태기나무를 나누려고 가서 보니 나무가 마치 불에 탄 것처럼 말라 죽어 있었다. 이에 세 형제가 크게 뉘우치고 다시 재산을 합하기로 하자 나무가 금방 다시 살아났다고 한다. 여기에서는 막내 동생이 사망을 슬퍼하는 매개물로 사용되었다. 《續齊諧記》

124 여섯……고삐 : 왕명을 받은 사신의 수레를 가리키는 말이다. 《시경》〈소아 황황자화〉에 "내가 탄 말은 망아지인데, 여섯 가닥 고삐가 매끈하구나. 이리저리 채찍질하여 달려서, 두루 찾아서 자문을 하네.〔我馬維駒, 六轡如濡. 載馳載驅, 周爰咨諏.〕"라고 한 데서 온 말이다.

125 백발……어르신 : 백발은 단순히 늙음을 형용한 말일 뿐만 아니라 송시열이 국가의 원로임을 나타낸 표현이다. 반고(班固)의 〈동도부(東都賦)〉에 "백발 성성한 나라의 원로는 왕세의 아버지 같고 형님 같으시도다.〔皤皤國老, 乃父乃兄.〕"라고 하였다. 《文選 卷1》 화양은 송시열이 머무르던 화양동이다.

백양 심은 언덕¹²⁶을 위로하시리로다   可慰白楊原

'적(積)'은 어떤 본에는 '결(結)'로 되어 있고, '운(雲)'은 어떤 본에는 '산(山)'으로 되어 있다.

---

126 백양 심은 언덕 : 무덤을 가리킨다. 옛날 중국에서 무덤가에 백양을 심었다. 도잠(陶潛)의 〈만가(挽歌)〉에 "무성한 풀은 어찌 그리 아득한가, 백양나무 또한 쓸쓸하기만 하네.〔荒草何茫茫. 白楊亦蕭蕭.〕"라고 하였다. 《陶淵明集 卷4》《樂府詩集 卷27》

검산에서 단옷날 서글픈 마음이 들어[127]
黔山端午愴懷

너른 한수 배 띄워가며 눈물 줄줄 흐르니   橫舟漢廣涕漣洏

여러 해 지나도록 아직도 아침저녁 슬퍼라   積歲猶然朝暮悲

비바람 몰아치는 하늘에 붉은 해 자취 감추고   風雨天中沉赤日

소나무 오동나무 자란 언덕 위에 꾀꼬리 앉았구나   松梧原上止黃鸝

일천 집 문에 쑥 묶어 사람 모양 쉽게 만들고   千門結艾爲人易

오색실 연이어서 수명이 오래 늘기 바라네[128]   五色連絲續命遲

보지 못했나 양산의 파초 잎 여지 열매[129] 있는 곳   不見楊山蕉荔地

산 사람 슬프고 죽은 이 원통함이 응당 이와 같으리

生哀死怨合如玆

---

127 검산에서……들어 : 검산은 금천(衿川)이다. 금천의 이칭이 검양(黔陽)이었다. 이곳에 1680년(숙종6) 12월에 아이를 낳다가 열여섯의 어린 나이로 죽은 삼연의 누이의 무덤이 있었다.

128 일천……바라네 : 단오의 풍속을 말한 것이다. 단오에 쑥으로 인형을 만들어 문에 걸어 나쁜 기운을 물리쳤는데 이를 애인(艾人) 또는 애용(艾俑)이라 하였다. 또한 여러 색깔의 실을 팔에 묶어 재앙을 피하고 수명을 늘릴 수 있다고 여겼는데 이를 속명루(續命縷)라고 하였다. 《荊楚歲時記》《風俗通》

129 양산의……열매 : 양산은 삼연의 죽은 막내 동생 김창립(金昌立)의 무덤이 있는 양주(楊州)를 가리킨다. 파초 잎과 여지 열매는 제사에 올리는 제수품을 뜻한다. 한유(韓愈)의 〈유주나지묘비(柳州羅池廟碑)〉에 "여지 열매 빨갛고 파초 잎은 누른데, 고기와 채소 겹들여 사사의 사당에 올리네.〔荔子丹兮蕉黃, 雜肴蔬兮進侯堂.〕"라고 한 데서 온 말이다.

연경으로 가는 남 재상을 전송하며[130] 남 재상은 남구만이다

送南相 九萬 赴燕

제1수

우리 동국에 어이도 일이 많은지	我東何多事
상국께서 다시 또 먼 길 떠나시도다	相國重行行
만 리 길 가고 가실 적에	行行將萬里
무더위 속에 사신 수레 있으리로다	飛蓋在炎程
저 멈추지 않을 수레 생각하니	念彼不停軌
남아 있는 이내 마음 근심스럽네	憫然居者情
천천히 대궐에 가 절하시고서	依遲拜龍闕
멀리 연경으로 향하시도다	迢遞向鳳城
저녁 밥 먹을 제 하마 얼음물 드시고[131]	夕餐已添氷
새벽에 길 나설 제 항상 별을 보시리	晨旌每淩星

---

130 연경으로……전송하며 : 남구만은 이 시가 편차된 해에 속하는 1684년(숙종10)에 사은겸동지사(謝恩兼冬至使)로 연경에 갔다. 《승정원일기》 당해년 기사에 따르면 이때 남구만을 정사(正使)로 하는 사행이 도성을 떠난 것은 10월의 일이다. 그런데 이 시에서는 여름에 떠난 것으로 묘사한 표현들이 보여 실제 일과 부합하지 않는다. 남구만은 1686년(숙종12) 4월에 사은사로 다시 중국에 간 일이 있는바, 이 시는 1686년의 사행을 전송한 것으로 봐야 한다. 1684년 시들에 편차된 것은 편찬자의 오류인 듯하다.

131 저녁……드시고 : 《장자(莊子)》〈인간세(人間世)〉에 "제가 아침에 사신의 명을 받고 나서 저녁에 얼음물을 마셔댔으니, 아무래도 제 속에 열이 있는 듯합니다.〔今吾朝受命而夕飮氷, 我其內熱與.〕"라고 하였는데, 이는 명을 받고서 두렵고 조심스러운 마음으로 외국에 가는 것을 의미한다.

식초를 마셔도 신 것이 아니니[132]	吸醋未爲酸
사행길 고생 이루 형용키 어려워라	辛艱悉難名
나라의 안위를 일찍부터 맡고 계셨으니	安危夙所佩
충신함으로 이 사행 이롭게 하시리라	忠信利斯征
정신이 평온하니 길에 험난함 없겠고	神夷路無險
나라 걱정 중하니 자기 한 몸은 가벼우리라	憂重身固輕
서둘러 돌아오시오 중산보[133]여	遄歸仲山甫
왕께서 공을 의지해 편안하시나니	王心賴公寧

제2수 其二

오월에 용화[134] 기운 한창이니	五月龍火貞
구름과 우레 하늘에 가득하도다	雲雷正塞天
군자가 솥을 놓아두고서[135]	君子舍鼎鼐

---

132 식초를……아니니 : 몹시 괴로운 일을 비유할 때 식초를 마신다고 표현한다. 수(隋)나라 때 사람인 최홍도(崔弘度)는 성격이 모질어서 당시 장안(長安) 사람들이 "차라리 서 말 식초를 마실지언정 최홍도는 만나지 않으리라."라고 노래했다고 한다. 《北史卷32 崔弘度列傳》

133 중산보(仲山甫) : 주 선왕(周宣王) 때의 현신(賢臣)이다. 《시경》〈대아(大雅) 증민(烝民)〉에 "중산보가 제나라에 가나니, 그 돌아옴을 빨리 하리로다.〔仲山甫徂齊, 式遄其歸.〕"라고 하였다.

134 용화(龍火) : 동방 7수(宿) 가운데 하나인 심성(心星)으로 이 별이 서쪽으로 기울면 더위가 꺾인다.

135 군자가 솥을 놓아두고서 : 남구만이 당시 좌의정이었는데 재상이 직임을 잠시 내려두고 사행을 나온다는 말이다. 원문의 '鼎鼐'는 솥에서 국을 끓일 때 양념을 잘 섞어 음식을 맛있게 조리하듯 재상이 임금을 도와 국정을 조화롭게 잘 처리해 나간다는

진실로 길 떠나 중한 임무 내려놓지 못하리라 　　　信邁未息肩

배와 노¹³⁶를 한 몸에 맡았더니 　　　舟楫任一身

경륜의 재주 가지고 멀리 사행길 올랐도다 　　　經綸寄遠鞭

무리 지어 가는 사신들 임금의 명 공경히 받들고서 　　　駪駪肅時命

수고로운 땀방울을 산천에 뿌리리니 　　　勞汗洒山川

요동의 큰 들판 사이요 　　　遼東鉅野間

드높은 망해루¹³⁷ 곁이로다 　　　望海危譙邊

고래 같이 큰 탁한 파도 울부짖으니 　　　鯨波吼濁潦

그 사이에 깊이를 헤아릴 수 없는 곳 많겠네 　　　中多不測淵

깊은 골짜기 당도해 금을 던지니¹³⁸ 　　　投金抵幽壑

누가 그 메꾸어짐을 볼 수 있으리 　　　誰能見其塡

산악과 같은 몸 잘 보중하시어 　　　珍重山嶽軀

모든 일 잘 주선하고 오시기를 　　　百爾善周旋

제3수 其三

서산에 보드라운 고사리 있고 　　　西山有柔薇

의미가 들어 있다.

136 배와 노 : 재상의 직임을 뜻한다. 은 고종(殷高宗)이 재상 부열(傅說)에게 "내가 만일 큰 냇물을 건너려거든 그대를 사용하여 배와 노로 삼을 것이다.〔若濟巨川, 用汝, 作舟楫.〕"라고 하였다. 《書經 說命上》

137 망해루(望海樓) : 산해관(山海關)에 있는 누대의 이름이다.

138 깊은……던지니 : 이 구절의 뜻은 자세하지 않다. 단지 골짜기의 깊은 모양을 형용한 말인지, 아니면 그곳에서 동전 등을 던져 넣는 관습이 있었던 것인지, 아니면 '投金' 자체가 지명인지 미상이다.

북해에 고죽이 우뚝하여라[139]   北海表孤竹

시원한 청풍[140] 이곳에 있나니   清風洒在玆

드높은 사당의 기운 몹시도 엄숙하리   崇廟氣甚肅

난하에는 침을 뱉을 수 없나니   灤河不可唾

맑은 근원 멀리서 떠볼 만하리라   源清宜泂酌

그 아래로 사신들 지나는 길 있어   下有玉帛路

쉬지 않고 오랑캐 천막 사이 달려가리라 彭彭走毳幕

옛사람은 주나라 곡식 더럽게 여겼건만 古人穢周粟

슬프구나 지금은 그저 가슴만 북받칠 밖에 哀今但感激

제4수 其四

연나라 왕가의 황금대는   燕家黃金臺

당초 복수 위해 세웠지[141]   初爲報讐開

---

139 서산에⋯⋯우뚝하여라 : 서산은 백이(伯夷)와 숙제(叔齊)가 숨어 살았던 수양산(首陽山)이다. 주 무왕(周武王)이 폭정을 일삼는 은 주왕(殷紂王)을 치려 하자 백이와 숙제가 신하가 임금을 칠 수 없다며 말렸는데, 주나라가 천하를 차지하자 주나라의 곡식을 먹는 것을 부끄러워하여 수양산에 들어가 고사리를 캐먹으며 지내다 굶주려 죽었다. 백이와 숙제가 수양산에서 부른 노래에 "저 서산에 올라가 고사리를 캐도다.〔登彼西山兮, 採其薇矣.〕"라는 말이 있다. 《史記 卷61 伯夷列傳》 북해는 요해(遼海)로 백이와 숙제의 고국인 고죽국이 접한 바다를 가리킨다. 고죽이 북해에 우뚝하다는 것은 곧 백이와 숙제의 사당이 우뚝이 있음을 비유한 말이다. 《맹자》〈이루 상(離婁上)〉에 "백이가 주왕을 피하여 북해의 가에 살았다.〔伯夷避紂, 居北海之濱.〕"라고 하였다. 연경으로 가는 사행로에 있는 난하(灤河) 가에 백이와 숙제의 사당인 이제묘(夷齊廟)가 있었다. 이제묘는 청성묘(清聖廟)라고 부르기도 하였다.

140 청풍(清風) : 백이와 숙제의 맑은 풍모를 가리킨 말이다. 이제묘에는 청풍대(清風臺)가 있고 사당 안에는 '청풍백대(清風百代)'라는 비석이 있었다고 한다.

드높은 누대 푸른 구름까지 닿고	臺高接靑雲
황금 천하게 여김에 인재들 떨쳐 일어났어라	金賤奮龍媒
장한 계책 위해 금환을 주니	壯圖逮金丸
드높은 노랫소리 역수에 슬피 울렸도다[142]	豪歌易水哀
성패는 굳이 따질 것 없나니	成敗不必詳
넘치는 공렬 바람과 우레처럼 진동하네	餘烈動風雷
근심과 울분 속에 사행길 갈 제	去去憂憤際
위태로운 눈물[143] 황무지에서 솟구치리	危涕迸草萊

141 연나라……세웠지 : 전국시대 때 연나라가 제(齊)나라의 공격을 받아 거의 멸망 직전에까지 갔는데 백성들의 추대를 받아 왕위에 오른 연 소왕(燕昭王)이 곽외(郭隗)의 건의를 받아 역수(易水) 근처에 황금대를 세우고 대 위에 천금을 쌓아둔 다음 천하의 재능 있는 인재들을 초빙하였다. 이를 통해 악의(樂毅), 추연(鄒衍), 극신(劇辛) 등을 얻은 연 소왕은 제나라를 공격하여 설욕하였다. 《戰國策 燕策1》《史記 卷34 燕召公世家》

142 장한……울렸도다 : 연나라 태자 단(丹)과 형가(荊軻)의 고사를 말한 것이다. 전국시대 말기에 연나라 태자 단이 진(秦)나라에 볼모로 잡혀가 있으면서 예우를 받지 못하고 많은 고초를 겪었는데, 연나라로 귀국한 후 자객인 형가를 찾아 예우하면서 진왕(秦王)의 암살을 부탁하였다. 이때 태자와 형가가 동궁의 연못에서 노닐 때 형가가 땅의 기와를 주워 연못의 거북에게 던지는 것을 보고는 태자가 즉시 금환을 형가에 주어 기와 대신 던지게 하였다. 형가가 진나라로 떠날 때 역수 가에서 노래하기를 "바람이 쌀쌀하니 역수는 차가워라. 장사가 한번 떠나가니 다시 돌아오지 못하리.〔風蕭蕭兮 易水寒, 壯士一去兮不復還.〕"라고 노래하였다. 《史記 卷86 刺客列傳 荊軻》《史記索隱 卷21》

143 위태로운 눈물 : 청(淸)나라로부터 굴욕을 당한 조선의 신하가 느낄 비분의 감정을 특히 형용한 표현이다. 강엄(江淹)의 〈한부(恨賦)〉에 "혹 외로운 처지의 신하는 위태로운 눈물 흘리고 서자는 그 마음 애통해라.〔或有孤臣危涕, 孽子墜心.〕"라고 하였는데, 이선(李善)의 주에서 《맹자》〈진심 상(盡心上)〉의 "오직 외로운 신하와 서자는 그 마음가짐이 편안치 않고 위태롭다.〔獨孤臣孽子, 其操心也危.〕"라고 한 것을 들어

제5수 其五

진왕이 옛날 성 쌓을 적에[144]	秦王昔築城
오랑캐 막으려는 뜻 이와 같더니	所防意如此
아득한 큰 사막[145]의 기운	蒼蒼大漠氣
지금은 만리 성벽 막힘 없어라	今不礙萬里
만고에 빗장 걸쇠 견고하더니	萬古扃鐍固
의관 입은 중화가 예서 무릎 꿇었네	衣冠此中跪
하늘에 음기 쌓여 태양 가리고	重陰霾六龍
검은 구름 비늘처럼 일어나도다	玄雲方鱗起
드넓은 대지가 진흙탕 되니	漠漠后土泥
하늘의 운수도 참으로 이와 같도다	大運固亦爾
동쪽 번국(蕃國)만 유독 피폐한 것이랴	東藩豈偏弊
온 천하에 열사가 없음이로다	四海無烈士
북평의 바위를 어루만지리니	撫摩北平石
범 쏘는 이를 어이 얻을까[146]	安得射虎子

설명하였다. 《文選註 卷16》

144 진왕(秦王)이……적에 : 전국시대부터 진나라가 쌓은 만리장성을 가리킨다.

145 큰 사막 : 중국에서는 예로부터 서북쪽의 이민족이 사는 변경을 관용적으로 사막이라고 불렀다.

146 북평(北平)의……얻을까 : 청나라를 물리치고 다시 중원을 회복할 훌륭한 장수를 찾고 싶다는 말이다. 한(漢)나라 때 흉노와의 전투에서 항상 높은 공을 세웠던 명장 이광(李廣)이 북평 태수(北平太守)가 되었을 때 사냥을 갔다가 범을 보고 화살을 쏘았는데 가서 확인해보니 범이 아니고 큰 바위에 화살이 박혀 있었다고 한다. 북평은 연행(燕行) 사신이 지나는 길에 있는 영평부(永平府)이다. 《史記 卷109 李將軍列傳》

일사정[147] 백부 곡운선생이 정자의 이름을 지었다
一絲亭 伯父谷雲先生亭名

덕진의 푸른 물결 맑고 맑으니	德津滄波瀏且淸
높은 정자 어이하여 일사라 이름했나	高亭何以一絲名
꿈속의 안개비 본디 아득하거니[148]	夢中煙雨本蒼茫
지금 한 사람이 일사정에 누웠도다	秪今人臥一絲亭
동강에 드리운 낚싯줄 얼마나 길었던고	桐江釣絲脩幾尺
그때에 만승천자도 가벼이 보았도다[149]	能令伊時萬乘輕
낚시질해도 물고기 못 잡고 잡아도 팔지 않았나니	釣魚不得得不賣
방평이 정말이지 엄릉의 마음 얻었어라[150]	方平頗得嚴陵情

---

147 일사정 : 양주(楊州) 덕연강(德淵江) 가에 있던 정자이다. 송시열(宋時烈)과 삼연이 모두 기문을 지었다. 일사(一絲)는 낚싯줄 하나라는 뜻으로, 후한(後漢) 광무제(光武帝) 때 부춘산(富春山) 동강(桐江)의 칠리탄(七里灘)에 은거하여 낚시를 하며 살았던 엄광(嚴光)의 고사에서 취한 것이다. 엄광은 광무제와 어릴 때 친구였으나 광무제가 황제가 된 뒤 엄광에게 높은 벼슬을 주며 불렀으나 나아가지 않았다. 곡운은 김수증(金壽增)의 호이다. 《三淵先生年譜》《宋子大全 卷145 一絲亭記》《本集 拾遺 卷23 一絲亭記》

148 꿈속의……아득하거니 : 김수증이 꿈에서 "엄릉이 낚싯대 놀리지 않고 떠나니, 안개비 내리는 가을강에서 푸른 물결 희롱하노라.〔嚴陵不弄一絲去, 烟雨秋江弄碧波.〕"라는 시구를 얻었다고 한다. 《本集 拾遺 卷23 一絲亭記》

149 그때에……보았도다 : 광무제가 엄광을 직접 찾아갔을 때 자리에 누운 채 일어나지도 않았으며, 두 사람이 며칠간 침상에서 함께 자며 옛 일을 말하기도 하였는데 자면서 엄광이 광무제의 배에 발을 올리기도 하였다. 《後漢書 卷83 嚴光列傳》

150 낚시질해도……얻었어라 : 방평은 진(晉)나라 때 사람인 왕홍지(王弘之)의 자이

푸릇푸릇 대 낚싯대 빈 배에 버려지니	靑靑竹竿委虛舟
강호에서 서로 잊고 긴 갓끈 씻누나[151]	相忘江湖濯長纓
동으로 거슬러 오르다 서로 -원문 1자 결락- 안 될 것 무어랴	
	東洄西□何不可
벽루와 단구에도 밝은 달빛 통하니	碧樓丹丘通月明
내 와서 한번 묵음에 먼 마음 생기노라[152]	我來一宿遙心生

다. 왕홍지는 낭야(琅邪) 사람으로 선훈위위(宣訓衛尉) 왕진지(王鎭之)의 동생이자 저명한 서예가 왕휘지(王徽之)의 조카이다. 조정으로부터 여러 차례 부름을 받았으나 나아가지 않고 회계(會稽)에 은거하면서 생을 보냈다. 왕홍지는 천성이 낚시를 좋아하여 회계의 상우강(上虞江) 삼석두(三石頭)에서 늘 낚싯줄을 드리우고 있었는데, 어떤 이가 지나가면서 "어부는 물고기를 팔려오?"라고 물었다. 그러자 왕홍지가 "낚시질을 해도 잡지 못하고 잡더라도 팔지는 않습니다.〔釣亦不得, 得復不賣.〕"라고 하였다. 왕홍지는 저녁 무렵이 되면 낚싯대를 거두고 잡은 물고기를 싣고서 상우성(上虞城)에 들어가 친지와 친구의 집을 지나며 잡은 물고기를 한두 마리씩 문 앞에 놓고 갔다.《水經注 卷40》《世說新語補》

151 강호에서……씻누나 : 인위적인 마음 없이 강호에서 유유자적하는 모습을 형용한 것이다. 《장자》〈대종사(大宗師)〉에 "물고기는 강이나 호수 속에서 서로를 잊고 사람은 도의 세계에서 서로를 잊는다.〔魚相忘乎江湖, 人相忘乎道術.〕"라고 하였다. 또한 굴원(屈原)의 〈어부사(漁父辭)〉에서, "창랑의 물 맑으면 내 갓끈 씻고 창랑의 물 흐리면 내 발을 씻으리라.〔滄浪之水淸兮, 可以濯吾纓, 滄浪之水濁兮, 可以濯吾足.〕"라고 하였다.

152 벽루(碧樓)와……생기노라 : 벽루는 한벽루(寒碧樓)이고 단구는 단양(丹陽)이다. '요심(遙心)'은 먼 곳으로 향하는 마음이라는 뜻이다. 당시에 김연의 백부 김수증이 청풍 부사(淸風府使)로 가 있었기 때문에 이렇게 말한 것이다.

홍생 세태가 일본에서 얻은 〈독조한강설도〉에 제하다[153]
題洪生世泰日本所得獨釣寒江雪圖

창랑자는 창랑에서 낚시하는 늙은이 마음으로 사랑했어라

滄浪子心愛滄浪釣魚翁

화폭에 흰 눈이 온통 허공에 날리니	粉圖白雪雪漫空
뭇 산에 똑같이 펄펄 눈발 내리누나	濛濛浮浮衆山同
골짝이며 샛길 파묻혀 드넓은 강산 한 빛인데	谷沒徑沉通萬頃
고깃배는 성엣장 떠다니는 너른 강 가운데로세	漁舟泆潒氷澌中
배는 회나무 목란 노에 강은 하얗게 엉겨 붙었는데[154]	檜楫蘭橈白皓膠

153 홍생……제하다 : 홍세태(1653~1725)는 중인(中人) 역관(譯官) 출신으로 본관은 남양(南陽), 자는 도장(道長), 호는 창랑(滄浪)·유하(柳下)이다. 어릴 때부터 문재(文才)가 있었으나 중인 출신인 관계로 제약이 많았는데 시로 이름이 나서 삼연 형제 등 당대 명망 있는 사대부들과 교유하며 낙송루시사(洛誦樓詩社)에도 참여하였다. 삼연과는 한 동네에서 살았으며 매우 절친한 사이였다. 위항(委巷) 사람들의 시를 모아 《해동유주(海東遺珠)》라는 선집을 편찬하기도 했으며, 저서로 《유하집》이 있다. 홍세태는 1682년(숙종8) 통신사행으로 일본에 다녀왔다. 〈독조한강설도〉는 유종원(柳宗元)의 〈강설(江雪)〉에 "온 산에 새들 자취 감추고, 온 길에 인적 끊겼네. 외로운 배 도롱이 삿갓 쓴 늙은이, 홀로 차가운 강 눈 속에서 낚시질 하누나.〔千山鳥飛絶, 萬逕人蹤滅. 孤舟簑笠翁, 獨釣寒江雪.〕"라고 한 것을 그림으로 표현한 것이다. 이를 주제로 한 그림이 하나의 테마가 되어 〈한강독조도(寒江獨釣圖)〉라고도 명명되었다.

154 하얗게 엉겨 붙었는데 : '백호교(白皓膠)'는 《초사(楚辭)》〈대초(大招)〉에 나오는 구절이다. 그 주석에 "'호교(皓膠)'는 물이 얼어붙은 모양이니……하늘과 맞닿은 듯한 것이다.〔皓膠水凍貌也.……與天相薄也.〕"라고 하였다. 이는 얼어붙은 강이 마치 하늘과 착 달라붙는 듯한 모습을 말한 것이다.

낚시질 어찌 하는고 하염없이 앉아있구나	其釣如何坐迢迢
길 가는 사람 오지 않고 물고기 새 추위에 떠는데	行人不來魚鳥寒
눈 가득 흰 눈발 종일 흩날리누나	白雪滿眼終日飄
지난날 시인이 그저 무심히 읊조렸더니	伊昔詩人直漫吟
화공이 그린 그림 심혈 기울였다 할 만하이	畫者可謂能苦心
푸른 바다 넘어 일본에서 멀리서 왔거니	日本滄瀛越來遠
그대가 주머니 속 재물 아끼지 않음을 알겠어라	知君不重槖中金
부사산155 꼭대기 사철 눈 덮였고	富士山巓四時雪
비파호156 담긴 물 천 길로 깊도다	琶琵湖水千丈深
배 안에선 왕왕 바람결에 웃음 실어 보내고	舟中往往笑披拂
배 아래엔 고래와 용 울울하게 부침하였으리	舟下鯨龍鬱飛沉
서새와 동진이 지척에 드넓게 펼쳐지니157	西塞東津咫尺闊

---

155 부사산(富士山) : 후지산이다. 이 산은 사시사철 정상에 눈이 덮여있다.

156 비파호(琵琶湖) : 일본에서 가장 큰 담수호로 혼슈(本州) 중서부 시가현(滋賀縣)에 있다.

157 서새(西塞)와……펼쳐지니 : 홍세태가 가져다준 그림 속에 훌륭한 낚시터가 드넓게 펼쳐져 있다는 말이다. 서새는 서새산으로 절강성(浙江省) 호주(湖州) 서남쪽에 있다. 당(唐)나라 때 장지화(張志和)가 벼슬에서 물러나 강호에서 연파조도(煙波釣徒)라고 자호(自號)하고 낚시하던 곳이다. 그의 시 〈어부 노래〔漁歌子〕〉에 "서새산 앞 백로 나니, 복사꽃 흐르는 물에 쏘가리 살졌네. 푸른 갈대 삿갓에 도롱이 입고, 비낀 바람 가랑비에 돌아가지 않으리라.〔西塞山前白鷺飛, 桃花流水鱖魚肥. 靑篛笠綠蓑衣晩, 斜風細雨不須歸.〕"라고 하였다. 《新唐書 卷196 張志和列傳》 《御定全唐詩 卷308》 동진은 두보(杜甫)가 낚시하던 곳이다. 그의 〈고기잡이 구경 노래〔觀打魚歌〕〉에 "면주 강물 동쪽 나루터에, 방어가 팔딱팔딱 은보다도 더욱 빛나네.〔綿州江水之東津, 魴魚鱍鱍色勝銀.〕"라고 하였다. 《杜詩詳註 卷11》

세모의 호탕한 기운 예나 지금이나 한가지라　　　浩蕩歲暮非古今

나 또한 대 도롱이 입고 낚시 하고픈 맘 적지 않으니

　　　　　　　　　　　　　　　　　我亦不淺箬蓑懷

그대가 그림 안고 와 내게 펼쳐 보여주길 기다리노라

　　　　　　　　　　　　　　　　　遲君抱圖向余開

북산의 누각에 드높이 한 번 건다면　　　　高高一挂北山樓

유월의 푹푹 찌는 타는 듯한 더위를 내 어찌 근심하랴

　　　　　　　　　　　　　　吾豈憂六月炎蒸如火哉

　창랑은 홍세태의 자호(自號)이다.

성곽을 나서며

出郭

성곽 나섬에 훨훨 멀리 날아갈 듯	出郭翩冥冥
나를 앞서는 수레와 말 없도다	輪蹄莫我先
안장 걸터앉음에 날씨 차가우니	據鞍天凜寒
서리 이슬 영롱히 긴 말채찍에 내려앉누나	霜露湑長鞭
동쪽 하늘 샛별은 맑게 반짝이고	澹澹東方星
날아가는 기러기는 별자리 지나네	飛鴈過瑤躔
덜걱 덜걱 남쪽으로 가는 수레 소리	鏗鏗南遊響
저녁에는 남녘 땅에서 묵게 되리라	夕宿乃吳天
새벽 구름 만 리에 뻗은 가운데	晨雲方萬里
여행 나선 이는 죽천을 건너노라	遊子揭竹川
신선의 말고삐 마음대로 급히 내달리니[158]	神轡任揮霍
어느 때에 돌아올지 알 수 없어라	不知何時旋

---

158 신선의……내달리니 : 이 구절은 손작(孫綽)의 〈천태산을 유람한 부〔遊天台山
賦〕〉에 "왕교는 학을 타고 드높은 하늘 오르고 응진은 석장 날려 허공을 날아가네.
신묘한 변화 재빨리 펼치며 홀연 유에서 나와 무로 들어가누나.〔王喬控鶴以沖天, 應眞
飛錫以躡虛, 騁神變之揮霍, 忽出有而入無.〕"라고 한 부분의 세 번째 구를 활용한 것이
다. 그런데 이 세 번째 구의 '신변(神變)'이 어떤 본에는 '신비(神轡)'로 되어 있는바,
삼연은 '신비'라고 된 본을 따른 것이다. 《文選 卷11》

죽은 아우의 묘에 곡하다

哭亡弟墓

쓸쓸한 율북 언덕[159]	蕭蕭栗北原
서리 맞은 과일이 길가에 떨어졌어라	霜果隕道上
과일은 떨어져도 주울 수 있으나	果隕尙可拾
잎은 떨어지면 그저 바람에 날려 흩어질 뿐	葉落徒飄颺
마음 처량한 것이 먼 길 떠나는 듯하니	慘慄若遠行
무덤 어루만지며 동쪽으로 감을 고하노라[160]	撫墳告東向
세 사람 함께 길나서	三人實同行
지팡이 짚은 나를 두 사람이 곁에서 부축하네	二子翼我杖
산 높고 물 넘실대건만	山高水湯湯
구름 뚫는 드높은 너의 노랫소리 없어라	無爾凌雲唱
하염없는 슬픔이 날마다 따라다니리니	長哀應日携
옅은 흥을 무슨 수로 장쾌히 할거나	薄興何由壯

---

159 율북(栗北) 언덕 : 죽은 막내아우 김창립(金昌立)의 무덤이 있는 양주 율북 설곡리(雪谷里)의 선영이다.

160 동쪽으로 감을 고하노라 : 이해 삼연이 춘천의 청평산(淸平山) 등지를 유람한 일이 있는데 이를 가리키는 듯하다. 《三淵先生年譜》

굴운촌[161]
屈雲村

차유령에서 말이 병 나서	馬病車踰嶺
날 저물어 뒤떨어졌네	日暮爲後旅
홀로 선 들판에 바람 거세고	獨立野飆急
고개 돌려 보니 검은 구름 흐르누나	回首冥雲去
아득하게 길을 갈 수 없어서	莽莽靡可程
멍하게 서 있기만 하네	眄眄以久佇
숲길 더듬어 외딴 마을에 이르니	攀林至別村
하얗게 머리 센 노파 있네	皤然白首女
한 그릇 찰기장밥 향기롭고	一飯秫米香
초승달 밝은 빛이 우물로 들이치네	新月皎井杵
잎새 지는 사이로 말은 달려가고	木落馬翹陸
침상 차가우니 벌레도 계절 느끼네	床寒蟲感序
먼 강은 산발치에 부딪쳐서	逈江殷山趾
때때로 그 울림이 들려오네	時時響乃舉
가을 소리는 헤아리기 어렵고	秋聲難殫數
깊은 밤의 생각은 시름겨워라	夜思爰多緒

---

161 굴운촌 : 양주(楊州)에 있는 굴운역(屈雲驛)을 가리키는 듯하다. 석실(石室)에서 청평으로 가는 경로에 위치하였다. 김상헌(金尙憲)의 〈청평록(淸平錄)〉에 "석실(石室)을 출발하여 차유령을 넘어 계산리(鷄山里) 굴운역(屈雲驛)을 지나갔다."라고 하였다.

불 끄고 초사를 외우면서   滅火誦楚辭

울타리에 기대어 현성[162]의 물가를 그리노라   倚籬念玄渚

새벽안개

曉霧

새벽에 은하수를 물었더니	夙余問星河
주인은 닭이 없다 말했지[163]	主人言無雞
일어나 보니 갈 길이 아득하고	起來渺所蹊
추위에 떨며 긴 제방을 내려오네	凌兢下脩堤
짙은 안개가 새벽 풍경을 감추고	巨霧閟晨物
된서리는 도처에 싸늘하기도 해라	霜液兼凄凄
물결 부딪히는 이것은 무엇인가	澎澎是何物
강물이 흰 무지개를 끄는 듯하네	江水曳素蜺
추운 개는 강 동쪽에서 짖어대고	寒狵吠江東
자던 기러기는 강 서쪽에서 날아오르네	宿鴈翻江西
걸으며 읊조리노니 이 강은 멀리	行吟此江遠
봉래산 끝에서 시작되었으리라	濫觴蓬山倪
구불구불 굽이쳐 얼마나 여울 이뤘던가	蜿蟺幾湍瀨
내 가는 길 묵묵히 함께 가누나	吾行默相携
신령한 광채는 숨길수록 빛이 나고	神暉韜彌章
높은 소리는 격앙되어 낮추기 어려워라	亮節激難低

---

163 새벽에……말했지 : 옛날에는 밤하늘의 별자리를 보고 시간을 파악했기 때문에 은하수를 물었다는 것은 시간을 물어본 것이고, 주인은 집에 닭이 없어서 시간을 알 수 없다고 답했다는 의미이다.

아스라히 동쪽 향해 가노라니			杳杳以東行

둔한 말이 해를 보고 우는구나			駑馬見日嘶

소양정[164]

昭陽亭

그대는 보지 못했나 소양정 기이함을	君不見昭陽亭子奇
큰 강의 근원을 이곳에서 굽어보네	大江之源俯在斯
반짝이는 물결 속에는 천년 전 물고기요	白鱗明波千載魚
붉은 벽 위 푸른 깁 쌓인 현판[165]은 옛사람의 시일세	
	紅壁沙版古人詩
우리 선조 봄날의 강을 완상한 시 슬프게 읊조리니	悲吟吾祖翫江春
복사꽃 오얏꽃 흩날리는 것 보지 못하셨네[166]	不見桃花杏花飛
흐르는 강물 멀어짐에 들판 빛 차가와지고	江流悠邁野色寒
가을 바람은 누각 오르는 내 옷자락을 걷어올리네	霜風捲我登樓衣
백 년 전 일조차도 이미 흔적 없거늘	百年往事已翳如
아득한 맥국[167]이야 누가 깊이 생각할까	莽莽貊國誰遠思

---

164 소양정 : 강원도 춘천시 소양강과 봉의산 사이에 있는 누대이다. 삼국시대에 지어
졌고 강과 산 사이에 있어 이요루(二樂樓)라고 일컬어지기도 하였다. 현재의 소양정은
6.25 때 불에 탄 것을 1966년에 재건한 것으로, 홍수를 피하기 위해 위쪽으로 옮겨
지은 것이다.

165 푸른……현판 : 벽사롱(碧紗籠)을 뜻한다. 누대에 써 붙인 시문(詩文) 중에서 현
달한 관리나 명사(名士)의 작품을 푸른 깁으로 둘러싸서 소중하게 여기는 것을 말한다.

166 우리……못하셨네 : 우리 선조는 삼연의 선조인 김상헌(金尙憲)을 가리킨다. 김
상헌의 시〈소양정(昭陽亭)〉에 "살구꽃 이미 지고 복사꽃도 져가는데 왕손이 오지 않으
니 봄풀들이 시름하네.〔杏花已落桃花老, 王孫未歸芳草愁.〕"라는 구절이 있다.《淸陰集
卷10 淸平錄》

167 아득한 맥국 : 춘천에 옛 맥국의 도읍이 있었으므로 이렇게 표현한 것이다.《신증 동국여지승람》에서는 춘천이 본래 맥국(貊國)이라고 하였고,《오주연문장전산고》에 서는 춘천부 북쪽 13리 소양강 북쪽 청평산 남쪽이 맥국의 천년고도(千年古都)라고 하였다.《新增東國輿地勝覽 卷46 江原道 春川都護府》《五洲衍文長箋散稿 天地篇 城郭 保障諸處辨證說》

서천의 달밤[168]

西泉月夕

청평에 기이한 봉우리 있으니	清平有奇岫
경운봉과 부용봉이지[169]	慶雲與芙蓉
구름은 부용봉으로 돌아오고	雲歸芙蓉峰
달은 향로봉 위로 떠오르네	月臨香爐峰
구름과 달과 나는 어디서 묵나	雲月我何宿
콸콸 흐르는 것은 옛날의 그 물이로다	濺濺古時水
산의 나무는 우거져 빽빽하고	山木鬱穆穆
여라 덩굴은 자주 말라 죽네	女蘿屢枯死
아름다운 꽃은 산 아래에 흩날리고	瑤華山下飄
석란은 서리에 시드네	石蘭露上委
소나무와 삼나무는 뉘와 함께 즐기나	松杉與誰玩
밤바람만 불어오누나	夜風其吹矣

---

168 서천의 달밤 : 서천은 청평사(淸平寺) 서쪽에 있는 냇물이다. 《청음집(淸陰集)》
이나 《농암집(農巖集)》에는 '서천(西川)'으로 표기되어 있다.

169 경운봉과 부용봉이지 : 경운산과 부용산을 말한 것이다. 경운산은 강원도 춘천시
북산면과 화천군 간동면에 있는 산으로 청평산(淸平山)이라고도 불렸고 현재는 오봉산
(五峰山)으로 일컬어지는데 청평사 뒤쪽 비로봉·보현봉·문수봉·관음봉·나한봉의
다섯 봉우리이다. 부용산은 춘천시 북산면 오봉산의 동쪽에 있는 산으로 오봉산과 능선
으로 연결되어 있다. 삼연의 선조인 김상헌은 〈청평록(淸平錄)〉에서 "시냇가에 대(臺)
가 있는데, 대에서 부용봉을 쳐다보니 우뚝하게 솟아 하늘을 지탱하고 있었으며, 경운
봉이 그 서쪽에 있었다."라고 하였다.

마음속으로 아파하며[170] 속세의 옷깃 정돈하니 　　　　　　徘側整塵衿

흐릿한 가운데 그리움 더해가네[171] 　　　　　　　　曖曖增想似

<hr>

170　마음속으로 아파하며 : 《초사(楚辭)》〈구가(九歌) 상군(湘君)〉의 "앞을 가리는
눈물이 줄줄 흐르니 남몰래 그대 그리며 마음속으로 아파하네.〔橫流涕兮潺湲, 隱思君
兮徘側.〕"라는 구절에서 따온 것이다.

171　그리움 더해가네 : 벗을 그리워하는 상황을 묘사한 구절이다. 《문선(文選)》조터
(曹攄)의 〈벗을 그리며〔思友人〕〉 시에 "목을 빼고 섬돌 계단에 있으니 우두커니 그리움
더해가누나.〔延首出階檐, 佇立增想似.〕"라고 하였다.

선동[172]
僊洞

매미는 맑은 이슬 마시고	淸蟬吸湛露
신령한 허물 높은 숲에 두었고	靈蛻委高林
현학은 구름 밖으로 날아가	玄鶴矯雲表
한 번 날개짓에 나는 소리 남겼네[173]	一擧遺飛音
높고 높은 이 사람	峩峩乃如人
정신은 떠나간 뒤에도 사라지지 않았으니	精爽逝不沉
비석에 새긴 글 선명하고[174]	碑版旣森朗

172 선동 : 청평산 선동을 유람하며 고려의 학자 이자현(李資玄)의 옛 터를 보고 감회를 읊은 시이다. 이자현은 선종(宣宗) 6년인 1089년에 과거에 급제하여 대악서 승(大樂署丞)이 되었으나 관직을 버리고 춘천(春川)의 청평산(淸平山)에 들어가 암자를 짓고 은거하였다.

173 현학은……남겼네 : 신선이 되었다는 의미로 정영위(丁令威)의 고사를 차용한 것이다. 한(漢)나라 때 요동 사람 정영위가 영허산(靈虛山)에서 도를 닦아 신선이 되었다. 천 년 후에 학으로 변하여 요동으로 돌아와서 화표주에 앉았는데 한 소년이 활로 쏘려 하자 날아올라 공중을 배회하면서 "새여 새여 정영위여, 집 떠난 지 천 년 만에 이제야 돌아왔네. 성곽은 옛과 같은데 사람은 다르니, 어이하여 신선술을 안 배우고 무덤만 즐비한가.〔有鳥有鳥丁令威, 去家千年今始歸. 城郭如故人民非, 何不學仙冢纍纍〕"라고 한 뒤 날아갔다는 일이 전해진다. 《搜神後記 卷1》

174 비석에……선명하고 : 청평사 앞에 두 개의 비석이 있는데, 서쪽에 있는 것은 김부철(金富轍)이 쓴 이자현의 사적(事蹟)을 승려 탄연(坦然)이 쓴 것이다. 동쪽에 있는 비석은 원(元)나라 태정황후(泰定皇后)가 태자를 위하여 불경을 보관하고 복리(福利)를 구한 일에 대해 이제현(李齊賢)이 찬하고 이암(李嵒)이 쓴 것이다. 《淸陰集

대 위의 암자는 예로부터 높이 솟아있네[175]	臺庵故嶻岪
서쪽으로 올라가 선동에서 잠을 깨고	西躋寤僂洞
북쪽으로 거슬러 가니 석감이 드러나네[176]	北溯揭石龕
자취는 쉬 따를 수 있을 듯하나	循蹟似易掇
남겨둔 기약은 끝내 누가 찾을까	存期竟誰尋
소나무 높은 곳에 돌무더기 쌓였고[177]	松危石磊砢
수풀 무성한 곳에 냇물이 흐르네	林密澗淋涔
푸른 담쟁이는 무너진 옛 터를 가리고	蒼蔦扇荒基
붉은 낙엽은 짙은 그늘에 뒹구네	絳葉委稠陰
이리저리 배회하다 멈추지 않고서	翔徉遂不倦
길이 강을 건넜던 마음을 얻었네[178]	永獲過江心
맑고 시원함을 진실로 아낌이 없을진댄	淸泠苟無悋

卷10 淸平錄》

175 대……솟아있네 : 선동의 가장 깊숙한 곳에 있는 식암의 옛 터 옆에 돌을 포개어 얽어놓은 위에 작은 암자가 높이 솟아 있다고 하였다.《農巖集 卷 24 東征記》

176 석감이 드러나네 : 이 구절의 의미는 명확하지 않다. 다만 김상헌은 석대의 북쪽 바위 사이에 고기(古器)가 보관되어 있고 여기에 이자현의 뼈가 들어있다는 이야기를 전하였고, 김창협은 청평사(淸平寺) 나한전(羅漢殿) 왼쪽의 시내에 석함(石函)이 있고 그 안의 와부(瓦缶)에 이자현의 유골이 있다고 하였다.《淸陰集 卷10 淸平錄》《農巖集 卷 24 東征記》석감은 이를 말하는 것으로 추측된다.

177 소나무……쌓였고 : 구송대(九松臺)를 가리켜 말한 것으로 보인다. 돌을 쌓아 만든 것인데 김창협이 유람할 당시(1696, 숙종22)에는 소나무가 없어지고 청평사의 승려들이 심은 어린 소나무가 있다고 하였다.《農巖集 卷24 東征記》

178 길이……얻었네 :《시경》〈패풍(邶風) 녹의(綠衣)〉에 "내가 옛사람을 생각하노니, 정말 내 마음을 알아주도다.〔我思古人, 實獲我心.〕"라는 구절에서 따온 것으로 이자현이 벼슬을 버리고 은거했던 마음을 알겠다는 의미로 보인다.

나에게는 씻지 못한 회포 있노라　　　　　　　余有未濯襟
충직함[179]을 구하는 데 뜻이 있으니　　　　　是求謇有意
이 도를 어찌 맡을까　　　　　　　　　　　　兹道何以任
변변찮은 내 몸이 부끄러워서　　　　　　　　終愧菲薄甚
바위에 기대어 눈물만 흘리네　　　　　　　　倚石涕泩泩

---

179 충직(忠直)함 ; 본문의 '건(謇)'을 《문선(文選)》 〈이소경(離騷經)〉에 보이는 "그
대는 왜 박학하고 충직하면서 수행하기를 좋아하여 홀로 아름다운 절개를 가지고 있는
가.〔汝何博謇而好修兮, 紛獨有此姱節.〕"라는 구절에서 인용한 것이다.

산을 나서며

出山

산비가 그치니 씻은 듯하고	山雨罷如洗
맑은 구름이 오묘하니 상쾌한 절기일세	淸雲妙爽節
물레방아 소리에 물살 빠른 줄 알고	雲碓知水急
온갖 골짝에 맑고 시원함 불어나네	萬壑增淸冽
나그네는 돌아가는 옷매무새 다듬으니	遊人整歸袂
승경을 사모한다는 것도 그저 허튼 소리지	戀勝徒虛說
산에는 부용봉이 빼어나고	維山芙蓉秀
물에는 용담이 맑아라	維水龍潭潔
다리를 건너 깊은 못과 높은 산을 나오니	橋行出泓峙
슬프기도 하고 기쁘기도 하여라	悵恨兼搖悅
탑고개에 이르러 우두커니 서 있자니	延佇及塔嶺
하늘과 가까운 길 구비구비 굽었어라	天路饒曲折
산승이 분주히 전송하니	山僧紛相送
이곳이 호계인 양 작별하네[180]	此如虎溪別

---

180 호계(虎溪)인 양 작별하네 : 도잠(陶潛)과 혜원(慧遠)의 고사를 인용한 것이다. 진(晉)나라 고승 혜원이 여산(廬山) 동림사(東林寺)에 머물면서 손님을 전송할 때에도 앞 시내인 호계를 건너지 않았다. 그런데 도잠과 육수정(陸修靜)을 배웅할 때 이야기를 나누다가 자신도 모르는 새 호계를 건넜고 이때 호랑이가 울자 이를 깨닫고 크게 웃으면서 헤어진 고사가 있다. 《東林十八高賢傳》

고개 들어 아홉 소나무의 가지를 꺾으니[181]   仰折九松枝

누런 솔잎이 옷자락에 가득하네   黃葉滿一襟

---

181 아홉……꺾으니 : 구송대(九松臺)를 말한 것이다. 구송대는 돌을 쌓아 소나무를 심은 것으로 용담(龍潭) 아래쪽 폭포 인근에 있다. 《農巖集 卷24 東征記》

바람을 맞으며

遇風

어찌하여 산을 내려갈 때에	夫何下山時
세찬 회오리 바람 어지러이 이나	發發回飇亂
순식간에 부는 것이 한 가지가 아니니	倏吸非一勢
일만 개 구멍에서 불어나오는 것이리	應自萬穴散
긴 강이 만 가지로 부는 바람¹⁸²에 일렁이고	長江感吹萬
수물에 오리와 황새가 놀라네	水物駭鳧鸛
치달려 올라 높은 비탈에 이르고	奔揚及危磴
큰 물결 일으켜 절벽까지 뻗치네	驚溄亘絶岸
구불구불 이어진 하얀 물가	逶迤彼素渚
처음 왔을 때엔 맑고 깨끗함에 감탄했지	初路嘆淸晏
하늘빛이 아스라히 변하는데	天暉莽以變
아침은 아직 밝아오지 않았네	曾是未申朝
쌓인 울울함 한탄하며 이렇게 되었으니¹⁸³	憑心喟歷玆
놀란 말을 긴 굴레로 묶어놓았네	竦馬頓長絆

---

182 만……바람 : 《장자(莊子)》〈제물론(齊物論)〉에 "대지가 숨을 쉬니 그 이름을
바람이라고 한다.……부는 것이 만 가지로 다르다.〔夫大塊噫氣, 其名爲風.……夫吹萬
不同.〕"라는 구절에서 인용한 것이다.

183 쌓인……되었으니 : 《문선(文選)》〈이소(離騷)〉의 "옛 성인 따라서 절중하다가
쌓인 울분에 한탄하며 이렇게 되었네.〔依前聖以節中兮, 喟憑心而歷玆.〕"라는 구절에서
인용한 것이다.

누가 오가며 번뇌하게 하였나	誰使去來煩
이것을 보니 고요함과 번잡함이 바뀌네	閱此靜喧換
바람 따라 날아온 잎새가	飛來逐風葉
끊임없이 맑은 한수에 떨어지네	滾滾下淸漢
아아 강가에 있는 나의 마음은	嗟我傍江心
상서로운 구름 가에 매인 듯 하누나	如繫慶雲畔

오세 동자의 옛 터에서[184]

五歲童子遺基

동쪽의 신령스럽고 맑은 동산에	維東靈淑囿
아름다운 것들이 바둑돌처럼 늘어섰네	佳者列如碁
가던 길 반도 되지 않았는데	我行未其半
걷는 곳마다 배고픔도 잊게 하네	投足俾忘饑
경운봉에서 아침에 머리를 감고	慶雲朝濯髮
화음에서 저물녘 옷깃을 터네	華陰暮振衣
산 높으니 냇물은 어찌 통하나	山高澗何濬
해 저무니 구름은 멀리 흘러가네	日落雲彌馳
맑은 근원이 소양강으로 흘러내려와	清源下昭陽
신령스러운 이곳을 휘감아도네	宛轉此靈基
남은 울림을 지팡이로 느끼며	餘響感余策
고개 들어 맑은 빛을 따라가네	延首溯清暉
아득히 옛일을 묻고자 하나	莽莽欲詢古

---

184 오세……터에서 : 오세 동자는 김시습(金時習)을 말한다. 5세 때 세종(世宗)의
부름을 받아 〈삼각산(三角山)〉 시를 짓고 이름이 알려졌으므로 오세동자라고 불렸고,
그가 춘천(春川)의 사탄(史呑)에 은거하여 지냈기 때문에 사탄을 오세동자동(五歲童
子洞)이라고 불렀다. 《記言 別集 卷9 又》 사탄이라는 명칭은 김수증(金壽增)이 곡운
(谷雲)이라고 바꾸었는데, 곡운구곡(谷雲九曲) 중 제3곡인 신녀협이 김시습이 머물던
곳으로 청은대(清隱臺)가 있다. 한편 김상헌은 청평사 남쪽 골짜기 속에 있는 세향원
(細香院)이 김시습이 살던 곳인데 무너졌다고 하였다. 《清陰集 卷10 清平錄》

궁벽한 길에는 어부와 초동도 드물어라　　　道荒漁樵稀

서리 내린 벼랑에는 낙엽만 있으니　　　霜崖惟落葉

어느 곳에서 고사리순 물을까[185]　　　何處問柔薇

---

185 고사리순 물을까 : 세조(世祖)가 단종(端宗)에게 왕위를 물려받은 뒤 김시습이 춘천에 은거한 일을 백이숙제의 고사에 빗대어 표현한 것이다.

반수암[186]

伴睡菴

화산[187]이 구불구불 길게 이어지니	華山深逶迤
구름 피어나는 곳은 몇이나 되나	雲生幾處所
해는 지고 노을이 남은 때	日沒餘輝存
우뚝한 산봉우리를 찾아서 가노라	峥嶸訪且去
돌아온 새는 급한 여울을 스치고	歸鳥拂驚湍
우는 말은 깊은 숲을 둘러 가네	鳴馬遶幽楚
암자에 이르자 초승달 뜰 때 되었으니	旣至爲微月
외로운 승려의 법고소리[188] 그치네	孤禪歇瑯鼓
마의 입은 말 없는 승려들	默默麻衣徒
암자의 이름 또한 오래됐다 하네[189]	菴名亦云古

---

186 반수암(伴睡菴): 지금의 화악산(華岳山) 법장사(法藏寺)로 본래 신라의 미륵사였다. 6.25 전쟁 때 소실되었고 이후 재건하면서 이름을 법장사라고 바꾸었다. 삼연의 백부 김수증(金壽增)이 곡운(谷雲)에 살 때, 함께 금강산(金剛山)을 여행했던 승려 홍눌(弘訥)을 이곳에 머물게 했다고 한다.

187 화산: 화악산이다. 경기도 가평군과 강원도 화천군의 경계에 있다.

188 법고(法鼓)소리: 진(晉)나라 손작(孫綽)의 〈유천태산부(遊天台山賦)〉에서 인용한 것이다. "법고소리 울려 퍼지고, 각종 향의 연기 피어오르네.〔法鼓瑯以振響, 衆香馥以揚煙.〕"라고 하였다.

189 마의……하네: 이 구절은 송(宋)나라 때 마의도인(麻衣道人)의 고사와 반수암을 연결지어 표현한 것이다. 송나라 때 전약수(錢若水)가 화산(華山)으로 도사(道士) 진희이(陳希夷)를 만나러 갔다. 마의도인이 진희이와 함께 화롯불을 쬐며 전약수를

바라보다가 "이 사람은 급류(急流)에서 용퇴(勇退)할 사람이다."라고 하였고, 훗날 전약수는 마흔 살에 추밀부사(樞密副使)에 이르자 벼슬을 버리고 물러났다. 한편 김창협의 시 〈반수암(伴睡菴)〉에는 "희이선생(希夷先生) 직계의 비전을 지녔거니〔希夷直下有眞傳〕"라는 구절이 있다. 《農巖集 卷3》 진희이는 도사인 진단(陳摶)으로 한 번 잠들면 백여 일 동안 일어나지 않은 일화로 유명한데, 암자의 명칭이 반수암이므로 이렇게 말한 것이다.

저물녘 용화에 들어가며[190]
暮入龍華

송라(松蘿)에 비친 달빛이 빈 골짝을 채우니	蘿月滿空峽
이곳이 나의 용화산 골짜기로다	是吾華山谷
산빛은 고요한 중에 흐릿하고	山光曖沖漠
밤기운은 교목에서 분명하여라	夜氣分喬木
올 때는 참새가 잡목 속에 깃들고	來時赴叢雀
앉은 뒤에는 섶나무 실은 송아지 몰고 가네	坐後曳柴犢
묵은 오솔길은 절 동쪽 다리로 이어지고	荒蹊寺東橋
새로 난 띠풀은 양서의 집[191]이로다	新茅瀼西屋
돌아와 쉬는 것 나는 어찌 이리 늦었나	歸休我何晚
만감이 교차하는 오늘밤 잠자리	萬感縈今宿
지금 주저하는 마음 품은 것이	含玆躊躇意
어찌 이 땅이 박해서이리오	豈以此地薄
앞 동산으로 걸어가서	聊且步前圃
손으로 가리키며 무엇이 있나 살펴보네	指點覽有無

---

190 저물녘 용화에 들어가며 : 1680년(숙종6) 3월 삼연이 28세 때 용화촌(龍華村)의 석천사(石泉寺)를 유람하면서 지은 시이다.

191 양서의 집 : 용화산에 있는 집을 빗대어 표현한 것이다. 두보(杜甫)의 시 〈늦봄에 양서에서 새로 빌린 초가집에 쓰다[暮春題瀼西新賃草屋]〉에 "쑥대밭처럼 머리 헝클어진 내 신세 천지간에 초가집 하나 뿐일세[身世雙蓬鬢, 乾坤一草亭.]"라는 구절에서 따온 것이다. 《杜少陵詩集 卷18》

차가운 샘물은 밭두둑에서 빛나고   寒泉烱町瞳

어지러이 버려진 이삭 남았어라   歷亂滯穗餘

된서리 몇 차례나 내렸나   嚴霜凡幾降

별자리 바라보며 농부에게 말하네   望星語農夫

옥녀담192 찾기가 부끄러워라   羞問玉女潭

삼 년 동안 콩밭에 잡초만 무성하니   三稔豆田蕪

---

192 옥녀담 : 현재 용화저수지 인근에 선녀바위가 있고 그 바위 아래 물이 깊은 곳을
선녀탕이라고 하는데 이곳이 바로 옥녀담이라고 한다. 《권혁진, 강원의 산하, 선비와
걷다, 산책, 2016. 178쪽》

석천사[193]

石泉寺

석천사를 지나	經歷石泉寺
소요하며 서남쪽으로 내려갔네	逍遙下西南
바위 사이 샘물이 백여 자나 떨어지니	巖泉百餘尺
신령스런 물방울이 소나무와 삼나무에 날리네	靈液飛松杉
물줄기 따라 가서 갓끈을 씻을 만하니[194]	緣流行濯纓
앞에는 청령담 있도다	前有淸泠潭
못의 이름 누가 붙여주었던고	潭名誰所興
예로부터 내 마음 비추었었지	宿昔鑑我心
서성이며 반석에 올라서	踟躕就盤石
길게 휘파람 불며 봄 숲을 추억하노라	長嘯憶春林
잠깐 사이에 경색이 변해가니	俛仰景氣變
텅 빈 하늘에 봉우리만 보이고	寥廓見崖岑
날 저물어 서풍이 일어나니	日晚起西風
서늘한 바람이 옷깃을 떨치네	颼颼振衣衿

---

193 석천사 : 삼연이 28세 때인 1680년(숙종6) 3월 용화촌(龍華村) 석천사(石泉寺)
를 유람하며 지은 시이다. 《三淵先生年譜》

194 갓끈을 씻을 만하니 : 속세를 벗어나 은거할 만하다는 의미이다. 굴원(屈原)의
〈어부사(漁父辭)〉에 "창랑의 물이 맑으면 나의 갓끈을 씻을 수 있네.〔滄浪之水淸兮,
可以濯我纓.〕"라는 말에서 유래하였다.

석천사에서 감회를 읊다

石泉寺感懷

제1수

우리들 석천사에 이르러	吾人到石泉
다시 남쪽에서 온 그대 손을 잡고 가네	復携南來子
지난날 헤아려 보니 세 해가 지났고	數往今三霜
단풍은 우리 향해 발갛게 들었네	楓樹向我紫
자운대 높은 곳에 올라	高登紫雲臺
맑은 샘물 소리 찬찬히 듣네	細聆玉乳水
산천은 항상 그 자리에 있으니	山川每在而
나의 마음으로 태초를 느끼네	我懷感太始
유유히 시속을 따라 오르내림이 괴롭고	悠悠勞俯仰
외로이 기대 섰노라니 날이 저물어 가네	孤倚暮將徙
깊은 못 바라보니 흰머리[195]가 부끄럽고	窺淵忸二毛
소나무 어루만지니 참모습 아름다워라	撫松美眞髓
천길이나 자란 칡덩굴 무성하고	千尋葛漠漠
오래 묵은 바위들은 울퉁불퉁하여라	卒歲石齒齒
골짜기 깊다고 어찌 배를 보존하랴[196]	壑深舟豈存

195 흰머리 : 원문은 '이모(二毛)'로 32세 혹은 흰머리가 나는 나이를 의미한다. 진(晉)나라의 반악(潘岳)이 32세에 머리가 세기 시작한 데에서 유래한 말이다.

196 골짜기……보존하랴 : 《장자》〈대종사(大宗師)〉에 "골짜기 속에 배를 숨겨 두고 산을 못 속에 숨겨 두면 안전하다고 여긴다. 그러나 한밤에 힘센 사람이 등에 지고

텅빈 곡신은 죽지 않네[197]	谷虛神不死
왕자교[198]는 나를 부르지 않고	王喬不我速
짙은 안개만 이 내 신발을 적시네	荒靄湝幽屨
신령한 냇물을 거슬러 오를 수 있다면	靈溪倘可溯
늦가을 국화 꽃술로 건량을 만들 텐데[199]	糇此晚菊蘂

제2수 其二

새벽부터 떼 지어 나는 참새	狋狋晨飛雀
들판의 밭에서 높이 날아 오네	翔自野田來
산 깊으니 넓은 곳 어찌 찾으랴	山深廓何求
계곡 아래 이끼를 짹짹거리며 쪼아먹네	唼喋澗底苔
가는 피라미 흐르는 물결 속에 나오니	纖儵出㳽㳽

달아나도 어리석은 사람은 알지 못한다.〔夫藏舟於壑, 藏山於澤, 謂之固矣. 然而夜半, 有力者, 負之而走, 昧者不知也.〕"라는 구절이 있다. 여기서는 사람은 죽게 마련이라는 의미이다.

197 곡신은 죽지 않네 :《노자(老子)》에 "곡신은 죽지 않으니, 이것을 일러 현빈이라고 한다.〔谷神不死, 是謂玄牝.〕"라는 구절을 인용한 것이다. 곡신은 영원한 도(道) 혹은 양생술(養生術)이고, 현빈은 만물을 생성하고 기르는 본원(本源)이다.

198 왕자교(王子喬) : 신선의 이름이다. 주 영왕(周靈王)의 태자 진(晉)이 신선인 부구공(浮丘公)을 만나 숭산(嵩山)으로 들어가서 도술을 배웠고, 30여 년 후에 백학(白鶴)을 타고 날아와 구씨산(緱氏山) 위에 며칠을 머물다가 떠나갔다고 한다.《列仙傳 王子喬》

199 국화……텐데 :《초사(楚辭)》〈구장(九章) 석송(惜誦)〉의 "강리와 국화를 심어서, 봄날의 향기로운 건량으로 삼았으면.〔播江離與滋菊兮, 願春日以爲糇芳.〕"라는 구절에서 인용한 것이다.

작은 몸이 흩날리는 먼지 같아라   身微若浮埃

생계를 꾸리기에 사는 곳 몹시 좁건만   有營苦界窄

다른 데 가지 않고 천성대로 즐거이 사누나   無適樂天恢

이에 나는 고요하게 깨닫는 바 있으니   幽人靜有見

속세를 벗어난 저 서대[200]를 멀리 바라보노라   外物緬西臺

담담하게 흰구름 흘러가니   澹澹白雲往

이곳에서 단구[201]를 찾을 수 있으리   丹丘此可媒

---

200 서대 : 석천곡에 있는 자운대(紫雲臺)를 말하는 것으로 보인다. 삼연의 〈석천곡
기(石泉谷記)〉에 "절의 서쪽에 있는 봉우리의 등성이가 남쪽으로 구비져 내려가는데
이른바 소운폭포의 위에 이르러 그친다. 올라가면 원근을 조망할 수 있는데 마침 구름이
껴서 먼 곳까지 바라볼 수는 없었고 오직 구름과 나무 사이로 석천곡 안의 냇물과 바위들
이 보였다 안 보였다 하는데 늘어서 있는 모습을 분별할 수 있었다. 이에 올라간 곳을
자운대라고 이름하였다."라고 하였다. 《三淵集 卷24 石泉谷記》

201 단구 : 신선이 사는 곳으로 밤이 없이 항상 밝다고 한다. 굴원(屈原)의 〈원유(遠
遊)〉에 "신선을 따라 단구에서 노닒이여, 죽지 않는 옛 고장에 머무네.〔仍羽人於丹丘
兮, 留不死之舊鄕.〕"라고 하였다. 《楚辭 卷5》

영천
靈泉

천하의 샘물을 맛보았으나	天下嘗泉水
명성산²⁰²에는 이르지 못했지	未至鳴城山
누가 말했나 제대²⁰³의 물이	誰謂帝臺漿
멀지 않은 이곳에 있다고	不遠在此間
보통 사내들 본 사람 드물고	衆夫所希見
산승만이 홀로 찬탄하네	山僧獨嗟嘆
깊은 통에 영험한 물 받으니	高槽承靈液
맑은 물이 가늘게 떨어지네	淸澍激細湍
졸졸 흘러 그치지 않으니	涓涓來不息
천 년 동안 마른 적 없어라	千載未始乾

---

202 명성산 : 명성산(鳴聲山)이라고도 한다. 강원도 철원과 경기도 포천에 걸쳐 있는 산이다. 마의태자가 이곳을 거쳐 금강산으로 갈 때 산이 울었다는 전설도 있고, 후삼국 시대 궁예(弓裔)가 이곳으로 도망쳐 왕건(王建)과 대치하다가 군대를 해산하자 심복들이 슬퍼 통곡하였으며 이후에도 울음소리가 들린다 하여 명성산, 울음산이라고 불리게 되었다.

203 제대 : 중국 고대 신선의 이름이다. 《산해경(山海經)》〈중산경(中山經)〉에 "다시 동남쪽으로 50리에 고전산이 있다. 그 정상에 있는 물은 매우 차갑고 맑아서 제대의 물이라고 하는데 이것을 마신 사람은 마음이 아프지 않게 된다.〔又東南五十里, 曰高前之山. 其上有水焉, 甚寒而淸, 帝臺之漿也, 飮之者不心痛.〕"라고 하였다. 또 "휴여산(休與山) 위에 돌이 있는데 이름을 제대의 바둑돌이라고 한다.〔休與山上有石焉, 名曰帝臺之棋.〕"라는 구절의 곽박(郭璞) 주에 "제대는 신인의 이름이다.〔帝臺, 神人名.〕"라고 하였다.

저 물을 떠다가 내 창자를 헹구면　　　　　　　把彼漱我腸

쓸쓸한 마음을 시원하게 뚫어주고　　　　　　冷冷徹心寒

신선이 되고픈 사람들은　　　　　　　　　　人倘欲神僊

이 물 마시면 날개가 돋으리　　　　　　　　因此生羽翰

비를 만나
遇雨

짙은 구름이 아침부터 골짜기로 들어오더니	密雲朝入谷
가랑비가 조용히 높은 나무 적시네	零雨沾高樹
시냇물 소리는 절로 급해지고	川水聲自急
흐르는 물결은 넘치도록 불어나네	潺湲溢豐注
깊은 산속이 어둑하게 검어지니	大麓黯且黑
노니는 이는 높은 산길에서 아찔하네	遊者眩天路
보시게 향로 속의 연기가	請看爐中煙
흩어져 산 위의 안개가 되는 걸	散爲山上霧
변화가 일순간에 있으니	變化在斯須
무상한 변천을 헤아릴 수 없어라	回薄不可數

달밤

月夜

신령한 안개 걷혀 밝은 달 나오니	神霞啓明月
떠오른 달 아래로 솔바람이 불어오네	月出松風吹
희미한 별은 담담히 서쪽에 있으니	微星澹在西
시간은 흘러 멈추지 않누나	行陰無停機
눈앞의 사물들 달빛을 받으니[204]	群品受冲素
나머지는 온통 푸른 산들이라	餘者混翠微
국화 따고 일어나 서성이노라니	采菊起彷徨
달빛 속 이슬에 옷깃이 젖어가네	金波露沾滋
이끼 긴 구멍에 흐르는 물 반짝이고	苔竇耿灑溁
구름 긴 절벽은 맑은 안개 머금었네	雲崿含清霏
이 좁은 곳에 어찌 달빛이 비치는가[205]	容光獨奚宜
절간의 사립문은 반쯤 닫혀 있는 것을	蓮宇半掩扉
맑은 기운이 한 줌도 못 되지만[206]	灝氣不盈掬

---

204 달빛을 받으니 : 원문의 '충소(沖素)'는 담박하고 순박하다는 의미인데 여기서는
맑은 달빛이 비추는 것을 비유한 듯하다.

205 이……비치는가 : 원문의 '용광(容光)'은 《맹자》〈진심 상(盡心上)〉에, "해와 달
은 밝음 덩어리라서 빛을 받아들일 만한 곳은 반드시 모두 비춰 준다.〔日月有明, 容光必
照焉,〕"라는 구절에서 인용한 것이다. 삼연이 머무는 곳이 깊고 그윽한 곳까지 달빛이 비쳐드
는 것을 말한 것이다.

206 맑은……못 되지만 : '호기(灝氣)'는 천지 사이에 가득 찬 정대(正大)하고 강직

그래도 오히려 내 옷을 곱게 적시네   猶自潤我衣

정신이 초연히 날아 별빛 가까이 있더니   神超象緯近

오래 앉은 끝에 종소리 염불소리 잦아드누나   坐久鐘唄稀

잠들지 않는 승려 그 누구인가   誰爲不寐僧

내 그와 함께 맑은 달빛 나눠 가지련만   吾與分淸輝

(剛直)한 기운을 뜻하는데, 이 구절에서는 달빛을 비유한 말이다. 비쳐드는 달빛이
매우 적다는 의미이다.

흰 국화

白菊

흰 국화와 어느 것이 같은 빛인가   白菊誰同色
누대에 넘치는 서릿발 같은 달빛이지   盈樓霜月輝
산 높고 돌다리도 끊어져   山高石梁絶
끝내 함께 취할 이 드물어라   終是醉人稀

석천사에서 달을 기다리며
石泉寺待月

제1수

달이 아직 떠오르지 않았을 제	冉冉月生未
사람은 서쪽 봉우리의 흰 빛을 보노라	人看西嶺白
솔바람 소리는 재촉하는 듯하니	松風如有催
시내 속 바위에 소슬하게 부누나	蕭瑟澗中石

제2수 其二

옥유가 졸졸 샘으로 떨어지니	玉乳鳴泉墜
맑은 울림에 신명의 도움 있는 듯[207]	鏘鏘響有神
밝게 감도는 한밤의 기운을	昭回中夜氣
가져다 소나무 아래 사람에게 권하네[208]	持勸蔭松人

---

207 신명의……듯 : 이 구절은 맑은 물소리를 좋은 시에 비유한 것이다. 원문의 '유신(有神)'은 '신명의 도움이 있다〔有神助〕'는 의미이다. 두보의 시 〈수각사를 유람하며〔遊修覺寺〕〉에 "시는 신명의 도움 있어야 하고 나는 봄을 맞아 나들이 하네〔詩應有神助, 吾得及春遊.〕"라는 구절이 있고,〈홀로 술 마시며 시를 짓다〔獨酌成詩〕〉에 "시 이루어지니 신명의 도움 있음을 깨닫네〔醉裏從爲客, 詩成覺有神.〕"라고 하였다.

208 밝게……권하네 : 산중에 아무것도 없어 환하고 밝은 밤기운을 이곳에 은거하는 사람에게 권해준다는 뜻이다. 《초사(楚辭)》〈산귀(山鬼)〉에 "산중의 사람이 두약을 따며, 바위틈의 물을 마시고 송백의 그늘에서 쉬도다.〔山中人兮芳杜若, 飮石泉兮蔭松柏.〕"라고 하였다.

산을 내려가며

下山

저 달은 어제처럼 밝은데	彼月明如昨
사람은 이제 한데에서 춥게 자네	人今野宿寒
차고 기우는 것은 애석하지 않으나	盈虧非所惜
산을 내려가며 보는 것을 탄식하노라	嘆此下山看

사경과 작별하며 겸하여 사흥에게 부치다[209]

別士敬 兼寄士興

산에 뜬 달은 단풍숲 끝에 있고	山月楓林杪
물에 뜬 달은 갈대 물가에 있네	水月蘆之漪
흰 비단처럼 달빛은 일렁이고	搖曳素練輝
깨진 거울 같은 기약[210]은 아득하네	浩蕩破鏡期
이별과 만남은 저마다 절로 알 터이니	破鏡圓珪各自知
아름다운 시[211] 손에 들고 차고 기우는 달 향해 그리워하네	
	手持瑤華向盈虧
고개 빼고 그대 기다리는 이 저녁에	正爾延脰夕
도리어 또 가을바람 불어오누나[212]	却又秋風吹

---

209 사경과……부치다 : 사경(士敬)은 삼연의 구촌 족질 김시보(金時保)의 자(字)이고, 사흥(士興)은 김시보의 형인 김시걸(金時傑)이다. 이들은 1679년부터 충남 보령 인근에 있는 모도(茅島)의 전장에 내려가 살았다.

210 깨진……기약 : 파경(破鏡)은 본래 부부가 떨어지는 것을 비유하는 말인데, 여기서는 김시걸과 헤어질 때 했던 약속을 말한다.

211 아름다운 시 : 원문의 '요화(瑤華)'는 다른 사람이 지은 시문(詩文)을 일컫는 말이다. 여기서는 김시걸이 삼연에게 보낸 시를 가리킨다.

212 가을 바람 불어오누나 : 이 구절은 후한(後漢) 오군(吳郡) 사람인 장한(張翰)의 고사를 인용하여 가을 바람이 부는 때를 만나 김시보가 고향으로 돌아가는 것을 표현한 것이다. 장한이 낙양(洛陽)에서 벼슬하다가 천하가 어지러운 것을 보고 고향의 순챗국과 농어회가 생각나서 벼슬을 그만두고 고향으로 돌아갔다. 《晉書 卷92 文苑列傳 張翰》 이백(李白)의 시 〈송장사인지강동(送張舍人之江東)〉에 "장한이 강동으로 가니, 바로 가을바람 부는 때를 만났도다.〔張翰江東去, 正值秋風時.〕"라고 하였다.

불어오는 가을바람 속에 나그네의 말은 울고   秋風吹征馬嘶
뒤척이며 잠 못 드니 새벽 달빛이 드리우네   輾轉不寐晨月垂

낙송루에서 조촐하게 술을 마시며[213] 사경에게 답하다
洛誦樓小飮 答士敬

제1수

서리 맞은 지황으로 술을 빚어[214]	霜苄爲樽淥
그대 머물게 하여 차갑게 마시네[215]	留君凍飮之
종소리 울리니 밤하늘 살펴볼 필요 없이[216]	鐘鳴寧視夜
길게 읊조리며 시 이루네	言永竟成詩

제2수 其二

청운이 못가에서 피어나니	靑雲起池上

---

213 낙송루에서……마시며 : 낙송루(洛誦樓)는 삼연이 1682년(숙종8) 백악산(白岳山) 기슭에 지은 누대이다. 삼연은 이곳에서 여러 사람들과 어울렸는데 특히 이규명(李奎明)·홍세태(洪世泰) 등과 자주 만나 어울렸다.

214 지황으로 술을 빚어 : 지황주(地黃酒)를 말한다. 지황을 이용해 담근 약주로 어혈을 제거하는 효과가 있다고 한다.

215 차갑게 마시네 : 원문의 '동음(凍飮)'은 초사(楚辭) 〈초혼(招魂)〉에서 인용한 구절이다. "지게미 짜낸 술을 얼음과 마시니 술이 맑고도 시원하네.〔挫糟凍飮, 酎淸涼些, 華酌旣陳, 有瓊漿些.〕"라고 하였다.

216 밤하늘……없이 : 원문의 '시야(視夜)'는 《시경》〈정풍(鄭風) 여왈계명(女曰鷄鳴)〉의 "여자가 닭이 울었다 하거늘, 남자는 아침이 아직 어둡다 하네. 여자가 말하길, '그대 일어나 밤을 보라. 샛별이 한창 반짝이고 있으니, 어서 떨치고 나가서 오리와 기러기를 잡을지어다.'〔女曰鷄鳴, 士曰昧旦. 子興視夜, 明星有爛, 將翺將翔, 弋鳧與雁.〕"라는 구절에서 따온 말이다. 시각을 알리는 종소리가 들리니 밤이 깊었는지 밤하늘의 별을 살펴볼 필요가 없다는 말이다.

백형이 앞서 말을 몰았어라²¹⁷　　　　　　　　伯也已先驅

추운 밤에 세상사 부침을 논하니²¹⁸　　　　　寒夜論龍蠖

강호에 뜻이 있는가 없는가　　　　　　　　　江湖意有無

제3수 其三

시내 동쪽에서 보내는 오늘 밤　　　　　　　溪東惟此夜

단풍 숲 저편에서 술자리 열었네　　　　　　樽酒隔楓林

바람에 여울이 새벽이면 거세지리니　　　　風瀨晨應甚

그대는 병든 고니의 읊조림²¹⁹을 더할 테지　增君病鵠吟

---

217 백형이……몰았어라 : 원문의 '백야(伯也)'는 《시경》〈위풍(衛風) 백혜(伯兮)〉
의 "우리 님이 창을 쥐고서, 임금님의 선구가 되었네.〔伯也執殳, 爲王前驅.〕"라는 말에
서 따온 것이다. 이 시를 지은 1684년(숙종10)에 삼연의 맏형인 김창집(金昌集)과 사경
의 형인 김시걸이 문과에 급제한 일이 있다. 여기서 백야는 김시걸을 가리킨다.

218 세상사 부침을 논하니 : 이 구절은 벼슬에 나갈 것인지 은거할 것인지에 대한
문제를 논한다는 의미이다. 원문의 '용확(龍蠖)'은 굴신(屈伸), 성쇠(盛衰)를 의미한
다. 《주역》〈계사전 하(繫辭傳下)〉에, "자벌레가 몸을 굽히는 것은 장차 몸을 펴기
위함이요, 용과 뱀이 칩거하는 것은 몸을 보존하기 위함이다.〔尺蠖之屈, 以求信也,
龍蛇之蟄, 以存身也.〕"라고 하였다.

219 병든 고니의 읊조림 : 형제가 서로 떨어져서 함께 가지 못하는 상황을 표현한
말로 김시보가 형님을 그리워하는 마음이 더해질 것이라는 의미이다. 악부시(樂府詩)
〈쌍백곡(雙白鵠)〉에 "두 마리의 하얀 고니 날아오니, 서북쪽에서 날아왔도다.……홀연
히 한 마리가 병이 들어서 서로 따라 날아갈 수 없게 되었네. 오 리마다 한 차례씩
뒤돌아보고, 육 리마다 한 차례씩 배회하누나.〔飛來雙白鵠, 乃從西北來.……忽然卒疲
病, 不能飛相隨. 五里一反顧, 六里一徘徊.〕"라고 하였다. 《玉臺新詠 卷1》

제4수 其四

한밤중에 이부자리 옮겨 와서	分夜衾裯徙
이곳에서 마시는 한잔 술에 느꺼워라	于玆感一觴
정이 깊은 벗과 훌륭한 아우	深朋與宜弟
천지간에 삼성과 상성²²⁰처럼 나뉘어 있구나	天地半參商

---

220 삼성과 상성 : 서로 멀리 떨어져 만나지 못하는 것을 비유한 말이다. 삼성(參星)
은 서쪽에 있고 상성(商星)은 동쪽에 있어서 서로 뜨고 지는 시간이 달라 볼 수 없다는
데에서 유래하였다. 《春秋左傳 昭公 元年》

풍계에서 아침에 일어나

楓溪朝起

찬 비 싸늘한 시월의 초순에	寒雨凄凄十月交
내리던 비 개이니 바람이 소슬하네	雨來旣霽風蕭蕭
청풍계 못가 누각에서 그대와 담소하니	淸風池閣與子語
황혼부터 밤을 지나 새벽녘에 이르렀네	薄暮通夜至晨朝
서산에 새가 우니 수풀 빛 예스럽고	西山鳥啼林色古
동방에 해 오르니 연못이 일렁이네	東方日出池面搖
뜨락 가에는 높은 회나무와 무성한 소나무 있고	庭畔高檜復茂松
무수히 지는 잎새는 추녀로 흩날리네	落葉無數向軒飄
배회하다가 시드는 국화에 느꺼워 탄식하노니	徘徊感歎黃菊衰
숙취가 가시지 않았는데 술이 생각나누나	朝酲未析思酒瓢

풍계에 첫눈 내리고

楓溪遇雪

제1수

산기운이 저물녘에 어떠한가	山氣晚如何
소리 없이 작은 싸락눈 내리네	無聲下微霰
적막한 중에 향기로운 술 들면서	寥寥芳酒登
소쇄한 풍광을 여기서 보노라	蕭洒此相見

제2수 其二

해 짧은데 돌아감을 미루면서	短景歸還懶
계수사²²¹를 노래할 만하여라	堪歌桂樹詞
문 열자 내리는 첫눈에	開軒第一雪
서로 이끌어 삼지²²²에 앉누나	牽率坐三池

제3수 其三

| 그대도 흰 눈을 보리니 | 君看白雪暉 |

---

221 계수사(桂樹詞) : 은자(隱者)가 부르는 노래를 뜻한다. 〈초은사(招隱士)〉에 "계
수가 총생하니 깊은 산속일세.〔桂樹叢生兮山之幽〕"라고 한 데에서 유래하였다. 《楚辭
卷8 招隱士》

222 삼지(三池) : 청풍계 안에 계곡 물을 이용하여 조성한 조심지(照心池), 함벽지
(涵璧池), 척금지(滌衿池) 세 개의 연못이다. 각각 단차가 있어 위에서부터 물이 차면
아래로 흘러넘치도록 설계되어 있었다.

멀리서 모산[223]의 학을 생각하노라 緬擬茅山鶴

묵묵히 내 마음 쏠리니 默默我傾神

빈 골짜기에 요림[224]이 나직하여라 瑤林亞虛塈

제4수 其四

등불 앞의 풍광은 얼마나 청량한지 燈前何瀏亮

얼음 시내에 솔바람이 몰아치네 氷澗迸松風

깊은 마음으로 풍아를 이야기하며 深心語風雅

세모에 백지의 방[225]에 있노라 歲暮葯房中

---

223 모산(茅山) : 충남 보령 인근에 있는 모도(茅島)를 말한다. 삼연의 구촌 족질 김시걸과 김시보 형제가 이곳으로 내려가 살고 있었다.

224 요림(瑤林) : 옥으로 된 숲 즉 선경(仙境)인데 여기서는 눈 내린 숲을 의미한다. 눈 쌓인 나뭇가지가 낮게 드리워진 모습을 표현하였다.

225 백지의 방 : 백지〔葯〕는 향초(香草)의 이름이다. 《초사》〈상부인(湘夫人)〉에 "계수나무 마룻대에 난초의 서까래요, 신이의 문미에 백지의 방이로다.〔桂棟兮蘭橑, 辛夷楣兮葯房.〕"라고 하였다.

중묘헌[226] 이 진사 규명의 헌명이다

衆妙軒 李進士奎明軒名

그대의 집은 삼면이 트였으니	君家三面豁
다함 없는 것은 푸른 산이어라	不盡是靑山
고목은 구름 기운에 닿아 있고	古木雲嵐接
낮은 언덕에는 새소리 한가롭네	平皐鳥雀閒
주렴 드리운 소박한 방이요	簾垂惟白室
문 닫으니 현관이로다[227]	門掩卽玄關
오직 창랑자가 있어서	獨有滄浪子
서로 보며 저물어도 돌아가지 않누나[228]	相看暮未還

226 중묘헌 : 이규명의 집으로 북산(北山) 아래 삼연의 집 근처에 있었다. 이규명은 삼연이 낙송루(洛誦樓) 시사를 열자 이에 참여하였고 고시(古詩)로 명성이 있었다. 《柳下集 卷10 妙軒詩集跋》

227 주렴……현관이로다 : 이 구절은 중묘헌을 비유한 것으로 당(唐)나라 잠삼(岑參)의 시 〈봄날 언덕에 누워 왕선생에게 부치다〔丘中春臥寄王子〕〉의 "밭 가운데 허름한 집을 짓고 숲속의 문을 닫았네〔田中開白室, 林下閉玄關.〕"라는 구절에서 따온 것이다. 현관은 문을 의미하는데 현묘한 도(道)로 들어가는 문이라는 뜻도 있다. 삼연이 이규명, 홍세태와 함께 시문을 논하였기 때문에 이렇게 말한 듯하다.

228 창랑자가……않누나 : 창랑자는 홍세태(洪世泰, 1653~1725)이다. 본관은 남양(南陽), 호는 창랑(滄浪)·유하(柳下)이다. 여항문인(閭巷文人)으로 글재주가 빼어나 많은 사대부들과 교분을 맺었다. 1675년(숙종 원년) 역과(譯科)에 급제하여 한학(漢學)으로 이문학관(吏文學官)이 되었고 이후 여러 차례 제술관을 지냈다. 삼연과 홍세태, 이규명 세 사람은 동갑(同甲)으로 망형지교(忘形之交)를 맺은 절친한 사이였다. 《柳下集 卷10 妙軒詩集跋》《三淵集 卷23 妙軒遺稿序》

홍세태와 나란히 누워

與洪世泰聯枕

밝은 달이 회나무 위로 떠오르고	明月來高檜
긴 행랑에 앉아 있으니 밤이 깊어가네	長廊夜坐深
병풍에는 망천도[229] 그려 있고	屛風輞川畫
눈 속에서 영중의 시[230] 읊네	擁雪郢中吟
술자리[231]에 댓잎이 불어오고	竹葉吹華酌
매화는 먼 숲을 바라보노라	梅花望遠林
올 한 해도 어느새 끝나가니	今年亦超忽
진중하시게 내 벗이여	珍重我知音

---

229 망천도(輞川圖) : 망천도는 당(唐)나라 때의 시인 왕유(王維)가 자신의 별장을 그린 그림이다. 망천은 서안(西安) 동남쪽 남전현(藍田縣)의 곡천(谷川)으로 왕유가 이곳에 망천장(輞川莊)이라는 별장을 짓고 풍류를 즐겼다. 원작은 전해지지 않지만 역대로 모사(摹寫)한 작품들이 많이 전한다.

230 영중의 시 : 원문의 '영중음(郢中吟)'은 고아(高雅)한 시 혹은 노래를 비유하는 말인데 여기서는 홍세태의 시를 비유한 것이다. 어떤 사람이 영중(郢中)에서 〈하리파인(下里巴人)〉이란 노래를 부르자 알아듣고 화답하는 사람이 수천 명이었고, 그 다음에 〈양아(陽阿)〉〈해로(薤露)〉를 부르자 화답하는 사람이 수백 명이었으며 마지막으로 〈양춘백설(陽春白雪)〉을 부르자 화답하는 사람이 수십 명으로, 곡조가 고아할수록 화답하는 사람이 적었다. 《文選 卷45 對楚王問》

231 술자리 · 원문이 '화작(華酌)'은 화려한 술잔으로 술자리를 의미한다. 송옥의 〈초혼(招魂)〉에 "화려한 술자리 이미 베풀어져 경장도 있네.〔華酌旣陳, 有瓊漿些.〕"라고 하였다.

홍세태가 와서 머무는 것이 기뻐 이서경과 대작하며 함께

읊다 이서경은 이규명(李奎明)이다

喜洪世泰來宿 與李瑞卿 奎明 對酒同賦

한밤이 안 되어 문 두드리니	扣門夜未半
그대 어느 집에서 오셨는가	君從何家來
큰 거리와 좁은 골목에는 사람이 많지만	九衢狹巷人如雲
문을 나서면 산은 높고 물은 넘실거리네	出門山高水潺潺
세모에 그대는 또 물고기처럼 숨으리니[232]	歲暮君且鱣鮪潛
황곡이 한 번 떠나면 언제 돌아오게 할 수 있을까[233]	
	黃鵠一去何能廻
아쉬운 마음에 잠시라도 그대 붙들어 보고자	惜君之袂願須臾
남쪽 이웃의 좋은 벗도 함께하네	南隣佳朋與之偕
세 사람 이곳에서 등불 아래 함께 앉아	三人於此燈下坐

232 물고기처럼 숨으리니 :《시경》〈소아(小雅) 소민(小旻)〉에 "전어도 아니고 상어
도 아니니, 어떻게 못에 잠겨 도망치랴.〔匪鱣匪鮪, 潛逃于淵.〕"라고 하였다. 세상을
떠나서 숨어 사는 것을 뜻한다.

233 황곡이……있을까 : 계주(桂州)로 여행을 가던 원집허(元集虛)가 유종원(柳宗
元)이 있는 영주(永州)에 들러서 36일 동안 함께 지내다 떠났다. 유종원이 써준 〈남쪽
을 유람하는 원십팔산인에게 주는 송서〔送元十八山人南遊序〕〉의 말미에 "나는 그가
언제 돌아올지 모른다. 황곡이 한번 길을 나서면 푸른 하늘이 끝없이 펼쳐져 있을 것이
니, 어찌 풍륭(豐隆)에게 의지하고 비렴(蜚廉)에게 호소하여 광활한 하늘에 울음소리
를 남기지 않을 수 있겠는가.〔吾未知其還也. 黃鵠一去, 靑冥無極, 安得不憑豐隆愬蜚
廉, 以寄聲於寥廓耶.〕"라고 하였다.

반짝이는 불빛 속에 푸른 주렴 걷네	燈明爛爛翠帷開
높은 누각에 밤이슬 같은 눈이 날리려 하고	高樓欲飄沆瀣雪
산중턱엔 어느새 높이 뜬 달 걸려 있네	半嶺已挂崢嶸月
한 번 영화롭고 한 번 욕됨은 고인들도 있었으니	一榮一辱古人有
그대 같은 재주는 필경 남달리 뛰어나리	有才如君竟奇絶
천리마 울어대며 붉은 발굽 높이 들고[234]	天驥側側朱蹄跦
예장의 울창한 흰 뿌리 갈라지누나[235]	豫章鬱鬱霜根裂
차가운 술 석 잔에 술병 두들기니	凍飲三杯擊瓦壺
이 노래에 광류거[236]의 뜻 있도다	此歌有意廣柳車
낙양의 호걸은 누구일런가	洛陽賢豪其誰人
밤마다 세 번씩 용문서[237]를 외우네	夜夜三諷龍門書

234 붉은……들고 : 천리마는 인재를 비유한 말이다. 말이 다리를 굽히면서 발굽을 드는 것은 달려나가고자 하는 것을 의미한다. 여기서는 홍세태가 멀리 떠나는 것을 비유한 것이다. 반고(班固)의 《동경부(東都賦)》에 "말이 나머지 다리를 굽히네.〔馬踠餘足〕"라고 하였다.

235 울창한……갈라지누나 : 예장은 대들보로 쓸 수 있는 좋은 나무이고 흰 뿌리〔霜根〕는 겨울에도 시들지 않는 나무의 뿌리나 새순을 의미하기도 한다. 훌륭한 인재를 비유하는 말로 쓰이는데 여기서는 홍세태를 가리킨다.

236 광류거(廣柳車)의 뜻 : 곤궁한 벗을 도와주는 의리를 말한다. 광류거는 덮개가 있는 짐수레이다. 한 고조(漢高祖)가 항우(項羽)의 장수 계포(季布)에 대해 현상금을 걸고 그를 숨겨주는 자는 삼족을 멸할 것이라는 명을 내렸다. 복양(濮陽)의 주씨(周氏)가 계포를 숨겨주고 있다가 발각될 것을 우려하여, 계포의 머리를 깎고 목에 사슬을 채우고 갈옷을 입혀 노예처럼 꾸민뒤 광류거에 싣고서 협객(俠客)인 노(魯)의 주가(朱家)에게 파는 형식으로 넘겨주었고, 훗날 계포는 사면을 받아 등용되었다.《史記 卷100 季布列傳》

237 용문서(龍門書) : 이백(李白)의 〈한형주에게 주는 글〔與韓荊州書〕〕를 가리키는

남아가 친교를 맺을 때 금이 부족하면   男兒結交金不足
마침내 부질없이 길가에 버려지리[238]   終是悠悠棄路衢

데, 인재를 등용해주길 바라는 마음을 담은 글이다. 내용 중에 "어찌하여 주공과 같은
풍모로 몸소 토포악발의 일을 행하지 않으십니까. 세상의 호걸들로 하여금 달려와 귀의
하여 용문에 오르게 한다면 명성이 열 배는 될 것입니다.〔豈不以有周公之風, 躬吐握之
事, 使海內豪俊, 奔走而歸之, 一登龍門, 則聲譽十倍.〕"라고 하였다.

238 남아가……버려지리 ; 전국(戰國) 시대 소진(蘇秦)이 합종책(合縱策)을 주장하
며 유세하러 다닐 적에, 조(趙)나라의 대신 이태(李兌)로부터 검은 담비가죽 옷〔黑貂之
裘〕과 황금 100일(鎰)을 받고 진(秦)나라로 갔다. 그런데 오랫동안 그의 주장이 받아들
여지지 않아 가죽옷도 해지고 황금도 떨어져서 꾀죄죄한 몰골로 초라하게 돌아온 '구폐
금진(裘敝金盡)'의 고사가 있다. 《戰國策 卷3, 秦策1》

병을 앓는 밤의 슬픈 회포[239]
病夜悼懷

어두운 밤 행랑 닫히고	玄夜閉脩廊
기나긴 밤 이경 남짓이라	遙遙二更餘
맑은 불빛만 가까이 남고	清燈獨在左
인적은 한참 전에 끊겼네	人迹久已疎
침상에서 구르고 울부짖으니	輾轉枕上叫
내 간장만 묵묵히 알아줄 뿐	肝腸默相於
애통함이 극심하여 온몸에 열이 나니	慟甚一身疚
정신이 나가서 내 몸이 텅빈 듯[240]	神去五蘊虛
넋이 나가 정신을 차리지 못하여	忽忽却不省
네가 평소 거처[241]에 있으리 여기는데	謂伊在平居
모르겠어라 누구 때문에	不知爲誰故
뚝뚝 눈물방울이 옷자락을 적시는가	零淚屢沾裾
젖어든 옷깃에 비로소 깜짝 놀라지만	沾裾心始驚

---

239 병을……회포 : 아우 김창립(金昌立)이 세상을 떠난 뒤 그 슬픔을 읊은 시이다. 김창립은 1683년(숙종9) 12월 26일 18세의 나이로 세상을 떠났다. 김창립은 그의 동지 5, 6인과 함께 삼연에게 시문(詩文)을 배웠고, 삼연 또한 김창립을 매우 아꼈다고 한다.
240 정신이……듯 : 오온(五蘊)은 불교에서 온 말로, 개인의 존재를 구성하는 5개의 집합인 색(色)·수(受)·상(想)·행(行)·식(識)인데, 여기서는 기기 기신을 비유인 말로 보인다.
241 평소 거처 : 김창립은 삼연의 낙송루 좌측에 서재를 짓고 그곳에서 살았다고 한다.

지독한 아픔은 참으로 없애기 어려워라	痛毒實難除
이 마음 또한 잠깐뿐이라	斯心亦須臾
다시 처음처럼 멍하게 넋이 나가네[242]	嗒焉復如初
꿈 깨도 유독 정신이 안정되지 않아	夢覺特未定
천지간에 아득히 헤매노라[243]	天淵渺鳥魚
물어나보세 떠나간 사람의 마음은	爲問逝者心
지금은 정히 어떠한가	于今定何如

242 멍하게 넋이 나가네 : 원문의 '탑언(嗒焉)'은 《장자》〈제물론(齊物論)〉에 "남곽자기가 안석에 기대어 앉아서 하늘을 우러러보며 숨을 내쉬는데, 멍하니 자기 짝을 잃어버린 것 같았다.〔南郭子綦隱机而坐, 仰天而噓, 嗒焉似喪其耦.〕"라고 한 데에서 유래하였다.

243 천지간에 아득히 헤매노라 : 이 구절은 주희(朱熹)의 시 〈재거감흥(齋居感興)〉에서 따온 것이다. "인심의 오묘함은 예측할 수 없어, 드나들 때에 기기를 타고 나오네. 얼어붙었다가 또 타오르고 연못에 빠졌다가 다시 하늘로 날아오르네.〔人心妙不測, 出入乘氣機. 凝冰亦焦火, 淵淪復天飛.〕"라고 하였다.

눈이 내린 뒤에
雪後

맑은 달빛은 뜨락을 비추는데	明月照庭宇
흰 눈이 곱게 깔렸어라	素雪以爲藉
희디흰 광채 이곳에 펼쳐졌는데	暉素皎在玆
애석하여라 뉘와 함께 나눌고	惜哉共誰把
맑은 바람에 서글픔이 일어나니	淸風起悽愴
눈물 흘러 옷깃에 떨어지네	我淚映襟瀉
고맙게도 즐거이 사는 이244	多謝居懽子
이 밤을 어떻게 보내나	何以徂斯夜

---

244 즐거이 사는 이 : 진(晉)나라 장화(張華)의 〈정시(情詩)〉에 "즐거울 때에는 밤이
짧음을 애석해하고 슬플 때에는 밤이 긴 것을 원망한다.〔居懽惜夜促, 在戚怨宵長.〕"라
고 하였다.

청성부원군 만사[245] 청성부원군은 김석주(金錫胄)이다. 부친을 대신하여 짓다

淸城府院君 金公錫胄 挽 代家君

제1수

명문가의 드문 인물[246] 신령의 보우(保佑)가 도타워　名門間氣篤靈休

문무로는 주나라의 길보[247]와 짝하였네　　　　　文武周邦吉甫儔

총애를 받아 발탁된 것은 일월에 의지한 것과 무관하고[248]

　　　　　　　　　　　　　　　　　　　　寵擢非關依日月

245　청성부원군 만사 : 김석주(1634~1684)는 본관은 청풍(淸風), 자는 사백(斯百), 호는 식암(息庵), 시호는 문충(文忠)이다. 1674년(현종15) 자의대비(慈懿大妃)의 복상(服喪)에 관한 예송(禮訟)이 일어났을 때 남인(南人)과 결탁하여 송시열 등을 몰아내었고, 이후 다시 서인(西人)들과 연합하여 남인을 억제하였다. 1680년(숙종6) 허적(許積)의 아들 허견(許堅)의 역모를 고변하여 보사공신(保社功臣)에 책록되고 청성부원군(淸城府院君)에 봉해졌고, 이후 숙종의 신임을 받아 좌의정과 호위대장을 겸하여 권세를 장악하였다.

246　드문 인물 : 원문은 '간기(間氣)'로 영웅이나 위인은 위로 성상(星象)에 응하고 천지의 특별한 기운을 받아서 드물게 세상에 태어나기 때문에 한 말이다.

247　길보 : 윤길보(尹吉甫)이다. 주 선왕(周宣王) 때의 현신(賢臣)으로 호경(鎬京)에 침입한 이민족을 물리치고 선왕을 보좌하여 주나라의 중흥을 이루는 데 공헌하였다.

248　총애를……무관하고 : '일월(日月)'은 임금을 상징한다. 이 구절은 김석주가 외척(外戚)의 신분이지만 이와는 무관하게 자신의 능력으로 출세했다는 의미이다. 김석주의 부친 김좌명(金佐明)은 청풍 부원군(淸風府院君) 김우명(金佑明)의 형으로 김석주는 현종(顯宗)의 왕비 명성왕후(明聖王后)와 사촌이었고 또 숙종(肅宗)의 비인 인경왕후(仁敬王后)와도 인척관계였다.

충정은 본래 기구[249]를 계승한 것이로다   忠貞元自襲箕裘

국운을 부지하여 뽕나무에 맨 듯 다지고   扶持國步苞桑固

도성 거리 쓸어내어 요사한 기운 걷었네[250]   掃盪天衢積祲收

종정에 새기고 기상에 쓰는 것[251] 예로부터 있으니   鐘鼎旂常從古有

오로지 공렬이 천추에 빛나는 것을 보겠네   獨看功烈耀千秋

제2수 其二

나라의 어려움이 커서 나루터 보이지 않거늘[252]   邦家艱大久無津

신명은 어찌하여 이 사람 데려가셨나   神理胡然奪若人

---

249 기구 : 키와 가죽옷으로 가업(家業)을 비유하며 선조들이 대대로 현달한 것을 가리키는데, 김석주의 조부는 영의정 김육(金堉)이고 부친은 병조 판서 김좌명(金佐明)이다. 《예기》〈학기(學記)〉에 "뛰어난 대장장이의 아들은 반드시 가죽옷 만드는 것을 배우기 마련이고, 솜씨 좋은 궁장(弓匠)의 아들은 반드시 키 만드는 것을 익히기 마련이다.〔良冶之子, 必學爲裘, 良弓之子, 必學爲箕.〕"라는 구절에서 유래하였다.

250 국운을……걷었네 : 이 구절은 김석주가 허견(許堅)과 종실(宗室)의 복창군(福昌君), 복선군(福善君), 복평군(福平君)의 역모를 고변하여 종사(宗社)를 안정시킨 것을 말한다. 뽕나무에 맨 듯 다졌다는 것은 《주역》〈계사 하(繫辭下) 비괘(否卦)〉에 "망할까 망할까 두려워해야 뽕나무에 매어놓은 듯 안전하리라.〔其亡其亡, 繫于苞桑.〕"라는 구절에서 유래하였다.

251 종정에……것 : 종(鐘)과 정(鼎)은 옛날의 보기(寶器)이고 기상(旂常)은 교룡(交籠)이나 일월(日月)을 그린 깃발인데, 옛날 큰 공을 세운 신하의 이름을 종, 정, 기, 상에 새겨서 영구히 전하도록 하였다.

252 나루터 보이지 않거늘 : 원문의 '무진(無津)'은 나라의 형세가 위태로운 것을 비유한 말이다. 《서경》〈상서(商書) 미자(微子)〉에 "지금 은나라가 멸망하게 되어, 마치 큰 물을 건널 적에 나루터나 물가가 보이지 않는 것처럼 되고 말았다.〔今殷其淪喪, 若涉大水, 其無津涯.〕"라는 구절에서 유래하였다.

큰 골짜기와 깊은 숲에서는 범과 표범 생각하고[253]   鉅谷陰林思虎豹

높이 솟은 화각에서는 기린을 우러르네[254]   中天畵閣仰麒麟

흰 수염으로 상여 보내며 군왕은 눈물 흘리고   氷鬒送緋君王淚

검은 갑옷이 산을 이루니 장사들은 탄식하네[255]   玄甲成山壯士顰

가장 안타깝기로는 오호에 배 띄우지 못하고   最是五湖舟未放

안개 자욱한 물가 난간에서 각건쓰고 있던 것이로다[256]

角巾軒檻鎖煙濱

제3수 其三

놀랄 만한 위태로운 일들이 끊이지 않더니   不盡危途事可驚

253 큰……생각하고 : 이 구절은 나라가 어려운 상황에서 충신을 그리워한다는 의미
이다. 《한서(漢書)》 권77 〈합관요전(蓋寬饒傳)〉 "산에 맹수가 있으면 이 때문에 명아
주나 콩잎을 따지 못하고, 나라에 충신이 있으면 이 때문에 간사한 자들이 일어나지 못한
다.〔山有猛獸, 藜藿爲之不采. 國有忠臣, 奸邪爲之不起.〕"라는 구절에서 따온 것이다.

254 높이……우러르네 : 한 무제(漢武帝)가 세운 기린각(麒麟閣)을 말한다. 곽광(霍
光), 소무(蘇武) 등 한나라의 공신(功臣) 11인의 초상화를 그려서 걸어놓은 곳으로
미앙궁(未央宮) 안에 있었다.

255 검은……탄식하네 : 김석주가 호위대장을 했기 때문에 무관(武官)들이 문상하러
많이 모인 것을 의미한다.

256 가장……것이로다 : 오호에 배 띄우지 못했다는 것은 범려(范蠡)의 고사를 인용
한 것이다. 범려가 월왕(越王) 구천(句踐)을 보좌하여 오(吳)나라를 멸망시킨 뒤 벼슬
을 버리고 재산을 흩어 나누어 준 다음 오호에서 조각배를 타고 멀리 떠났고 도(陶)에
정착하여 부를 이루었다. 《國語 越語下》《史記 卷129 貨殖列傳》 안개 자욱한 물가에
있었다는 것은 김석주가 남인(南人)들을 제거하고자 꾸몄던 여러 가지 일로 인하여
같은 서인(西人)에게서도 반감을 사는 등 정치적으로 서서히 몰락하여 비방을 받던
것을 비유한 말이다.

뭇 신하들 서로 면려하여 임금과 신하가 모두 마땅하였네[257]

同寅相勉二人貞

나라의 안녕을 실로 공의 하늘 돌이키는 힘[258]에 의지했고

陂平實藉回天力

정사를 논의함[259]에 임금 향한 충성심 한결같았노라 吁咈終均捧日誠

봉황 소리 들리지 않을까 근심 깊어 군석에게 고했더니[260]

鳴鳥憂深君奭誥

257 뭇……마땅하였네 : 원문의 '동인(同寅)'은 신하가 임금을 섬기면서 훌륭한 정사를 이루기 위해 협력한다는 의미이다. 고요(皋陶)가 우(禹)에게 "함께 경외하고 마음을 합쳐 공경하여 마음을 합하십시오.〔同寅協恭, 和衷哉.〕"라고 하였다.《書經 虞書 皋陶謨》'이 인정(二人貞)'은 주공(周公)과 성왕(成王)의 고사에서 인용한 것이다. 주공이 새 도읍지로 낙읍(洛邑)을 정하고 성왕에게 보고하자, 성왕이 "공이 이미 집터를 정하고 사자를 보내어 점의 조짐이 좋아서 항상 길하다는 것을 보여주시니, 우리 두 사람이 똑같이 마땅하리라.〔公既定宅, 伻來, 來視予卜休恒吉, 我二人共貞.〕"라고 하였다.《書經 周書 洛誥》

258 하늘 돌이키는 힘 : 원문의 '회천력(回天力)'은 직언으로 간하여 임금의 마음을 돌리는 힘을 말한다. 당 태종(唐太宗)이 낙양(洛陽)의 궁전을 개수(改修)하고자 하였는데 장현소(張玄素)가 간언하여 이를 중지하게 하였다. 이에 위징(魏徵)이 "장공(張公)이 일을 논하는 데는 회천의 힘이 있다."라고 감탄한 고사가 있다.《新唐書 卷103 張玄素》

259 정사를 논의함 : 원문의 '우불(吁咈)'은 '도유우불(都俞吁咈)'의 준말로 도유는 찬성을, 우불은 반대의 의미이다. 임금과 신하가 정사(政事)를 논할 때 서로 의견에 찬성하거나 반대하는 것을 말하는데, 밝은 임금과 현명한 신하가 만나 기탄없이 의견을 개진하고 토론하는 것을 가리킨다.《書經 虞書 堯典, 夏書 舜典》

260 봉황……고했더니 : 군석(君奭)은 주(周)나라 소공 석(召公奭)이다. 소공이 치사(致仕)하고자 할 때 주공(周公)이 말하기를 그대와 같은 노성한 덕을 하늘이 장차 내리지 않는다면, 우리는 봉황의 상서로운 소리를 다시 듣지 못하게 될 수도 있다.〔耇造德不降, 我則鳴鳥不聞.〕"라고 하면서 만류한 일이 있다.《書經 周書 君奭》

기미에 오름에[261] 애통함 맺히니 부열(傳說)이 떠났도다

騎箕痛結傅巖征

북풍 속 현무가 서리와 눈 흩뿌리는데 　　　　北風玄武迷霜霰

비변사에 홀로 앉아 눈물로 갓끈 적시네 　　　孤坐籌司淚墮纓

---

261 기미(箕尾)에 오름에 : 원문의 '기기(騎箕)'는 '기기미(騎箕尾)'로 죽은 것을 말한
다. 《장자》〈대종사(大宗師)〉에 "부열(傳說)이 도를 얻어……동유(東維)를 타고 기미
(箕尾)에 올라 뭇별과 나란히 있다.〔傳說得之……乘東維騎箕尾, 而比於列星.〕"라고
말한 데에서 유래하였다. 부열은 은(殷)나라 고종(高宗) 때의 명재상으로 이 구절은
김석주가 죽은 것을 부열이 죽은 것에 빗대어 말한 것이다.

얼음 뜨는 노래[262]

伐氷歌

그대 보지 못했는가	君不見
나라의 큰일은 얼음을 저장하는 데 있으니	國之大事在藏氷
원사[263]에 사용하고 관리에게 나누어 주네	用之元祀頒在位
해마다 한강은 섣달이 되면	每年江漢二之日
물이 잦아들어 흐르지 못하고 얼음이 크게 얼지	水渴不流氷大至
이러한 때에 얼음 뜨러 일만 장정이 나가서	于是斬氷萬夫出
잘라내어 강가에 두니 산더미 같아라	斲之如山江上置
강가에 있는 두 곳의 빙고	江上兩氷庫
십여 리 거리에서 서로 보이네	相望十許里
쿵쿵 어지러이 도끼질 하면	砑匐散斧斤
흰 가루 엉겨서 구름 같은 눈발 피어나네	皓膠雪雲起
얼음 아래 깊은 곳의 물결은 세차게 흘러	深波爲蕩汨
강물이 절반으로 쪼개질 듯하여라	如裂半江腹

---

262 얼음 뜨는 노래 : 조선시대에 두모포(豆毛浦)에 동빙고, 한강(漢江)에 서빙고를
설치하여 얼음을 보관하였는데, 동빙고의 얼음은 제향(祭享)에 공납하고 서빙고의 얼
음은 어주(御廚)에 공납하고 백관에게 반사하였다. 12월에 장빙(藏氷)하고 이듬해 춘
분에 개빙(開氷)하는데 때마다 모두 현명(玄冥)에게 사한제(司寒祭)를 지냈다.

263 원사 : 큰 제사로 천지(天地)에 지내는 제사를 의미한다 《서경》〈주서(周書)
낙고(洛誥)〉에 "공이 높은 자를 기록하여 공로에 따라 원사를 지내주라.〔記功宗, 以功,
作元祀.〕"라고 하였다.

교룡은 서로 마주칠까 두려워 달아나고　　　　　蛟龍走逸畏相及

강물의 신은 비늘집[264]에서 근심하며 두려워하네　水神愁懼魚鱗屋

옥 같은 얼음 쉽게 잘라 바칠 제 관장이 임하여　削鐵獻玉官長臨

한곳에 쌓아두니 높이가 일백 길이로다　　　　　堆着一處高百尋

하늘에 성대히 감도는 것은 항해[265]의 기운이요　鼀黌天回沆瀣氣

땅에 모여 쌓이는 것은 현명[266]의 음기로다　　　合沓地畜玄冥陰

봄철에 고구[267]를 시절에 맞게 꺼내나니　　　　陽春羔韭順時發

하지의 음과 동지의 양[268]으로 절기 맞추거늘　夏陰冬陽此以節

어찌하여 올해 겨울은　　　　　　　　　　　　奈何今年冬

날씨 따듯하여 유사를 근심시키나　　　　　　　日暖愁有司

주나라 때 〈빈풍〉과 노나라의 《춘추》에　　　　周時豳風魯春秋

264　비늘집 : 강물의 신이 사는 궁궐을 의미한다. 《초사(楚辭)》〈구가(九歌) 하백(河伯)〉에 "물고기 비늘 집은 용의 저택이요, 조개 누각은 주홍빛 궁궐이로다.〔魚鱗屋兮龍堂, 紫貝闕兮朱宮.〕"라고 하였다.

265　항해 : 야간(夜間)의 수기(水氣)가 엉긴 맑은 이슬로 신선들이 마시는 음료이다. 《초사(楚辭)》〈원유(遠遊)〉에, "육기를 먹고 항해를 마심이여, 정양으로 양치질하고 아침 놀을 머금는다.〔湌六氣而飮沆瀣兮, 漱正陽而含朝霞.〕"라고 하였는데, 왕일(王逸)의 주에 "겨울에 항해를 마신다. 항해는 북방의 야반의 기운이다.〔冬飮沆瀣. 沆瀣者, 北方夜半氣也.〕"라고 하였다.

266　현명 : 겨울의 신이다. 혹은 강물의 신을 말하기도 한다. 《예기》〈월령(月令)〉에 "겨울을 주관하는 상제(上帝)는 전욱(顓頊)이고, 그 신(神)은 현명(玄冥)이다."라고 하였다.

267　고구 : 염소와 부추나물이다. 2월이 되어 날씨가 풀리면 염소와 부추나물로 제사를 지내고 빙고의 얼음을 꺼내어 사당에 올렸다.

268　하지의……양 : 하지(夏至)에 음(陰)이 생겨나고 동지(冬至)에 양(陽)이 생겨난다고 하였다.

이 이치가 엉클어진 것[269] 지금에야 의아하네   此理紛糾秖今疑
우리 노형의 직분이 얼음 뜨는 것[270]이라   吾家老兄職斬氷
함께 천시를 논하자니 한탄만 나오누나   與論天時起嗟咨

---

269 주나라……것 : 〈빈풍(豳風)〉은 《시경》〈빈풍 칠월(七月)〉로 이 시의 마지막
8장이 장빙(藏氷)에 관한 내용이다. 노나라의 《춘추》는 '얼음이 얼지 않았다〔無氷〕'는
기사를 말하는 것으로 보이는데, 환공(桓公) 14년, 성공(成公) 원년, 양공(襄公) 28년
기사에 이러한 내용이 보인다. 또 소공(昭公) 4년 기사에는 신풍(申豐)이 장빙(藏氷)
의 도(道)에 대해 논하는 내용이 있다.

270 우리……것 : 노형은 누구를 말하는 것인지는 분명치 않다. 대체로 얼음을 뜨는
것은 공조(工曹)의 일인데 당시 김창집은 공조 좌랑으로 있다가 9월에 문과에 급제한
후 예조 좌랑으로 옮겼고, 김창협은 이조 좌랑 등을 역임하였으나 공조에 있지 않았다.

섣달그믐날의 감회
除日道感

노량진 다닐 배 없고	露津無行舟
긴 얼음이 바위처럼 희구나	長氷白如石
비늘처럼 반짝이며 용산까지 이어지고	鱗鱗絙龍山
희디희게 동작까지 뻗었네	皓皓彌銅雀
반쯤 건너다 겁을 먹으니	半渡含危慄
사람이고 말이고 모두 머뭇거리네	人馬共躑躅
작은 여우가 건넌 것을 조용히 비웃고[271]	默哂小狐涉
큰 물고기가 적막함을 깊이 생각하네[272]	沉念巨魚寂
흐르는 물결은 어느 때 녹아서	流波放何時
울울한 푸른 물결 구비구비 흐를런지	鬱鬱萬折綠
하늘은 저녁 기운 깊어가고	玄穹晚氣邃
북풍은 넓은 허공 지나가네	北風度寥廓
끊임없는 온갖 시름 겪고서	悠悠千愁餘

271 작은……비웃고 : 《주역》〈미제(未濟)〉괘에 "새끼 여우가 물을 건너다 채 못 건
너고 꼬리를 적시니 이로울 것이 없다.〔小狐汔濟, 濡其尾, 无攸利.〕"라고 하였다. 얼음
이 얼었으니 건널 수 있다는 말이다.

272 큰……생각하네 : 《장자》〈경상초(庚桑楚)〉에 "무릇 작은 도랑에는 큰 물고기가
몸뚱이를 돌릴 곳이 없지만 미꾸라지 같은 작은 물고기는 몸을 돌리기에 적당하다 여기
고, 몇 걸음에 오를 수 있는 작은 언덕에는 큰 짐승이 몸뚱이를 숨길 곳이 없는데 작은
여우는 그것을 좋게 여깁니다.〔夫尋常之溝洫, 巨魚無所還其體, 而鯢鰌爲之制, 步仞之
丘陵, 巨獸無所隱其軀, 而孽狐爲之祥.〕"라고 하였다.

올 한 해를 이 저녁에 보내누나　　　　　　　今歲寄一夕

이미 달리듯 지나가버린 것을　　　　　　　行盡已如馳

뒤늦게 탄식해 무엇하리오　　　　　　　　奚須晚嘆息

고인이 초야에 누워 있으니　　　　　　　高人臥曠原

말에서 내려 주역을 물어보리라[273]　　　　降馬問大易

---

273 주역을 물어보리라 : 섣달그믐날에 쓴 시이므로 새해의 일을 물어보고 싶다는
의미이다. 은사(隱士)들이 《주역》에 밝아 사람들이 가서 묻곤 했기 때문에 이렇게 말한
것이다.

한식날의 일곱 가지 그리움 을축년(1685, 숙종11)
寒食七思 乙丑

제1수

내가 그리워하는 이여 아버님 그리워라	我所思兮思阿爺
올봄의 한식을 어디 보내시려나	今春寒食曷以過
네 마리 말 끄는 큰 수레 타고 도성 거리 지나서	駟馬高蓋洛陽道
미간 찌푸리며 집 돌아가면 집에 곡소리 가득하리[274]	蹙眉歸家哭滿家
아버지 그리는 노래 그 슬픔이 어떠한가	思翁之歌悲若何
산중에서 멀리 바라봄에 귀밑머리 세어가네	山中遙望鬢欲華
가지마다 꽃 만발한 옥류동에서	花開滿枝玉流洞
누가 좋은 술 권하여 얼큰히 취하게 해드릴까	誰勸美酒使顔酡

제2수 其二

내가 그리워하는 이여 어머님 그리워라	我所思兮思阿孃
십 년 간의 병치레에 괴로이 침상에 계셨지	十年嬰疾苦在床
우리 일곱 낳아서 봉이 새끼 기르는 듯[275]	生我七人鳳養雛
깃털 무늬 겨우 이루자 그만 돌아가셨네	文理纔就有殞亡
고운 청정반에 행낙죽[276]	靑精細飯杏酪粥

---

274 곡소리 가득하리 : 삼연의 동생인 안동 김씨와 김창립(金昌立)이 세상을 떠났기
때문에 한식을 맞아 아이들을 생각하며 곡한다는 의미인 듯하다. 안동 김씨는 1680년(숙
종6) 아이를 낳다가 죽었고, 김창립은 1683년(숙종9) 12월 18세의 나이로 세상을 떠났다.
275 봉이……듯 : 봉추(鳳雛)는 봉황의 새끼로 재주가 빼어난 인재를 가리킨다.

계집종이 싸다가 두 백양나무 아래에 두네[277]	小婢裹出兩白楊
닭 울면 창에 기대어 지금까지도 곡하니	雞鳴倚櫺號至今
어린 손주[278] 올망졸망 그 곁에 앉아있네	遺稚瞳瞳坐其傍

제3수 其三

내가 그리워하는 이여 검양[279]이 그리워라	我所思兮思黔陽
그 사람 살아있지 않아 오래전에 이미 죽었지	其人非生久已亡
해마다 한식이면 한강 물결 푸르러	年年寒食江漢綠
때마다 중류에서 눈물로 옷 적시네	每於中流涕漲裳
곳곳에 봄바람이 이제 다시 불어오니	到處春風今復爾
너의 혼백 어디로 갔나 내 혼이 너를 찾누나	汝魂何歸我魂翔
높은 산 너른 들의 동주[280]를 바라보니	山高野闊望東州

---

276 고운 청정반에 행낙죽 : 청정반은 조(粟)의 일종인 생동쌀로 지은 밥을 말한다. 도가(道家)에서는 이 밥을 먹으면 생명을 늘여준다고 한다. 행낙죽은 행인죽(杏酪粥) 이다. 살구씨와 쌀을 섞어서 끓인 죽으로 한식 때 많이 먹었다.

277 백양나무 아래에 두네 : 이 구절은 삼연의 누이동생과 김창립이 죽은 것을 의미한 다. 백양나무는 무덤가에 심는 나무로 무덤을 가리킨다. 두보(杜甫)의 시 〈장유(壯遊)〉 에 "두곡에 노인들 이미 많이 죽어, 사방 교외에 백양나무 많구나.[杜曲晚耆舊, 四郊多 白楊.]"라는 구절에서 유래하였다.

278 어린 손주 : 김창립은 자식이 없이 죽었는데 삼연의 셋째 아들 김후겸(金厚謙)이 계자(繼子)로 들어갔기 때문에 이렇게 말한 듯하다.

279 검양 : 금천(衿川)을 말한다. 삼연의 누이동생 안동 김씨가 죽자 금천에 장례를 지냈기 때문에 이렇게 말한 것이다.

280 동주 : 강원도 철원(鐵原)의 옛 명칭으로 누이동생이 이곳에서 혼례를 올린 듯하 다. 삼연의 시 〈매서 이여집을 곡하다[哭妹婿李汝楫]〉에 "동주에서 합근례 올리던 일 완연히 어젯밤 일 같아라.[東州合巹席, 宛若夜來事.]"라고 하였다.

삼성의 양과 기러기가 옛날 이곳에 있었네[281]　　　三星羔鴈昔此鄉

제4수 其四

내가 그리워하는 이여 율북이 그리워라[282]	我所思兮思栗北
아아 내 동생아 한식이구나	嗟嗟我季此寒食
지난해 술뿌리고 눈물 떨어진 곳에	去年酒滴淚落處
무성하게 풀 더 자라나 온 언덕이 푸르리라	應添幽草滿原碧
동쪽 와서 약초 캐니 몸은 늙고 병들어	東來採藥身半朽
멀리 술 한잔도 보내지 못하는구나	遙令一杯更寂寞
자운대[283] 위에서 한바탕 정신을 놓아 보내노니	紫雲臺上一放神
바람이 남쪽으로 가는 구름[284] 보내어 막히지 않게 하길	
	風吹南雲莫相隔

---

281 삼성의……있었네 : 동주에서 누이동생이 혼인했다는 의미이다. 원문의 '삼성(三星)'은 삼성재천(三星在天)으로 여기서는 혼기가 차서 혼인하는 것을 말한다. 《시경》〈당풍(唐風) 주무(綢繆)〉에 "단단하게 섶을 묶을 적에 삼성이 하늘에 있네. 오늘 저녁이 어떤 저녁일까. 이 좋은 분을 만났구나. 그대여, 그대여, 이렇게 좋은 분을 만나다니.〔綢繆束薪, 三星在天. 今夕何夕, 見此良人. 子兮子兮, 如此良人何.〕"라고 하였다. 또 양과 기러기는 혼례 때 예물로 사용하던 것들이다.

282 율북이 그리워라 : 동생 김창립을 그리워한다는 의미이다. 김창립이 세상을 떠난 뒤 양주(楊州) 율북리(栗北里)에 장사지냈다. 《국역 문곡집 22권 죽은 아이의 행장》

283 자운대(紫雲臺) : 석천곡(石泉谷)에 있는 대(臺)로 삼연이 이름 붙였다. 본집 권24〈석천곡에 대한 기문〔石泉谷記〕〉에 보인다.

284 남쪽으로 가는 구름 : 부모나 고향을 의미한다. 진(晉)나라 육기(陸機)가 지은 《사친부(思親賦)》의 "남쪽 구름 가리키며 정을 부치고, 돌아가는 바람 보며 정성을 바치네.〔指南雲以寄款, 望歸風而效誠.〕"라는 구절에서 유래하였다.

제5수 其五

내가 그리워하는 이여 두 형님이 그리워라	我所思兮思兩兄
나란히 출사하여[285] 도성에서 벼슬하지	聯翩衣馬仕王城
퇴청하여 집에 오면 그 마음 어떠한가	朝回入室意如何
즐거움 속 깊은 근심에 매번 놀라는 듯하리라[286]	樂中深憂每若驚
봄철의 흐릿한 기운에 맑은 햇살 적고	春陰在天麗日稀
막막한 진창길 평탄해지기 어려워 근심하네	泥路漠漠恐難平
응암[287] 위의 흰구름은 시샘하는 사람 드무니	鷹巖白雲人少猜
풍패동[288] 맑은 곳에서 아버지 모시고저	願奉家翁風珮淸

285 나란히 출사하여 : 원문의 '의마(衣馬)'는 《논어》〈옹야(雍也)〉에서 유래한 말로 화려하고 부유한 것을 가리킨다. 김창집은 1672년(현종13) 진사가 되고 1681년(숙종7) 내시교관에 제수되었으며 1684년(숙종10)에 공조좌랑으로 문과에 급제하였다. 김창협은 1669년(현종10) 진사가 되고 1682년(숙종8)에 문과에 장원급제하였다.

286 즐거움……듯하리라 : 벼슬하면서도 늘 근심한다는 의미이다. 《도덕경(道德經)》제13장에 "무엇을 '총애와 모욕에 놀란 듯이 한다'고 하는가. 총애는 낮은 것이니, 그것을 얻어도 놀란 듯이 하고 잃어도 놀란 듯이 한다.〔何謂寵辱若驚. 寵爲下, 得之若驚, 失之若驚.〕"라고 하였다. 총애에서 모욕이 나올 수 있는 것이므로 총애를 얻었다 하더라도 좋아하지 않고 경계한다는 뜻이다.

287 응암 : 응암은 경기도 영평(永平)의 동쪽 백운산(白雲山) 아래의 지명이다. 삼연의 형인 김창협(金昌協)이 1679년(숙종5) 29세 때 부친의 명에 따라 이곳에 터를 잡고 산 일이 있다. 《農巖集 卷35 年譜上》

288 풍패동(風珮洞) : 경기도 영평 백운산 남쪽에 있다. 삼연의 부친 김수항(金壽恒)이 이곳에 은거하려고 하다가 이의건(李義健)의 낚시터를 발견하고 이곳을 좋아하여 '풍패동'이라고 이름하고 송로암(送老菴)을 지었다. 《農巖集 卷24 泠泠亭記》

제6수 其六

내가 그리워하는 이여 두 아우[289]가 그리워라	我所思兮思兩弟
세 사람 골골거리니 목숨이 실날 같아라	三人惙惙命若綴
형제들 문병하고자 약과 음식을 몸에 지녔고	身將藥餌問同氣
문장으로 세상 빛내려던 생각 거문고와 서책에 시들었네	
	念凋琴書耀一世
헤어진 지 며칠인가 청초한 모습 볼 수 없으니	別來幾日阻瘦容
봄 맞은 심회와 꿈 모두 가없어라	春心春夢兩無際
할미새 언덕에 지전 걸러[290] 누가 가려느냐	鶺原紙錢爾誰往
몸 돌려 우두커니 바라봄에 눈물 흐르네	側身佇眙面生涕

제7수 其七

내가 그리워하는 이여 모산[291]이 그리워라	我所思兮思茅山
백방으로 생각하니 애간장이 타누나	百爾所思毒心肝

---

289 두 아우 : 김창업(金昌業)과 김창즙(金昌緝)이다.

290 할미새……걸러 : 원문의 '영원(鶺原)'은 형제를 뜻하는 말로 《시경》〈소아(小雅) 상체(常棣)〉에서 유래하였다. "할미새 언덕에 있으니 형제가 급난을 당하였네.〔鶺鴒在原, 兄弟急難.〕"라고 하였다. 지전은 제사를 지낼 때 망자(亡子)나 귀신에게 주기 위해 불태우거나 날리거나 묻거나 나무에 걸어두는 종이돈을 말한다. 송(宋)나라 장계유(莊季裕)의 《계륵편(鷄肋篇)》 권상(卷上)에 "한식에는 불을 금하기 때문에 무덤에 올라가서 또한 향화(香火)를 설하지 않고 묘소의 나무에 지전을 걸어둔다.〔寒食上塚, 亦不設香火, 紙錢挂于塋樹.〕"라고 하였다.

291 모산 : 모산은 모도(茅島)로 충남 보령(保寧) 앞바다에 있는 섬이다. 삼연의 사촌인 김시걸(金時傑)과 김시보(金時輔) 형제가 1679년(숙종5)부터 이곳으로 이사하여 살았기 때문에 이렇게 말한 것이다.

옛날 마음 터놓고 이야기하던 두 사람 뿐이니　　宿昔論心兩人已

그대들 지금 죽었나 살았나 알 수도 없어라　　存沒今在怳惚間

어룡 출몰하는 바닷가에서 나무에 부는 바람[292]에 놀라고

　　　　　　　　　　　　　　　　　　魚龍海國風樹驚

못과 누대 있는 성 서쪽[293]에서는 술과 안주 말라가네

　　　　　　　　　　　　　　　　　　池臺城西酒肉乾

산중에 사느라 풍문만 들을 뿐　　巖居莫得聲息眞

산길은 높고 험하고 바닷길은 끝없어라　　山路嶔嶔海路漫

292　나무에 부는 바람 : 부모님이 돌아가셔서 봉양할 수 없는 슬픔을 뜻한다. "나무가
조용하고자 하나 바람이 그치지 않고, 자식이 봉양하고자 하나 어버이가 기다려 주시지
않는다. 한번 가면 오지 않는 것은 세월이요, 다시 뵐 수 없는 것은 어버이이다.〔夫樹欲
靜而風不停, 子欲養而親不待, 往而不來者年也, 不可再見者親也.〕"라고 하였다.《孔子
家語 致思》

293　못과……서쪽 : 청풍계(淸風溪)이다. 인왕산 동쪽 기슭의 골짜기로 김상용(金尙
容)의 집과 사당 등이 있었다.

동곡에서 폭포를 찾으며 겸하여 꽃소식을 찾아보다
東谷尋瀑 兼尋花信

산중에 머물며 날마다 담박함을 기르니	山居日養恬
밥 먹은 뒤에 그윽한 마음 생기네	飯後生幽心
세 사람 말 타고 와서	三子已揚策
동쪽 향하는 새를 걸어서 따라가네	步隨東向禽
굽은 길은 짙은 아지랑이 속으로 들어가고	路屈入晻靄
굽이지는 벼랑은 들쭉날쭉 험준하여라	崖回遞嵁嶔
돌다리 위에는 남은 눈이 빛나고	石梁瑩餘雪
고개 위 길가에는 봄맞은 숲²⁹⁴이 윤택하누나	雲梯潤新林
주위를 돌며 금빛 연못 살펴보니	周回觀金潭
청번과 사초²⁹⁵ 푸른빛 짙어가네	蘋莎靑欲深
비록 수놓은 듯한 꽃은 없어도	雖無花似繡
목련은 비녀로 꽂을 만하네	辛夷可安簪
드리워진 꽃송이 향기 반쯤 퍼졌으니	芳蕤垂半播
활짝 필 때 찾아와 마음껏 누려야지	暢樂佇後尋

---

294 봄맞은 숲 : 원문의 '신림(新林)'은 봄이 되어 싹이 나고 잎이 자라나는 숲을 가리
킨다.

295 청번과 사초 : 원문의 '사(莎)'는 사초(莎草)이다. 뿌리가 향부자(香附子)로 약재
로 사용한다. '번(蘋)'은 청번으로 사초와 비슷한데 조금 크다. 《문선》〈자허부(子虛
賦)〉에 "높고 메마른 땅에는 쪽풀, 냉이, 그령, 마려, 쑥, 사초, 청번이 자라네.〔其高燥
則生葴菥苞荔, 薛莎靑蘋.〕"라고 하였다.

아침 놀 속에 사람 그림자 일렁이고   朝霞漾人影

서로 이끌어 맑은 물가에 머무네   牽率逗清潯

바위 사이의 석수(石髓)를 캐내니   采采石間髓

길이 품어서 봄빛을 머무르게 하려네   永懷駐春陰

  우연히 바위 사이에서 운모를 캐냈으니 그 실제 일을 말한 것이다.

석천사의 밤비

石泉寺夜雨

제1수

처마 끝 풍경 소리가 여울 소리와 뒤섞여	簷鈴混石瀨
밤새도록 그 소리 그치지 않는구나	竟夜聲無已
송창으로 붉은 해가 떠오르면	松牕紅旭來
또다시 청계수와 작별하겠지	又別淸溪水

제2수 其二

뭇 계곡의 물소리 절간을 울리고	衆壑喧蘭若
온갖 꽃들 푸른 산에 활짝 피었네	千花奮翠微
지친 사람이 깊은 산중에 한 번 누웠더니	疲人深一臥
살랑대는 봄바람에 고요함이 달아났어라	靜失春風機

비가 내린 뒤 폭포를 바라보며 감탄하다

雨後望瀑叫奇

제1수

온갖 계곡물이 시끄럽게 서로 다투니	萬壑喧相鬪
깊은 산방(山房)이 선실(船室) 같아라	深房類在船
일어나 남쪽 봉우리의 폭포296를 바라보니	起望南峰瀑
어찌하여 이전보다 갑절이나 웅장한가	何其壯倍前

제2수 其二

대화살이 날듯이 물줄기 급하니	竹箭勢浸急
솔숲의 소리는 그치지 않아라	松林聲不乾
서로 이어서 못으로 콸콸 떨어져 흐르니	相承下潭湍
서쪽으로 가서 보고자 하네	更欲就西看

제3수 其三

투명한 빗방울 정히 반짝이니	白雨正的皪
나는 듯한 무지개가 허공에서 생기네	飛虹空裏生
종소리 그치자 어둠이 밀려오니	鐘鳴休暝色
밤새도록 명성297을 바라보노라	通夜見鳴城

---

296 남쪽 봉우리의 폭포 : 식천사에서 바라보이는 남쪽 봉우리에 폭포가 있는데, 삼연은 이 폭포를 '비래(飛來)'라고 이름하였다. 《本集 卷24 石泉谷記》

297 명성(鳴城) : 용화산 서쪽 줄기 석천사 인근에 있던 고려시대의 성첩(城堞)이다. 본집의 권24 〈석천곡기〉에서 "그 위에 고려 때 건축한 성첩의 터가 있는데 명성이라고 한다."라고 하였다.

궂은 비가 계속되어 기와가 풀어질까 걱정하다가 개연히 탄식하다

連有淫雨 坐念瓦壞 慨然興嘆

바람과 비가 서로 싸우는 듯하니	風雨如相攪
밤새도록 기왓장 풀어질까 근심하네	終宵瓦解憂
분수에 맞는 흰 띠풀집이	隨分白茅室
호젓하게 내 몸 쉴 만하여라	蕭然吾可休

두 사람이 폭포를 보러가는데 따라가지 못함을 슬퍼하며

二子觀瀑 悵莫之從

대 서쪽의 소운폭포[298]는	臺西素雲瀑
이번 비에 몇 길이나 드리웠을까	今雨幾尋垂
그대가 그린 듯이 전해주어서	煩君傳若畵
나의 정신이 치달리지 않게 해주오	無使我神馳

---

298 소운폭포 : 석천곡의 구첩병(九疊屛) 남쪽에 있는 폭포이다. 바람이 불면 폭포에서 생기는 물방울들이 흰구름이 바람에 어지러이 흩날리는 듯하다고 하여 이름 붙인 것이라고 하였다. 《三淵集 卷24 石泉谷記》

담곡(潭曲)을 노니는 그대들에게

十二日風日甚恬 崔李與姜也 愛其景美 出遊寺南潭曲 病余未之偕 望于
樓上氤氳空翠間 見其列坐揮毫 若一障畵洞僊者 聊飛一詠

12일 날씨가 매우 평온하였다. 최(崔)와 이(李)와 강(姜)은 아름다
운 풍경을 사랑하여 석천사 남쪽의 담곡(潭曲)을 유람하였는데 나는
병 때문에 함께 가지 못하였다. 푸른빛 속 누대를 아득히 바라보노라
니 줄지어 앉아 글씨를 쓰는 것이 보였는데 마치 계곡의 신선을 그린
하나의 병풍 같기에 애오라지 시 한 수를 지어 보내다

제1수

승려는 동쪽 벼랑에서 물 길어 오고	僧就東崖汲
노니는 사람은 다시 물 남쪽으로 가네	遊人復水南
바야흐로 날개 꺾인 학처럼	方同折翅鶴
기대어 서서 소나무와 녹나무 바라보네	欹立望松楠

제2수 其二

산 빛의 아름다움이 하나가 아니고	山光美非一
아름다운 봄옷을 세 사람이 입었구나[299]	春服妙成三

---

299 아름다운……입었구나 : 공자가 제자들에게 각자 뜻을 말해보라고 하자 증점(曾
點)이 "늦은 봄에 봄옷이 만들어지면 관을 쓴 벗 대여섯 명과 아이들 예닐곱 명을 데리고
기수에 가서 목욕을 하고 기우제 드리는 곳에서 바람을 쏘인 뒤에 노래하며 돌아오겠

그네들이 든 보드라운 붓이 보였다 안 보였다   明滅柔毫擧
잔잔한 물결 일렁이며 못³⁰⁰으로 내려가누나   微波漾下潭

제3수 其三

불고기와 새는 금빛 못 구비에 있고   魚鳥金潭曲
봄구름은 눈 아래로 날아가네   春雲目下飛
끝내 나 홀로 서 있으니   終成表獨立
읊조리며 돌아오는 일³⁰¹을 하지 못하네   所未詠而歸

다.〔暮春者, 春服旣成, 冠者五六人, 童子六七人, 浴乎沂, 風乎舞雩, 詠而歸.〕”라고 하
여 공자가 감탄한 일이 있다. 《論語 先進》

300　못 : 삼연은 김창즙과 함께 석천곡을 유람하면서 폭포의 근원을 찾아가다가 여러
개의 못〔潭〕을 발견하고 순서대로 창포담(菖蒲潭), 유주담(流珠潭), 가장 끝에 있는
큰 못을 금벽담(金碧潭)이라고 이름한 일이 있다. 《三淵集 卷24 石泉谷記》

301　읊조리며 돌아오는 일 : 공자와 증점의 고사를 말한 것이다. 398쪽 주299 참조.

서대에서 흥취 일어[302]

西臺遣興

구름 낀 산에 사흘간 비 내리다	雲山雨三日
개인 뒤에 맑은 빛이 비추니	霽晏清暉來
침상에 등 붙이고 있던 내 몸 일으켜	奮我負牀身
한달음에 서대에 오르네	一擧矯西臺
적송자[303]의 옷깃을 잡은 듯하니	如挹赤松袂
어찌 사조[304]의 재주가 부러우랴	何羨謝眺才
일찍이 유람한 것 여러 번이나	曾遊亦屢矣
이번 유람이 가장 좋구나	玆賞蓋優哉
아름다운 경치를 하늘이 내린 듯하여	景美若天降
솟구치는 감흥을 어찌하지 못하네	興驟非吾裁
솔바람 소리 자주 들려오고	松風數聲到

302 서대에서 흥취 일어 : 서대는 석천곡의 석천사(石泉寺) 서쪽에 있는 자운대(紫雲臺)를 말하는 것으로 보인다. 350쪽 주200 참조.

303 적송자(赤松子) : 전설상의 신선의 이름으로 적송자(赤誦子) 또는 적송자여(赤松子興)라고도 한다. 신농(神農) 때 비의 신이라고도 하고 황초평(黃初平)이라고도 하는 등 기록마다 차이가 있다.

304 사조 : 사조(謝眺, 464~499)는 남조(南朝) 제(齊)나라의 시인이다. 483년 관직에 올라 선성 태수(宣城太守), 상서이부랑(尙書吏部郎) 등을 지냈다. 심약(沈約) 등과 함께 영명체(永明体)를 창안하였고 오언시(五言詩)에 빼어났다. 평측(平仄)이 조화롭고 대우(對偶)가 정밀하여 당(唐)나라 때 절구(絶句)와 율시(律詩)가 형성되는 데 영향을 주었다.

먼 폭포는 우레처럼 석문을 울리네	遠瀑石門雷
성근 숲에는 푸른 못이 투명하고	林疎透碧潭
피어나는 노을에 자줏빛 이끼 빛나네	霞蒸曜紫苔
새로 핀 꽃은 햇빛 아래 무성하고	新花日下盛
흐드러지는 꽃봉오리 겹겹이 펼쳐 있네	瀾漫疊蓓蕾
이 꽃들 전에는 드물게 보이던 것이라	此物昨所稀
나는 벌들도 배회하누나	遊蜂亦徘徊
이상할 것 없도다 마음 맞는 곳에서	未怪會心處
그대들 금술동이 생각하는 것	諸君念金罍
담박함은 내가 유독 좋아하는 바	澹泊我偏甚
즐거운 일 만남에 돌아갈 것 잊었네	遇樂只忘廻
도리어 산 너머 들판을 돌아보자니	却顧山外野
풍진 세상 멀어짐이 더더욱 기쁘구나	愈喜遠風埃

봄밤

春夜

제1수

봄달이 맑은 밤에 나오니	春月生晴夜
먼 숲 위에 둥글어라	華光團遠林
동쪽 샘물은 멀리서 보일락말락	東源遙隱見
술 마시노라니 꽃이 이슬에 흠뻑 젖누나	斟酌露花深

제2수 其二

청계사에 뜬 달이 밝게 빛나니	濯濯淸溪月
상실305에 무어 능이 필요하랴	何須丈室燈
봄옷 옷자락에 가득한 달빛을	春衣滿襟白
가져다가 고승에게 자랑하리	持以詫高僧

제3수 其三

병에 걸려 붓 팽개치고자 했더니	病欲焚吾筆
깊어가는 봄이 날 이끄는 듯하네	春深若有牽
오늘 밤 화월에 시달려	今宵困花月
이리저리 다니다 바위 틈에서 잠드네	搖動石間眠

---

305 장실 : 장실(丈室)은 주지의 방 혹은 작은 방을 가리키는데 여기에서는 청계사의
방을 말한 것으로 보인다.

진달래 화전을 부치며

煮杜花

제1수

봄철의 꽃들 중에 네가 가장 앞서거니	春芳爾居初
좋은 일이 도리어 불 속에 던져지는 것 되었구나	好事投煙火
젓가락 들고서 높은 숲 바라보니	攀筯望高林
남은 꽃 몇 송이나 있으려나	餘花留幾朶

제2수 其二

꽃잎 먹고 맑은 샘물 마시며	啜花飮素泉
저녁밥 먹고 누대에 올라 쉬네	晚飯樓上歇
더이상 아무 일도 않고서	不復有一爲
소나무 삼나무 사이에 앉으니 달이 떠오르네	松杉坐生月

물고기도 새도 잡지 못하고

漁獵未獲

그물에 놀란 물고기는 깊은 물속으로 숨고   駭網魚潛黑

매 속인 꺼병이는 아롱진 무늬 있네   欺鷹雉子斑

새도 물고기도 전혀 못 잡았지만   飛沉了無得

그래도 산을 보는 일만은 그만두지 않노라   猶不廢看山

석천곡에서 용화산으로 돌아오며 구첩병 가에서 쉬다[306]

自石泉還龍華 流憩九疊屏上

제1수

봄 새들 연이어 숲 밖으로 날아가고　　　　　　春鳥聯群出樹飛

산승은 길손 보내고 꽃 따서 돌아가네　　　　　山僧送客拈花歸

남쪽 봉우리 폭포에서 멀리 떨어져 돌아오면서도　南峰瀑布歸迢遞

튀는 물방울이 내 옷 적실까 도리어 근심하네　　猶恐餘波拂我衣

제2수 其二

십일 만에 돌아오는 길 봄빛이 완연하여　　　　十日回笻春盡還

다시 그대와 함께 이 소나무 아래서 쉬누나　　　與君申憩此松間

늙은 줄기 어루만지며 천고의 감회 느끼니　　　摩挲老幹心千古

사방의 산 모두에 꽃이 만발하였네　　　　　　非不煙花滿四山

---

306 석천곡에서……쉬다 : 구첩병(九疊屏)은 석천곡에 있는 절벽이다. 본집의 권24
〈석천곡기(石泉谷記)〉에 "북쪽을 바라보면 큰 바위 병풍이 시원스레 우뚝 솟아 있는데
그 색은 옅은 푸른빛이고 그 형세는 매우 장엄하다. 아래 뿌리 부분은 땅에 박혀 있어
몇 백 길이나 되는지 알 수 없고 윗면은 깎은 듯이 기이한 것이 수십 길이나 된다.
바위 틈새에 자란 수많은 나무들이 호기롭게 위로 벋어있어서 멀리서 바라보면 마치
허공에 있는 사물인 듯하다. 이에 구첩병이라고 이름하였다."라고 하였다.

금강산을 바라보며
望金剛山

자주 보는 물건은 어여쁘지 않고	數見物不鮮
여러 번 생각하면 마음도 지치는데	屢度情易疲
어찌하여 이 풍악산은	夫何此楓岳
나를 세 번이나 오게 만드는가	令我三來爲
풍진 세상에서 온갖 근심을 쌓다가	塵區積百憂
문 나서서 우연히 여기까지 이르렀네	出門偶及玆
단발령307을 내려올 때부터	自下斷髮嶺

307 단발령 : 강원도 창도군 창도읍과 강원도 금강군 내강리 사이에 있는 고개로 신라 말기 마의태자(麻衣太子)가 이곳에서 삭발하여 단발령이라고 불렸다. 사람들이 이곳에 서 금강산을 바라보면 머리를 깎고 속세를 떠나고 싶은 생각이 든다고 한다.

국립중앙박물관 소장
《신묘년풍악도첩(辛卯年風樂圖帖)》 중 단발령

내 말이 더디다 자주 꾸짖었지   屢叱我馬遲

신원에서 잠시 동안 편히 쉬고   新院暫流憩

점심은 물가의 흰 모래 위에서 먹었네   午飯白沙湄

살구꽃은 푸른 들판을 환히 비추고   杏花照綠野

아름다운 풀밭은 물결치듯 일렁이네   瑤草被漣漪

이곳만 해도 이미 깃들어 살 만하거늘   於焉已堪棲

앞으로 갈 길은 더더욱 기이한 경치 품었어라   進路轉懷奇

거센 바람이 저녁놀 추어올리고   高飆褰晩靄

산중턱에서 피어난 구름이 빠르게도 흐르네   半山出雲馳

우뚝한 산봉우리는 옥을 높이 쌓은 듯   崢嶸積玉標

그 모습 바람따라 기울어질 듯하네   勢將逐風欹

정히 아홉 번이나 물을 건너야 하는데   臨當九渡水

넘치는 기운을 어찌하지 못하네   氣狂不自持

장안사에 들어가며[308]

入長安寺

절을 바라보며 돌 위에 앉아서   望寺石上坐

즐거운 마음에 앞 개울물에 양치하네   心樂漱前川

---

308 장안사에 들어가며 : 장안사(長安寺)는 강원도 내금강 지역에 있는 사찰이다. 내금강의 입구 격으로 예로부터 명승지로 알려졌다. 6세기 고구려의 승려 혜량(惠亮)이 신라로 귀화하여 창건했다고 하며, 유점사(楡岾寺), 신계사(神溪寺), 표훈사(表訓寺) 와 함께 금강산 4대 사찰 중 하나로 일컬어졌다.

국립중앙박물관 소장 정선(鄭敾) 《신묘년풍악도첩(辛卯年楓樂圖帖)》 중 장안사

바야흐로 머뭇머뭇 하다가	方將且踟躕
애오라지 다시 이곳을 맴도네	聊復此周旋
가벼운 남여 타고 옛길로 나서서	輕輿古道出
먼지에 찌든 굴레 물가에 버렸노라	塵鞅棄水邊
소나무 그늘에서	不知松檜陰
몸은 이미 신선에 가까워진 것도 몰랐네	身已近眞僊
긴 다리가 단학에 놓여 있으니³⁰⁹	長橋架丹壑
이 물은 만폭동과 이어졌네	此水萬瀑連
화려한 채색 전각 웅대하고	烱晃彩殿大
널려 있는 흰 조약돌 둥글어라	離列白礫圓
고개 들어 푸른 산을 바라보니	矯首望積翠
눈 앞의 풍경은 모두 예전과 같아라	滿眸悉如前
어여쁘고 화려한 물건들	婉婉奇麗物
꿈꾼 지 몇 해이던가	夢爾曾幾年
영원암³¹⁰으로 조각구름 돌아가니	靈源片雲歸
긴 그림자 맑은 물에 거꾸로 비치네	長影倒淸漣

---

309 긴……있으니 : 긴 다리는 장안사 앞의 만천교(萬川橋)를 가리킨다. 내금강의 물이 모여 만천교 아래로 흐른다고 한다. 《임하필기(林下筆記)》 권37 〈봉래비서(蓬萊 秘書)〉에 "만천교는 비홍교(飛虹橋)라고도 일컬어지는데 길이가 60척(尺)이고 높이는 길이의 절반 가량이다. 아래로 흐르는 맑은 시냇물이 돌에 부딪치며 치달리니 그 물소리 가 숲속에 진동한다."라고 하였다. 단학(丹壑)은 붉은 빛이 나는 골짜기로 전하여 선경 (仙境)을 뜻하는데 여기서는 장안사의 아름다운 풍경을 비유한 것이다.

310 영원암(靈源菴) : 장안사에 딸린 암자이다. 지장봉 아래 영원동(靈源洞)에 터가 남아있다. 승려 영원(靈源)이 이곳에서 암자를 짓고 수행을 하였으므로 영원암이라고 이름하였다.

저물녘에 다시 다리를 건너노라니   日暮更步橋

속세의 인연들이 아득해지네   緬矣區中緣

명연을 지나며[311]

過鳴淵

하룻밤 묵고 아침 일찍 일어나니	一宿起能早
정신이 고요하고 한가하누나	神宇恬且閒
읍하노니 나와 함께 유람하는 그대들	肅我同遊子
일어나 푸른 산을 보시게	子興視靑山
아침 햇살에 짙은 놀 펼쳐지니	朝暾蔚舒霞
금빛과 푸른빛[312]이 장안사에 가득하도다	金碧滿長安
두루 살펴보며 동쪽 물가에서 읊조리고	覽周吟東濱
구불구불 돌아서 꽃 사이로 들어가네	邐迤入花間
길가의 풀이 온통 이슬에 젖어	一路盡蒨潤
봄옷이 마를 새 없구나	春衣殊不乾
좋은 새가 향기로운 풀 사이에 숨어 있고	好鳥隱芳杜
서로 울어대는 소리는 높은 산에서 울리네	嚶鳴激巑岏
대나무 숲은 빽빽하여 백천교(百川橋)를 뒤덮었고	竹密百川翳
바위는 솟구쳐 여러 암자를 둘렀네	石出諸菴環
새 감실에 수월이 떠 있으니	新龕浮水月

---

311 명연(鳴淵)을 지나며 : 명연은 울소라고도 한다. 장안사에서 백천동(百川洞)을 지나 올라가는 길에 있는 연못으로 물 흐르는 소리가 사람이 우는 것과 비슷하여 명연이라고 일컬어진다.

312 금빛과 푸른빛 : 금전벽우(金殿碧宇)로 화려한 금당 불상과 단청으로 단장한 장엄한 절집의 의미인데, 여기서는 장안사의 모습을 묘사한 것이다.

잠시 쉬며 졸졸 흐르는 물 바라보네　　　　　　少歇觀潺湲

밝은 달빛이 시야에 가득하여　　　　　　　　　清輝溢眄睞

나를 재촉하여 그윽한 물굽이 건너게 하네　　催我渡玄灣

높은 비탈길에서 음수313를 굽어보니　　　　危棧俯陰獸

큰 물고기가 서려 있는 줄 알겠어라　　　　　知是鯢桓蟠

한바탕 웃고서 표연히 지나가니　　　　　　　一笑過飄然

몇 걸음 사이에 심신이 맑아지네　　　　　　　蹉步改心顔

---

313 음수 : 물속에 사는 큰 짐승을 말하는데 여기서는 내용상 큰 물고기를 가리킨다.

망고대³¹⁴
望高臺

천연의 험준한 곳 올라갈 수 없는데	天險不可升
높은 대가 하늘까지 닿아 있네	高臺薄層旻
쇠줄을 부여잡아 당기면서	攀援由鐵鎖
흔들흔들 흔들리며 몸 올라가노라	裊裊以致身
긴 바람이 일만 길이나 쌓인 곳에서	長風萬仞積
내려다보니 희끄무레한 먼지 이네	降望生蒼塵
태양이 급하게 햇살 내리쬐니	白日漏光急
구름 그림자는 바퀴처럼 달리네	雲影走如輪
아찔해진 정신은 한참 뒤에 돌아오고	神搖久乃凝
아득해진 눈동자는 점차 다시 밝아지네	目眩轉能醒
삼라만상이 우뚝한 봉우리로 귀결되니	萬象歸孤峭
번잡한 생각들 맑은 하늘에 버려두리	千念委太淸
인간 세상 좁디좁아 서글픔 생기지만	悲生人世小
이 한몸 가벼우니 웃음이 나오네	笑發身軀輕

---

314 망고대(望高臺) : 이유원의 《임하필기》에서는 이 시를 '삼연의 백운대 시'라고
하였다. 망고대는 망고봉(望高峯)을 말하는 것으로 보인다. 송라암(松蘿庵)에서 돌난
간처럼 막혀 있는 벼랑을 지나가야 하는데 수직으로 드리운 쇠줄을 붙잡고 올라간다.
《新增東國輿地勝覽 卷47 江原道 淮陽都護府》신라가 고려에 항복할 때 마의태자(麻衣
太子)가 금강산에 들어와서 망고대에 올라 신라를 바라보았다는 이야기가 전한다.

신라 태자가 남긴 성[315]

新羅太子遺城

신령한 산이 감춰둔 것 많아	靈山多所蘊
깊숙한 곳 찾자니 참으로 끝이 없네	冥探苦無際
발걸음이 무덤[316]에 이르니	足及靈輿宅
정신이 마의태자의 혼령과 계합하네[317]	神投應眞契
조용히 서성인지 오래지 않아	從容方未央
문득 이 성을 보고 감회가 일어라	忽此感睥睨
아득한 저 신라 사람들	蒼莽雞林人
늠름한 기상이 오래전부터 막혔지	覇氣昔來滯
쓰러진 나무에서도 움이 돋는 법이니	顚木有由蘗
태자[318]가 자신만 지키고자 한 것이 아니로다	宗城非自衛

---

315 신라……성 : 명경대(明鏡臺) 인근에 있는 옛 성터로 성문(城門)이 남아 있었다. 태자성(太子城)이라고 불리며 신라 말기 금강산에 은거한 마의태자(麻衣太子)가 살던 곳이라고 한다. 최남선(崔南善)의 《금강예찬》에 "대를 끼고 돌아가면 고목(古木), 창등(蒼藤)에 얽혀진 오랜 석성(石城)이 동구를 가로막고, 시방은 무너졌으나 드나드는 길에 문 자리가 오히려 남았음을 봅니다. 이것을 태자성이라고 일컫습니다."라고 하였다.

316 무덤 : 마의태자의 무덤이다. 내금강 비로봉(毗盧峰) 아래의 비탈진 언덕에 자연석을 쌓아 만든 무덤이 있고 그 곁에 '신라마의태자능(新羅麻衣太子陵)'이라고 쓰인 비석이 있다. 곁에 있는 용마석은 태자가 타고 다니던 용마가 돌로 변한 것이라고 한다.

317 마의태자의 혼령과 계합하네 ; 응지(應旨)은 아라한으로 본래 승불교의 수행자를 뜻하는데, 여기서는 마의태자의 혼령을 비유한 말로 쓰였다.

318 태자 : 원문의 '종성(宗城)'은 태자를 의미한다. 《시경(詩經)》〈대아(大雅) 판

촉나라 유심(劉諶)은 성을 등지고 분노하였고[319]	蜀諶背壕憤
제나라 전횡(田橫)은 섬에 가서 도모했었지[320]	齊橫就島計
곽광은 태자 죽은 것 근심하고	廣傷主器覆
도모하여 한 귀퉁이에 유폐시켰네[321]	偏圖一隅閉
생각해보면 가래 자루 잡고 성 짓던 처음에	想其操鍤初
몸소 일하니 장사들 피눈물 흘렸으리	起躬士血涕
만부가 사는 땅도 없던 터에	將無萬夫地
우뚝 일어나니 천연의 험지를 둘렀어라	倏起帶天勢

(板)〉에 "대종(大宗)은 나라의 근간이니 덕을 베풀어 편안히 하며, 종자(宗子)는 나라의 성(城)이니 성이 무너지지 않게 하라.〔大宗維翰, 懷德維寧, 宗子維城, 無俾城壞.〕"라는 구절에서 유래하였다. 종자는 대종의 적장자이다.

319 촉나라……분노하였고 : 유심(劉諶)은 촉한(蜀漢)의 후주(後主)인 유선(劉禪)의 아들이다. 후주가 위(魏)나라에 패하여 항복하려고 하자 유심은 "만일 꾀가 없고 힘이 없어 반드시 패배한다고 하더라도 부자와 군신(君臣)이 성을 등지고 끝까지 싸워 사직(社稷)을 위해서 함께 죽어야 한다."라고 하였다. 후주가 끝내 항복하자 유심은 처자를 먼저 죽이고 자신도 따라 죽었다. 《三國志 卷33 後主傳列註》

320 제나라……도모했었지 : 전횡은 제(齊)나라의 왕족이다. 초(楚)나라와 한(漢)이 대치할 때 제왕(齊王)이 되어 항우(項羽)를 섬기다가 항우가 패망하자 500명의 부하와 함께 오호도(烏乎島)로 피신하였다. 한나라 유방(劉邦)이 천하를 통일한 뒤 사신을 보내어 "항복하면 왕에 봉하고, 오지 않으면 섬을 도륙하겠다."라고 하여 낙양(洛陽)으로 가던 중 자결하였고, 이 소식을 들은 부하들도 모두 자결하였다. 《史記 卷94 田儋列傳》

321 곽광(藿廣)은……유폐시켰네 : 곽광은 한(漢)나라 때 기린각(麒麟閣)에 오른 공신이다. 무제(武帝)때 총신(寵臣) 강충(江充)이 태자 유거(柳椐)와 사이가 좋지 못하여 무제에게 무고하였고 이로 인해 태자는 결국 자살하였다. 무제에 이어 즉위한 소제(昭帝)가 21세로 세상을 떠나자 무제의 손자인 창읍왕(昌邑王) 유하(劉賀)가 황제로 추대되었으나, 유하의 방종함이 점차 심해지자 곽광은 신하들과 함께 유하를 폐위시키고 유거의 손자인 유순(劉詢), 즉 한 선제(漢宣帝)를 즉위시켰다.

바위 굴리는 소리 옥산에 우레처럼 울리니	轉石玉山雷
운물이 성안으로 다 들어왔네	雲物入包係
도모하여 지었던 것은 지금 볼 수 있지만	經營今可見
오래된 일이라 끝내 아득해졌도다	事遠終昧翳
붉은 칠은 옛 성에서 벗겨지고	楨糊反故隍
흰 성가퀴 완연하게 절반은 남았네	素雉宛牛制
신령한 냇물이 못을 이루지 못하고	靈溪不復池
적막함 속에서 맑게 흘러가네	寂寞以清逝
소나무 숲은 그 기세 꿋꿋하고	松林氣屈强
묵은 등나무는 벽려(薜荔)와 얽혔네	老藤絡蒼荔
천년 세월 동안 우는 학이 살고 있으니	千年鳴鶴集
신선들이 성쇠를 탄식하네	儔侶悵興替
아침에 망고대 길을 따라왔고	朝從望高道
때때로 가늘게 내리는 비를 지났네	歷時山雨細
우뚝한 바위 아래에서 길게 노래 부르니	永歌危石下
뭉게구름이 옷소매를 적시누나	鬱然雲沾袂

양봉래의 큰 글씨[322]

楊蓬萊大字

기이하여라 봉래 노인이	奇哉蓬萊老
만폭동 가운데 글씨 남겼네	落筆萬瀑中

322 양봉래의 큰 글씨 : 양봉래는 양사언(楊士彦, 1517~1584)이다. 본관은 청주(淸州), 자는 응빙(應聘), 호는 봉래(蓬萊)·완구(完邱) 등 이다. 1546년(명종1) 문과에 급제하고 삼등(三登)·회양(淮陽) 등의 수령을 지냈다. 서예에 뛰어났고 큰 글자를 잘 썼으며 특히 초서(草書)에 빼어나, 안평대군(安平大君)·김구(金絿)·한호(韓濩)와 함께 조선 4대 서예가로 꼽힌다. 이 시에서 삼연이 말한 글씨는, 양사언이 회양 부사로 있을 때 오선봉 아래 너럭바위에 새긴 '蓬萊楓岳元化洞天(봉래풍악원화동천)' 여덟 글자인 것으로 보인다.

양사언 봉래풍악원화동천 각자 출처: 동아일보(2006. 5. 28.)
https://studio.donga.com/list/article/all/20060528/1041234/1

큰 송곳으로 반석에 새긴 글씨에	巨錐入盤石
굳센 기운 매우 웅건하도다	勁然氣甚雄
흐르는 물이 반석의 반쯤 차서	流水浸將半
글자를 에워싸고 세차게 여울지네	繞字走驚潨
이 글씨가 우레 치고 비 내리는 연못 가까이에 있으니	偪側雷雨淵
구불구불한 필치가 용이 꿈틀거리는 듯	蠻矯通遊龍
지팡이 멈추고 기이한 글씨 바라보니	竦杖挹奇韻
이 사람 혹시 신선이었던가	斯人倘偓翁

금강대[323]

金剛臺

한 쌍의 청학이 날아왔더니	飛來雙靑鶴
날아가자 옛 둥지가 떨어졌어라	飛去故巢落
청학이 떠난 지 백여 년	崢嶸百餘年
유자가 이끼 낀 절벽을 우러러 보노라	遊子仰苔壁

323 금강대 : 만폭동 안쪽에 있는 기둥 모양의 석대(石臺)이다. 금강대는 청학대(靑鶴臺)라고도 일컬어지는데 대 위에 학이 살았기 때문이다. 정철(鄭澈)의 《관동별곡(關東別曲)》에도 "金剛臺 맨우層의 仙鶴이 삿기 치니, 春風玉笛聲의 첫줌을 쎄돗던디,"라는 구절이 있다.

국립중앙박물관 소장 조선총독부박물관 유리건판 중 금강대

계수나무 몇 그루나 옮겨갔는가	桂樹幾株遷
옥유수는 다른 벼랑에서 방울져 떨어지네	玉乳他巖滴
영원암[324] 그윽한 곳에	靈源窈窕處
청학의 날개짓 소리 다시 들리네	復聞出奇翮
맑은 날 승려의 곁을 날아다니고	天晴傍僧飛
소송라암[325] 빙빙 돌며 춤을 추네	盤舞小松蘿
숨었다 나타났다 아득함을 누가 헤아리랴	隱見窅誰測
선학의 신령한 수명 이미 많은 것을	靈壽好已多
학을 탄 신선에게 물어나보세	但問背上翁
참된 흥취는 대체 어떠한가	眞興竟如何
바다 위에 뜬 달을 날아다니고	浮遊凌海月
오색 구름 속을 드나들며 껴안네	出入擁彩霞
지금 나는 여기 와서 머뭇거리며	今我來躑躅
부르튼 발로 금강대 아래를 지나가누나	足繭臺下過

---

324 영원암(靈源庵) : 409쪽 주310 참조.

325 소송라암·금강산 송라동(松蘿洞) 송라봉(松羅峰) 아래에 있던 암자의 이름으로 망고대의 왼쪽에 있다. 대송라암과 소송라암 두 개가 있었으나 지금은 터만 남았다고 한다.

보덕굴[326]
普德窟

대사가 옛날에 깁을 빨던 곳　　　　　　　　　大士昔浣紗

326 보덕굴 : 보덕암(普德庵)이다. 표훈사(表訓寺)에 속한 암자로 내금강 만폭동의
팔담(八潭) 중 분설담(噴雪潭)의 오른쪽 벼랑에 있다. 고구려 때 건립되었다고 전해지
는데 현재의 건물은 17세기에 다시 세운 것이다. 벼랑에 있는 보덕굴 앞 바위에 의지하
여 세운 암자로, 아래에 7미터가 넘는 기둥에 구리를 감아서 받쳐 세웠다.

국립중앙박물관 소장 조선총독부박물관 유리건판 중 보덕굴

바위에 있는 흔적 뚜렷하구나[327]	巖在迹不迷
양수는 천추에 아득하고[328]	楊水渺千春
제철 맞은 산새들은 돌 위에서 우네	時禽石上啼
중국 사람 빠진 곳 어디인가 다시 물으니[329]	更問華人沉
소용돌이 치는 용들의 냇물이라 하네[330]	溯洄群龍溪
즐거움이 극에 달하면 쉬이 죽음조차 잊게 되고	樂極易忘死
마음에 합치되면 참으로 어긋남이 없으리	意會眞無睽
언덕을 올라 근원과 가까워지고	循岸將距源
수풀 껴안으며 지름길 자주 묻네	抱林屢問蹊
독수리 같은 바위 기울어 놀랐거늘	目驚石鷹側
날 듯한 누각이 바람 타고 하늘에 올랐네	飛閣駕風霓

---

327 대사가……뚜렷하구나 : 보덕암에 얽힌 전설 중에 보덕각시와 관음보살(觀音菩薩)에 관한 이야기가 전한다. 여기서 대사(大士)는 관음보살을 가리키는 듯하다. 만폭동에 깊고 큰 물이 있어 관음담(觀音潭)이라고 하는데, 바위 중앙에 있는 방아 절구처럼 움푹 패인 곳에서 관음보살이 손수건을 빨았다는 이야기가 전한다. 《국역 신증동국여지승람 강원도 회양도호부》

328 양수는 천추에 아득하고 : 양수는 관세음보살이 들고 있는 버들가지가 꽂힌 정병으로 버들가지로 물을 뿌려서 병을 낫게 한다는 이야기가 전한다. 관세음보살이 나타난 일이 아득히 먼 옛날이라는 의미이다.

329 중국……물으니 : 중국 사람이 빠졌다는 이야기는 어떤 일을 가리키는지 명확하지 않다.

330 소용돌이……하네 : 만폭동에 청룡담(靑龍潭)·백룡담(白龍潭)·흑룡담(黑龍潭)·화룡담(火龍潭) 등이 있어서 이렇게 표현한 것으로 보인다. 《임하필기(林下筆記)》 권37 〈봉래비서(蓬萊祕書)〉에 만폭동에 있는 십담(十潭)으로 청룡담·백룡담·흑룡담·화룡담과 비파담(琵琶潭)·벽하담(碧霞潭)·분설담(噴雪潭)·진주담(眞珠潭)·구담(龜潭)·선담(船潭)을 들었다.

움푹 패인 굴 속에 금은보화 쌓여 있고	嵌空蘊金寶
우뚝 솟은 바위에 구름 사다리 보이네[331]	礧硪露雲梯
쇠사슬로 구리 기둥 묶으니[332]	鐵鎖拖銅柱
종횡으로 힘이 고르도다	橫竪力與齊
지세 높아 골짜기가 측량할 수 없이 깊으니	勢危洞不測
괴이한 공력으로 가없는 허공[333]에 들어갔네	功詭入無倪
허공 뚫은 그 뜻을 물을 곳 없으니	莫詰鑿虛意
나직이 읊조리며 지팡이 어루만지네	沉吟撫靑藜
금빛 못은 물보라 높이 뿜고	金潭噴沫高
채색한 처마는 비스듬히 그림자 낮게 드리우네	畫簷欹影低
허공과 못물이 영롱하게 맺었고	空水結玲瓏
유람하는 이는 해가 서산으로 기울었네	遊人赤日西
우러러 봄에 오묘하여 한 번 보기 좋지만	仰之妙一望
올라가면 어찌 오래 머물 수 있으랴	登之詎久棲

---

331 우뚝……보이네 : 보덕암의 동쪽 측면에 있는 돌로 만든 계단을 가리킨 듯하다. 이 계단을 통해서 절벽 위쪽으로 오르내릴 수 있다.

332 쇠사슬로……묶으니 : 보덕암을 쇠사슬로 둘러서 뒷쪽의 벼랑에 묶어 매듯이 고정시켰는데, 과거에도 이런 방식으로 건물을 안정시킨 듯하다.

333 가없는 허공 : 시작도 끝도 없는 가없는 경지를 의미하는데 여기서는 보덕굴이 허공에 떠 있는 것을 말한다.

마하연[334]

摩訶衍

말로는 담무갈[335]을 보겠다고 하더니	言觀曇無竭
마하연에서 걸음을 멈추었네	行息摩訶衍
수풀이 한적하니 나뭇가지도 고요하고	林閒有靜柯
계곡이 평탄하니 빠른 물살 드무네	溪平少驚濺
그윽한 풍경이 자별하나니	窈窕境自別
무엇 하나 가릴 것 없는 참된 흥취어라	眞興不可選
잿빛 다람쥐는 나를 보고 웅크리고	蒼鼯對我蹲
푸른 비둘기 낮에는 지저귐 드무네	靑鴿晝稀囀
어둑한 범루(梵樓)에 이미 승려가 있어서	已有冥樓僧
길손이 이르자 담담하게 마주하네	客至湛相見
말 없어도 마음에 느낌 있으니	無言能感余

---

334 마하연 : 내금강에 있는 암자이다. 유점사(楡岾寺)의 말사로 661년(문무왕1) 의상대사(義相大師)가 창건했다고 한다. 김창협(金昌協)의 〈동유기(東游記)〉에 "화룡담(火龍潭)에서 1리를 가면 마하연인데, 암자 뒤로는 마치 병풍을 친 듯한 모습으로 중향성(衆香城)을 끼고 있고, 앞에는 혈망봉(穴望峯), 담무갈봉(曇無竭峯) 등 여러 봉우리가 병풍처럼 빙 둘러서 있으니, 실로 명찰(名刹)이었다."라는 내용이 보인다.

335 담무갈 : 본래 범어(梵語) 'Dharmodgata'의 음역으로 금강산에 주거(住居)하는 법기보살(法起菩薩)을 가리킨다. '화엄경(華嚴經)'에서 "동북쪽 바다 가운데에 근간인이 있는데, 그곳에서 담무갈보살(曇無竭菩薩)이 1만 2000보살과 함께 항상 반야(般若)를 설법하고 있다"고 하였다. 여기에서는 마하연 앞쪽에 있는 담무갈봉을 가리키는 것으로 보인다.

잠시 갓 풀어두고서   暫欲忽纓弁

말을 해치는 것을 고요히 제거하고[336]   蕭條害馬去

제유[337]를 다 없애버리고저   滅沒諸有遣

산사(山寺)의 창문이 바람결에 열리자   山牕風以開

중향성[338]이 얼굴을 드러내는 듯   衆香若披面

갠 날 비온 날 이틀을 지내고   信宿度晴雨

미련 남는데 돌아오자니 서글프네   心依悵身轉

떠나려 할 제에 노목을 어루만지니   將去捫老木

계수나무 참으로 사랑스럽구나[339]   此桂誠可戀

---

336 말[馬]을……제거하고 : 여기서는 사람의 본성을 해치는 물욕을 없앤다는 의미이다. 《장자》〈서무귀(徐无鬼)〉에, 황제(黃帝)가 양성(襄城) 들판에서 말을 기르는 동자를 만나 정치에 대한 이야기를 나누었는데 동자가 "천하를 다스리는 것이 말을 기르는 것과 무어 다를 것이 있겠습니까. 또한 말을 해치는 것만 제거할 뿐입니다.〔夫爲天下者, 亦奚以異乎牧馬者哉, 亦去其害馬者而已矣.〕"라고 말하니, 황제가 절하고 머리를 조아리며 천사(天師)라고 칭하고 물러났다는 일화가 있다.

337 제유 : 불교에서 우주에 있는 유형무형(有形無形)의 모든 사물(事物)을 의미한다.

338 중향성(衆香城) : 내금강 백운대 구역에 있는 봉우리로 백운대의 북쪽에 있다. 마하연의 뒤쪽을 병풍처럼 에워싸고 있다.

339 계수나무 참으로 사랑스럽구나 : 마하연 경내에 커다란 계수나무가 유명했던 것으로 보이는데, 조씨 성을 가진 회양 부사가 베어다가 관청의 재목으로 사용했다는 이야기가 전한다. 그런데 한편으로 김창협의 〈동유기(東游記)〉에는 "뜰에는 삼나무와 전나무가 울창한데, 그중 한 그루는 줄기가 곧고 껍질이 붉으며 잎은 삼나무 잎을 닮았으니, 예로부터 계수나무라고 전해 온 말은 잘못일 것이다."라고 말하기도 하였다.

구룡연[340]

九龍淵

제1수

첫째 못 거울처럼 밝게 펼쳐지니	初淵瑩開鏡
물과 돌이 똑같이 맑고 둥글어라	水石均淸圓
언덕 가파르고 가지 드리운 나무도 적으니	岸危乏樛木
어떻게 마음껏 물길을 따라갈 수 있으랴	何由恣蕩沿

제2수 其二

둘째 못 매달린 표주박 같아	二淵懸瓢似
폭포수를 요란스레 삼켰다가 뱉어내지	瀑流喧吐呑
누가 알랴 조그맣게 벌어진 못이	誰知呀然小
저 멀리 내달려 부상[341]의 뿌리까지 통한 것을	逈洞搏桑根

---

340 구룡연 : 구룡연은 본래 외금강 구룡연 구역 구룡폭포 아래에 형성된 소(沼)를 말하는데 이 시에서 말한 구룡연은 구룡폭포 위쪽의 팔담(八潭)과 구룡연을 통틀어 아홉 개의 못을 일컬은 것으로 보인다. 춘원(春園) 이광수(李光洙)의 〈금강산 유기(金剛山遊記)〉에 "유점사(楡岾寺) 자리가 원래 구룡담(九龍潭)인데 거기 부처님이 들어와 절을 창건하시게 되매 구룡(九龍)은 거기서 쫓겨나서 일출(日出), 월출(月出)의 봉우리를 넘어 이 골목으로 들어와서 팔용(八龍) 팔담(八潭)에 들고 일용(一龍)은 이 연(淵)에 들었다 한다. 비록 팔담일연(八潭一淵)에 갈라 있지마는 구룡이라는 이름을 붙일 곳이 없어서 이것을 구룡연이라고 지었는서 사세한 소식은 구룡이 숨어 말이 없으니 알 길이 없다."라고 하였다.

341 부상 : 원문은 '단(搏)'으로 되어 있으나 수정하여 번역하였다. 《임하필기》〈봉래

제3수 其三

셋째 못 출렁출렁 흐르니	三淵蕩濔濔
검푸른 빛이 바닥까지 사무쳐 깊어라	黛綠徹中深
신묘하고 기이하여 가까이 할 수 없으니	神奇不可狎
조용히 피하여 먼 벼랑에서 굽어보네	默躬遙崖臨

제4수 其四

넷째 못 넓게 펼쳐져 느릿느릿 흐르니	四淵勢舒緩
물소리와 물빛에 마음이 제법 즐거워지네	聲色稍愉人
여울로 내려오기 아까워³⁴²	凌兢借下瀨
지나는 도중에 자꾸만 돌아보네	半涉回頭頻

제5수 其五

다섯째 못 급히 꺾이며 부딪힌 물이	五淵急回軋
남쪽 기슭 곁에다 가마솥 모양 만들었네	南岸側成釜
내달리는 물결이 번갈아 앞서거니 뒤서거니	馳波迭後先
좁은 곳에 이르러 맴돌며 춤추네	赴隘徘徊舞

비서〉에는 '박(搏)'으로 되어있고 '박상(搏桑)'은 부상(扶桑)으로 동쪽 바다의 해가 뜨는 곳에 있다는 신목(神木)을 가리킨다.

342 아까워 : 원문의 '차(借)'는 의미가 통하지 않으므로 '석(惜)'의 오기로 보고 수정 번역하였다.

제6수 其六

여섯째 못 벽옥처럼 아름다우니	六淵美如璧
맑게 씻긴 돌 무늬 곱기도 해라	清涵石紋粹
조심스레 물속을 들여다보니	竦髮注眸深
높이 뜬 구름이 푸른 못에 떠가네	高雲正泛翠

제7수 其七

일곱째 못 크기가 작은데	七淵幅圓小
고요히 맑은 물을 받네	寂寥承清溉
하거가 세 번 바퀴를 굴려서343	河車三鼓輪
다시 물고기 노니는 집으로 흘러드누나	轉入魚鱗屋

제8수 其八

여덟째 못 얕아서 세수할 만하니	八淵淺堪漱
물속의 용도 쉬 몸을 드러내리	潛龍易出身
고요한 낮에 물결 속 그림자 희롱하다가	日靜玩澹瀨
참으로 잠잘 때를 만난 사람이 되고 말았네344	眞爲遭睡人

---

343 하거가……굴려서 : 여기서 하거는 물을 옮기는 기구로 보았다. 《담헌서》외집 권6 〈규의명(圭儀銘)〉에 "수상호 안에서는 수상륜(水上輪) 및 하거(河車)에 올리면 상하륜(上下輪)이 함께 물을 운반하여 천하(天河)에 들어간다."라고 하였다. 이 구절은 작은 웅덩이 세 개를 거쳐서 물이 흘러든다는 의미로 보인다.

344 잠잘……말았네 : 《장자(莊子)》 열어구(列御寇)에 "천금의 구슬이 깊은 바닷속 여룡의 턱 아래에 숨겨져 있으니, 그것을 얻으려면 반드시 여룡이 잠자는 틈을 타야 한다."라고 하였다. 마치 여룡이 잠든 때를 만난 것처럼 못의 물이 고요하다는 의미이다.

제9수 其九

아홉째 못 산 바깥에 떨어져 있어[345]	九淵落山外
두레박으로 일천 길 여울물 끌어오네	縋引千尋湍
물소리 끊이지 않고 밤낮으로 떨어지니[346]	連聲日夜搗
신령한 용은 그 안에서 마음 편히 지내네	神物中自安

---

345 아홉째……있어 : 신라시대 유점사(楡岾寺)를 지을 때 유점사 터의 못에 살던 아홉 마리의 용이 쫓겨나서 여덟 마리는 팔담(八潭)에 들고 한 마리는 구룡연에 깃들었다는 전설이 있다.

346 물소리……떨어지니 : 이 구절은 구룡폭포를 가리킨다.

구룡연가

九龍淵歌

비로봉에서 물 떨어지니	水落毘盧峰
만 길 골짜기에 쿵쿵 울리네	鏗鏗萬仞壑
동쪽으로 구정봉 아래의 냇물을 아울러	東兼九井峰下溪
바다 향해 흐르는데 석벽이 좁구나	流向海門石壁隘
서쪽에서 온 쉰셋 부처들	西來五十有三佛
한밤중에 석장(錫杖)으로 용을 몰아내니[347]	夜半驅龍以金策
용이 집을 잃고 새끼를 부르며	龍失宅叫其子
구름도 조각조각 용을 따라 옮겨가네[348]	雲亦片片與龍徙
물 고인 일백 길 골짜기는 용이 사는 곳	淪洞百丈龍實都
하늘까지 솟구친 구름 띤 절벽을 주위에 둘렀어라	環以挿天雲錦壁
구룡연 위아래로 흰 바위 깨끗하니	九淵上下白石素

---

347 서쪽에서……몰아내니 : 유점사(楡岾寺)의 창건설화를 말한 것이다. 석가모니
가 입적한 뒤 문수보살(文殊菩薩)이 53구의 불상을 만들어 배에 태워 바다에 띄웠는데
900년 뒤 신라의 안창현(安昌縣, 현재의 간성) 포구에 닿았다. 53불이 금강산으로 가서
절을 지으려 할 때 못에 있던 아홉 마리 용들이 큰 비를 내려 방해했고, 이에 부처가
느릅나무 위에 올라가 '화(火)' 자를 나뭇잎에 써서 던지자 못이 끓어올라 견디지 못하고
산속으로 들어가 구룡연에 숨어 살게 되었다. 당시 현관(縣官)인 노춘(盧椿)이 느릅나
무가 있는 못가에서 부처들을 발견하였고, 이 소식을 들은 왕은 못에 절을 짓고 유점사
라고 하였다.

348 구름도……옮겨가네 :《주역》〈건괘(乾卦) 문언(文言)〉에 "구름은 용을 따르고
바람은 범을 좇는다.〔雲從龍風從虎〕"라는 말이 있어서 이렇게 표현한 것이다.

밝은 거울 바닥으로 수은 같은 물방울 떨어지네　　明鏡爲底水銀滴

비늘 부딪히고 수염 문지르던 바위 흔적 오래되니[349]

　　　　　　　　　　　　　　　　　　鼓鬐磨鬣石痕古

용이 변한 것에서 부처의 힘이 드러나네　　龍之爲變見佛力

첫째 못 보는 사람은 두려워서 가까이 못하고　　初淵觀者慄未逼

마지막 못에 이르면 모골이 송연해지네　　及至終淵髮皆肅

머리카락 쭈뼛쭈뼛 걸음은 조심조심　　髮森森步躑躅

솔숲에 몸 기대니 발 아래는 폭포로다　　松林倚身足底瀑

그윽히 노는 승려들 날 개였다 노래하지만　　冥游諸僧歌霽日

그대들은 삽시간에 변화하는 바람과 우레는 잊은 것이네

　　　　　　　　　　　　　　　　　　爾忘風雷閃不測

큰 바다 몹시 넓고 바위의 움은 좁지만　　滄瀛苦闊巖竇小

못의 구름이 비 이루면 동국을 흠뻑 적시네　　淵雲爲雨沛東國

구룡연의 용이 바다의 용이 아님을 누가 알겠으며　　誰知淵龍非海龍

아홉 못이 하나의 집이 아님을 누가 알겠으랴　　誰知九淵非一宅

---

349 비늘……오래되니 : 구룡소(九龍沼)를 말한다. 아홉 마리 용들이 잠시 들렀다가 갔다 하여 구룡소라고 일컬어진다. 유점사를 세울 때 부처에게 쫓겨난 용들이 서쪽의 효운동(曉雲洞)에 머물고자 하였으나 소의 바닥에 아홉 곳의 둥글고 길게 패인 자국만 남기고 다시 구룡연으로 갔다고 한다.

백탑동³⁵⁰

百塔洞

험난한 구룡연 지나니	經險九龍淵
즐거운 나머지 신명이 넘치네	樂餘神猶奔
남은 미련이 백탑에 있으니	遺想在百塔
고승의 말대로 찾아가보리라	往踐高僧言
휘적휘적 석장(錫杖) 짚은 스님이 앞서가니	飄颻金策先
휘영휘영 벽라의³⁵¹가 펄럭이네	颯纚蘿衣翻
자욱한 안개 속 한 줄기 길 따라서	氤氳登一路
이리저리 돌아가며 혼융한 원기를 찾아다니네	屈折訪渾元
푸른 절벽은 밝고 빼어난 것 많고	翠壁多瑩秀
붉은 봉우리는 번갈아 솟구치네	丹嶂互飛騫
절 아득한데 잔도는 끊겼고	寺遠棧梯斷
무성한 풀밭에 기괴한 바위 -1자 결-	莓莓怪石□
계곡 물 건너는 것은 물 마시는 사슴을 따르고	厲澗隨飲鹿
덩굴 잡고 오르는 건 날랜 원숭이 같아라	攬蔓擬騰猿

350 백탑동 : 강원도 금강산 내금강 지역 명경대 구역 수렴동에 있는 골짜기이다. 소수렴폭포부터 차일봉까지 구간으로 백옥을 묶어 세운 듯한 바위들이 탑처럼 솟아 숲을 이루고 있으므로 백탑동이라고 한다.

351 벽라의(薜蘿衣) ; 칡덩굴로 만든 옷으로 은자(隱者)의 복장을 가리킨다. 《초사》〈구가(九歌) 산귀(山鬼)〉에 "벽려로 옷을 해 입고 여라의 띠를 둘렀도다.〔被薜荔兮帶女蘿〕"라고 하였다.

부드러운 띠풀 떨기에서 신발 미끄러지고	屣滑柔林萯
묵은 나무 뿌리에 띠가 걸리네	帶掣老樹根
자주 쉬는 건 피곤해서가 아니요	屢坐非息疲
맑은 물 소리 참으로 사랑스러워서이지	多愛玉溜喧
연하(煙霞)를 헤치며 광채를 더듬으니	披煙摘潛穎
산들바람에 그윽한 향초 내음 풍겨오네	順風馥幽蓀
약초 캐고픈 마음[352]이 그지없이 일어나니	采藥心無限
저 높이 흰구름 모인 곳 바라보네	高視白雲屯
밝은 태양 반쯤 저물어가니	曜靈將半規
근원까지 가보지 못할까 항상 걱정하네	每懷未窮源
산 어둑하여 비가 내리려 하는데	山霏雨將結
높은 고개 끝에는 여전히 눈 쌓였네	嶺極雪猶繁
끝내는 온갖 경치만 모여 있는 것을	終然諸景莘
늘어선 탑이 있는 것을 어디서 보리오	惡睹列塔存
삼거의 수가 하나로 귀결되니[353]	三車數歸一

---

352 약초 캐고픈 마음 : 은거하고 싶은 마음을 의미한다. 《후한서(後漢書)》 권83 〈일민열전(逸民列傳) 방공전(龐公傳)〉에 "처자식을 이끌고 녹문산으로 들어가 약초를 캐고 살면서 돌아오지 않았다.〔攜其妻子登鹿門山, 因采藥不反.〕"라고 하였다.

353 삼거의……귀결되니 : 불가에서 말하는 '회삼귀일(會三歸一)'로 《법화경(法華經)》〈비유품(比喩品)〉에 보인다. 삼거는 삼승(三乘)이라고도 하는데 양거(羊車), 녹거(鹿車), 우거(牛車)로 각각 법문을 듣고 아는 성문승(聲聞乘), 인연에 따르는 연각승(緣覺乘), 육바라밀에 의지하는 보살승(菩薩乘)을 말한다. '귀일(歸一)'은 삼승은 방편일 뿐이고 그 목적은 부처가 되는 것이니, 분별을 넘어 일승(一乘), 일불승(一佛乘)의 경지에 이르러야 한다는 의미이다. 이 구절은 만물이 눈에 덮여서 모든 차별상(差別相)이 사라지고 일승의 경계만 드러난다는 의미이다.

물고기를 잡았으면 통발은 잊어도 되리[354]   得魚筌可諼

흥에 이끌렸다가 흥 이미 풀었거니   誘興興已暢

있다는 상(相)을 버려야 함을 어찌 다시 논하랴[355]   遣有復奚論

354 물고기……되리 : 《장자》〈외물(外物)〉의 "통발은 물고기를 잡기 위한 것이니 물고기를 잡고 나면 통발은 잊는다."라고 하였다. 진리를 깨달으면 진리를 깨우치기 위해 사용한 수단들은 잊는다는 뜻이다.

355 있다는……논하랴 : 원문의 '견유(遣有)'는 승찬(僧璨)이 지은 〈신심명(信心銘)〉의 "있다는 상(相)을 버리고자 하다가 있다는 상에 빠지고 공(空)을 따르고자 하다가 공은 저버린다〔遣有沒有, 從空背空.〕"라는 구절에서 인용한 듯하나. 제유(諸有)를 버려야 한다는 의미인데, 이미 눈이 내려서 차별상이 다 사라진 경계에 있기 때문에 제유를 없앤다는 말도 다시 할 필요가 없다는 의미이다.

중향성에 올라³⁵⁶

登衆香城

안개가 한 갈래 길을 감쌌는데	朝霞衛一路
길 끊어진 곳에 중향성 솟았네	路絶香城起
그윽한 유람이 눈길 따라 밝아지니	冥游隨目朗
몸을 꼿꼿이 세우고 서노라	竦體以高跱
계수나무 꺾어서 붉은 꽃잎을 쓸고	折桂掃紫芬
방초를 꺾어서 흰 복령³⁵⁷을 싸네	搴芳藉素髓
태초³⁵⁸에 정기로 말미암아 생겨나니	寥廓正氣由
그 단서가 오랫동안 이곳에 있었구나	端緒久在是
둥근 하늘에 쌓인 푸른빛	團天積蒼蒼
위아래로 만리나 늘어섰도다	上下參萬里
이 몸을 항해³⁵⁹와 섞으니	將身混沆瀣

---

356 중향성에 올라 : 중향성(衆香城)은 금강산 내금강 지역 백운대 구역 백운대의 북쪽에 있는 봉우리이다. 바위들이 수없이 층층으로 쌓여있고 향불에서 피어나는 연기가 성처럼 겹겹이 둘러싸인 듯하여 붙은 이름이다.

357 복령(茯苓) : 원문은 '소수(素髓)'로 의미가 명확하지 않은데 선경(仙境)을 비유한 말로 보고 우선 복령으로 번역하였다.

358 태초 : 원문의 '요곽(寥廓)'은 원기(元氣)가 나뉘기 전의 모습을 말한다. 가의(賈誼)의 〈복조부(鵩鳥賦)〉에 "깊고 텅 비고 황홀하니 도와 더불어 한가로이 노닌다.〔寥廓忽荒兮, 與道翺翔.〕"라고 하였는데, 그 주석에 "깊고 텅 비고 황홀한 것은 원기가 나뉘기 전의 모습이다.〔寥廓忽荒, 元氣未分之貌也.〕"라고 하였다.

359 항해(沆瀣) : 야간(夜間)의 수기(水氣)가 엉긴 맑은 이슬인데 신선의 음료수를

정기의 안인지 밖인지 알지 못하네	不知氣表裏
길게 휘파람 불며 구양³⁶⁰에서 양치하니	長嘯漱九陽
신명이 입안 가득 넘치네	神明溢皓齒
지극한 도는 담백하여 번거롭지 않으니	至道淡不煩
어찌 꼭 광성자³⁶¹를 찾아 물을 것 있으랴	奚必廣成子
운장³⁶²이 행여나 묻는다면	雲將倘相問
나는 태시³⁶³와 벗한다고 말하리라	曰我友太始

말한다.

360 구양(九陽) : 천지의 끝을 말한다. 《초사(楚辭)》〈원유(遠遊)〉에 "아침에 탕곡에서 머리를 감고 저녁에 구양에서 내 몸을 말리네.〔朝濯髮於湯谷兮, 夕晞余身兮九陽.〕"라고 하였고, 왕일(王逸)의 주에 "구양은 천지의 끝이다.〔九陽, 謂天地之涯.〕"라고 하였다. 금강산이 동해 바닷가에 있으므로 천지의 끝이라고 표현한 것이다.

361 광성자(廣成子) : 전설상의 신선으로 공동산(崆峒山)에 은거하여 살았다. 황제(黃帝)가 찾아가 가르침을 받았으며, 1천 2백 살이 되었는데도 늙지 않았다고 한다.

362 운장(雲將) : 구름을 주관하는 신이다. 《장자(莊子)》〈재유(在宥)〉에, 운장(雲將)이 동쪽으로 노닐다가 부요(扶搖)를 지나 홍몽(鴻蒙)을 만나서 질문을 한 이야기가 있다.

363 태시(太始) : 옛날 천지가 개벽하고 만물이 형성되기 시작한 시대를 말한다.

가섭굴[364]

伽葉窟

승려 이끌고 비경(秘境)을 찾고자	携僧將索秘
갈수록 깊고 모를 곳으로 가네	逾往涉幽昧
덩굴 부여잡고 이슬방울 털어내며	捫蘿拂厭浥
구렁으로 내려가서 구름 속 뚫고 가네	降壑貫靉靆
정신이 편안하니 쌓인 피로 사라지고	神恬忘積疲
풍경이 갈마드니 새로운 좋은 경치 나타나네	境遞生新愛
파란 하늘에는 하늘하늘 비단 같은 구름이 흩어지고	空青散輕綺
맑은 샘물에선 패옥 같은 물소리 이어지네	清涓續鳴珮
돌비탈 돌아들며 붉은 안개를 가르니	磴轉絳氣拆
무성한 덩굴풀이 바람 속에 춤추네	風蘿儛肺肺
신령한 굴은 담박한 처소	靈窟棲淡泊
그윽한 감실을 고요히 마주해 있네	幽龕寂相對
산 깊어 고라니 사슴도 드물거니	邃然麋鹿寡
이곳을 누가 계속 지킬 수 있으랴	守茲誰能每
하안거(夏安居) 중인 승려는 벽라 얽힌 석벽에 절하고	僧夏蘿壁頓

---

364 가섭굴(迦葉窟) : 금강산 내금강 지역 백운대 구역 설옥동(雪玉洞)에 있는 바위
굴로 옛날에는 가섭암이라는 암자가 있었다고 한다. 가섭(迦葉)은 석가의 십대 제자
중 한 사람으로 석가가 열반에 든 이후 제자들을 이끌어 두타제일(頭陀第一)이라고
불렸다. 설옥동은 높은 봉우리들이 둘러싸고 있는데 봉우리마다 특이한 모양의 높은
바위들이 있어 내금강의 만물상으로 일컬어진다.

불상은 향초 핀 방에 어둑하네	佛影藥房晦
처마를 두른 산그림자 짙어가고	環簷山影厚
옥같이 흰 봉우리들이 가섭굴 이고 있어라	瓊峰皓以戴
기이한 옥봉우리들 온갖 사물의 형상으로 솟아있고	瓖奇竦物象
맑은 소나무는 천연의 자태를 뽐내고 있네	淸鬆秀天態
이른 새벽에 오르는 길 어찌 높지 않으랴	晨登豈不峻
절반은 높은 구름 속으로 들어가 있는 것을	半入高雲內
옷깃 떨침365에 내가 아닌 듯하니	振衣恐非余
멍하게 내 마음이 아득해지네	惝怳使心曖
이 한몸 오르고 내려감에	一身有升降
만물을 주재하는 신묘함366이 내 몸 따라 있네	妙物趁身在
솔개는 높은 곳 거침없이 날고	鳶高暢不閡
물고기는 물에 잠겨 자유로이 즐기누나367	魚淪悅無礙
모든 것이 인간 세상 바깥의 즐거움이니	竟皆人外樂
목숨이 다해도 후회하지 않으리	畢命吾無悔

---

365 옷깃 떨침 : 진(晉)나라 좌사(左思)의 〈영사(詠史)〉 시에, "천 길 높은 언덕에서 옷깃을 털고, 만 리 흐르는 물에서 발을 씻으리.〔振衣千仞岡, 濯足萬里流.〕"라는 구절에서 온 말이다. 세속(俗世)을 벗어나 뜻을 고상하게 가진다는 의미인데 여기서는 금강산 유람을 가리킨다.

366 만물을 주재하는 신묘함 : 《주역》〈설괘전(說卦傳)〉에 "신이란 만물을 묘하게 하는 것을 두고 말한 것이다〔神也者 妙萬物而爲言者也.〕"라고 하였다.

367 솔개는……즐기누나 : 《시경》〈대아(大雅) 한록(旱麓)〉에 "솔개는 하늘에서 날고, 물고기는 못 속에서 뛰노누나.〔鳶飛戾天, 魚躍于淵.〕"라고 하였다.

수미대³⁶⁸

須彌臺

꽃을 따려면 모름지기 백 척의 가지 끝까지 가야 하고

摘花須窮百尺枝

진주를 캐려면 반드시 구중의 깊은 못에 들어가야지

探珠須沒九重淵

산에 올라 깊은 곳까지 들어가지 않으면　　　　　　登山不深入

오묘한 경치를 어찌 볼 수 있으랴　　　　　　　　妙境胡得焉

내가 원통동(圓通洞)에서 샛길을 물었더니　　　　我從圓通問邪徑

신선들³⁶⁹ 따라가라 하네　　　　　　　　　　云從若士與列偓

아침에 선암³⁷⁰ 북쪽으로 올라가니　　　　　　朝登船菴北

겹으로 휘장 두른 듯 하얗고　　　　　　　　　　皓若重帷褰

깎은 듯 험준하고 또 높이 솟아서　　　　　　　　戌削崢嶸復卓犖

이름난 수많은 봉우리들 모두 옥이 쌓인 듯　　　　聞名千峰皆積玉

368　수미대 : 금강산 내금강 태상(太上) 구역 수미동(須彌洞)에 있는 수미봉(須彌峰)이다. 봉우리 마루가 평평한 대를 이루어 수미대라고도 불린다. 아래에는 수미탑(須彌塔)이 있다. 수미탑은 자연 바위로 석판을 쌓아놓은 듯하며 주변에는 그보다 작은 자연 돌탑들이 널려 있다.

369　신선들 : 원문의 '약사(若士)'는 신선을 의미한다. 옛날 노오(盧敖)가 북해(北海)에서 노닐고 몽곡(蒙穀)에 이르렀을 때, 약사를 만나 함께 노닐자고 청하였다. 약사는 웃으면서 "나는 구해(九垓) 밖에서 한만(汗漫)과 약속이 있으니 오래 머물 수 없소."라고 말한 뒤 구름 속으로 들어가 보이지 않게 되었다는 이야기가 전한다.《淮南子 道應訓》

370　선암 : 내금강 표훈사(表訓寺)에 딸린 암자이다.

멀리 보이는 빼어난 풍경은 지나가며 잊기에 족하고

望望秀色去忘足

그윽한 여라 당겨 끊으니 두터이 쌓인 눈이 떨어지네

捫斷幽蘿玄雪落

난초 숲은 하늘하늘 저절로 한가로이 흔들리고　　　蘭林婀娜閑自扇

한낮 햇살 왕성하니 산에 잣나무 무성하네　　　　　白日氳氲漫山栢

맑고 차가운 물[371] 한줄기가 흘러내려 감싼 곳에　　清冷之水來一抱

흰 탑이 절로 솟으니 사람의 힘 아니로다　　　　　白塔自起非人造

비로봉이 서쪽으로 돌아 영랑재 되니[372]　　　　　毘盧西轉永郎岾

기이한 기운 굽이굽이 쌓인지 오래되었네　　　　　異氣盤紆積來早

적막하고 황홀한 천지의 문호이니[373]　　　　　　寥闃怳惚天地戶

고요한 중에 편안하게 참된 도를 찾노라　　　　　寂寞恬愉采眞道

배회하며 떠나려다 다시 떠나지 못하고　　　　　徘徊欲起復不起

다시 요대[374] 바라보며 기이함에 놀라 자빠지네　　更望瑤臺奇絶倒

동황[375]의 은택은 푸른 옥빛으로 흐르고　　　　　東皇膏澤青瑤流

---

371 맑고 차가운 물 : 청냉뢰(淸冷瀨)를 말한 것으로 보인다. 수미동에 있는 소(沼)로 푸른 물이 냉기를 풍기며 쏟아지는 여울가에 있다고 하여 붙은 이름이다. 뇌성벽력 같은 소리가 난다 하여 청냉뢰(淸冷雷)라고도 한다.

372 비로봉이……되니 : 비로봉은 금강산의 가장 높은 봉우리이고 영랑재는 비로봉 다음으로 높은 봉우리로 비로봉의 서쪽, 수미동의 동쪽에 있다. 신라 때 영랑(永郎)이 이곳에 올랐다 하여 영랑봉이라고 부른다.

373 천지의 문호이니 : 고대 전설에 하늘에는 문(門)이 있고 땅에는 호(戶)가 있는데 천문(天門)은 서북쪽에 있고 지호(地戶)는 동남쪽에 있다고 여겼다.

374 요대 : 옥으로 장식한 아름답고 화려한 누대를 말하는데, 신선이 거처하는 곳을 가리킨다.

영랑의 숨결은 금광초[376]에 남아있누나	永郎氣息金光草
내 장차 이것을 요포[377]라고 명명하고	吾將命此爲瑤圃
내 장차 그대와 함께 삼로[378]라고 부르며	吾將與君稱三老
담박하게 신명을 길이 서로 보전하리라	淡泊神明永相保
드디어 흰구름을 날아오르게 하여	遂令白雲騰
타고 가서 삼청조[379]를 구하려 했거늘	往求三青鳥
구름이 또 오지 않고	雲亦不復來
삼청조는 고요한 하늘[380]로 아득히 날아가 버렸네	鳥入寥天渺
희화가 높은 산에 기대어[381]	羲和倚峻嶒

375 동황 : 동방을 맡은 신으로 봄의 신(神) 혹은 봄을 가리킨다.

376 금광초 : 먹으면 불로장생한다는 선초(仙草)이다.

377 요포 : 신선이 사는 곳에 있는 아름다운 동산의 이름이다. 《초사》〈구장(九章) 섭강(涉江)〉에 "청룡 타고 백룡 몰고서 나는 중화와 요포에서 노닐리라.〔駕青虯兮驂白 螭, 吾與重華遊兮瑤之圃.〕"라고 하였다.

378 삼로 : 도교(道敎)에서 상원노군(上元老君)과 중현노군(中玄老君)과 하황노군 (下黃老君)을 아울러 일컫는 말이다.

379 삼청조 : 전설에 나오는 신선 새의 이름이다. 《산해경(山海經)》〈대황서경(大荒 西經)〉에 "삼청조가 있는데, 머리가 붉고 눈이 검다. 일명은 대려(大鵹), 소려(少鵹), 청조(青鳥)라고 한다."라고 하였다. 사자(使者)를 비유하는 말로도 쓰인다.

380 고요한 하늘 : 원문의 '요천(寥天)'은 《장자(莊子)》〈대종사(大宗師)〉의 "자연의 추이를 편안히 여겨 그 변화조차 잊으면 마침내 고요한 하늘과 일체가 되는 경지에 들어가게 될 것이다.〔安排而去化, 乃入於寥天一.〕"라는 구절에서 유래한 것으로, 훗날 도가에서 말하는 허무(虛無)의 경지, 즉 태허(太虛)를 의미하게 되었다.

381 희화……기대어 : 해가 저물어가며 산봉우리에 걸친 것을 말한 것이다. 희화는 해를 태운 수레를 몰고 다니는 전설상의 인물이다. 동해 밖 희화국(羲和國)에서 새벽마 다 여섯 마리 용이 끄는 수레에 태양을 싣고 용을 몰아서 하늘을 달리다가 서쪽의 우연

나에게 서두르라 말하네   告余以忽忽
윤기 나는[382] 검은 곰이 풀 씹으며 달려가니   玄熊食草走溁溁
돌아가려 하는 차에 두려워 정신이 아득해라   將欲歸來怛恍惚

(虞淵)에 이르면 멈춘다.《山海經 卷10 大荒南經》

382 윤기 나는 : 원문의 '사사(溁溁)'는 윤기가 흐르는 모양이다.《초사(楚辭)》〈초은사(招隱士)〉에 "그 모습은 뿔이 뾰족하게 높이 솟았고 털은 보드랍고 윤기가 나네.〔狀貌崟崟兮峨峨, 凄凄兮溁溁.〕"라고 하였다. 곰이 달려가는 모습을 형용한 듯하다.

봉래가

蓬萊歌

봉래산 뭇 봉우리 푸른 하늘에 벌여 있으니	蓬萊群峰羅碧天
세상 사람들 억지로 일만이천 봉이라 부르지	世人强名萬二千
옛날에는 발해 안에 있다고 전했거늘	往昔傳在渤澥中
어느 때에 발해 가로 옮겨 왔는고[383]	何時移來渤澥邊
중국의 여러 임금들 오악을 가볍게 여기고	赤縣群主輕五嶽
이 산에 올라서 신선 되길 원하였네[384]	願登此山爲神僊
고래가 번드치고 태풍이 몰아친 지 몇해나 지났는가	
	鯨翻颶作經幾載

383 옛날에는……왔는고 : 발해 안에 있다는 말은 《열자(列子)》〈탕문(湯問)〉에 발해의 동쪽 바다 안에 봉래(蓬萊), 방장(方丈), 영주(瀛洲)의 삼신산(三神山)이 남아있다고 한 것을 말한다. 금강산의 다른 이름이 봉래산이고 우리나라의 동쪽에 있으므로 발해 가로 옮겨왔다고 표현한 것이다.

384 중국의……원하였네 : 금강산이 봉래산이라고도 일컬어지므로 이를 빗대어 표현한 것이다. 원문의 '적현(赤縣)'은 '적현신주(赤縣神州)'의 준말로 중국을 뜻한다. 제(齊)나라 추연(鄒衍)이 화하(華夏)의 땅을 적현신주라고 칭한 데에서 유래한 것이다. 《史記 卷74 孟子荀卿列傳》오악(五嶽)은 중국의 오방(五方)에 있는 높은 산으로 동악(東嶽) 태산(泰山), 서악(西嶽) 화산(華山), 남악(南嶽) 형산(衡山), 북악(北嶽) 항산(恒山), 중악(中嶽) 숭산(崇山)이다. 여러 임금은 진 시황(秦始皇)과 한 무제(漢武帝) 등을 가리킨다. 진 시황은 서불(徐市)이 바다에 봉래, 영주, 방장이라고 하는 삼신산이 있고 그곳에 신선이 산다고 하자 동남동녀(童男童女) 수천 명을 딸려 보내며 불사약을 찾아오도록 시켰다. 한 무제는 방술(方術)에 빠져 불로장생을 추구하면서 궁궐의 태액지(太液池) 안에 삼신산을 만들기도 하였다.

문 나서 서쪽으로 오니 산이 우뚝하게 솟았네　出門西來山崒然

어찌 이리도 산은 높고 기운은 맑아서　是何山高氣太淸

나로 하여금 홍몽시대 이전인가 의심케 하나　使我起疑鴻濛前

장안사[385] 계곡 어귀엔 잣나무 빽빽하게 늘어섰고　長安谷口列栢森

향로봉[386] 앞엔 만폭동이 깊어라　香爐峰前萬瀑深

운무 자욱한 옛 길은 옥굴로 이어지니　氤氳古道走瓊窟

첩첩의 깊은 숲이 푸른 봉우리와 갈마드네　合沓穹林遞碧岑

이곳이 바로 적송자(赤松子) 왕자교(王子喬) 드나드는 문이니[387]

此是松喬出入門

노을 마시고 지초 먹는 신선의 도(道) 이루기 번거롭지 않으리

餐霞茹芝道不煩

길 가며 흰구름 쓸어내고 바위의 이끼 어루만지니　行掃白雲捫石髮

구룡연 물결 푸르고 봄꽃은 흐드러지네　九淵蕩碧三花春

울려 퍼지는 천뢰[388]소리에 용들이 날고　嘈嘈天籟矯游龍

---

385 장안사 : 강원도 금강군 내강리에 있는 사찰이다. 408쪽 주308 참조.

386 향로봉 : 강원도 금강산 내금강 지역 만폭 구역 만폭동 왼쪽에 있는 봉우리이다. 향로처럼 생겼고 대향로봉과 소향로봉 두 개의 봉우리로 이루어져 있다.

387 이곳이……문이니 : 적송자와 왕자교는 전설상의 신선의 이름이다. 시의 내용으로 보아 이 구절은 금강문(金剛門)을 비유한 것으로 보인다. 두 개의 커다란 바위가 기대어 있고 그 아래로 동굴처럼 길이 나 있다. 옥룡관(玉龍關)이라고도 하는데 옥류동과 구룡연으로 가는 관문이라는 의미라고 한다.

388 천뢰 : 자연의 소리를 가리킨다. 남곽자기(南郭子綦)가 자유(子游)에게, "너는 사람의 피리 소리는 들었으나 땅의 피리 소리는 듣지 못했고, 너는 땅의 피리 소리는 들었을지라도 하늘의 피리 소리는 듣지 못했을 것이다.〔汝聞人籟而未聞地籟, 汝聞地籟而未聞天籟夫.〕"라고 말하였다. 《莊子 齊物論》

짙게 드리운 균계[389]는 유인[390]을 취하게 하네 翳翳菌桂醉幽人

또 높고 밝은 천일대[391]가 있으니 別有高明天逸臺

돌아와서 지팡이 짚고 거듭 배회하노라 歸來倚策重徘徊

---

389 균계 : 향목(香木)의 이름이다. 굴원(屈原)의 〈이소(離騷)〉에 "신초와 균계를 섞어서 참이여, 어찌 오직 혜초와 채초만 차리요.〔雜申椒與菌桂兮, 豈維紉夫蕙茝.〕"라 고 하였다.

390 유인 : 그윽하고 편안한 사람으로 은자(隱者)를 의미한다.

391 천일대(天逸臺) : 내금강면 정양사(正陽寺) 앞의 봉우리로 천을대(天乙臺), 진 헐대(眞歇臺)라고도 한다. 내금강의 전경이 가장 잘 보이는 곳으로 이곳에서 보는 풍경 이 절경으로 꼽힌다. 김창협(金昌協)은 〈동유기(東遊記)〉에서 "세상에서 만이천봉(萬 二千峯)이라고 말하는 것이 마치 손바닥 안에 있는 것처럼 낱낱이 모습을 드러내었는 데, 과연 그 독특한 모습과 빼어난 자태는 일일이 다 기술할 수가 없었다. 다만, 대체로 다 옥처럼 깨끗하고 아로새긴 것처럼 정교하여 속기(俗氣)가 전혀 없고 둔탁한 느낌도 전혀 없었다. 옛날 명(明)나라 사람 오정간(吳廷簡)은 황산(黃山)을 보고 반평생 보아 온 것은 모두 흙무더기와 돌덩이에 불과했다고 하였는데, 지금 이 산을 보니 정말 그러 했다."라고 하였다. 《農巖集 卷23》

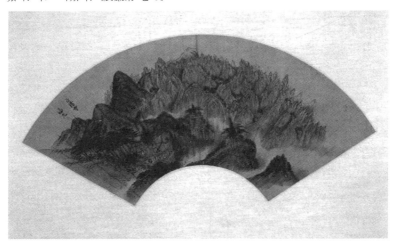

정선(鄭敾) 〈정양사(正陽寺)〉
하단 오른쪽에서 두 번째 봉우리가 천일대로 유람하는 선비들이 그려져 있다.

배회하며 동쪽을 바라보니 눈앞에 가득한 산	徘徊東望山滿眼
하나하나가 진실로 봉래산임을 보누나	一一乃見眞蓬萊
봉래산 또 봉래산	蓬萊復蓬萊
깎은 듯이 높이 솟았네	刻削以崢嶸
만물을 닮은 모습에[392]	物類之所象
꼿꼿이 서서 보다가 놀라기도 하네	竦峙或若驚
은은한 안개와 눈	隱隱煙雪
또렷한 하늘의 별들	的的羅星
푸른 이내 아른거리는 영랑재요	靑靄倏忽永郎岾
하얀 옥돌 들쭉날쭉한 중향성이로다	白玉錯落衆香城
중향성의 맑은 기운 짙은 노을로 맺히고	香城灝氣結繁霞
한 마리 학 높디높이 아득한 구름가 날아가네	一鶴高騫雲路賖
인하여 봉래산이 바다로 떨어질 때를 생각하니	因憶蓬萊落海時
여기 앉아 보매 그때의 은대와 금궐[393]인가 싶어라	銀臺金闕坐來疑
부상[394]의 붉은 햇살 눈 쌓인 산에 물결치니	扶桑日紅波雪山
뭇 봉우리도 파도에 놀라 달리는 듯하네	衆岫復似驚波馳

---

392 만물을 닮은 모습에 : 만물상(萬物相)을 말한다. 금강산 외금강 지역 만물상 구역에 있는 바위산으로 깎아지른 층암절벽과 독특한 형체의 기암괴석들이 많아서 만물의 모양새를 다 볼 수 있다 하여 만물상이라 부른다.

393 은대와 금궐 : 은대는 전설상의 여신(女神)인 왕모(王母)가 머무는 곳이고 금궐은 하늘에 있는 황금 궁궐로 신선이나 천제(天帝)가 머무는 곳이다. 여기서는 영랑개와 중향성을 비유한 곳으로 보인다.

394 부상(扶桑) : 해가 뜨는 곳에 있다는 신목(神木)이다. 해가 뜰 때 이 나무를 스치고 떠오른다고 한다.

산 높고 바다 넓어 변화가 통하니	山高海闊變化通
태일395이 굽어보고 탄식을 더하리라	太一下顧增嗟咨
인간 세상 어느 곳을 이 산에 견줄 것이며	人間何地擬此山
천상의 어떤 신선이 다녀가지 않으랴	天上何僊不往還
세 번이나 봉래산을 찾은 나는 어떠한가	我奈蓬萊三入何
눈 앞에 공화396가 현란하고 검은 살쩍 세어가네	空花飄眼玄鬢斑
머무름도 오래해서는 안 되고	留亦不可久
흥도 지나쳐서는 안 되지	興亦不可闌
이제는 속세로 내려가야 할 때이니	臨當下黃塵
비로봉은 또 어이하리오	更奈毘盧何
천태산(天台山) 사만 팔천 길	天台四萬八千丈
홍공만이 유독 우뚝한 산을 저버리지 않았어라397	興公獨不負嵯峨

395 태일(太一) : 도교(道教)의 신(神)으로, 태일(泰一) 또는 태을(太乙)이라고도 한다. 《사기(史記)》〈봉선서(封禪書)〉에 "하늘의 신 중에 존귀한 것은 태일이다."라고 하였고, 《색은(索隱)》에 "송균(宋均)이 말하기를, '천일(天一), 태일(太一)은 북극신(北極神)의 별명이다.' 하였다." 하였다.

396 공화(空花) : 공화(空華), 안화(眼花)라고도 한다. 본래 눈병이 있는 사람이 허공에 꽃이 있다고 착각하는 것을 말하는데 여기서는 삼연이 눈이 침침해지고 노쇠함을 비유한 구절인 듯하다.

397 홍공만이……않았어라 : 홍공은 동진(東晉) 때의 시인이자 관리인 손작(孫綽)의 자이다. 박학다식(博學多識)하고 문장에 재주가 있었다. 은거할 뜻을 품고 회계(會稽)에 머물며 산수를 유람하다가 이후 관직에 진출하여 정위경(廷尉卿)에 이르렀다. 문장으로 명성을 떨쳤는데 특히 〈수초부(遂初賦)〉, 〈유천태산부(遊天台山賦)〉 등이 널리 알려졌다. 이 구절은 손작이 〈유천태산부〉라는 명작을 남긴 것을 말한 것이다.

높은 산에 올라서 시 잘 짓는[398] 후인들 많으리니   登高能賦後人多

나는 우선 중향성의 양지바른 언덕에서 약초를 캐리라

我姑采藥於香城之陽阿

---

398 높은……짓는 : 《한서(漢書)》권30 〈예문지(藝文志)〉에 "전에 이르기를, '노래
하지 않고 읊는 것을 부라고 한다. 높은 데에 올라가서는 시를 읊을 줄 알아야 대부의
자격이 있다〔傳曰, 不歌而誦謂之賦. 登高能賦可以爲大夫.〕' 하였다."라는 구절이 있
다. 시를 읊는 것은 대부가 구비해야 할 아홉 가지 재능〔九能〕중의 하나로 문장으로
출세한 사람들이 많다는 것을 비유한 말이다.

빗속의 고요한 뜻을 경명에게 보여주고 화답시를 지으라고 하다 경명은 아우 창집이다

雨中靜意示敬明 弟昌緝 要和

단비가 고요히 지내는 이에게 알맞으니	佳雨宜靜者
후둑후둑 처마와 섬돌에 떨어져 흩어지네	淋浪迸軒除
처마의 참새 소리가 빗소리에 섞여 들리고	雜響餘簷雀
거리의 수레가 일으킨 먼지 그치누나	浮埃息巷車
동쪽 창문이 조금 밝아지니	東牖生小白
공허함 속에 누인 몸을 맡기노라	偃身委空虛
붉은 작약이 촉촉해짐을 은근히 알겠고	潛知紅藥潤
푸른 오동이 자람을 자세히 헤아려 보네	細忖青梧舒
근심하며 울던 심정을 잠시 옮겨서	暫移愁哭情
오똑히 앉아서 태초의 기운을 가까이하네	兀兀隣太初
한잠에 생각 더욱 현묘해지니	一睡思逾玄
곁에는 도리어 용서399가 있구나	傍有猶龍書

---

399 용서(龍書): '봉찰용서(鳳札龍書)'의 의미로 선계(仙界)에서 온 편지를 가리킨다. 꿈속에서 선계에 다녀왔다는 의미이다.

유군사를 기다리며[400] 유군사는 유명악이다

待兪君四 命岳

석양이 동쪽 포구에 머무르니	夕映逗東浦
붉은 노을 빛이 도포자락 비추네	朱霞照我袍
나의 벗 오랫동안 오지 않아	卬友久不來
강가의 언덕에 서 있게 하누나	俾我立江皐
어여쁜 삼성[401]을 바라보았더니	娟娟望三星
달 높이 떠 환한 지 오래되었네	月出皎已高
달빛이 남아 홀로 잘 때 가까이 비추니[402]	餘輝近獨宿
이불 어루만지니 번뇌만 가득하여라	拊衾盈煩勞

400 유군사를 기다리며 : 유명악(兪命岳, 1667~1718)은 본관은 기계(杞溪). 자는 군사(君四)이다. 1705년(숙종31) 사마시에 합격하여 생원이 되었고 관직에 진출하여 호조 정랑(戶曹正郞), 개녕 현감(開寧縣監), 대구부 판관(大邱府判官) 등을 거쳐 청주 목사(淸州牧使)로 재임중 사망하였다. 훗날 아들 유척기(兪拓基)로 인하여 이조 판서 (吏曹判書)에 추증되었다. 어렸을 적에 삼연의 명성을 듣고 찾아가 사사하여 김창립(金 昌立), 홍유인(洪有人)과 함께 절차탁마하였고 문장에 뛰어나 문명(文名)이 있었다. 《陶谷集 卷16 淸州牧使贈吏曹判書兪公墓誌銘》

401 삼성 : 삼성(三星)은 삼성(參星)으로 초저녁에 나타나는 별이다.

402 가까이 비추니 : 유명악을 그리워하는 심성을 표현한 것이다. 두보(杜甫)가 벗 이백(李白)을 그리워하면서 지은 〈이백을 꿈꾸며〔夢李白〕〉시에 "달빛이 들보에 가득 비추니, 흡사 그대 안색을 본 듯하오.〔落月滿屋梁 猶疑見顔色〕"라고 하였다.

돌아오는 배는 애오라지 물가에[403] -1자 결락-   歸舳聊□岸

두모포[404]의 물결에 미쳐야 하리   須及豆浦濤

---

403 애오라지 물가에 : 결자와 관계를 알 수 없어 번역하지 않았다.

404 두모포(豆毛浦) : 현재의 성동구 옥수동 동호대교 북단에 있던 나루이다.

배 띄우며
放舟

이슬 반짝이는 동쪽 물가로 내려가서	映泫下東澨
조각배 이곳에서 띄우네	孤舟自玆放
가벼운 닻줄은 벌써 바람에 흔들리고	輕纜旣颯纚
큰 물결은 실로 향하는 바 있으니	大汎信歸向
파란 실오리 같은 물풀 어지럽게 무성하고	紛披碧絲藻
푸른 노을 두른 봉우리는 나왔다 물러갔다 하네	進退蒼霞嶂
사공은 높이 뜨는 해를 두려워하니	篙師畏高旭
삿대 두드리며 맑은 노래 부르네	鳴楫起亮唱
흔들흔들 만 길 물속으로 들어가니	搖入萬丈淥
편편히 흐르다 홀연 드넓어지네	洸洸忽汪汪
내 몸이 내 뜻대로 되지 않아	我身不自有
내 마음도 함께 출렁거리누나	我心與之漾
누가 말했나 한 치의 심회	誰謂方寸襟
천 리나 넓게 펼칠 수 있다고	展以千里曠
새로 지은 누정이 아득히 멀어짐에	新亭緬然去
고개 돌리니 서글픔이 가득 차네	回脰盈惆悵
그리워라 나 머문 이틀 동안	懷哉我信宿
강위에 뜬 달 잊지 못하리	江月後難忘

미호에 잠시 머물며
渼湖少泊

미호 사이에서 배 멈추니	弭棹渼湖間
한적함도 어긋나버렸네	優游亦是戾
물가에서 만나는 이 많으니	洲渚饒應接
마른 눈가에 맑게 개인 햇빛 쬐네	晞目曬淸霽
붉은 노을이 뽕나무와 버드나무에 넘쳐서	朱霞漲桑柳
강물 빛에도 조금은 맺혀 있네	江色少凝滯
첨벙이는 소리 내며 수충이 움직이고	瀺灂水蟲吡
무성한 수풀 속엔 매미소리 가냘퍼라	蔽芾林蜩嘒
빨래하는 아낙은 바위를 디디고	漂女履一石
낚시하는 아이의 낚싯대는 어찌나 가는지	釣兒竿何細
깊고 넓은 곳에 아름다운 누각 세우니	潭潭結綺閣
물가에 서 있어서 빼어나게 아름다워라	臨水獨豐麗
강호가 어찌 크지 않을까마는	江湖豈不大
물의의 어지러움이 한이 있겠나	物意紛涯際
조각배로도 물 따라 내려갈 수 있으니	扁舟可以下
얕고 깊음에 내 어찌 얽매이랴	淺深吾何泥

소나기

騦雨

소나기가 백산[405]에 와서	涷雨白山來
누대 가득한 내 책을 적시니	沾我滿樓書
책 걷고서 맑게 앉아	卷書以清坐
눈길 가는 대로 하늘을 바라보네	流目眄太虛
비록 온종일 오지 않을 것은 알겠으나	縱知未終日
또 한바탕 시원하게 쏟아짐을 기뻐하네	且喜一廳疏
너풀너풀 지붕 위의 박잎도	幡幡屋上瓠
말라비틀어지다가 생기 돌겠네	焦卷可以舒
긴 우레가 고목을 지나가고	長雷過古木
멀리 이어진 푸른 들판에선 김매기 하네	遠接青郊鋤
동남쪽만 유독 어두컴컴하니	東南偏黯黑
발돋움하고 멀리 바라보면 나머지도 알 수 있지	延跂反三隅
구름과 용의 뜻[406]은 헤아리기 어려우니	雲龍意難準
가득한 빗줄기를 앞 섬돌에서 굽어보노라	湏洞俯前除

---

405 백산·배아산(白岳山) 즉 북악산(北岳山)을 끼리킨다.

406 구름과 용의 뜻 : 《주역》건괘(乾卦)에 "구름은 용을 따르고 바람은 범을 따르니, 성인이 일어나자 만물이 우러러본다.〔雲從龍風從虎, 聖人作而萬物覩.〕"라고 하였다.

칠석
七夕

짹짹 조릉의 까치[407]	喈喈雕陵鵲
까악까악 종남산의 까마귀	啞啞終南烏
울면서 하늘 끝으로 날아오르니 천만 개의 점이요	叫上天潯千萬點
아홉 마리 봉이 무리지어 나니 백유를 가리네[408]	九鳳群飛蔽白楡
아득히 날아올라 서로 모였으니	騰駕渺相從
안 보이면 응당 은하의 다리에 있으리	隱當在中梁
해마다 내리는 칠석비[409] 사람들은 눈물인가 의심하고	
	每年零雨世間疑
높은 누각의 달빛은 이제 서리 같아라	飛樓月華今如霜
달은 하늘을 비끼고 별은 노을 속으로 들어가니	月出橫天星入霞
만고의 이 심정을 그 누가 헤아릴까	萬古此情誰能詳

407 조릉의 까치 : 조릉은 《장자》 〈산목(山木)〉에 나오는 지명이다. 조릉의 까치는 큰 까치를 가리키는데, 날개 너비가 7자〔尺〕이고 눈의 직경이 1치〔寸〕나 된다.

408 아홉……가리네 : 봉이 무리지어 나는 것은 봉이 끄는 수레를 말한다. 견우가 타는 수레를 봉가(鳳駕) 혹은 용가(龍駕)라고도 한다. 양(梁)나라 하손(何遜)의 고악부 〈칠석〉에 "신선의 수레가 칠양에 멈추니, 봉수레가 은하수 나서네.〔仙車駐七襄, 鳳駕出天潢.〕"라고 하였다. 백유는 별의 이름이다. 악부시 〈농서행(隴西行)〉에 "천상에 무엇이 있는가, 뚜렷하게 백유를 심어놓았네.〔天上何所有, 歷歷種白楡.〕"라고 하였다.

409 칠석비 : 음력 7월 7일 칠석(七夕)을 전후로 내리는 비를 칠석비〔七夕雨〕라고 한다.

칠석날 밤 중묘헌에서

乞巧夜 與洪世泰會于妙軒 當月留話 余適以故徑歸 聊抒一悵

견우와 직녀는 가을바람 타고서 만나고	黃姑織女乘秋風
옛사람들은 열흘에 한 번은 모였다지	故人十日一會同
북산의 구름은 잠깐 물러났다 잠깐 나왔다 하고	乍去乍來北山雲
서늘한 밤에 달이 뜨니 초경(初更)의 종소리 이어지네	
	夜凉月出連初鐘
뜨락의 나무 성근 가지에는 까마귀만 맴돌고[410]	庭柯寥落三匝烏
은하수 가에는 두 마리 비룡이 배회하네[411]	銀渚徘徊兩飛龍
그대 위해 부채 두드리며 고인을 이야기하니	爲君擊扇談古人
만대의 세월 비록 장구해도 한마디 말로 다할 수 있네	萬代雖闊一言窮
나는 갑자기 돌아가고 달이 골목에 가득하니	我忽徑歸月滿陌
만남과 헤어짐이 잠깐 사이의 일임을 알 수 있으리	可見離合須臾中

---

410 까마귀만 맴돌고 : 원문의 '삼잡(三匝)'은 일정한 장소에서 맴도는 모습을 형용한 말이다. 조조(曹操)의 〈단가행(短歌行)〉에 "달 밝고 별 드문데 까막까치 남쪽으로 날아오네. 나무 위를 세 번이나 맴돌아도 앉을 만한 가지 찾지 못했네〔月明星稀, 烏鵲南飛. 繞樹三匝, 何枝可依.〕"라는 구절이 있다.

411 은하…… 배회하네 : 누 마리 비룡은 견우(牽牛)와 직녀(織女)가 각각 탄 용가(龍駕)를 가리키는 말이다. 두보(杜甫)의 시 〈견우 직녀(牽牛織女)〉에 "우뚝하게 새로이 꾸미고 서니, 용수레 층층 허공에 갖추었다.〔亭亭新粧立, 龍駕具曾空.〕"라고 하였다.

북산가
北山歌

북산은 빼어나게 푸른 하늘 높이 솟아있고	北山秀極靑天中
한강에 긴 흰구름은 무성하기도 하여라	白雲壅漢何逢逢
구름 위로 솟은 봉우리에 오랫동안 기운 쌓이니	山出雲雨積氣久
그 뿌리는 웅장한 도봉과 삼각산에서 비롯되었네	根自道峰三角雄
번성하고 화려한 문물이 자리한 곳이요	萋葳蔥蒨文物宅
산 아래는 성인이 머무는 깊은 궁궐이로다	山下聖人深紫宮
도성의 궁궐들은 별자리를 본떴고	紫宮朱城象昭回
긴 거리와 좁은 골목으로 인가의 연기가 피어나네	長衢夾巷煙火通
종 울리고 슬 타는 음악소리 산골짝에 메아리치고	鳴鐘鼓瑟巖岫響
가녀린 버드나무와 높은 홰나무는 푸른 솔에 이어지네	
	弱柳高槐連靑松
너른 한강에 배 띄우니 물결이 일렁이는 듯하고	浮舟漢廣宛漾搖
말 몰아 저자거리 지나서 산에 오르네	走馬陌上復岧嶢
길거리와 성 모퉁이는 날마다 보니	陌上城隅日相見
멀리 천 년이나 이어온 맑은 산빛을 접하고저	願接秀色千年遙
그대 사는 묘헌412은 동구가 툭 트여	君家妙軒洞開豁

---

412 그대 사는 묘헌 : 그대는 삼연의 벗 진사(進士) 이규명(李奎明)이고 묘헌은 이규명의 집인 중묘헌(衆妙軒)을 가리킨다. 중묘헌은 북산(北山) 아래 삼연의 집 근처에 있었다. 367쪽 주226 참조.

마주한 북산의 풍경이 나의 높은 누각⁴¹³보다 더 좋으니

對山勝我高樓多

그대가 먼저 북산가 지어야 마땅하리　　　宜爾先爲北山歌

413　나의 높은 누각 : 삼연의 낙송루(洛誦樓)를 말한다.

14일 밤에 물가의 평평한 곳에 홀로 서 있다가 홀연히 유군사를 만나서 달 아래 거닐다가 돌아오다

十四夜 平皐獨立 忽逢兪君四 步月而歸

거위 울음에 담장 위로 달 떠오르니	鵝鳴墻月出
동쪽 이웃집의 노송나무 우뚝하여라	落落東家檜
아득히 펼쳐진 평평한 물가에 섰노니	平皐立超忽
서리 내린 먼 산이 크기도 하네	霜露遠山大
저물녘 풍경을 형언하기 어려우니	暮景不可形
불어오는 가을바람은 다시 싸늘한 소리 일으키네	商飇復凉籟
게으른 초동과 바삐 나는 새	倦樵與忙禽
나의 거닒이 가장 한가롭구나	從容我游最
무심히 긴 휘파람 불며 서 있노라니	長嘯立如忘
환상 같은 마을은 인간 세상 바깥인 듯	村墟幻人外
모래사장 길에서 함께 돌아올 짝 있으니	沙路有歸伴
금빛 물결에는 흰 띠가 길게 떠 있는 듯하네	金波泛縞帶

홍세태가 들르다
洪世泰來過

헤아릴 수 없이 아득하게 먼 황하	黃河逈莫測
근원인 곤륜산에서 흰 옥벽 나오네	白璧出崑崙
긴 무지개 같은 기운이 천지를 밝게 비추고	虹精燭天地
고운 빛 일렁이며 만 리 먼 곳에서 흘러오네	漾彩萬里源
이 보배를 캔 사람 드물거늘	此寶罕人採
그대는 일찍이 천지 음양의 이치를 깨달았지[414]	君嘗造天根
북풍이 불어대는 누추한 골목	北風吹狹巷
창망하여라 변씨의 문[415]이여	蒼茫卞氏門
지사가 쑥대처럼 정처 없이 다니니[416]	志士有蓬累

---

414 천지……깨달았지 : 소옹(邵雍)의 〈관물음(觀物吟)〉에 "건괘(乾卦)가 손괘(巽卦)를 만나면 월굴(月窟)이요, 곤괘(坤卦)가 진괘(震卦)를 만나면 천근(天根)이다. 〔乾遇巽時觀月窟, 地逢雷處見天根.〕"라고 하였고, 주희의 〈소강절찬(邵康節贊)〉에 "손으로 월굴을 더듬고 발로 천근을 밟았도다.〔手探月窟, 足躡天根.〕"라고 하였는데, 이는 천지 음양의 이치를 가리킨다.

415 변씨의 문 : 홍세태가 옥과 같은 빼어난 재주가 있으면서도 불우하고 가난하게 지내는 처지를 빗대어 표현한 것이다. 변씨는 춘추시대 초(楚)나라 변화(卞和)이다. 변화가 형산(荊山)에서 박옥(璞玉)을 얻어 여왕(厲王)에게 바쳤으나 옥공(玉工)이 돌이라고 하여 월형(刖刑)을 당하였고 뒤이어 즉위한 무왕(武王)에게도 바쳤으나 또 월형을 당하였다. 문왕(文王)이 즉위한 뒤에 옥공(玉工)을 시켜 다듬게 하자 한 자나 되는 큰 옥이 나왔다고 한다.《韓非子 和氏》

416 지사가……다니니 : 이 구절 역시 홍세태의 불우함을 묘사한 것이다. 원문의 '봉루(蓬累)'는 바람에 날리는 쑥대처럼 정처 없이 떠도는 신세를 뜻한다.《사기(史記)》

그동안 흘린 눈물 수건을 적셨지	由來淚沾巾
지난해에는 부상 가는 배를 탔더니[417]	往歲扶桑舸
내일 아침에는 적수 가에 있으리[418]	明朝赤水濱
차가운 밤 내 깊은 술잔에 술을 따라서	夜寒我杯深
갈옷 입은 그대 신세[419] 위로하네	慰子被褐身

권63 〈노자한비열전(老子韓非列傳)〉의 "군자가 좋은 때를 얻으면 수레를 타고, 때를 얻지 못하면 쑥대처럼 다닌다.〔君子得其時則駕, 不得其時則蓬累而行.〕"라는 구절에서 유래하였다.

417 지난해에는……탔더니 : 홍세태는 1682년(숙종8) 통신사(通信使)로 일본에 가는 윤지완(尹趾完)을 따라서 일본에 다녀왔기 때문에 말한 것이다.

418 적수 가에 있으리 : 적수는 전설상의 강물 이름으로 곤륜산의 동남쪽에서 나온다고 하였다. 《장자》〈천지(天地)〉에 "황제가 적수의 북쪽에서 노닐고 곤륜산에 올라가 남쪽을 바라보았다.〔黃帝遊乎赤水之北, 登乎崑崙之丘而南望.〕"라고 하였다. 이 구절은 홍세태가 일본에 다녀온 이듬해 두타산(頭陀山)을 유람한 것을 의미하는 듯하다. 두타산은 현재 강원도 동해시에 있다.

419 갈옷……신세 :《노자》에 "나를 아는 자가 드물면 나에게 있는 것이 귀해진다. 그러므로 성인은 갈옷을 입고 보옥을 품는다.〔知我者希, 則我者貴, 是以聖人被褐懷玉.〕"는 구절이 있다. 갈옷 입은 신세라고 한 것은 홍세태가 벼슬에 오르지 못하여 곤궁하게 지내지만, 남이 알아보지 못하는 재주를 품고 있다는 것을 비유한 말이다.

감흥
感興

제1수

북풍이 내 귓가에 불어오니	北風感我耳
하필이면 나의 휘장으로 불어드는가	何須入我帷
하늘 어둑한데 빈 방에서 흰 빛이 생겨나고[420]	天曀虛室白
산 차가워지니 찾아오는 이 드무네	山寒到人稀
흩날리는 눈에 앞서 검은 구름 일어나고	玄雲先雪飄
내달리는 해의 뒤에서 옥형[421]이 나오네	玉衡背日馳
만 가지 변화가 하나의 이치로 돌아가니[422]	萬化貞夫一
온갖 움직임들 고요히 돌아가는 곳 있거늘	群動默有歸
어이하여 무리를 그리는 새는	如何慕類鳥
기나긴 깊은 밤 가지에 깃들지 못하나	夜永不安枝

---

420 빈……생겨나고:《장자》〈인간세(人間世)〉에 "저 빈 공간을 잘 보아라. 텅빈 방 안에서 흰빛이 생겨나니.〔瞻彼闋者, 虛室生白.〕"라고 하였다. 정신이 맑아서 도심(道心)이 생겨난다는 의미이다.

421 옥형 : 천문의기(天文儀器)를 가리키는 경우가 많으나, 여기에서는 북두칠성의 다섯 번째 별로서 북두칠성을 가리킨다. 이 구절은 해가 지고 나서 별이 나온다는 의미이다.

422 하나의 이치로 돌아가니 : 원문의 '정부일(貞夫一)'은 《주역》〈계사전 하(繫辭傳下)〉에서 나온 말로, '천지(天地)의 도는 일관되게 보여주는 것이요, 일월(日月)의 도는 언제나 밝은 것이요, 천하의 동(動)은 항상 하나의 이치로 돌아가는 것이다.〔天地之道, 貞觀者也. 日月之道, 貞明者也. 天下之動, 貞夫一者也.〕"라고 하였다.

제2수 其二

단단한 얼음은 낡은 벼루 위에 맺혔고	堅氷古硯上
두터운 서리는 두 벽 사이에 내렸네	厚霜兩壁間
오늘 저녁에는 집밖에 나서지 않아도	今夕未出戶
가만 앉아서 온 세상 춥다는 것 알겠네	坐知四海寒
추위와 더위가 서로 이어지니	一寒復一暑
여섯 마리 용423이 어느 때 한가하랴	六龍何時閒
생각하자니 서글퍼질까 두렵고	思之恐惆悵
내버려두자니 의심이 어지럽게 일어나네	置之滑疑端
동자는 말없이 마주해 있고	童子默相對
오래 앉았노라니 멀리서 종소리 잦아드네	坐久遠鐘殘
방 어두워도 등불 찾지 말지니	室闇莫呼燈
어둡거나 밝거나 나에게는 고르게 보이네	冥昭我均觀

제3수 其三

왕자유가 산음에 누웠다가	王子臥山陰
일어나서 흰 눈을 희롱했네	起來弄白雪
섬 땅으로 배 저어 가고	搖曳剡中舟
푸른 대나무 그림자 헤쳤지424	綠竹影披拂

423 여섯 마리 용 : 해를 의미한다. 동해 밖 희화국(羲和國)에서 희화(羲和)가 새벽마다 여섯 마리 용이 끄는 수레에 태양을 싣고 용을 몰아서 하늘을 달리다가 서쪽의 우연(虞淵)에 이르면 멈춘다고 하였다. 《山海經 卷10 大荒南經》이 구절은 세월이 빨리 흘러서 해를 싣고 다니는 용들이 한가할 틈이 없다는 의미이다.

424 왕자유(王子猷)가……헤쳤지 : 왕자유는 동진(東晉)의 명사(名士) 왕휘지(王徽

빼어난 운치는 천년의 세월 속에 아득한데	逸韻邈千載
눈바람은 매양 소슬하누나	風雪每蕭瑟
서글피 바라보니 부끄러움 많은 이 몸	悵望我多愧
세밑에 무어 기쁠 게 있으랴	歲暮將何悅
북쪽의 숲에서는 한밤에 개가 짖으니	北林夜犬吠
옥 같은 나무의 빛나는 가지를 누가 꺾는가	瓊樹璨誰折
원생의 집 고요히 닫혔으니[425]	袁生闃其戶
그윽하고 깊은 풍취 또한 나의 짝이로다	窈窕亦吾匹

之)로 자유는 그의 자(字)이다. 왕휘지가 산음(山陰)에 살았는데 큰 눈이 내린 어느 날 밤 흥이 일어나 섬(剡)땅에 있는 대안도(戴安道)를 찾아갔다가 그 집 앞에 이르러 다시 돌아왔다. 사람들이 까닭을 묻자 "본래 흥이 나서 갔으니 흥이 다하면 돌아올 뿐이지, 어찌 반드시 대안도를 만날 필요가 있는가?"라고 말하였다. 왕휘지는 대나무를 좋아한 것으로도 유명한데, 다른 사람의 빈집에 잠깐 머물 때에도 언제나 대나무를 심게 하고 "하루라도 차군(此君 대나무)이 없이 지낼 수 있으랴."라고 말하였고, 오중 (吳中)을 지나갈 때 어느 사대부의 집에 좋은 대나무가 있는 것을 보고 견여(肩輿)를 탄 채로 들어가 한참 동안 구경한 뒤 그대로 돌아오다가 주인의 만류로 머물며 즐기다 온 일이 있다. 《晉書 卷80 王徽之列傳》《世說新語 任誕·簡傲》

425 원생의……닫혔으니 : 원생(袁生)은 후한 때의 원안(袁安)을 가리킨다. 낙양(洛 陽)에 큰 눈이 내리자 사람들이 모두 밖으로 나가서 식량을 구걸하였는데, 원안의 집 앞에만 눈이 그대로 쌓여 있었다. 낙양 령(令)이 집 앞의 눈을 치우게 하고 집에 홀로 있는 까닭을 묻자 원안은 "큰 눈으로 사람들이 모두 굶주리는데, 남에게 구걸하는 것은 마땅치 않다."라고 하였다. 이에 낙양 영은 그를 효렴(孝廉)으로 천거하였다. 《後漢書 卷45 袁安傳》

지점상인에게 주다

贈智霑上人

맑은 밤 등불 켜고 푸른 산에서 대화를 하니　　清夜懸燈語碧山

들판 고을⁴²⁶이 선관(禪關)⁴²⁷과 다를지 누가 알리오

　　　　　　　　　　　　　　　　　　誰知野縣異禪關

아침에 흰 눈 내려 공과 색이 희미하니⁴²⁸　　朝來白雪迷空色

꽃 같은 만 그루 나무는 어느 곳으로 돌아갔나　　萬樹如花何處還

426 들판 고을 : 궁벽한 곳에 위치한 현(縣)을 의미한다.

427 선관(禪關) : 여기서는 선사(禪寺)나 선문(禪門) 등을 가리킨다.

428 아침에……희미하니 : 이 구절은 눈에 덮여서 사물의 모습이 분간되지 않고 모두
하얗게만 보이는 상황을 비유한 것이다.

백마편[429]

白馬篇

용 같은 백마를 벗으로 삼으니	白馬龍爲友
위에는 한단의 남아[430]가 타고 있네	上有邯鄲兒
한단 사람들 의기를 중히 여기고	邯鄲重意氣
활을 잘 쏘고 또 말도 잘 타네[431]	善射且能騎
말 타고 와서 장차 북쪽을 정벌함에	騎來將北征
좋은 말 잘 달림[432]을 더욱 잘 알리라	愈覺馬權奇
별을 읽은 듯 보석으로 안장을 장식했고	纏星寶校鞍
햇빛에 반짝이는 연환으로 굴레 씌웠네[433]	照日連環羈

---

429 백마편(白馬篇) : 악부(樂府) 잡곡가사(雜曲歌辭)의 이름이다. 위(魏)나라의 조식(曹植)이 백마를 타고 가는 사람을 보고서 지은 노래로, 자신의 몸을 돌보지 않고 국난(國難)에 달려나가 혁혁한 공을 세우는 소년을 형상화한 것이다.

430 한단의 남아 : 한단은 조(趙)나라의 수도로 이 일대 사내들이 호협하고 용맹하기로 이름이 있었다. 두보(杜甫)의 시 〈하북제도절도사가 입조했다는 것을 듣고 기뻐 절구를 읊다[承聞河北諸道節度入朝歡喜口號絶口]〉에 "어양의 돌기는 한단의 사내들이니 술기운 올라 고삐 나란히 하고 채찍 드리웠네.[漁陽突騎邯鄲兒, 酒酣並轡金鞭垂.]"라고 하였다. 《杜少陵詩集 卷18》

431 활을……타네 : 조(趙)나라 무령왕(武靈王)이 말타고 활쏘는 것의 편리를 위해 호복(胡服)을 도입하여 의복을 개혁하고 기병(騎兵)과 사수(射手)를 모집하여 훈련을 시킨 끝에, 부국강병을 이루어 영토를 대폭 확장시켰다. 말을 잘 타고 활을 잘 쏜다는 것은 이러한 배경에서 나온 말이다.

432 좋은……달림 : 원문의 '권기(權奇)'는 좋은 말이 잘 달리는 것을 형용한 말이다.

433 연환으로 굴레 씌웠네 : 연환은 본래 고리 여러 개가 잇대어진 사슬의 의미인데,

앞에서는 황금으로 장식한 낙영(絡纓)이 보이고	前見絡黃金
뒤에서는 푸른 비단실 묶어 맨 꼬리가 보이네[434]	後見曳青絲
대와 운중[435]으로 달려가니	馳上代雲中
거침없이 달려가는 모습[436] 나는 듯하여라	瀏瀏度如飛
변방의 사막으로 가니 또 고요하여	邊沙行且靜
오랑캐 기병들 숨어들어 이미 보기 어려워졌네	胡騎匿已稀
비호[437]에 북풍 불어오고	飛狐生北風
흰 눈이 펑펑 내리니	白雪下霏霏
군중에는 야간 경계도 없고	軍中無夜警
사냥 나감에 가벼운 옷 입고 살찐 말 탔어라	行獵示輕肥
마계산[438]에서 시위 당겨 활을 쏘고	鳴弓磨笄山

여기서는 사슬로 만들어진 말굴레를 말하는 것으로 보인다. 참고로 연환마(連環馬)는 기병들이 적진에 돌격할 때 말에게 갑옷을 입히고 갑옷들을 서로 연결하여 진(陣)처럼 만드는 것이다.

434 앞에서는……보이네 : 이 구절은《악부시집(樂府詩集)》상화가사(相和歌辭)에 수록된 무명씨의 〈맥상상(陌上桑)〉에서 인용한 구절이다. "푸른 비단실을 꼬리에 묶어 매고, 황금빛 굴레를 머리에 둘렀네.〔青絲繫馬尾, 黃金絡馬頭.〕"라고 하였다. 이백(李白)의〈맥상상〉에는 "다섯 마리 말이 비룡 같으니 푸른 실을 꼬리에 매고 황금빛 굴레를 매었네.〔五馬如飛龍, 青絲結金絡.〕"라는 구절이 있다.

435 대(代)와 운중(雲中) : 산서성(山西省) 동북부의 대주(代州)와 하북성(河北省)의 운주(雲州)이다. 모두 그 당시의 변방 지역으로 대주에는 안문관(雁門關)이 있었다.

436 거침없이 달려가는 모습 : 원문의 '유유(瀏瀏)'는 거침없이 달려가는 모습을 형용한 말이다.《초사(楚辭)》〈구변(九辯)〉에 "천리마에 올라타고 거침없이 달리니, 말 모는데 채찍을 어이 쓰리오.〔乘騏驥之瀏瀏兮, 馭安用夫强策.〕"라고 하였다.

437 비호 : 지명이다. 지금의 하북성(河北省) 내원현(淶源縣)의 북쪽과 울현(蔚縣)의 남쪽에 위치하여 하북성과 북방 사이의 교통의 요충지였다.

안문관[439] 가에서 말안장 올라 앉네	據鞍鴈門陲
두 마리 독수리 놀라 떨어지고	雙雕驚且墜
왼쪽으로 돌아보니 표범과 교룡이 쓰러지네	左顧殪豹螭
만여 리를 날 듯이 달려서	凌厲萬餘里
다시 장하[440]를 건너 귀환하네	復渡漳河歸
돌아가 무령왕[441]에게 인사 올리고	歸拜武靈王
붉은 호피를 헌상하니	獻以赤虎皮
아침에는 만호영을 하사받고	朝賜曼胡纓
저녁에는 단후의를 하사받네[442]	暮賜短後衣

---

438 마계산 : 마계산(摩笄山)이라고도 한다. 현재 하북성 장가구시(張家口市)의 동남쪽에 있다.

439 안문관(雁門關) : 산서성 대현(代縣) 북부 구주산(勾注山)에 있는 관문이다. 남쪽으로 중원(中原)을 장악하고 북쪽으로 사막을 제어할 수 있는 곳에 위치하여 만리장성에서 가장 중요한 관새(關塞) 중 하나로 꼽혀왔다.

440 장하 : 조(趙)나라의 남쪽에 있던 강의 이름이다.

441 무령왕 : 전국(戰國)시대 조나라의 제6대(재위 기원전325~기원전298) 군주로 조나라에서는 처음으로 '왕(王)'이라 칭하였다. 부국강병을 위해 호복(胡服)을 입는 개혁정책을 단행하였고 국력을 신장시켰다. 훗날 일찍 왕위를 넘기고 물러나 태상왕(太上王)으로 있다가 아들들이 왕위 다툼을 벌이는 와중에 굶어 죽었다.

442 아침에는……하사받네 : 만호영은 관을 묶는 끈으로 장식이 없는 것이고, 단후의는 활동의 편리를 위해 소매깃을 짧게 한 옷으로 둘 다 무인(武人)의 복장이다. 조문왕(趙文王)이 지나치게 검술을 좋아하여 검객들끼리 다투다가 나라가 쇠약해졌다. 이를 막고자 장자(莊子)를 불렀는데 태자(太子)가 "우리 임금님이 만나는 검객은 모두 머리는 쑥대처럼 흐트러지고 살쩍은 뻗쳐 있으며 낮은 관을 쓰고, 만호영과 단후의를 입고 눈을 부릅뜨고 거친 말을 하는데, 임금님께서는 그러한 것을 좋아합니다.〔然吾王所見劍士, 皆蓬頭突鬢垂冠, 曼胡之纓, 短後之衣, 瞋目而語難, 王乃說之.〕"라고 하였다. 《莊子 說劍》

김명국의 산수도를 보고 읊다[443]

詠金明國山水圖

석림은 울퉁불퉁하고 산은 구비졌는데	石林块軋山曲甲
흰구름 층층이 나와 빠르게 흘러가네	白雲層出何飄忽
폭포수 흘러내려 또다시 폭포되니	瀑水下來又有瀑
우르릉 우레 같은 소리에 물안개와 물보라가 섞였네	
	隱隱如雷雜煙雪
연담의 호방한 붓놀림이 이와 같으니	蓮潭豪筆乃如此
십 년 만에 한 번 펼쳐보고 기이하다 감탄하네	十年一披叫奇絶
자세히 살펴보니 멀고 가까운 형세 뚜렷하고	細看了了遠近勢
구불구불 한줄기 기운은 긴 칡덩굴 같아라	縈紆一氣如長葛
헌칠한 소나무 짙은 그늘에는 일천 척 송라(松蘿)있고	
	長松茂陰千尺蘿
뿌리에 감긴 그윽한 암석은 비스듬이 우뚝하여라	根抱幽石欹嵯峨
그 가운데 자리한 두 노인은 머리 세었고	中著兩叟霜毛皤
솔바람 쏴아쏴아 옷소매 펄럭이네	松風颼颼衣袂波

---

443 김명국의……읊다 : 김명국(金明國, 1600~?)은 조선 중기의 화원(畵員)이다. 본관은 안산(安山), 자는 천여(天汝), 호는 연담(蓮潭), 취옹(醉翁) 등이다. 인조(仁祖) 때 도화서(圖畵署)의 화원으로 교수를 지냈고, 1636년(인조14)과 1643년(인조21) 두 차례에 걸쳐 통신사행(通信使行)에 참여하여 일본에 다녀왔다. 절파(浙派)풍의 그림과 선종화(禪宗畵)에 능하였고 우리나라 화가 중에서 거칠고 호방한 필법으로 손꼽힌다.

안건[444] 높이 쓰고 자지가[445]를 부르니　　　　　　岸巾迢迢紫芝歌

자지가 노랫가락 허공으로 들어가고　　　　　　紫芝歌聲入杳冥

그저 보이느니 물 떨어져 소용돌이에 솟구치는 것뿐

　　　　　　　　　　　　　　　　　　　　　但見水落騰盤渦

남은 기세 굽이지다 산기슭에서 끊어지고　　　　末勢逶迤山脚斷

물살 헤치며 나귀 타고 시내를 건너네　　　　　凌流也有騎驢過

맑은 냇물 툭 트여 좌우로 쏟아지니　　　　　　清溪水闊左右瀉

흰 물결이 내 방의 동창 아래에 불어나네　　　　白波漲我東牖下

당 가득히 그림 보는 이들 산중에서 길 찾는데　滿堂觀者問空翠

그대가 이 경치를 거둬들이니 한 줌도 안 되어라　君但卷來不盈把

---

444 안건(岸巾) : 두건을 뒤로 제껴 써서 이마가 드러나게 하는 것으로 태도가 쇄탈(灑脫)하거나 옷차림이 간솔한 것을 뜻한다.

445 자지가(紫芝歌) : 은자(隱者)의 노래를 의미한다. 진(秦)나라 말 혼란을 피하여 동원공(東園公), 기리계(綺里季), 하황공(夏黃公), 녹리선생(甪里先生) 네 사람이 상산(商山)에 은거하였는데, 이들이 상산에서 자지를 캐 먹으며 〈자지가(紫芝歌)〉를 지어 불렀다고 한다. 《樂府詩集 琴曲歌辭》

진산으로 부임하는 윤체원에게 주다[446] 윤체원은 윤이건이다

贈尹體元 以健 之任珍山

고결한 관리[447]가 순박한 백성을 다스리게 되니	傲吏淳民得
높은 나뭇가지와 들판의 사슴인 듯[448]	標枝野鹿如
거문고 소리 울리는 달빛 아래 누대에서 술 마시고	淸琴月軒酌
성근 그물로 옥계에서 물고기 잡네	疎網玉溪魚
자색 인끈에는 이끼와 먼지 묻고[449]	紫綬苔塵近

446 진산으로……주다 : 윤이건(尹以健, 1640~1694)은 자는 체원, 호는 일소재(一笑齋)이다. 송시열(宋時烈)의 문인으로 정치적 변동에 따라 부침을 겪었다. 1680년(숙종6) 경신대출척(庚申大黜陟) 이후 사복시 주부(司僕寺主簿), 금성 현령(金城縣令), 공조 좌랑(工曹佐郞), 진산 군수 등을 지냈고, 1689년(숙종15) 김해로 유배되었다가 1694년에 해배되어 돌아오던 중 청주성 밖에서 죽었다. 《陶谷集 卷16 珍山郡守尹公墓誌銘》 윤이건이 진산 군수에 제수된 것은 1685년(숙종11) 12월 16일이고 이듬해 1월 27일에 하직하고 내려갔다.

447 고결한 관리 : 원문의 '오리(傲吏)'는 낮은 관직에 있으면서 세상을 오시(傲視)하고 예법에 구애받지 않는 선비를 말한다. 장주(莊周)가 칠원(漆園)의 관리로 있을 때 초 위왕(楚威王)이 재상으로 맞이하고자 하였는데, 장주가 웃으면서 물리친 일이 있는데, 훗날 곽박(郭璞)이 〈유선시(游仙詩)〉에서 "칠원에는 고결한 관리가 있고, 노래자에게는 은일의 아내가 있네.〔漆園有傲吏, 萊氏有逸妻.〕"라고 읊은 데에서 유래하였다. 《莊子 秋水》《文選 卷21 游仙詩七首》

448 높은……듯 : 본래 태평성대를 이르는 말인데 진산에서 무위지치(無爲之治)로 선정을 베풀어 백성들이 욕심 없이 편안하게 살 것이라는 의미이다. 《장자(莊子)》〈천지(天地)〉에 "지극히 잘 다스려지는 세상에서는 현자를 높이지 않고 능력 있는 사람을 부리지 않으며 윗사람은 높은 나무의 가지와 같고 백성들은 들판의 사슴과 같다.〔至治之世, 不尙賢, 不使能, 上如標枝, 民如野鹿.〕"라고 하였다.

푸른 산은 공무를 보는 여가에 가네   青山簡牒餘
따뜻한 기운이 오늘 움직여   陽春今日動
다리가 가는 수레 좇아가네[450]   流脚趁行車

449 자색……묻고 : 본래 자색 인끈은 고관(高官)들이 차는 인끈인데 여기서는 지방
관의 인끈을 의미한다. 이끼와 먼지가 묻었다는 것은 속세에서 공무를 보는 것을 말한
것이다.

450 따뜻한……좇아가네 : 이 구절은 지방관이 선정을 베푸는 것을 의미한다. 당(唐)
나라 때 송경(宋璟)이 수령으로 가는 곳마다 선정을 베풀자, 그의 발길이 닿는 곳마다
따뜻한 봄빛이 만물을 비춰주는 것 같다고 하여 '다리로 걸어다니는 봄〔有脚陽春〕'이라
고 불렸던 고사를 인용한 것이다. 《開元天寶遺事 卷下》

지은이 **김창흡**(金昌翕)

1653(효종4)~1722(경종2). 본관은 안동(安東), 자는 자익(子益), 호는 낙송자(洛誦子)・삼연(三淵), 시호는 문강(文康)이다. 영의정 김수항(金壽恒)의 6남 중 3남으로 태어났으며 위로 영의정을 지낸 노론(老論)의 영수 김창집(金昌集), 학문과 문학으로 이름을 떨친 김창협(金昌協)을 형으로 두었다. 아우 김창업(金昌業)・김창즙(金昌緝)・김창립(金昌立) 등도 모두 당대에 명성이 있었다. 이단상(李端相), 조성기(趙聖期) 등에게 수학하였으며, 21세(1673, 현종14)에 진사시에 합격하였으나 숙종대의 환국정치(換局政治)로 부친이 유배와 사사를 당하자 출사에 완전히 뜻을 접고 양주의 벽계(蘗溪)와 설악산 등지를 오가며 은거의 삶을 살았다.

형 김창협과 더불어 학문과 시문으로 당대에 명성이 높았고 당대 학자와 문인들은 물론 후대까지 지대한 영향을 미치며 기호 학단(畿湖學團)에 깊은 궤적을 남겼다. 노론의 명문가로 소론(少論) 및 중인(中人)들과도 활발히 교류하였으며 불가의 승려들과도 교유하였다. 문학적으로는《시경(詩經)》과 한위악부(漢魏樂府),《문선(文選)》과《장자(莊子)》및 불전(佛典)과 소품문(小品文)에 이르기까지 다양한 장르를 두루 궁구하여, 형식과 격례(格例)에 얽매이는 구태의연한 문학적 관습을 배격하고 실상을 문학 속에 참되게 담아내었다. 이러한 그의 문학적 실험과 성과는 후대 조선 문단의 다양성에 풍부한 토양이 되었다. 학문적으로는 낙학(洛學)의 종주인 형 김창협의 학문적 특성과 대체적인 궤를 같이하되 세밀하고 구체적인 각론에 있어서는 면밀한 검토와 주장, 그리고 다양한 학자들과의 토론을 전개하며 자신만의 학문관을 구축하면서 역시 낙학의 종주로 자리매김하였다. 벼슬에 나아가 실제 정치 무대에서 활동한 적은 없으나 노론 명문가의 자제로 재야에서 학문과 문학 양방면 모두 뚜렷하고 지대한 영향력을 행사하면서 당대의 거두가 된 문인 학자이다.

옮긴이 **이승현**(李承炫)

1979년 경북 포항에서 태어났다. 성균관대학교 대학원에서 박사과정을 수료하였으며, 한국고전번역원 고전번역교육원 연수과정을 졸업하였다. 한국고전번역원 연구원으로 재직하며 번역 및 편찬에 참여하였고, 현재 성균관대학교 대동문화연구원에서 권역별거점번역연구소협동번역사업에 참여하고 있다. 번역서로《창계집》,《명고전집》,《승정원일기》,《동천유고》,《고산유고》,《역주 당송팔대가문초 구양수》,《이계집》, 교점서로《교감표점 승정원일기 인조41》,《교감표점 창계집》, 편찬서로《한국문집총간편람》,《한국문집총간해제8・9》, 논문으로〈초의 의순의 시문학 연구〉,〈기리총화 연구〉,〈김시습의 장량찬의 이면〉,〈서형수의 명고전집 시고를 통해 본 원텍스트 훼손〉등이 있다.

옮긴이 서한석(徐漢錫)

성균관대학교 한문학과를 졸업하고 동 대학원에서 석사 및 박사 학위를 받았다. 단국대학교 동양학연구원, 한국고전번역원 전문위원을 거쳐 현재 성균관대학교 대동문화연구원에 재직하고 있다. 번역서로《갑인연행록》,《기사진표리진찬의궤》,《이계집1》,《이계집5》가 있고 공역서로《이계집2》,《지정연기》,《주영편》,《신편 백호전집》등이 있다.

권역별거점연구소협동번역사업 연구진

연구책임자	이영호(성균관대학교 HK 교수)
공동연구원	안대회(성균관대학교 한문학과 교수)
	진재교(성균관대학교 한문교육과 교수)
책임연구원	이상아
	이성민
	이승현
	서한석
	김내일
연구원	서혜준
번역	이승현(49쪽~325쪽)
	서한석(326쪽~472쪽)
교열	이상하(前 한국고전번역교육원 교수)

삼연집 1

김창흡 지음 | 이승현·서한석 옮김

2024년 12월 31일 초판 1쇄 발행

편집·발행 성균관대학교 출판부 | 등록 1975. 5. 21. 제1975-9호

주소 (03063) 서울시 종로구 성균관로 25-2

전화 760-1253~4 | 팩스 762-7452 | 홈페이지 press.skku.edu

조판 김은하 | 인쇄 및 제본 영신사

ⓒ 한국고전번역원·성균관대학교 대동문화연구원, 2024

Institute for the Translation of Korean Classics·Daedong Institute for Korean Studies

값 25,000원

ISBN 979-11-5550-614-1 94810

    979-11-5550-613-4 (세트)